# Melissa Foster

# Verspielte Herzen

## DIE BRADENS (WESTON, COLORADO)

Melissa Foster

# Verspielte Herzen

## DIE BRADENS (WESTON, COLORADO)

### LOVE IN BLOOM – HERZEN IM AUFBRUCH

Aus dem Amerikanischen von Usch Pilz

Die Originalausgabe erschien erstmals 2013 unter dem Titel
»Hearts at Play – The Bradens« bei World Literary Press, MD, USA.


Deutsche Erstveröffentlichung
2018 bei World Literary Press, MD, USA
© 2013 der Originalausgabe: Melissa Foster
© 2018 der deutschsprachigen Ausgabe: Melissa Foster
Lektorat: Judith Zimmer, Hamburg
Umschlaggestaltung: Natasha Brown

ISBN: 978-1948868006

*Für alle, die von Märchen träumen.*

Anfangs wusste ich nicht recht, was ich von Hugh halten sollte. Aus den vorangegangenen Büchern kannte ich ihn als draufgängerischen Heißsporn, aber er hat mich nicht enttäuscht. Und genau wie alle anderen Braden-Männer hat Hugh mir mein Herz gestohlen. Brianna und Layla waren ganz unerwartete Figuren, in denen viel mehr steckte, als ich je gedacht hätte. Ich hoffe, sie wachsen Ihnen genauso ans Herz wie mir.

*Verspielte Herzen* ist das neunte Buch der Reihe Love in Bloom – Herzen im Aufbruch und das sechste Buch über die Bradens aus Weston in Colorado. Es kann wie alle Bände für sich gelesen werden. Für noch mehr Lesespaß greifen Sie auch zu den anderen Büchern der Serie.

*Eins*

Kat stürmte durch die Tür des Lagerraums der Old Town Tavern und stieß beinahe mit Brianna zusammen.

»Herrje, Kat. Was zum Teufel?« Brianna Heart arbeitete schon seit dem späten Vormittag. Noch zwei Stunden, dann hatte sie ihre zehnstündige Schicht hinter sich. Für Kats dramatische Auftritte fehlte ihr im Moment schlicht die Energie. Schließlich musste sie heute Abend noch zu ihrer Mutter, dort ihre fünfjährige Tochter Layla abholen, sie ins Bett bringen und dann die Einladungen für Laylas Geburtstagsparty basteln.

»Patrick Dempsey ist hier. Ich habe ihn gesehen. Er sitzt an einem Tisch in der Bar. Oh mein Gott, in natura ist er sogar noch heißer.« Kat warf ihr langes blondes Haar zurück und tippte mit dem Zeigefinger an ihre Lippen. »Ob er wohl auf der Suche nach einem Date ist?«

»Kat.« Brianna schüttelte den Kopf. »Du spinnst. Andauernd glaubst du, du würdest irgendwelche Promis sehen. Aber in den Bars von Richmond, Virginia, herrscht kein allzu großes VIP-Gedränge.«

»Wenn ich's dir doch sage, Bree. Ich glaube, ich muss meine Unterwäsche wechseln.« Kat musterte Brianna. Dabei zog sie ihre perfekt gestylten Brauen zusammen. »Ach, Süße, komm, ich helfe dir mit deiner Frisur. Du könntest die hübscheste Barkeeperin-Slash-Kellnerin in diesem Laden sein, das weißt du. Na ja, außer mir natürlich.« Sie fing an, Brees schulterlanges glattes Haar aufzulockern.

Brianna schüttelte den Kopf. »Bitte, Kat, Patrick Dempsey würde sich bestimmt nicht ausgerechnet für mich interessieren.« Sie wischte sich die Hände an dem Geschirrtuch ab, das sie immer durch ihren Gürtel geschlungen trug. Während der Schicht hatte sie kaum Zeit zum Atmen, geschweige denn nach etwas zu suchen, woran sie sich die Hände abtrocknen konnte.

»Jetzt komm schon, Bree. Willst du nicht irgendwann hier raus? Gibt es dafür denn ein flotteres Ticket als einen Sugardaddy?« Kat betrachtete sich im Spiegel und warf noch einmal ihr blondes Haar über ihre Schultern.

»Oh je. Nein danke. So ein Leben wäre nichts für Layla, und ich habe keine Zeit, hier im Lager herumzustehen und über nicht anwesende Promis zu quatschen. Du bist die Beste, Kat, aber ich muss in die Bar.« Sie klopfte auf ihre Gesäßtasche. »Ich brauche das Trinkgeld. Layla hat bald Geburtstag.«

»Unfassbar, dass sie schon sechs wird. Großer Gott, wie die Zeit vergeht. Was wünscht sie sich denn?«

»Einen Hund, ein Kätzchen, ein größeres Zimmer.« Brianna seufzte. »Aber ich glaube, ich schenke ihr eine Winterjacke und schlage zwei Fliegen mit einer Klappe.« Sie zwinkerte, dann verließ sie den Lagerraum und trat hinter den Tresen. Ein kurzer Rundumblick bestätigte ihr, dass Patrick Dempsey nicht auf einen Drink wartete. Sie sammelte die leeren Gläser vom Tresen und wischte ihn sauber.

Mack Greenley, der Geschäftsführer der Bar, schob sich neben sie. Seit fünfeinhalb Jahren war Mack jetzt ihr Boss, und obwohl sie achtundzwanzig und er erst achtunddreißig war, hatte er sie unter seine Fittiche genommen, als wäre sie seine Tochter.

»Neuer Gast.« Mack zeigte auf eine Tischnische. Er war ein kräftiger Mann mit vollem braunem Haar.

»Bin schon unterwegs.« Bree wischte sich die Hände ab, schnappte sich einen Bestellblock und ging zur einzigen besetzten Nische in der kleinen Bar. Es war Donnerstag und sieben Uhr abends. Noch eine halbe Stunde, dann würde die Bar wegen der Major-League-Baseball-Play-offs aus allen Nähten platzen. Briannas Blick hing an ihrem Bestellblock. Sie dachte an Laylas Geburtstag und wünschte sich, sie hätte die Zeit und das Geld, um ihrer Tochter den Wunsch nach einem Haustier zu erfüllen. Aber als alleinerziehende Mutter konnte sie sich bei einer Fünfzig-Stunden-Arbeitswoche unmöglich um Layla *und* einen pelzigen Spielkameraden kümmern. Das war einfach zu viel. Sie schob den Gedanken beiseite und setzte ein Lächeln auf.

»Hi, ich bin Brianna. Bree. Was darf's denn sein?«

Der Mann in der Tischnische hob den Kopf und schaute sie an. Eine Sekunde lang blieb Brianna die Luft weg. Sie merkte, wie ihr die Kinnlade herunterfiel. Das dichte, vom Wind gekämmte, dunkle Haar des Mannes sah aus, als wäre gerade jemand mit den Fingern hindurchgefahren. *Und hätte dabei diese sinnlichen Lippen geküsst und die sexy Stoppeln an der Wange gefühlt. Herrje, er sieht tatsächlich aus wie Patrick Dempsey ... in einer Turboversion.*

»Einen Sidecar und ein Glas Wasser, bitte«, sagte er.

Brianna konnte sich nicht rühren. Sie konnte nicht atmen. Sie konnte nicht mal ihren blöden Mund zuklappen. *Mist. Mist. Mist. Mist.*

Er neigte den Kopf. »Alles in Ordnung?«

*Soll das ein Witz sein? Muss deine Stimme so verdammt warm und samtig klingen? Das ist einfach nicht fair.* Sie räusperte sich. »Ja, sorry. Langer Tag. Der Sidecar kommt sofort.« Brianna hätte sich ohrfeigen können.

Hinter dem Tresen packte Kat sie am Arm und zog sie zum Spülbecken. Dem Noch-viel-sexyer-als-Patrick-Dempsey-Typ drehten sie den Rücken zu. »Ich hab's doch gesagt«, flüsterte Kat. »Mein Gott, was hast du für ein Glück. Und was machst du jetzt?«

Über die Schulter warf Brianna einen Blick auf den gut aussehenden Mann. *Alarmstufe rot.* Nicht mehr und nicht weniger. Kerle wie er waren ihr schon öfter begegnet. Verdammt, so war sie zu Layla gekommen.

»Nichts. Er will einen Sidecar. Den kannst du ihm ja bringen.« Brianna drückte Kat ihren Block in die Hand und machte sich auf den Weg zu der Frau, die sie und Kat insgeheim Red getauft hatten, um ihre Bestellung aufzunehmen. Die aufgedonnerte Rothaarige ging jeden Donnerstagabend in der Bar auf die Pirsch.

Brianna konzentrierte sich auf das Mixen von Reds Cosmo. Der Geräuschpegel der Bar verebbte. Ihre Gedanken kreisten um die Stimme des Patrick-Dempsey-Doubles. Sie war so … so anders als die Stimme anderer Männer. Er sprach, als hätte er keine Eile, und er schaute ihr in die Augen anstatt auf die Brüste. Auch das unterschied ihn von den meisten männlichen Gästen der Old Town Tavern. Als Kat sie an der Schulter berührte, zuckte sie zusammen.

»Komm schon, Bree. Mach du das. Ich kann ihn dir nicht wegnehmen. Sicher gibt er ein gutes Trinkgeld. Sieh dir doch bloß mal seine Jacke an.«

Brianna schaute zu der braunen Lederjacke, die über der Sitzlehne hing. »Ist schon gut. Geh du.« Sie stellte Red ihren Cosmo hin.

»Wisst ihr, wer das ist?« Red deutete mit ihrem Glas auf den umwerfenden Typen.

Bree zuckte die Achseln. »Keine Ahnung.« *Aber dich nimmt er sicher mit nach Hause.*

»Ich glaube, das ist mein Date«, sagte Red.

*Ist das nicht jeder?* Brianna schaute zu, wie Kat ihm seinen Drink brachte. Kats blutrote Lippen dehnten sich zu ihrem gewinnendsten Lächeln. Was jetzt kommen würde, wusste Brianna genau. Der Haarwurf. Dann würde Kat den Mann an der Schulter berühren und … Sie sah, wie Kat mit einem übertriebenen Auflachen den Kopf zurückwarf. Seufzend wandte sie sich ab. *Vermutlich ist er ein Dödel.* Sie hatte es schon so lange ohne einen Mann ausgehalten, der sie durch eine Gefühlshölle schleifte, da würde sie doch jetzt nicht schwach werden. Sie straffte die Schultern und blickte gerade rechtzeitig wieder auf, um mit anzusehen, wie Red sich ihm gegenüber auf die Bank schob.

Am liebsten hätte Hugh Braden sich im Nebel einiger Drinks verkrochen und sich anschließend zu Hause einen gemütlichen Abend gemacht. Stattdessen musste er hier auf sein Blind Date warten und durfte wegen des bevorstehenden Rennens nicht mal etwas trinken. Eine schöne Frau mit ungeheuer nachdenklichen Augen und dem süßesten Gesicht aller Zeiten hatte seine Bestellung aufgenommen. Wenigstens konnte er sich darauf freuen, sie noch einmal zu sehen, wenn sie ihm den

Drink brachte. Eigentlich hatte er nur Mineralwasser gewollt, doch ein Blick auf sie und sein Verstand hatte ihn im Stich gelassen. Der Sidecar war ihm über die Lippen gekommen, als würde er nie etwas anderes bestellen. Dabei hatte er diesen Cocktail erst einmal probiert – und das war Jahre her. Jetzt würde er den ganzen Abend auf das Glas starren müssen.

Er hatte einen harten Tag hinter sich. Weshalb er sich von seinem Agenten zu diesem bescheuerten Fototermin hatte überreden lassen, war ihm selbst nicht ganz klar. Wie befürchtet hatte er endlose Stunden mit dem Fotografen verbracht und für Samstagmorgen stand ein weiteres Shooting auf dem Programm. Der Fotograf war ganz erträglich gewesen, aber sich mit einem aufgesetzten Lächeln in Positionen ablichten zu lassen, in denen er normalerweise nie stehen oder sitzen würde, strapazierte seine Geduld und seine geplagten Muskeln. Seit er die letzten drei Capital-Series-Grand-Prix-Rennen gewonnen hatte, ließen ihm die Medien keine Ruhe mehr. *Verdammte Sponsorenverpflichtungen.* Einerseits war er dankbar für die Unterstützung durch seine Geldgeber, andererseits wurde ihm der Rummel langsam zu viel. Ein weiteres Foto auf dem Cover einer Motorsportzeitschrift brauchte er in etwa so dringend wie einen weiteren teuren Wagen oder ein weiteres Haus.

Eine blonde Kellnerin stellte seinen Drink auf den Tisch. »Hi. Ich bin Kat. Zum Wohl.«

*Im Ernst jetzt? Das ist definitiv nicht mein Tag.* »Danke.« An Kat vorbei schaute er suchend nach der dunkelhaarigen Schönheit, die seine Bestellung aufgenommen hatte. *Bree.* Gerade bediente sie einen untersetzten blonden Mann in einem Flanellhemd. Als sie vorhin seinen Wunsch notiert hatte, hatte sie ausgesehen, als würde sie an hundert andere Dinge denken und nur am Rande wahrnehmen, was er sagte. In der Kürze eines einzigen Atemzugs hatte Hugh sie interessant, schön und tiefgründig gefunden – und zwar auf eine Weise, die ganz und gar nichts mit Gedanken an Sex zu tun hatte. Er wunderte sich darüber, aber es war passiert. Und während sie jetzt von einem Gast zum anderen ging, konnte er die Augen nicht von ihr lassen. Sie arbeitete konzentriert und effizient und schien ihn vergessen zu haben.

Für das Blind Date hatte er die Old Town Tavern gewählt, weil sie etwas abseits lag. Eine kleine Bar mit einem noch kleineren Restaurant. Er hatte keine Lust, mal wieder von einer Horde sexhungriger, geldgieriger Frauen belagert zu werden, die ihn beäugten, als hätten sie einen Monat lang nichts gegessen und er wäre ein großes, saftiges Steak. Wenn er Glück hatte, fiel er hier niemandem auf. Als Brianna ihn vorhin endlich angeschaut hatte und ihr der Mund offen stehen geblieben war, hatte er schon befürchtet, sie wüsste, wer er war. Aber sie hatte ihn sofort abgehakt und diese Kat zu ihm geschickt. Verdammt, nicht einmal einen zweiten Blick war er ihr wert. Selbst wenn er nicht als Rennfahrer erkannt werden wollte, als Mann wahrgenommen und dann von Brianna verschmäht zu werden, machte ihn nicht froh. Heute war eindeutig nicht sein Tag.

Auf das verdammte Blind Date hatte er sich nur eingelassen, weil Art Cullen, sein Kumpel und Boxenteamchef, behauptet hatte, er hätte die perfekte Frau für ihn: klug und schön und – sehr, sehr wichtig – ohne einen Schimmer, wer er war. Als sich jetzt eine aufwendig zurechtgemachte, üppige Rothaarige auf die Bank ihm gegenüber schob, zweifelte er an der Weisheit seiner Entscheidung.

»Hey, Süßer. Bist du Arts Freund?« Die Rothaarige stellte ihr Glas zwischen ihnen auf den Tisch und ließ ihren roten Fingernagel um den Rand kreisen. »Ich bin Tracie. Tracie mit ie, nicht mit y.«

*Ich bringe Art um.* Mit ihrem zu Tode gestylten Haar und dem knallengen roten Kleid, das über ihren runden Hüften und ihren Brüsten spannte, als wäre es drei Nummern zu klein, sah Tracie aus wie vom Straßenstrich. Hugh presste die Lippen zusammen und zwang sich zu lächeln. »Hugh. Schön, dich kennenzulernen.«

»Dass du nicht hässlich bist, hat Art mir gesagt. Aber dass du aussiehst wie der Typ aus dem Fernsehen, dieser McDreamy oder McSteamy, hätte ich nicht gedacht.«

Sie lachte und Hugh seufzte. Wenigstens hatte Art ihm versprochen, ihr nicht zu verraten, womit er seinen Lebensunterhalt verdiente. *Bloß keine Groupies mehr.* Die anderen Gäste starrten gebannt auf die riesigen Fernsehschirme, wo gerade das Begleitprogramm zu den Play-offs begonnen hatte. Die Bar hatte sich inzwischen gefüllt, aber weil keiner zu ihnen herüberschaute, nahm Hugh an, dass niemand wusste, wer hier mit der Rothaarigen plauderte. *Ich muss wohl das Beste daraus machen.*

»Ja, das habe ich schon öfter gehört. Patrick Dempsey«, antwortete er. Er langweilte sich schon jetzt. Weitere Männertrupps schoben sich durch die Tür, einer lauter als der andere. Kat, die blonde Kellnerin, nahm das Trinkgeld von einem Tisch, dann steuerte sie auf ihn zu. Unterwegs wies sie zwei weiteren Gästen einen Platz zu.

Schließlich stand sie vor ihm, musterte Tracie mit einem düsteren Blick und schenkte ihm ein Lächeln. »Darf's noch etwas sein, Hübscher? Noch einen Sidecar vielleicht?«

*Wenn Blicke töten könnten. Austrinken und dann nichts wie weg.*

»Bring uns beiden noch einen. Die gehen auf mich«, sagte

Tracie. Sie klimperte mit den aufgeklebten Wimpern.

*Auf dich? Wie originell!* Frauen wie Tracie waren voller falscher Versprechungen und hatten tausend Wünsche und Bedürfnisse. Nicht dass Hugh jemanden brauchte, der ihm einen ausgab. Er betrachtete seinen unberührten Cocktail. *Sehr aufmerksam bist du nicht, oder?* »Nein danke. Für mich noch nicht, bitte.« Er nickte zu seinem vollen Glas, wünschte, er könnte aus der Nische entfliehen, allein irgendwo sitzen oder einen Tisch ergattern, an dem die süße Brünette noch eine Bestellung aufnahm, die er dann nicht anrühren würde.

»Es wäre mir ein Vergnügen«, beteuerte Tracie.

Da war er wieder, dieser sexhungrige Blick. *Träum weiter, Baby.*

Hugh schüttelte den Kopf. »Trotzdem vielen Dank.« Er besann sich auf die Manieren, die sein Vater Hal Braden, ein wohlhabender Vollblutpferdezüchter aus Weston, Colorado, ihm beigebracht hatte. Auf Hughs Treuhandkonto lag mehr Geld, als er je ausgeben konnte. Eine Frau, die ihm Drinks spendierte, suchte er nicht. Aber noch weniger Lust hatte er auf den Zorn einer zurückgewiesenen Verehrerin. Eine halbe Stunde würde er noch opfern und sich dann höflich entschuldigen.

Er sah, wie Kat an der Bar Bree etwas ins Ohr flüsterte. Selbst ihr Name war anziehend. Mit ernstem Blick wischte sie den Tresen ab, stellte den Gästen einen Drink nach dem anderen hin und wich einem Typen aus, der versuchte, seine Hand auf ihre zu legen. »Benimm dich, Chip.« Sie schüttelte nur kurz den Kopf und arbeitete ungerührt weiter. Die Männer am Tresen würdigte sie keines Blicks. Im Gegenteil: Jedes Mal, wenn einer sie ansprach, schien sie absichtlich auf die Gläser hinunterzuschauen. Sie war die einzige Person in der Bar, die nicht lächelte. Von ihm einmal abgesehen. Und Hugh fragte sich, weshalb das so war.

Er wandte sich wieder Tracie zu, die über *Grey's Anatomy* schwadronierte. Hugh sah nie fern, und als Tracie ihren nächsten Drink geleert hatte, schaute er auf die Uhr und gähnte demonstrativ.

»Es war wirklich nett, dich kennenzulernen, Tracie. Aber leider muss ich jetzt los. Ich habe morgen ganz früh eine Besprechung.« Er stand auf und streckte ihr die Hand hin. »Danke für das Treffen.«

Eilig schob sie sich von der Bank. »Ich habe meinen Wagen nicht hier. Eine Freundin hat mich abgesetzt. Kannst du mich nach Hause fahren?«

*Willst du mich veräppeln?*

Kat erschien wieder an seiner Seite. »Du willst schon gehen?« Sie warf einen Blick auf den Fünfzig-Dollar-Schein, den er auf den Tisch gelegt hatte.

»Ja, tut mir leid. Es ist schon spät«, sagte er. »Danke für alles.«

Tracie hakte sich bei ihm unter, und Hugh bemerkte, wie Kats Augen sich verengten.

»Gern«, antwortete Kat. Sie schnappte sich das Geld und stelzte zurück zum Tresen.

Als Hugh Tracie die Tür aufhielt, sah er, wie Kat und Bree zu ihm herüberschauten. Er lächelte, aber diesmal musste er sich nicht dazu zwingen. Kat winkte. Bree wandte sich ab.

# Zwei

»Nie im Leben ist dieser gut aussehende Typ gerade mit dieser Nutte verschwunden«, zischte Kat. »Falls das wirklich passiert ist, muss der Kosmos dringend mal nachjustiert werden.«

»Oh bitte, Kat. Er ist ein Mann und sie ist leicht rumzukriegen.« Brianna zuckte mit den Schultern. »Was ist daran so unverständlich?«

»Du bist so zynisch. Die Frau, die mit ihm durch diese Tür gegangen ist, hättest du sein können, Bree.«

»Es mag dir entgangen sein, aber aus dem Dating-Zirkus bin ich vor einer ganzen Weile ausgestiegen.« Was Männer betraf, verstand Brianna es meisterhaft, ihre Gefühle auszuschalten. Das hielt sie bereits seit sechs Jahren so, und sie hatte vor, noch weitere zwölf Jahre durchzuhalten.

»Aber musst du denn wirklich so biestig sein? Du hättest wenigstens lächeln oder winken können. Deinen Achtzehn-Jahre-Zölibat-Plan verstehe ich sowieso nicht.«

»Entschuldigung, kriegt man hier auch was zu trinken?«, rief ein hochgewachsener Mann am Tresen.

»Klar, Süßer. Eine Sekunde.« Kat strich Brianna das Haar von der Schulter. »Den bedienst du. Patrick Dempsey hat ein stolzes Trinkgeld dagelassen. Das teilen wir uns.«

»Nicht nötig.« Brianna lächelte Kat an.

Nach ihrem Abschluss an der Rhode Island School of Design, wo sie Fotografie studiert hatte, war sie nach Hause zurückgekehrt, ohne zu ahnen, dass sie schwanger war. Erst zwei Monate später hatte sie eins und eins zusammengezählt. Bis dahin hatte sie die Übelkeit und ihre ausbleibende Periode dem Stress zugeschrieben, weil die Jobsuche sich so schwierig gestaltete. Ihre Mutter war wenig begeistert gewesen, dass Brianna sich nach ein paar wenigen Dates nach der Abschlussfeier von Todd hatte schwängern lassen. Und Brianna im Grunde auch nicht. Doch sobald der Arzt ihr eröffnet hatte, was mit ihr los war, war ihre Hand instinktiv zu ihrem Bauch gewandert. Sie hatte nicht lange überlegen müssen, was sie tun wollte. Schon in diesem Augenblick war Layla zu einem Teil von ihr geworden. Ihre Mutter und sie hatten sich kurz darauf zerstritten, und sie hatte die Jobsuche im Kreativbereich aufgegeben und die Stelle in der Bar angenommen, damit sie sich die Miete für eine eigene Wohnung leisten konnte. Trotzdem hatte sie die Entscheidung nie bereut. Auch nicht, als Layla ihre Babykoliken bekommen und sie nächtelang wachgehalten hatte, und schon gar nicht, als sie mit zwei Jahren alle erreichbaren Wände mit Buntstiften bemalt hatte.

Brianna schaute Kat an und seufzte. In den ersten Schwangerschaftsmonaten, in denen ihre Mutter nichts von ihr hatte wissen wollen, war Kat immer für sie da gewesen. Sie hatte Brianna in ihrem Wunsch, das Kind zu behalten, unterstützt und ihr das Haar aus dem Gesicht gehalten, wenn sie sich übergeben musste. Kat war zu der Schwester geworden, die Brianna sich immer gewünscht hatte.

»Mit Dates habe ich nichts am Hut, weil Layla eine gefestigte Mutter braucht und keine, die sich von irgendwelchen

Kerlen in Gefühlsdramen verstricken lässt. Ich habe sie zur Welt gebracht, und sie ist die wunderbarste Tochter, die man sich denken kann. Ich möchte nichts tun, was ihr schadet. Das bin ich ihr schuldig.«

Kat umarmte sie. »Ich wünschte, du wärst meine Mutter gewesen. Und jetzt geh und bedien die Schnitte da drüben. Hmmm, lecker.«

Die Donnerstagabende machten Brianna nichts aus. Durch den Lärm des Spiels auf den Monitoren und die Anfeuerungsrufe der angetrunkenen Fans schien die Zeit schneller zu vergehen. *Noch zwanzig Minuten, dann bin ich hier raus.* Brianna beugte sich über einen Barhocker und wischte ihn ab.

»Ich glaube, das ist der einzige freie Platz. Kann ich den haben?«

Der Klang der tiefen, samtigen Stimme ließ sie erstarren. *Reiß dich zusammen.* Sie hob den Blick zu dem gut aussehenden Mann, der vorhin mit Red zusammen gegangen war. Jetzt war er zurück und sie starrte auf seine breite, muskulöse Brust. Sie schluckte. Mit ihren fast eins siebzig war Brianna kein Zwerg. Aber neben diesem Kerl, der sie um fast einen ganzen Kopf überragte, fühlte sie sich zierlich und sehr feminin. Und so, als wäre ihr Herz auf Speed.

»Klar. Bitteschön«, presste sie hervor.

»Danke.« Er zog seine Jacke aus und legte sie über seinen Arm, ohne den Blickkontakt zu unterbrechen.

Seine Augen waren nicht einfach nur braun. Sie hatten den warmen Ton von Kakao. Auch dass seine Bartstoppeln nicht tiefschwarz waren, fiel ihr jetzt auf. Zwischen den dunkleren gab es auch welche in einem helleren Braun. Liebend gerne hätte sie eine Schwarzweißaufnahme von ihm gemacht. Vielleicht im Profil. Beim Lächeln hatte er die süßesten Grübchen aller

Zeiten. *Patrick Dempsey. Eindeutig Patrick Dempsey. Nur heißer. Sexyer. Kerniger. Du lieber Gott, lass das!* Brianna merkte, dass sie ihn anstarrte. Ihre Wangen wurden heiß. Sie machte auf dem Absatz kehrt und zog sich mitsamt ihrem rasenden Herzen an den sicheren Platz hinter dem Tresen zurück.

Kat mixte Drinks und flirtete nebenher mit einer Gruppe von Baseball-Fans. Brianna wünschte sie sich an ihre Seite. Kat konnte sie mit ihrem Geflachse aus diesem unerwarteten Lustanfall katapultieren. Oder sie würde ihr den Kopf waschen, weil sie dem Gefühl nicht nachgab. Brianna atmete tief durch und wischte die Theke ab.

»Was darf's sein?« *Schau ihn nicht an.* Sie hatte das Gefühl, vor dem echten Patrick Dempsey zu stehen, und fürchtete, sie könnte vor Ehrfurcht erstarren, wenn sie noch einmal hinschaute. Garantiert brachte sie dann keinen Ton heraus und die Situation würde grenzenlos peinlich werden. Wie albern das war, wusste sie sehr gut. Sie zwang sich, den Blick zu heben, und biss die Zähne zusammen, damit sie sich nicht zum Deppen machte.

Er lächelte schon wieder, und – *Du lieber Gott!* – als das Lächeln seine Augen erreichte, sah er ganz und gar nicht aus wie ein Kotzbrocken. Vielleicht täuschte sie sich ja in ihm. *Aber er ist vorhin erst mit Red hier rausgegangen und schon wieder auf der Pirsch!* Sie biss die Zähne noch fester zusammen.

»Ein Mineralwasser, bitte«, sagte er.

*Mineralwasser?* Sie ging ein paar Schritte von ihm weg und goss das Wasser in ein Glas. Eine halbe Sekunde später stand Kat neben ihr.

»Er ist wieder da? Jetzt schon? Über seine Fähigkeiten im Bett verheißt das nichts Gutes«, flüsterte Kat.

Briannas Blick flog erschrocken zu Hugh. Wegen des Lärms

in der Bar und des Abstands zwischen ihnen hatte er ganz sicher nichts gehört. »Sei still.«

Kat berührte sie am Arm. »Du zitterst ja, Bree. Oh mein Gott. Wegen ihm?«, flüsterte sie.

»Nein. Ich bin müde. Ich muss nach Hause.«

Kat warf einen kurzen Blick auf den Mann am Tresen. Dann deutete sie auf drei größere Gruppen weiter links. »Zwanzig Minuten. Hältst du solange noch durch? Soll ich ihn übernehmen?«

»Lieb von dir. Aber ich komme schon klar.« Dass irgendein Kerl sie derart aus dem Konzept brachte, konnte sie nicht zulassen. Sie hatte ihre Lektion vor sechs Jahren gelernt. Sie ging zu dem Ende des Tresens zurück, von dem aus Hugh die anderen Gäste beobachtete. »Hier, bitte. Zum Wohl.« Sie stellte ihm sein Wasser hin und nahm ein Trinkgeld von der Theke.

»Ist es hier immer so?«, fragte er.

Es dauerte eine Sekunde, bis Brianna merkte, dass die Frage an sie gerichtet war. »Ja, eigentlich schon. Zumindest donnerstags.« *Wo ist Red?*

Er nickte. »Tolle Stimmung.«

»Das liegt an den Play-offs. Aber manchmal fliegen dabei auch die Fäuste. Heute zum Glück nicht.« Sie schaute zu, wie er einen Schluck Wasser nahm, dann fing sie an, Flaschen wegzuräumen.

»Kann ich mir jetzt noch was zu essen bestellen?«, fragte er.

*Essen?* Sie schaute auf ihre Uhr und dann zurück zu ihm. »Es ist fast zehn.« Sie zuckte die Achseln. »Sorry. Die Küche schließt gleich. Vielleicht gibt es bei Bob's hier in der Straße noch eine Kleinigkeit.« *Warum rede ich immer noch mit ihm?* Sie schaute zu, wie Kat ein paar Tische abwischte.

»Nein, schon okay. Ich esse zu Hause noch einen Happen.«

»Ich habe dich hier noch nie gesehen.« Ihr Blick bohrte sich in Kats Rücken. Sie wünschte sich ihre Freundin her, damit sie sie vor ihrer Unfähigkeit, den Mund zu halten, rettete. *Was ist los mit mir? Er ist bloß irgendein Gast. Aber warum schlägt mein Magen dann, sobald er den Mund aufmacht, einen Purzelbaum?*

Er schaute in der Bar umher. »Ich bin heute zum ersten Mal hier.«

Kat kam an den Tresen zurück, als er gerade sein Glas leer trank. »Schon fertig mit Red ... ähm ... Tracie?« Sie verschränkte die Arme und tippte mit der Fußspitze auf den Boden.

Er schüttelte fragend den Kopf. »Fertig? Ich habe sie bloß nach Hause gefahren.«

»Niemand fährt Red *bloß* nach Hause.« Brianna zog das Geschirrtuch aus ihrem Gürtel, faltete es zusammen und legte es beiseite.

»Moment mal. Stopp. Ihr glaubt doch nicht etwa, ich ...« Er schaute zwischen den beiden Frauen hin und her. »Sorry, Ladys. Das war ein Blind Date und sie war definitiv nicht mein Typ.«

Kat beugte sich über den Tresen und lächelte ihn an. »Und wer ist dein Typ?«

Brianna warf ihr einen Blick zu, der sagte: *Die verführerische Stimme? Im Ernst?*

Kat ignorierte sie.

»Gute Frage.« Er streckte die Hand aus. »Ich bin übrigens Hugh.«

»Kat.« Sie schüttelte ihm die Hand.

Jetzt hielt er seine Hand auch Brianna hin. Sie kniff die Augen zusammen. Dieser Typ ließ eindeutig nichts anbrennen. Er beherrschte das Spiel. Auf gar keinen Fall würde sie seine

Hand berühren. Schon seine Stimme ließ ihren Magen flattern, und sie wollte sich lieber nicht ausmalen, auf welche abwegigen Gedanken eine Berührung sie bringen könnte.

Sie verschränkte die Arme. »Brianna. Bree.«

Er schaute ihr in die Augen und ihr Puls beschleunigte sich.

»Ja. Ich erinnere mich.«

*Du weißt meinen Namen noch.*

»Also schön, Kat und Bree, darüber, auf welchen Typ ich stehe, habe ich noch nie wirklich nachgedacht. Aber dass *sie* nicht mein Typ war, steht fest.«

Er schaute beiseite. Die Lichtreflexe in seinen Augen ließen Brianna erneut wünschen, sie hätte ihre Kamera zur Hand. *Eines Tages werde ich mir die Reparatur leisten können.* Gesichtszüge wie seine hatte sie noch nie gesehen. Seine mandelförmigen Augen waren eher klein. An jedem anderen Mann hätten sie vielleicht sogar zu klein gewirkt. Doch zusammen mit seinem sinnlichen Mund ergaben sie ein sehr harmonisches Bild. Sein muskulöser Hals und die ungewöhnlich breiten Schultern verliehen ihm zusätzlich eine unsagbar maskuline Ausstrahlung. Erschrocken stellte sie fest, dass sie die Hälfte dessen, was er sagte, gar nicht mitbekam.

»Klug und ehrlich, denke ich mal. Mit Familiensinn. Familiensinn ist ein absolutes Muss für mich. Wenn es also einen Typ Frau gibt, auf den ich stehe, dann ist er das.« Er fuhr sich durchs Haar.

*Familiensinn? Klug und ehrlich? Großer Gott. Wohl kaum!* Sie musterte ihn kritisch. Seine Stirn wirkte entspannt. Er hatte die Unterarme auf den Tresen gestützt und saß ganz locker und gelassen da. Während der Collegezeit, beim Fotografieren und später bei der Arbeit in der Bar hatte Brianna so viele Gesichter studiert, dass sie einen Blender inzwischen auf den ersten Blick erkannte. Dieser Hugh war entweder ein begnadeter Lügner oder er war tatsächlich anders, als sie dachte.

Kat stieß sich vom Tresen ab und schaute ihn mit einem weichen, verträumten Blick an.

»Bree, Süße, es ist zehn.« Macks Stimme riss sie aus ihren Gedanken.

»Danke, Mack.«

»Wenn du fertig bist, bringe ich dich raus zu deinem Wagen«, fügte Mack hinzu.

»Ist das dein Mann?«, fragte Hugh.

Kat lachte zu laut und das brachte wiederum Brianna zum Lachen.

»Er ist mein Boss. Ich parke hinter dem Haus, und er will nicht, dass ich im Dunkeln allein da raus gehe. Kat bringt er auch zu ihrem Wagen, wenn sie dort parkt.« Sie lächelte noch immer über seine Frage.

»Ich zahle gleich, dann gehe ich auch. Soll *ich* dich rausbringen?«, fragte Hugh.

Kat schaute Brianna an und ließ ihre Augenbrauen tanzen.

*Ja! Nein! Schlechte Idee. Ganz schlechte Idee.* Der Gedanke an Layla brachte Brianna endgültig zur Vernunft. Sie schaute an sich hinunter und zupfte ihr T-Shirt zurecht. »Nein, schon in Ordnung. Mack begleitet mich. Es war schön, dich kennenzulernen, Hugh. Bis morgen, Kat.«

»Wann fängst du morgen an?«, fragte Kat.

»Vormittags bin ich bei Claude. Hier in der Bar lege ich um vier wieder los, wenn ich Layla abgeholt habe.« Zum allererstenmal seit ewig langer Zeit empfand Brianna ein leichtes Unbehagen, als sie den Namen ihrer Tochter aussprach. Als Layla noch ganz klein gewesen war und sie noch nicht so viel Übung darin gehabt hatte, Männer aus ihrem Leben zu fernzuhalten, hatte sie ein paar anstrengende Gespräche über ihre Tochter geführt. Jetzt hasste sie sich für das leise Gefühl von Verlegenheit. *Warum sollte es mich interessieren, ob er weiß, dass ich eine Tochter habe?* Sie war stolz auf Layla, und was er gerade gesagt hatte, stimmte vermutlich sowieso nicht. Welcher Mann behauptete schon, er wollte eine kluge, ehrliche Frau mit Familiensinn? Sein gutes Aussehen hatte ihr den Verstand benebelt. *Ja, genau. So ist es.*

»Dann gute Nacht, Bree«, sagte Hugh mit einem Nicken.

Während Brianna mit Mack durch die Tür ging, überlegte sie, wie ihr Name wohl klingen würde, wenn er Hugh nach einem langen, sinnlichen Kuss über die Lippen kam.

# Drei

»Art! Was zum Teufel?« Hugh hatte die Freisprecheinrichtung in seinem silberfarbenen Mercedes SLR McLaren Roadster eingeschaltet. Er fuhr durch das Tor seines vier Hektar großen Anwesens. Während der ganzen Fahrt hatte er an Bree gedacht. Dass er seine Zeit mit Tracie verschwendet hatte, anstatt Bree besser kennenzulernen, ärgerte ihn. Dafür würde Art bezahlen.

»War sie so grauenhaft?«, fragte Art.

»War sie …? Art, ich dachte, du bist mein Freund, Mann. Was hast du dir dabei gedacht?« Per Fernbedienung öffnete er das Garagentor. Ein Bewegungsmelder schaltete die Innenbeleuchtung der geräumigen Garage mit Platz für vier Fahrzeuge an.

»Tut mir leid. Ich war jemandem einen Gefallen schuldig. Sie ist die Freundin der besten Freundin meiner Schwester.«

»Ich höre wohl nicht recht? Auf mein Image zu achten, ist auch Teil deiner Aufgabe. Und sie war … Ach, erspar mir die Beschreibung. Außerdem bin ich sowieso vom Markt. Ab jetzt und ganz offiziell.« Hugh beendete den Anruf und betrat das Backsteinhaus im Tudor-Stil, das er seiner Immobiliensammlung vor ein paar Jahren hinzugefügt hatte. Kurz zuvor hatte er zwei nackte Frauen in seinem Hotelzimmer vorgefunden und sie vom Sicherheitsdienst hinauswerfen lassen müssen. Gegen nackte Frauen hatte er im Allgemeinen nichts einzuwenden, aber er schätzte seine Privatsphäre. Obwohl er ständig auf Achse war, kam er doch immer wieder für ein paar Rennen an denselben Ort zurück, und eigene Häuser ersparten ihm den Aufenthalt in irgendwelchen Hotels. In den letzten Monaten hatte er erlebt, wie seine vier älteren Brüder und seine Schwester sich unsterblich verliebt hatten. Seither wünschte auch er sich ein etwas geregelteres Leben. Er hatte einen Abschluss in Finanzmanagement von der Cornell University und wusste, dass er sich nie ernsthaft auf eine Frau würde einlassen können, die ihm vom Verstand her nicht ebenbürtig war. Was einen Großteil der langbeinigen Models und Groupies von vornherein ausschloss. Seit einigen Monaten arbeitete er daran, sich von seinem bisherigen Lebensstil zu lösen.

Mit einem Buch über Verhandlungsstrategien setzte er sich auf die Ledercouch in seinem großzügig geschnittenen Wohnzimmer. Per Knopfdruck ließ er die roten und orangefarbenen Flammen des Gasfeuers im Kamin auflodern. Er dimmte das Licht und schaltete ebenfalls per Fernbedienung die Leselampe an, die sich anmutig über seine linke Schulter bog. Hugh mochte die technischen Finessen des Hauses, dabei war es ihm eigentlich zu groß. Aber er hatte es während der Rezession gekauft und einen guten Deal gemacht. Seit der Markt sich erholte, hatte sich der Wert dieser Immobilie bereits verdoppelt.

Kaum hatte er die Schuhe abgestreift und die Füße auf den gläsernen Couchtisch gelegt, da klingelte sein Handy.

*Savannah.* »Wie geht's meiner frisch verlobten Schwester?«

»Die ist glücklich. Und wie geht's dir?« Savannah war schon immer ein strahlendes Licht in Hughs Leben gewesen, aber seit ihrer Verlobung mit Jack Remington war sie fast unerträglich gut gelaunt.

»Ach, du weißt schon. Das Leben ist schön. Schnelle Autos, schnelle Frauen.« Die altgediente Antwort kam ihm über die Lippen wie eine schlechte Gewohnheit – und genau so war es ja bis vor Kurzem auch gewesen. Inzwischen schmeckten die Worte seltsam schal.

»Wirst du es irgendwann mal ein bisschen ruhiger angehen lassen?«, fragte sie.

Er dachte an Tracie und verzog das Gesicht. Dann rief er sich Briannas schönes Gesicht in Erinnerung. »Eines Tages vielleicht. Aber dafür müsste mir schon eine ganz besondere Frau begegnen.« Hugh verstand selbst nicht, weshalb er Savannah diese abgedroschene Antwort auftischte. Seine Worte waren das eine, seine Gedanken gingen in eine ganz andere Richtung. Vielleicht würde er ja tatsächlich finden, wonach er suchte.

»Sicher taucht sie in deinem Leben auf, wenn du am wenigsten damit rechnest. So ist es mir mit Jack ergangen. Treat würde dir sagen, das Schicksal wird dir zu gegebener Zeit die Richtige schicken. Und Dad wird dir versichern, dass Mom die Hand im Spiel hat. Ich dagegen glaube, man braucht einfach nur Glück.« Savannah hatte sich als Anwältin auf die Unterhaltungsbranche spezialisiert, und ihr Verlobter Jack Remington, der früher beim Militär einer Spezialeinheit angehört hatte, arbeitete als Buschpilot und Survivaltrainer. Hugh stellte sich vor, wie seine Schwester in ihrer Loftwohnung in Manhattan ihre Sachen für das Wochenende in Jacks Hütte in den Bergen von Colorado packte.

»Ich lasse mich überraschen, aber glauben werde ich es erst, wenn es wirklich passiert. Was gibt's denn eigentlich, Vanny?«

»Wir feiern unsere Verlobung bei Dad, und ich wollte dich

fragen, ob du Zeit hast. Es ist alles ein bisschen kurzfristig.«

»Ich bin dabei. Wann steigt denn das Fest?« Bei den Bradens gab es fast ausschließlich kurzfristige Termine. Dann ließen alle alles stehen und liegen, um sich im Garten ihres Vaters zum Grillen zu treffen, obwohl sie weit verstreut in den verschiedensten Winkeln des Landes lebten.

»Am übernächsten Samstag.«

Hugh ging im Kopf seine Termine durch. »Ja, perfekt. Am kommenden Wochenende fahre ich das letzte Rennen der Saison. Danach wird es ruhiger. Hast du schon mit den anderen gesprochen? Hast du Dane und Lacy erreicht?«

»Ja. Lacy muss für ihre Arbeit nächste Woche zu einer Veranstaltung in Massachusetts. Den Termin kriegen sie trotzdem unter. Josh und Riley, Treat und Max, Rex und Jade – alle können kommen. Ich freue mich so, dass du auch Zeit hast.«

Hugh fiel auf, dass seine Geschwister nicht mehr nur als Treat, Dane, Rex, Josh und Savannah bezeichnet wurden. Alle wurden jetzt in einem Atemzug mit ihrer besseren Hälfte genannt. Hugh freute sich für die anderen, und etwas in ihm sehnte sich nach einer ebenso tiefen Verbindung. In letzter Zeit war ihm dieses Gefühl immer vertrauter geworden. Jetzt griff es nach ihm und wollte nicht loslassen. Er setzte sich auf.

»Ich freue mich auch, Vanny. Grüß Jack von mir. Und jetzt lass mich noch ein bisschen chillen. Der Abend war lang.«

»Hab dich lieb«, sagte sie.

»Ich dich auch.« Nach dem Anruf stand er auf und tigerte durchs Wohnzimmer. Durch die Terrassentür schaute er hinaus in die sternenklare Nacht. Er war immer ein selbstbewusster Draufgänger gewesen, hatte ein Leben auf der Überholspur geführt. Normalerweise fühlte er sich ganz wohl in seiner Haut.

Aber wenn er sich jetzt in diesem Haus umsah, wurde ihm bewusst, weshalb ihm dessen Größe nicht behagte. In diesem riesigen Gemäuer fühlte er sich sehr allein. Vielleicht sogar einsam.

Er ging zur Couch zurück und las ein paar Seiten. Aber immer wieder landeten seine Gedanken bei Bree. Er fragte sich, wer Layla und Claude waren. Layla konnte ihre Schwester sein, aber der Name Claude machte ihn stutzig. Er passte weder zu einer Schwester noch zu einem Haustier, und so wie ihre Augen bei dem Namen gestrahlt hatten, war dieser Claude ganz sicher nicht ihr Bruder. Einen Ehering trug sie nicht, und als er gefragt hatte, ob ihr Boss ihr Ehemann sei, hatte er bei Brianna und Kat die erhoffte Reaktion beobachtet. Brianna war mit ziemlicher Sicherheit unverheiratet. *Aber wer ist dann Claude?*

Er klappte das Buch zu, legte den Arm über die Augen und überlegte, ob er morgen gleich noch einmal in die Bar gehen sollte. Erst ein paar Minuten später fiel ihm auf, dass er Brianna immer nur ins Gesicht geschaut hatte. Ja, er musste eindeutig noch einmal zurück. Dieses wunderschöne Gesicht gehörte sicher zu einem umwerfenden Körper.

*Vier*

»Bist du fertig, Süße?« Brianna zog über ihren Skinny-Jeans den Reißverschluss der kniehohen schwarzen Stiefel zu, die Kat ihr zum Geburtstag geschenkt hatte, und warf einen prüfenden Blick in den Spiegel im Flur. Der graue Pulli mit dem U-Boot-Kragen umspielte locker ihre schlanke Figur und reichte ihr bis knapp zur Hüfte. Als sie sich das Haar aus dem Gesicht strich, klimperten ihre Armreifen.

»Du siehst hübsch aus, Mommy«, sagte Layla.

Brianna küsste sie auf die Wange. »Nicht so hübsch wie du, Prinzessin. Aber danke. Ich helfe Claude heute Morgen bei einem Fotoshooting. Hast du die Einladungen?«

Layla schüttelte den Kopf, dass ihre langen braunen Zöpfe nur so flogen. »Ich hole sie. Können wir für die Party ein Pony mieten?« In ihren schwarzen Leggings und ihrem blauen langärmeligen Shirt rannte sie in die Küche und schnappte sich die Tüte mit den Einladungen, die Brianna am Abend zuvor gebastelt hatte.

»Ein Pony? Das kostet etwa eine Million. Ich glaube, darauf müssen wir verzichten. Aber Eiscreme und einen Kuchen, das kriegen wir hin«, antwortete Brianna.

Layla betrachtete die Einladungskarten. »Die sind so cool!

Du hast Lutscher draufgeklebt. Jetzt kommen sicher alle.«

»Die wären auch so gekommen, weil sie dich nämlich furchtbar gern haben. Und jetzt pack die Einladungen in deinen Rucksack, damit wir loskönnen.« Layla hatte viele Freundinnen, wegen Briannas Arbeitszeiten aber nur wenige Verabredungen zum Spielen.

Brianna erinnerte sich noch gut daran, wie sie mit einem Baby im Arm vor der Arbeit zur Tagesmutter gehetzt war und ihr Kind zehn Stunden und zwei Jobs später wieder abgeholt hatte. Nach dem ersten großen Schock über ihre Schwangerschaft hatte ihre Mutter eingesehen, dass ein Baby nicht das Schlimmste war, was einem Mädchen passieren konnte – trotz ihrer eigenen Erfahrung mit einem Ehemann, der sie hatte sitzen lassen, als Brianna acht gewesen war. Seither unterstützte sie Brianna nach Kräften. Obwohl ihr Leben völlig anders aussah, als sie es sich mit achtzehn vorgestellt hatte, war Brianna glücklich. Und Layla war es auch. Nur darauf kam es an.

Ihre Mutter war ihr eine große Hilfe. Aber natürlich musste auch sie arbeiten. Seit einiger Zeit fing sie morgens früher an. So konnte sie nach der Schule auf Layla aufpassen, während Brianna bei der Arbeit war. Vor dem Schulgebäude hielt Brianna an. Layla löste ihren Sicherheitsgurt und kletterte von der Sitzerhöhung. Brianna beugte sich zum Rücksitz und gab ihr einen Abschiedskuss. Dabei war ihr, als läge jene unendlich anstrengende Zeit bereits ein halbes Leben lang zurück. Inzwischen war Layla viel selbstständiger, Brianna ging in der Mutterrolle auf und hatte akzeptiert, dass ihre Zukunft anders verlaufen würde als ursprünglich geplant. Seither erschien ihr alles viel erträglicher.

»Viel Spaß heute, Prinzessin. Ich hole dich nach der Schule ab und bringe dich zu Granny. Ach, ich hätte fast vergessen:

Deine Granny möchte gern, dass du morgen bei ihr übernachtest.«

Layla schnappte laut nach Luft. »Wirklich?«

»Jap. Sie will mit dir ins Theater. Ist das okay? Ich hole dich am Samstag nach dem Theaterstück ab.«

Layla kletterte halb über die Sitzlehne und umarmte ihre Mutter. »Ja, ja, ja! Theaterstücke sind so, so schön, und danach geht Granny immer mit mir essen. Das wird toll!« Ihr Lächeln fiel in sich zusammen. »Aber was ist mit dir? Willst du nicht mitkommen?«

Brianna hoffte, dass sie sich ihr Leben lang an diesen Moment erinnern würde. Sie sammelte solche Augenblicke und hatte bereits so viele davon, dass sie sie eigentlich aufschreiben musste. »Kann sein, dass ich für ein ganz bestimmtes kleines Mädchen ein Geburtstagsgeschenk besorgen muss.«

»Ein Kätzchen?«, fragte Layla hoffnungsvoll.

Brianna tat, als würde sie ihren Mund abschließen und den Schlüssel aus dem Fenster werfen.

Layla stöhnte.

»Hab dich lieb, Prinzessin. Und jetzt ab mit dir, sonst kommst du zu spät.«

»Okay. Zwei Musketiere?« Beim Lächeln zeigte Layla die Lücke, die hoffentlich bald von einem neuen Schneidezahn ausgefüllt werden würde.

»Immer.« Brianna hauchte ihr einen Kuss zu. Als die zwei Musketiere bezeichnete Layla sie seit zwei Jahren. Damals hatte sie wieder einmal nach ihrem Vater gefragt, und Brianna hatte geantwortet, dass Gott manchen Kindern nur einen Elternteil gab, weil sie zu großartig waren, um sie sich zu teilen. Einen Moment lang hatte Layla sie sehr ernst angeschaut und dann gesagt: »Dann ist es so, wie Granny immer sagt. Wir sind die zwei Musketiere.«

Brianna schaute zu, wie Layla den Fußweg entlangrannte und dann gemeinsam mit ihren Freundinnen durch die Schultür verschwand. Ihre Gedanken drifteten zu dem Patrick-Dempsey-Double. All ihren guten Vorsätzen zum Trotz rief sie sich mit einem stummen Seufzer seinen Namen in Erinnerung. *Hugh.* Allein der Gedanke an seine sexy Stimme brachte ihren Magen zum Flattern. Layla entwickelte sich prächtig, und Brianna wusste, dass jede Veränderung in ihrem Leben nur für Verwirrung sorgen und ihren dicht gedrängten Zeitplan noch chaotischer machen würde. *Wem will ich eigentlich etwas vormachen? Diesen Typ werde ich sowieso nicht mehr wiedersehen.* Die Vorstellung war seltsam tröstlich und enttäuschend zugleich.

»Kannst du das Licht noch mal neu ausrichten, Bree? Ich kriege schon wieder Schatten.« Mit der Anmut eines Schwans glitt Claude Delaney um das junge, spärlich bekleidete Paar auf dem Bett. Das Werbeshooting für Regency Linen, eine teure Bettwäschemarke, dauerte bereits fünfeinhalb Stunden und von Brianna aus konnte es noch ewig weitergehen. Das Wort *atemberaubend* war für das Paar auf dem Bett mit seinen perfekt definierten und dezent gebräunten Körpern noch untertrieben. Den beiden nur zuzusehen, war schon mehr erotische Action, als sie seit Jahren erlebt hatte. Von den einsamen Momenten hinter ihrer verschlossenen Schlafzimmertür, in denen sie sich selbst verwöhnte, einmal abgesehen. Irgendwie musste eine Frau schließlich überleben. Viel mehr als das junge Paar interessierte sie allerdings Claudes fotografisches Können.

Seit zwei Jahren sprang Brianna immer wieder für seine Assistentin Stella ein, wenn sie krank oder im Urlaub war. Sie träumte von einem Vollzeitjob bei Claude. Aber als Realistin wusste sie, dass dieser Traum wohl nie wahr werden würde. Freiwillig verließ niemand Claudes Team. Er war einer der gefragtesten Werbefotografen der Ostküste und Stella arbeitete seit fünfzehn Jahren bei ihm.

»Vierzehn Uhr zwanzig, Claude«, erinnerte ihn Brianna.

Er schürzte die Lippen und zog die Brille auf seiner Nase nach unten. »Du hast Glück, dass ich dich so furchtbar lieb habe.« Mit dem Zeigefinger rückte er die Brille wieder an ihren Platz. »Noch fünf Minuten, dann machen wir hier Schluss, damit Bree-Bree die kleine Layla abholen kann.«

Sie sah, wie seine Wangen sich hinter der Kamera hoben, und wusste, dass er sie nur aufzog.

»Ich hatte gestern ein fantastisches Shooting. Ich wünschte, du wärst dabei gewesen. Der Kerl war das Schnittchen des Jahrhunderts.« Claude erklomm eine Trittleiter.

Brianna hörte das *klack, klack, klack* des Verschlusses und hätte die Kamera am liebsten selbst in der Hand gehabt. Für sie hatte dieses Geräusch etwas ungeheuer Beruhigendes. Etwa so, wie es Layla beruhigte, das Ohr ihres Stoffschweins zwischen den Fingern kneten zu können. Zudem fühlte sie sich durch das Klicken inspiriert wie ein Schriftsteller von seiner Muse.

»Hast du gehört, was ich gesagt habe, Bree-Bree?«, fragte Claude.

»Ja, sorry.« *Ich war mit meinen Tagträumen beschäftigt.* »Aber nein danke. Kein Interesse.«

Claude seufzte und wedelte mit der Hand in Richtung der Models. Der Kontrast zwischen seinem cremefarbenen Leinenhemd und seiner kaffeebohnenbraunen Haut ließ sie wieder einmal wünschen, sie hätte ihre Kamera bei sich. Bis sie den defekten Apparat ersetzen konnte, würde es noch eine Weile dauern. Zu gern wollte sie die Welt eines Tages wieder aus der sicheren Perspektive der Fotografin durch eine Linse und verschiedene Filter betrachten können.

»Perfekt. Wir haben das Ding im Kasten. Danke für eure Geduld«, sagte Claude zu dem Paar. Dann drehte er den beiden den Rücken zu und flüsterte: »Ganz schön anstrengend, wenn man so schön ist. Was würde ich nicht dafür geben, mich mit diesem Model auf den Laken räkeln zu können.« Er nickte in Richtung des schlanken jungen Mannes, der gerade in seinem knappen schwarzen Slip zum Umkleiden ging.

»Du bist unverbesserlich. Das sagst du immer, wenn du knackige Typen fotografierst.«

Claude zog die Brille wieder tiefer und spähte über ihren Rand. Sein kahlgeschorener, ovaler Schädel reflektierte die Lichter. »Und das ist gut so. Vielleicht färbt von meinem lustvollen Schwärmen ja irgendwann etwas auf dich ab.«

»Erst mal muss ich meine süße Tochter abholen. Kommt Reba zum Aufräumen?« Reba Wilkes war die herzensgute Frau in den Fünfzigern, die Claudes Putztrupp leitete.

»Ja, wie immer«, antwortete Claude. »Aber ganz im Ernst. Ich wünschte wirklich, du wärst bei dem Shooting hier gewesen. Der Kerl hatte so seelenvolle Augen. Trotz aller Berühmtheit war mir sofort klar, dass er einer von den Guten ist.«

Winkend ging Brianna zur Tür. »Tochter, Claude. Tochter. Lass uns in zwölf Jahren darüber reden.« Sie blieb noch einmal kurz stehen. »Aber lieb, dass du dir Gedanken um mich machst.«

»Schön. Dann also in zwölf Jahren. Aber ich brauche dich am Samstag. Kriegst du das hin? Um zehn?«

Brianna biss sich auf die Unterlippe und schloss die Augen. Der Samstag war seit über zwei Wochen ihr erster echter freier Tag. Eigentlich hatte sie morgens Laylas Geburtstagsgeschenk kaufen und nachmittags mit ihrer Tochter in den Park gehen wollen. Dort waren sie schon ewig nicht mehr gewesen, und Brianna wollte gern ein bisschen Mutter-Tochter-Zeit dort verbringen, solange es noch warm genug war. In der vergangenen Woche hatte sie genügend Trinkgeld bekommen, um sogar mit Layla essen zu gehen. Aber die zusätzlichen Dollars von Claude kamen gerade recht für die Geburtstagsparty. Von einem Besuch im Park hatte sie zu Layla noch nichts gesagt. Also …

Claude schien ihr Zögern zu bemerken. »Stella ist am Samstag noch nicht zurück. Und ich bezahle dir einen kleinen Bonus.«

»Okay, ja. Ich komme.« *Tut mir leid, Layla.*

# Fünf

Hugh umrundete die Bahn mit knapp 290 Stundenkilometern. Er war schon seit acht Uhr morgens hier, hatte zuvor eine Stunde in seinem Fitnessstudio zu Hause trainiert und war anschließend drei Meilen gerannt. Im Augenblick absolvierte er die letzte Trainingsrunde. Die Welt jagte verschwommen an ihm vorbei. Aber er sah weder die Tribüne noch die Fans draußen vor dem Zaun, die sich am Eingangstor die Nasen plattdrückten. Sein Blickfeld beschränkte sich auf die Motorhaube seines Wagens, den Asphalt direkt davor und die nächste Schikane in der Bahn. Sein Körper war eins mit seinem Fahrzeug. In der Biegung spürte er ein leichtes Driften nach rechts, hörte das unvergleichliche Röhren des Motors und sonst nur seine Gedanken, die das Driften analysierten und bereits an der Strategie für das nächste Rennen feilten. Einen größeren Kick als ein Rennen gab es für ihn nicht, aber ein Trainingslauf schaffte es mühelos auf Platz zwei.

Auf der Geraden drosselte er das Tempo und fuhr in die Box. Seine Crew flog mit Lichtgeschwindigkeit um den Wagen.

»Kümmert euch um das Driften.« Hugh stieg aus. Das Gefühl, dass sich um ihn herum alles weiterbewegte, war ihm vertraut. Bis die Vibration des Motors aus seinem Körper wich, dauerte es immer ein paar Minuten. Leider legte sich dann auch ein Teil des Hochgefühls, das die rasende Fahrt ihm bescherte.

»Wir kriegen das hin, Hugh. Keine Sorge«, versicherte ihm Art.

Hugh trat ein Stück zur Seite. Sein Herzschlag beruhigte sich, die Erde hörte auf, sich unter seinen Füßen wegzudrehen. »Art.« Er winkte seinen Freund zu sich. Art war fünfunddreißig, hatte kurzes rotblondes Haar und aufrichtige grüne Augen.

»Boss? Hör mal, wir haben alles …«

Hugh legte seinen Arm um Arts Schultern und ging mit ihm ein Stück von der Crew weg. »Keinen solchen Quatsch mehr wie gestern Abend, okay?«

Art lächelte und hob beschwichtigend die Hände. »Verstanden. Keine weiteren Verkupplungsversuche. Geht klar.« Er schaute hinaus auf die Bahn, dann drehte er sich wieder zu Hugh. »War sie wirklich so schlimm?«

»Grauenhaft.« Hugh lächelte. »Das einzig Gute ist, dass ich jetzt eine Bar kenne, in der keiner weiß, wer ich bin.«

»Im Ernst?«

»Jap. Verdammt, ich bin noch ein, zwei Wochen hier. Da ist es praktisch, wenn ich irgendwo zum Essen hin kann.«

Art richtete den Zeigefinger auf ihn. »Siehst du? Deshalb brauchst du dringend eine Frau.«

»Du irrst dich, mein Freund. Deshalb gibt es Restaurants. Außerdem bin ich nicht mehr auf dem Markt. Schon vergessen?« Bis vor nicht allzu langer Zeit hätte Hugh seinen Junggesellenstatus mit Klauen und Zähnen verteidigt. Aber jetzt, wo ihm die Worte über die Lippen kamen, spürte er, wie sehr er sich bereits verändert hatte. Eine Frau, die für ihn kochte, brauchte er tatsächlich nicht. Aber der Wunsch nach einer echten Beziehung verstärkte sich von Tag zu Tag. Er wollte endlich mehr als prickelnden Matratzensport mit Partnerinnen, die er schon zehn Minuten danach wieder vergessen hatte.

»Hey. Du hast mich gebeten, dir zu sagen, wenn es drei ist. Es ist schon viertel nach. Tut mir leid.« Art hielt Hugh seine Uhr vor die Nase.

Hugh klopfte ihm auf den Rücken. »Danke, Mann. Lass uns noch die Planung für morgen durchgehen, dann mache ich mich vom Acker.«

Hugh duschte und schlüpfte in ein Paar Distressed-Jeans, ein weißes T-Shirt und einen schwarzen Kaschmirpullover. Er entschied sich für Eros von Versace, ein sinnliches und doch frisch duftendes Cologne, stieg in seine schwarzen Lieblingsstiefel und ging hinaus zur Garage.

In seinem Roadster fuhr er zur Old Town Tavern und überlegte, ob er hinter dem Gebäude parken sollte, wo Brianna am Abend zuvor ihr Auto abgestellt hatte. Aber vermutlich war es klüger, das nicht zu tun. Sie sollte ihn nicht für einen Stalker halten. Immerhin kehrte er schon zum zweiten Mal wegen ihr in die Bar zurück. Einen Moment lang erwog er, es lieber erst in ein oder zwei Tagen noch einmal zu versuchen. Aber Geduld war noch nie seine Stärke gewesen. *Ach, zur Hölle damit.* Er fuhr in das Parkhaus um die Ecke.

Einen einunddreißigjährigen Rennfahrer brachte nichts so leicht aus der Fassung. Aber als Hugh die schwere Holztür der Old Town Tavern aufdrückte, standen seine Nerven unter Strom. Er sah sich um, konnte Brianna aber nirgends entdecken. Hugh stieß den Atem aus. Dass er ihn angehalten hatte, hatte er gar nicht bemerkt. Die Enttäuschung legte sich wie ein Mantel über seine Schultern.

Die blonde Kellnerin winkte ihm vom Tresen aus zu. »Hallo!« Sie zeigte auf sich. »Kat. Weißt du noch?«

»Selbstverständlich. Wie geht's?« Er setzte sich auf einen Barhocker. Am Vorabend hatte er nicht weiter auf Kats Aussehen geachtet. Aber ohne die Ablenkung durch die schöne Brianna und die grelle Tracie fiel ihm auf, dass die hochgewachsene Kat mit ihren großen blauen Augen und ihrer schlanken Figur sehr attraktiv war. Sie trug nur ein bisschen viel Make-up und ihr Push-up-BH war etwas zu eng. Blondinen hatten Hugh bislang nur als Zeitvertreib zwischen den Laken interessiert. Das war auch heute nicht anders und seine Gedanken wanderten zurück zu Brianna.

»Ich kann nicht klagen«, sagte Kat lächelnd. »Schön, dich wiederzusehen, Hugh. Einen Sidecar?«

»Nein danke. Bring mir lieber ein Wasser.«

Sie öffnete eine Flasche Mineralwasser und stellte sie zusammen mit einem Glas voller Eiswürfel vor ihn auf den Tresen. »Wer geht denn in eine Bar und bestellt dann ein Wasser?«

»Du hast recht. Gib mir doch einen Sidecar.« Er warf einen Blick auf die Uhr. Es war Viertel vor fünf. *Wo ist sie?*

»Na also. Geht doch.« Kat machte ihm seinen Drink.

»Nicht viel los heute, was?«, stellte er fest. Er hoffte, sie würde etwas über Brianna sagen. »Wird es voller, wenn die Spiele anfangen?«

»Oh, ja. Es ist noch ziemlich früh.« Kat lehnte sich an die Arbeitsplatte hinter dem Tresen. »Sag mal, Hugh, bist du erst kürzlich hergezogen?«

Er lachte. »Nein. Mein Haus habe ich schon ein paar Jahre.

Aber ich bin viel unterwegs.«

»Okay, und was arbeitest du?«

Hugh nahm einen Schluck Wasser und suchte nach einer Antwort, die nicht gelogen war, ihn aber auch nicht verriet. Am einzigen öffentlichen Ort, an dem er sich unbehelligt aufhalten konnte, wollte er sich nicht outen.

Die Tür flog auf, Brianna hastete herein und verstaute dabei ihre Schlüssel in ihrer Handtasche. »Tut mir leid. Verdammt, ich hasse meinen blöden Wagen. Er ist ewig nicht ...« Sie blieb wie angewurzelt stehen. Ihr und Hughs Blicke prallten aufeinander.

Während Hugh registrierte, was er gestern nicht wahrgenommen hatte, beschleunigte sich sein Puls. Brianna hatte wundervolle Kurven. Sie war nicht einfach nur hübsch, sie war brandheiß. Er konnte es nicht verhindern: Sein Blick wanderte über ihre perfekten runden Brüste, ihre schlanke Taille, die geschwungenen Hüften und die atemberaubend langen Beine in den knallengen Jeans und den schwarzen, kniehohen Stiefeln. Hugh spürte, wie sich ein Lächeln auf seine Züge stahl. Er zwang sich, Brianna wieder ins Gesicht zu sehen. Ganz gleich, wie umwerfend ihr Körper sein mochte, es waren die nachdenklichen, ausdrucksvollen Augen, die ihn magisch anzogen. *Shit.* Sie lächelte nicht.

»Hi, Bree«, sagte er.

Brianna schaute Kat mit zusammengekniffenen Lippen an. Kat setzte ein verschmitztes Grinsen auf und zog die Augenbrauen hoch.

»Ähm. Hi ... Hugh«, sagte Brianna. Dann eilte sie mit gesenktem Kopf an ihm vorbei.

Obwohl es vermutlich nicht klug war, drehte Hugh sich auf dem Hocker mit und schaute zu, wie sie hinter der Tür mit der

Aufschrift *Kein Zutritt* verschwand. Nie zuvor in seinem Leben hatte ihn das Gesicht einer Frau so in seinen Bann gezogen. Und zum allerersten Mal in seinen einunddreißig Jahren wusste Hugh nicht, was er tun sollte.

# Sechs

»Shit, Shit, Shit.« Die Hände zu Fäusten geballt, marschierte Brianna im Lagerraum im Kreis. Ihre Miene war zu einer angespannten Maske erstarrt. »Was mache ich jetzt? Er ist nur ein Gast. Lass ihn links liegen. Ja. Ich werde ihn einfach ignorieren.« Sie schlug die Hände vors Gesicht. »Verdammt. Warum muss mir das passieren? Shit, Shit, Shit.«

»Muss ich mir Sorgen um dich machen?« Mack lehnte in seiner offenen Bürotür.

Brianna fuhr herum. »Oh mein Gott. Ich wusste nicht, dass du da bist. Tut mir leid. Nein, alles in Ordnung.« *Na großartig. Jetzt glaubt Mack, ich hätte einen an der Klatsche, weil ich im Lager Selbstgespräche führe.*

»Eine Frau, bei der alles in Ordnung ist, führt keine Selbstgespräche und macht dabei ein Gesicht, als würde sie sich lieber im Kühlraum einschließen lassen, als hinter den Tresen stellen. Hat sich da draußen jemand daneben benommen?« Er drückte sich vom Türrahmen ab und marschierte Richtung Bar.

Brianna hastete an seine Seite und packte seinen Arm. »Nein, Mack. Keine Sorge. Wenn es so wäre, würde ich es dir sagen.«

Mack zog die Augenbrauen zusammen und verschränkte die

Arme. »Willst du mir verraten, wer *nur ein Gast* ist?«

Briannas Stimme wurde sanfter. »Lieber nicht.«

»Okay. Aber ich glaube, ich bleibe heute lieber in der Nähe.«

»Nicht nötig.« Sie schnappte sich ein frisches Geschirrtuch, schlang es durch ihren Gürtel und folgte Mack in die Bar. Dort sah sie mit an, wie sein Blick die Gäste scannte. Dann drehte er sich zu ihr. Er versuchte herauszufinden, wer sie so beschäftigte, und Brianna gab sich alle Mühe, den umwerfenden, atemberaubenden, brandheißen Hugh nicht anzusehen.

Zum Glück waren inzwischen weitere Gäste gekommen. Mindestens ein Dutzend Männer warteten am Tresen und an den Tischen darauf, dass sie bedient wurden.

Mack ließ den Blick noch einmal durch den Raum schweifen. »Ich komme wieder, und wenn du mich brauchst, rufst du mich.« Er machte sich auf den Weg ins angrenzende Restaurant, und Brianna merkte, dass ihre Brust nicht mehr ganz so eng war. Sie atmete tief durch, schnappte sich einen Bestellblock und wollte zu den Tischen gehen. Kat nahm ihr den Block aus der Hand und drängte sich an ihr vorbei.

»Die Tische übernehme heute ich.« Sie war schon beinahe bei der ersten Tischnische, als Brianna ihren Namen rief.

*Verdammt, Kat.* Brianna gab sich hinter der Theke sehr beschäftigt. Sie servierte Drinks und vermied jeden Blickkontakt mit Hugh, der sich mit dem Gast neben ihm über Baseball unterhielt. *Gott, ich liebe seine Stimme. Was ist bloß mit mir los? Er ist ein Mann. Und Männer bedeuten Ärger.* Als er die Hand hob und ihr zuwinkte, durchrieselte sie ein Schauer. Sie setzte ein Lächeln auf, schaute angelegentlich auf den Tresen und wischte ein paar Tropfen weg. Dass sein Wasserglas leer war, war ihr aufgefallen. Seinen Cocktail hatte er nicht angerührt.

Wieder nicht. Das war gestern auch so gewesen. Sie öffnete eine weitere Flasche Mineralwasser und stellte sie mit einem neuen Glas voller Eiswürfel vor ihn hin.

Die Hand, die er nach dem Glas ausstreckte, streifte ihre. Sie zwang sich, ihm in die Augen zu schauen.

»Danke, Bree«, sagte er.

»Gern geschehen«, presste sie hervor.

»Du siehst sehr hübsch aus heute.«

Sie spürte, wie ihre Wangen heiß wurden. *Verdammt.* Andauernd wurde sie rot. Sie kam sie schon vor wie ein Schulmädchen.

»Danke.« Sie nickte in Richtung seines Cocktails. »Stimmt was nicht mit deinem Drink?«

Er warf nicht einmal einen Blick auf das Glas. »Nein. Der ist, wie er sein soll.«

*Und warum trinkst du dann nichts?* Brianna sah Tracie zur Tür hereinkommen. Deswegen sprach sie die Frage nicht laut aus. Tracies Blick flog von einem Tisch zum anderen, blieb an einer Gruppe gut aussehender Männer hängen, wanderte weiter zum Tresen und heftete sich an Hugh.

»Deine Freundin ist hier«, sagte Brianna und ging davon.

»Was? Wer?« Hugh wandte sich gerade in dem Moment um, in dem Tracie sich auf den Hocker neben ihm schob.

»Warum hast du ihn mit ihr allein gelassen?« Kat drückte sich hinter dem Tresen an Briannas Seite und raunte ihr ins Ohr.

»Was soll ich denn machen? Dastehen und glotzen? In seiner Nähe bringe ich keinen Ton raus.« Brianna schaute Kat an und biss sich auf die Unterlippe. »Hilf mir, Kat. Tu irgendwas. Lass nicht zu, dass mir meine blöden Hormone mein Denkvermögen klauen. Bitte. Layla zählt auf mich.«

Kat verdrehte die Augen. »Layla hätte nichts dagegen, wenn du einen süßen Typen daten würdest. Du schiebst sie nur als Ausrede vor. Wenn du ehrlich bist, ist dir das klar.«

»Gar nicht wahr. Schau dir meine Mutter an. Mein Vater hat sich verdrückt, als ich acht war. Todd war ein Wochenendabenteuer und wollte auch gar nichts anderes sein. Und dann dein eigener Vater. Er ist gegangen, als du zwölf warst. Männer machen nur Ärger und Probleme. Wenn man sich mal abreagieren will, sind sie ganz nützlich. Du weißt, was ich meine. Aber das heißt nicht, dass wir unser Leben für sie auf den Kopf stellen müssen. Ich bleibe lieber Single. Besten Dank.« Über die Schulter schaute sie zu Hugh und Tracie hinüber. Je näher Tracie sich zu ihm beugte, desto weiter lehnte er sich zurück. Steif und mit gequälter Miene klemmte er auf seinem Hocker. Brianna stöhnte über Tracies Aufdringlichkeit und drehte sich wieder zu Kat.

»Nicht alle Männer sind so. Denk an Brad Pitt.«

»Tolles Beispiel.« Brianna verdrehte die Augen.

»Ach ja. Dass er verheiratet war, als er Angelina getroffen hat, hatte ich völlig vergessen. Und die Ehe mit ihr ist jetzt auch Geschichte. Verflixt.« Kat lachte. Sie warf einen verstohlenen Blick auf Hugh. »Und jetzt geh und rette den armen Kerl, bevor sie ihn mit Haut und Haaren verschlingt.«

Brianna holte tief Luft. *Retten? Warum denn?* Hugh erweckte die privatesten Winkel ihres Körpers zum Leben und löste ungebeten Gefühle in ihr aus, die sie ewig nicht gehabt hatte. Aber er war irgendwie zu nett, um ihn in Tracies Fängen zu lassen. Brianna stellte einem anderen Gast seine Bestellung hin und machte sich auf den Weg zu Hugh.

»Was darf's sein?«, fragte sie Tracie.

»Ein Cosmo.« Tracie schob ihre langen roten Fingernägel

auf Hughs Hand zu, die auf dem Tresen lag.

Hugh ließ die Hand von der Holzplatte gleiten und schaute Brianna in die Augen. *Hilf mir*, sagte sein Blick. Aber in ihrem Kopf hörte sie: *Küss mich!*

Briannas Magen zog sich zusammen. »Kommt sofort.« *Ich kann nicht fassen, was ich gleich tun werde.* Mit zitternden Händen brachte sie Tracie ihren Cocktail. Tracie beugte sich zu Hugh, ihr Kleid klaffte auf und gab den Blick auf das tiefe Tal zwischen ihren gewaltigen Brüsten frei. Brianna kniff die Augen zusammen, machte einen letzten Schritt und stolperte. Der Drink flog aus ihrer Hand in Tracies Schoß.

»Hey!« Die Hände weit von sich gestreckt, sprang Tracie auf. Der pinkfarbene Cocktail tropfte von ihrem Kleid. »Was zum Teufel?« Sie riss eine Handvoll Servierten vom Tresen.

»Ach herrje. Wie ungeschickt von mir.« Brianna griff über den Tresen, stieß *aus Versehen* Hughs Sidecar um und schüttete damit einen zweiten Drink über Tracies triefendes Kleid. »Du meine Güte!«

Hugh unterdrückte ein Lachen, was Brianna wiederum zum Lächeln brachte.

»Das ist nicht lustig. Jetzt muss ich nach Hause und mich umziehen. Igitt!« Tracie rauschte aus der Bar.

»Es tut mir wirklich leid«, sagte Brianna zu Hugh, während sie den Tresen abwischte. Sie merkte, dass Mack sie vom Eingang des Restaurants aus kopfschüttelnd beobachtete, zog eine verlegene Grimasse und formte mit den Lippen das Wort *sorry*.

»Das war großartig«, sagte Hugh lachend.

Sein Strahlen nahm Brianna einen Teil ihrer Anspannung. »Du hast ausgesehen, als müsste man dich retten.«

»Das kann ich mir vorstellen.« Hugh prostete ihr mit

seinem Wasser zu und nahm einen Schluck.

»Ich bringe dir einen neuen Cocktail.« Sie machte einen Schritt von ihm weg, doch er berührte ihre Hand, die am Tresen entlang strich.

»Bitte nicht.«

Sie schaute ihn an.

»Ich würde lieber reden als trinken.«

Brianna scannte die anderen Gäste. Im Augenblick waren alle versorgt. Kat hatte die Tische im Griff, und sie hatte keine Ausrede, um ein Gespräch mit ihm zu verweigern. Genau genommen hatte sie auch nur halbherzig nach einer gesucht. Ein weiterer kurzer Blick in Hughs dunkle Augen und jeder Gedanke an irgendwelche Ausflüchte verflog. »Okay.«

Ein paar Herzschläge lang schaute er sie nur an. Sie spürte jeden einzelnen ihrer Atemzüge. Die Sekunden vergingen wie in Zeitlupe. Jeder Moment dehnte sich unendlich aus. Sie sah, wie seine Mundwinkel sich fast unmerklich nach oben kräuselten, bemerkte das Leuchten in seinen Augen. Dann huschte seine Zungenspitze über seine Unterlippe. Den Mund ließ er ein klein wenig offen. Sie konnte gerade noch den schimmernden Streifen sehen, den seine Zunge hinterlassen hatte.

»Hallo?«

Brianna blinzelte sich aus ihrer Trance und registrierte den Gast, der ungeduldig am Tresen wartete. Offenbar hatte er schon ein paarmal versucht, ihre Aufmerksamkeit auf sich zu lenken. »Entschuldigung. Was darf's sein?« Sie fühlte Hughs Blick wie einen heißen Laserstrahl.

»Ein Bud Light.«

»Kommt sofort.« Sie konzentrierte sich darauf, das Bier einzuschenken. Dabei rannten ihre Gedanken in siebzehn verschiedene Richtungen. Layla und ihre Arbeit waren ihr

Leben. Worüber sollte sie sich da mit einem Mann unterhalten? Sie reichte dem verärgerten Gast sein Glas, dann bediente sie ein Pärchen und eine einzelne Frau. Einer ihrer Lieblingsgäste, Bill Carson, ein grauhaariger älterer Herr mit schmalen Schultern und schlaksigen Armen, setzte sich neben Hugh. Brianna spürte, wie Hughs Blicke ihr folgten. Die Gefühle, die sie so viele Jahre lang weggedrückt hatte, brachen sich Bahn. Ihr Magen flatterte, jeder Atemzug erschien ihr viel zu laut. Sie versuchte, nicht zu Hugh hinzusehen, denn sie fürchtete, ihr Hirn könnte erneut in den Stand-by-Modus verfallen und sie würde dastehen wie ein Trottel.

Sie stellte Bill wie immer einen Jim Beam on the Rocks hin. »Ich habe dich diese Woche noch gar nicht gesehen. Alles klar bei dir?« Das Herz schlug ihr bis zum Hals. Sie verbot ihren Augen, nach Hugh zu suchen.

Bill nickte. Er war ein pensionierter Postbeamter, und sie hätte geschworen, dass er seine abgeflachten Fingerspitzen den Abertausenden von Umschlägen verdankte, die er während seines Berufslebens in Fächer sortiert hatte. Seit seine Frau Millie vor drei Jahren gestorben war, war Bill um zehn Jahre gealtert. Wie eine Landkarte überzogen Falten und Fältchen seine Wangen und seine Stirn.

»Wirklich, Bill? Sicher fehlt dir deine Millie«, sagte sie.

»Ach, du weißt doch, Millie fehlt mir immer. Mein Sohn und mein Enkel waren ein paar Tage zu Besuch. Aber jetzt sind sie wieder in Kalifornien.« Er seufzte. »Und wie geht es dir, Brianna?« Bill ließ den Blick durch den Raum schweifen. »Viel los, heute Abend. Sind alle anständig zu dir? Falls nicht, dann können die was …«

Dass Bill so tat, als wäre er in der Lage, sie zu beschützen, rührte Brianna. Dabei war er so alt und so dürr, dass schon ein Windstoß ihn umwerfen konnte. Wie man mit betrunkenen

Kerlen umging, wusste sie, und einen Beschützer brauchte sie nicht. Aber Bills Fürsorglichkeit tat ihr gut. Unwillkürlich fragte sie sich, ob Hugh wohl ein Mann war, der seine Freundin beschützen und jederzeit entschlossen verteidigen würde. *Schluss damit. Hör auf.*

»Heute sind alle sehr artig, Bill. Aber danke für dein Angebot.« Sie berührte seine Hand. »Entschuldige mich.« Sie bediente einige andere Gäste.

An einem Tisch in der Mitte der Bar hatten ein paar junge Männer mit Trinkspielen begonnen. Sie johlten, klatschten und lachten. Bei dieser Geräuschkulisse, der versengenden Hitze von Hughs Blicken und Kats eiligem Hin und Her zwischen den Tischen und dem Tresen konnte Brianna in den nächsten Stunden kaum einen klaren Gedanken fassen. Als das Baseballspiel, das auf den Monitoren lief, vorbei war und die Bar sich langsam leerte, hatte sie das Gefühl, hundert Meilen weit gelaufen zu sein. Doch Hughs Energiefeld hielt sie auf den Beinen, und sie glaubte, gleich noch weitere hundert Meilen laufen zu können.

»Was für ein Abend«, seufzte Kat. »Der pure Wahnsinn. Und bei dir? Alles klar?« Sie ließ Wasser über einen Lappen laufen und drückte ihn aus.

»Geht so.« Brianna deutete mit dem Kopf auf Hugh. »Er ist immer noch hier.«

»Na logisch. Er ist wegen dir gekommen. Großer Gott, er hat dich den ganzen Abend mit Adleraugen verfolgt. Geh hin und rede mit ihm. Ich wische solange die Tische ab.« Sie beugte sich ein wenig näher. »Jetzt mach dir nicht in die Hose. Es ist Smalltalk, kein Sex. Sorg dafür, dass der heiße Kerl ein bisschen Herzklopfen bekommt.«

*Herzklopfen ist genau das Problem.*

Allein durchs Zuschauen lernte Hugh eine Menge über Brianna. Seit Ewigkeiten hatte er keinen Abend so genossen. Sie bediente die Gäste zügig, aber freundlich. Wenn ihre professionelle Aufmerksamkeit auf Flirtversuche stieß, zog sie sich zurück. Sie war ganz anders als die Frauen, mit denen er es sonst zu tun hatte. Die Models und Groupies, die er normalerweise datete, hätten viele der Gäste in der Bar kaum eines Blickes gewürdigt. Aber Brianna fragte den alten Mann neben ihm, ob ihm seine Frau fehlte. Sie kam hinter dem Tresen hervor, um das Geld aufzuheben, das einem Gast hinuntergefallen war, und gab es ihm zurück.

Als ein junger Typ sie am Handgelenk packte, sie zu sich zog und die Lippen spitzte, stand Hugh auf. Mit einem tiefen Atemzug wurde seine Brust noch breiter. *Ich bringe dich um.* Doch bevor er den Kerl erreicht hatte, sah er Brianna lächeln, als würde sie sich küssen lassen. Dann drehte sie blitzschnell das Handgelenk aus dem Griff des Mannes, packte seinen Daumen und drückte ihn kräftig nach hinten, bis der Typ sich vor Schmerzen wand und bettelte, sie solle ihn loslassen. Hugh wurde Zeuge, wie Mack die Dumpfbacke aus der Bar geleitete, während Brianna weiterarbeitete, als wäre nichts geschehen. Aber Hugh fiel auf, dass ihr Arm ein wenig zitterte und das Licht in ihren Augen erloschen war. An seine Stelle trat eine ernste Dunkelheit.

»Alles klar?«, fragte er.

Sie nickte. »So was passiert hin und wieder.«

»Wirklich? Das ist nicht gut, Bree.« Er kannte sie kaum, aber in diesem Augenblick hätte er sie am liebsten fest umarmt und damit die Beklommenheit verscheucht, die sie um jeden Preis verbergen wollte.

Sie wischte sich die Hände an ihrem Geschirrtuch ab. »Halb

so wild. Er war bloß ein bisschen übereifrig.«

»Bree.« Mack erschien neben Hugh. »Alles in Ordnung?«

»Ja, Mack. Danke.« Ihre Augen flogen zu Hugh, dann zurück zu Mack.

»Sicher? Du musst nur etwas sagen …«, Mack maß Hugh mit einem langen Blick, »… falls du mich brauchst.«

Hugh streckte dem bulligen Mann lächelnd seine Hand entgegen. »Hugh Braden. Freut mich.«

»Braden? Den Namen kenne ich doch.« Mack schüttelte Hugh die Hand.

*Shit.* Wie hatte er sich so verplappern können? »Sicher haben Sie von meinem Bruder gehört. Josh ist ein bekannter Modedesigner. Sein Name steht in sämtlichen Modezeitschriften.« Hugh wollte unbedingt von sich ablenken, damit Mack nicht darauf kam, wer er war. »Brianna zu belästigen liegt mir fern. Ich wollte nur dafür sorgen, dass der Typ ihr nicht auf die Pelle rückt.«

Mack nickte. Noch immer schaute er ihn an, als rätselte er, woher er ihn kannte. »Bree?«

»Er ist in Ordnung, Mack.« Sie putzte weiter am Tresen herum.

»Braden? Hm. Es fällt mir sicher noch ein.« Mack ging davon.

Brianna legte den Lappen beiseite und verschränkte die Arme. »Danke, dass du mir helfen wolltest. Aber warum bist du eigentlich hier? Du trinkst nichts und du schaust dir das Spiel nicht an. Sollte mir das irgendwie unheimlich sein?«

Hugh stützte sich auf den Tresen und antwortete ehrlich. »Ich weiß nicht. Vielleicht.« Er zuckte die Achseln. »Du hast mir gestern gleich gefallen. Deshalb wollte ich heute gern ein bisschen mit dir plaudern. Ist das unheimlich? Sag du es mir.«

Sie senkte den Blick und errötete. »Irgendwie schon.«

Er lachte. »Aber wie sonst lernt ein Mann hier in der Gegend eine Frau ein bisschen besser kennen? Möchtest du vielleicht nach der Arbeit einen Kaffee mit mir trinken?« Er sah, wie sie die Schultern anspannte. »Hey, fühl dich nicht bedrängt. Das war nur eine Frage.«

Ihre Augenbrauen zogen sich zusammen und sie schaute zu Kat.

»Was sagt man dazu?«, meinte Kat. »Gut gemacht, Bree. Was für ein Vollpfosten. Was denkt der sich dabei? Dich einfach so zu packen!« Kat schaute zwischen Brianna und Hugh hin und her. »Störe ich?«

Brianna hob den Blick und sah Hugh ins Gesicht. Verdammt, diese Augen brachten ihn um den Verstand.

»Okay«, sagte Brianna leise.

»Okay?« *Yes!*

»Okay was?«, fragte Kat.

»Kaffee. Wenn ich hier fertig bin, gehe ich mit Hugh einen Kaffee trinken.«

»Im Ernst?« Kat zog die schmalen Brauen hoch. »Guter Plan. Wohin geht ihr?«

Hugh zuckte die Achseln. »Das überlasse ich Bree.«

»Was ist mit Layla?«, fragte Kat.

Beklommenheit huschte durch Briannas Blick. »Sie übernachtet heute bei meiner Mom.«

»Perfekt«, sagte Kat. Dann schaute sie Hugh an.

*Bei deiner Mom? Sie hat ein Kind. Shit. Sie hat ein Kind.* Hugh liebte Kinder, hatte aber nie in Erwägung gezogen, eine Frau mit Kind zu daten. Offenbar musste er so verunsichert ausgesehen haben, wie er sich fühlte, denn Kat knuffte Brianna mit dem Ellbogen in die Seite und nickte in seine Richtung.

Brianna verschränkte erneut die Arme. Sie schaute Hugh mit ihren schönen Augen an, die den ganzen Abend lang so viele ernste Gedanken widergespiegelt hatten. »Ich habe eine Tochter. Layla Michelle. Sie ist fast sechs. Wenn du lieber doch nicht Kaffeetrinken gehen möchtest, ist das in Ordnung. Ich könnte es verstehen.«

Ein Blick in ihre Augen und jeder Zweifel verflog. Er wollte sie näher kennenlernen, wusste aber auch, dass er sich vorsehen musste. Eine alleinerziehende Mutter zu daten war sicher nicht unkompliziert.

»Ich möchte sehr gern einen Kaffee mit dir trinken, Brianna, ob du nun eine Tochter hast oder nicht.«

»Wirklich?« Sie zog eine Braue hoch.

»Wirklich.« Gefühle zu investieren, war neu für ihn. Bisher hatten die Frauen, mit denen er es zu tun gehabt hatte, nie mehr als fleischliche Gelüste in ihm ausgelöst. Aber eine alleinerziehende Mutter und ihre Tochter waren sicher verletzlich. Er musste sich vorsehen. Hugh dachte an seinen Vater, der nach dem Tod seiner Frau nie wieder mit einer anderen zusammen gewesen war, und fragte sich, wie ihm als kleinem Jungen wohl zumute gewesen wäre, wenn sein Vater eine Freundin gehabt hätte.

Die Stimme seines Vaters hallte durch seinen Kopf. Sie sprach aus, was ihm unbewusst längst klar war. *Du musst vorsichtig und bedacht sein, mein Sohn.* Bedachtsamkeit lag nicht in Hughs Natur. Bislang hatte es für ihn immer nur alles oder nichts gegeben. Er traf schnelle Entscheidungen und traute seinem Bauchgefühl. Der Gedanke, vorsichtig und bedacht sein zu müssen, machte ihm eine Heidenangst. Aber nicht genug, um auf den Kaffee mit der süßen Brianna zu verzichten.

# Sieben

»Mein letztes Date hatte ich vor fast sieben Jahren und an den letzten Kaffee mit einem gut aussehenden Mann kann ich mich gar nicht mehr erinnern. Ich kann kaum glauben, dass ich das wirklich tun werde.« Brianna und Kat standen in der winzigen Damenumkleide vor dem Spiegel. Brianna bürstete ihr Haar und Kat hielt ihr einen Lippenstift hin. »Nein danke.«

»Komm schon. Mit ein bisschen Farbe wirst du noch viel besser aussehen«, drängte Kat.

»Er hat mir sieben Stunden lang bei der Arbeit zugeschaut. Er weiß, wie ich aussehe.« Brianna wandte sich vom Spiegel ab. »Du liebe Güte, Kat. Er hat den ganzen Abend lang dagesessen. Den ganzen Abend. Wer macht so was?«

»Die Schnitte, die jetzt draußen auf dich wartet«, erklärte Kat trocken.

»Nein, in Ernst. Ich meine, eine Stunde oder zwei kann man schon mal einfach dasitzen. Aber den ganzen Abend? Und hast du das gesehen? Er hat sich nicht mal das Spiel angeschaut.«

»Cool bleiben, Süße. Ihr geht Kaffeetrinken, nicht zu ihm nach Hause. Obwohl ...«

Brianna kniff die Augen zusammen. »Nein. Nein, nein,

nein. Denk nicht mal dran. Kaffee. Das ist alles. Und falls sich herausstellt, dass er ein Freak ist, rufe ich dich an. Also behalte dein Telefon in Reichweite.«

Sie gingen die verlassene Straße entlang zum einzigen Café, das um diese Zeit noch offen hatte – einem Donut-Shop. Brianna fröstelte in ihrem Pullover. Hugh streifte seine Jacke ab und legte sie ihr um die Schultern.

»Mir ist nicht kalt«, log sie.

»Nein, sicher nicht. Aber mir ist heiß und du siehst aus wie ein prima Kleiderständer.« Lächelnd hielt er ihr die Tür des Donut-Shops auf. »Nach Ihnen, Madam.«

*Ein Gentleman und auch noch witzig? Unmöglich.* »Danke.« Brianna hatte befürchtet, sie würde vor lauter Nervosität keinen Ton herausbringen. Aber mit Hugh allein zu sein, fiel ihr leicht. Er machte keine zweideutigen Bemerkungen wie die Typen in der Bar und schaute sie nicht an wie ein Stück Fleisch. Dafür war sie dankbar. Noch immer rätselte sie, was in sie gefahren war und weshalb sie die Einladung zum Kaffee angenommen hatte. Aber jetzt, wo sie Hugh in einer Tischnische gegenübersaß, war sie froh, dass sie zugesagt hatte.

»Lass uns die üblichen Peinlichkeiten bei einem ersten Date am besten schnell hinter uns bringen.« Als Hughs Lächeln seine Augen erreichte, wurden seine Grübchen noch tiefer.

*Sind die Wände gerade näher zusammengerückt?* Gerade war sie noch so entspannt gewesen. Aber jetzt wurde ihr plötzlich klar, dass persönliche Fragen auf sie zukamen, und ihre Brust wurde eng.

»Das war ein Scherz, Bree«, sagte er. »Du siehst aus, als hätte ich dich nach deinen dunkelsten Geheimnissen gefragt.«

»Tut mir leid. Ich hatte ewig kein Date. Ich bin ein bisschen aus der Übung.« Sie legte die Hände um ihre warme Tasse. »Und ich fürchte, Smalltalk ist nicht meine Stärke.«

Er legte seinen Arm auf die Sitzlehne. »Dann mache ich es dir ein bisschen leichter. Ich bin das jüngste von sechs Kindern und musste immer ein wenig laut sein, damit man mich hört. Frag einfach drauflos, und ich antworte, so gut ich kann.«

»Herrje, ich weiß nicht. Du hast fünf Geschwister? Da war sicher immer viel los. Ich bin ein Einzelkind.«

»Ja, langweilig war es bei uns nie. Ich habe vier Brüder und eine Schwester, und wir lieben uns heiß und innig.« Er nahm einen Schluck Kaffee. »Wie lange arbeitest du schon in der Old Town Tavern?«

Sie senkte den Blick und kämpfte gegen die Verlegenheit an, die sie befiel, wenn sie sich klarmachte, wie ihr Leben verlaufen war. Dann dachte sie an Layla und fasste wieder Mut. Sie schaute Hugh ins Gesicht, damit sie seine Reaktion sehen konnte, bevor sie sie hörte.

»Schon seit meinem College-Abschluss. Ich wurde direkt danach schwanger. Das war nicht geplant und der Junge war eine Wochenendliebe. Ich weiß, das klingt grauenhaft ...« *Das hört sich an, als wäre ich eine Schlampe. Eigentlich könnte ich auch gleich gehen.*

»Warum denn? Eine ungeplante Schwangerschaft? Das kann doch jedem passieren. Mich wundert eher, dass es nicht noch viel mehr Abschlussfeier-Babys gibt.«

Er lächelte schon wieder, und sie hätte ihm am liebsten dafür gedankt, dass er sie nicht verurteilte. »So habe ich das noch nie gesehen, aber du hast recht. Dass Studenten Abenteuer haben, ist sicher normal, aber nicht immer reißt dabei das

Kondom.« Sie schlug die Hände vors Gesicht. »Ich kann nicht glauben, dass ich das gerade gesagt habe. Wie peinlich.« Sie zog eine Grimasse. »Ich habe dich gewarnt. Smalltalk liegt mir nicht.«

»Offenheit ist doch nicht verkehrt. Erzähl mir von deiner Tochter.«

Brianna straffte die Schultern. Das würde sie hinkriegen. »Layla wird nächste Woche sechs. Sie ist aufgeweckt und lustig, gleichzeitig aber ein sehr nachdenkliches Kind. Sie malt gerne und geht gern ins Theater. Sobald sie alt genug ist, wird sie sicher in die Theatergruppe wollen. Aber im Moment möchte sie vor allem eine Prinzessin sein.«

»Klingt, als wäre sie ein tolles Kind. Hat sie Kontakt zu ihrem Vater?«

Brianna schüttelte den Kopf. »Nein. Seit der Abschlussfeier habe ich ihn nicht mehr gesehen. Wir haben uns auf einer Party kennengelernt, waren ein Wochenende lang zusammen und dann war er weg. Als ich von meiner Schwangerschaft erfahren habe, habe ich mich mit ihm in Verbindung gesetzt. Aber er war alles andere als erbaut. Er hat mir deutlich zu verstehen gegeben, dass er weder mit mir noch mit Layla etwas zu tun haben möchte.« Brianna staunte nicht schlecht darüber, dass sie Hugh ihr dunkelstes Geheimnis anvertraute. Aber die Beichte kam ihr ganz leicht über die Lippen. »Manchmal habe ich Schuldgefühle, weil Laylas Vater in ihrem Leben keine Rolle spielt. Aber ich kann ihn schlecht zwingen, sie zu sehen.«

Er nickte. »Mutig.«

»Was?«

»Direkt nach dem College alleine ein Kind großzuziehen … Hat dir das nie Angst gemacht?«

Er schaute sie fragend an und sie traute sich kaum zu atmen.

*Mutig* hatte sie noch nie jemand genannt. »Na ja, ob ich Angst haben müsste, habe ich mir nie wirklich überlegt. Ich hatte mein Kind vom ersten Moment an lieb, also …« Sie zuckte die Achseln. »Man trifft eine Entscheidung, und dann macht man einfach alles, so gut man kann.«

»Glaub mir, *mutig* ist das passende Wort für dich«, sagte er. »Und heute übernachtet sie bei deiner Mutter? Das heißt, deine Mutter wohnt in der Nähe? Hat sie dich von Anfang an unterstützt?«

Sein Ton und sein Blick waren aufrichtig. Brianna staunte über sein Interesse. »Ja, sie wohnt in der Nähe. Anfangs war sie ziemlich sauer auf mich. Mein Dad ist gegangen, als ich acht war. Sie hat mich großgezogen und eisern gespart, damit ich aufs College gehen konnte. Und dann komme ich schwanger nach Hause und finde keinen Job in meinem Fachgebiet. Das war ein Schock, aber nach einer Weile hatte sie ihn verdaut. Seither ist sie ganz vernarrt in Layla. Morgen schaut sie sich mit ihr zusammen ein Theaterstück an und ich arbeite vormittags ein paar Stunden. Das passt perfekt.«

Hugh beugte sich vor. »Erzähl mir etwas über dich.«

Ihr Magen zog sich zusammen. *Ich bin immer müde und ständig damit beschäftigt, genug Geld für meine Tochter und mich zu verdienen und dafür zu sorgen, dass es ihr gut geht.* »Da gibt es nicht viel zu erzählen.«

»Komm schon. Ich habe dir bei der Arbeit zugeschaut. Du machst deinen Job prima, aber ich konnte sehen, dass die Rädchen in deinem Kopf ständig in Bewegung waren. Woran denkst du? Was macht dir Spaß?«

»Ich fürchte, ich bin ziemlich langweilig. Ich habe zwei Jobs und kümmere mich um Layla. Das hier ist mein erstes Date seit meiner Schwangerschaft, und ich weiß ehrlich gesagt nicht mal genau, warum ich mich darauf eingelassen habe.« *Was ist los mit mir? Ich kann gar nicht aufhören zu reden.*

»Ich habe dir leidgetan, weil du dich selber gegen den Mistkerl gewehrt hast, der dich gepackt hat, und ich keine Gelegenheit hatte, dein rettender Ritter zu sein.«

»Ach, das ist der Grund?« Sie lachte. »Dann muss ich also nicht mehr weitergrübeln, weshalb ich wegen eines Typs, der den ganzen Abend in einer Bar sitzt, aber nichts trinkt, meinen Zwölfjahresplan in Gefahr bringe.«

»Augenblick. Du hast einen Zwölfjahresplan? Was muss ich mir darunter vorstellen?«

*Mist. Wie konnte mir das bloß herausrutschen?* Sie zog die Nase kraus. »Habe ich das wirklich laut gesagt?«

»Ich fürchte ja. Und jetzt musst du mir das erklären. Zwölf Jahre sind eine halbe Ewigkeit. Wie kann man über einen so langen Zeitraum hinweg etwas planen?«

Bedächtig trank sie ihren Kaffee aus und überlegte, was sie ihm antworten sollte. Er hatte schon so viel über sie erfahren und noch nicht die Flucht ergriffen. Dann konnte sie ihm auch den Rest erzählen. »In zwölf Jahren wird Layla achtzehn.« Sie hob die Schultern. »Wenn ich bis dahin keine Dates habe, ist ihr Leben unkomplizierter.«

Er zog die Augenbrauen zusammen. »Du hast vor, bis zu ihrem achtzehnten Lebensjahr ohne ein einziges Date durchzuhalten? Bewundernswert.«

»Die ersten sechs Jahr habe ich schon geschafft, ein Drittel des Weges liegt hinter mir.« *Gott, ist es wirklich schon so lange her?* »Je weniger Chaos wir in unserem Alltag haben, desto besser, finde ich. Wenn es nur sie und mich gibt, ersparen wir uns anderweitige Gefühlstumulte.«

»Du hattest also seit deiner Schwangerschaft kein Date, weil du Gefühlsstress vermeiden willst?« Hughs ernster Ton über-raschte sie.

»Ich möchte vor allem Layla schützen. Du weißt, wie Beziehungen sind. Die reinste Achterbahnfahrt. Es geht ständig auf und ab, es gibt Eifersucht und enttäuschte Erwartungen. Und wenn man sich endlich zusammengerauft hat, macht sich kurz darauf einer vom Acker. All das zu vermeiden, bis Layla achtzehn ist, macht das Leben unkomplizierter. Für Dates habe ich anschließend noch Zeit. Ich bin dann schließlich erst neununddreißig.« *Neununddreißig. Heiliger Bimbam.* Zum allerersten Mal hatte sie ausgerechnet, wie alt sie dann war.

Er beugte sich wieder vor und Briannas Herzschlag beschleunigte sich. »Weißt du eigentlich, wie löblich das ist?« Er nahm ihre Hand und flüsterte: »Und wie sexy?«

Seine Berührung jagte ihr ein Prickeln durch den Körper. Seine große, warme Hand fühlte sich himmlisch an. *Es ist viel zu lange her. Ich verliere den Verstand.* »Kat findet es einfach nur verrückt.«

»Meine Mutter ist gestorben, als ich noch ein Baby war, und mein Vater war nie mit einer anderen Frau zusammen. Er redet immer noch von unserer Mom.« Hugh lehnte sich zurück. »Ich glaube, das habe ich noch nie jemandem erzählt. Egal, du tust, was du für deine Tochter für am besten hältst. Das ist so sexy wie kaum etwas sonst.«

Sie schlug die Hände vors Gesicht. »Ich werde schon wieder rot. Das ist deine Schuld.«

Er nahm eine ihrer Hände und zog sie weg. »Dein Gesicht ist zu hübsch, um es zu verdecken.«

»Entweder du bist ein begnadeter Süßholzraspler oder du bist ganz einfach der netteste Kerl, der mir je begegnet ist. Großer Gott, was hast du mit mir angestellt? Ich rede sonst nie über Layla und mich, außer vielleicht mit Kat und Mack.« Sie schaute in ihre leere Tasse. »Hast du mir ein Wahrheitsserum in den Kaffee gekippt?«

Auf dem Weg zu ihrem Wagen trug Brianna Hughs Lederjacke und sah darin so süß aus, dass er gar nicht mehr aufhören konnte zu grinsen. Mit einer Frau zusammen zu sein, die nicht versessen darauf war, in teure Restaurants ausgeführt und von Paparazzi abgelichtet zu werden, hatte etwas Erfrischendes. Hugh fragte sich, ob er seine Identität noch eine Zeit lang verbergen sollte.

»Das war wirklich schön. Danke für die Einladung zum Kaffee.«

Ein Blick in ihre vertrauensvollen Augen, und er wusste, dass er ihr nichts vormachen konnte. »Bree …« Was er sagen wollte, war ihm noch nicht ganz klar. Aber als sie stehen blieb und ihn anschaute, überkam ihn der Wunsch, sie zu küssen. Er rückte etwas näher an sie heran, kämpfte aber eisern gegen sein Verlangen. Er wollte weder ihr noch ihrer Tochter wehtun. Brianna gab sich unendlich viel Mühe, alles richtig zu machen, aber Hugh wusste, dass sie nachgeben würde, wenn er sie drängte. Und was dann?

»Ja?«, hauchte sie. Ihre Zungenspitze huschte über ihre Unterlippe.

*Nicht küssen. Nicht küssen.* »Schön, dass du mir keinen Korb gegeben hast«, antwortete er.

Ihre Lippen kräuselten sich zu einem kleinen Lächeln, Enttäuschung überschattete ihren Blick. *Wolltest du geküsst werden?* Er war verwirrt. Auf den letzten Metern zu ihrem

Wagen hinter der Bar fühlten Hughs Eingeweide sich an wie eine geballte Faust. Er hatte immer geglaubt, er würde etwas von Frauen verstehen. Aber Brianna brachte ihn durcheinander.

»Danke noch mal.« Sie fischte ihre Schlüssel aus ihrer Handtasche.

Hier unter den Sternen sah sie noch schöner aus. Und dass sie ein so großes Herz hatte und für ihre Tochter ein Leben in der Warteschleife führte, machte sie für Hugh noch liebenswerter. Nichts wollte er mehr, als sie in die Arme nehmen, ihre Lippen an seinen spüren und die Süße dieser ehrlichen, selbstlosen Frau kosten. Als er ihr eine Hand ins Kreuz legte, merkte er, wie sie erstarrte. Sanft drückte er seine Wange an ihre und flüsterte: »Ich fühle mich geehrt, dass ich nach fast sieben Jahren dein erstes Date sein durfte.« Er küsste sie auf die Wange. Dabei sog er den Duft ihres Parfüms ein. »Du riechst wie von der Sonne geküsst, wie eine warme Sommerbrise.« Vorsichtshalber wich er einen Schritt zurück, damit er nicht in Versuchung kam, sie auf eine Art zu küssen, mit der er nicht mehr aufhören konnte.

# *Acht*

Brianna berührte ihre Wange, wo seine Stoppeln sie gestreift und sein Atem ihre Haut gewärmt hatten. Sie konnte kaum atmen. *Wie von der Sonne geküsst, wie eine warme Sommerbrise.* Er war gut aussehend *und* romantisch? Was antwortete ein Mädchen, wenn jemand ihr sagte, sie würde wie von der Sonne geküsst riechen? *Danke? Wenn du wüsstest, wie gut ich erst schmecke? – Oh mein Gott, was ist mit mir los?*

Hugh öffnete ihr die Wagentür.

»Danke«, presste sie hervor und stieg ein. Sie war hin- und hergerissen. Einerseits wollte sie nicht, dass der Abend schon endete. Gleichzeitig wusste sie, dass sie nie wieder aufhören würde, wenn sie erst anfing, ihn zu küssen. Diese Art Komplikation brauchte sie nicht in ihrem Leben. Für eine leidenschaftliche Nacht alles aufs Spiel zu setzen, war ihr zu riskant. *Das hatten wir doch alles schon mal.* Aber als sie den Zündschlüssel ins Schloss steckte, fühlte sie sich verloren. Das war der Abschied und er hatte sie nicht um ihre Telefonnummer gebeten. Großer Gott, vielleicht hatte sie es heute Abend komplett vergeigt und es noch nicht einmal gemerkt. Dass sie sich Gedanken um die richtige Dating-Etikette hatte machen müssen, war furchtbar lange her.

Er stand neben ihrer offenen Wagentür. Seine Hüfte war zum Greifen nah. Als sie sich drehte und nach dem Sicherheitsgurt angelte, merkte sie, dass sie seine Jacke noch anhatte. Sie stieg noch einmal aus. Dabei streifte sie seinen harten, muskulösen Oberschenkel.

»Deine Jacke. Die hatte ich ganz vergessen.« Sie schlüpfte aus einem Ärmel.

Er berührte sie zart am Ellbogen. »Behalte sie. Es ist kühl.«

»Aber die ist aus Leder.« Sie versuchte, die Jacke vollends auszuziehen.

Hugh stellte sich vor sie. »Behalte sie«, flüsterte er. »Ich hole sie mir ein andermal.«

*Ein andermal? Ein andermal!*

Ohne groß nachzudenken, legte sie ihre Hand an seine Brust. Trotz ihrer hohen Absätze erlaubte der Größenunterschied keinen mühelosen Kuss. Sie spürte sein Herz unter ihrer Handfläche schlagen.

»Bist du sicher?«, flüsterte sie. *Küss mich. Jetzt küss mich doch endlich.*

Er nickte, beugte sich zu ihr und küsste sie auf die Stirn. Dann wich er einen Schritt zurück. Verwirrendere Signale konnte er kaum aussenden. Mit aller Macht wünschte sie sich einen Kuss. Einen richtigen, bei dem sich Zungen verschlangen, Körper aneinanderpressten, zwei Herzen im selben Takt schlugen und zwei Menschen dieselbe Luft atmeten. Der Wunsch war so drängend, dass sie schon beinahe den Kaffee auf seiner Zunge schmecken konnte.

Hastig stieg sie wieder in ihren Wagen und zog seine Jacke über ihrer Brust zusammen. Hugh schloss die Tür. Sie ließ das Fenster herunter und drehte den Zündschlüssel. Der Motor stotterte und verstummte.

Hugh beugte sich durchs Fenster zu ihr. »Macht er Ärger?«

»Er springt schon noch an.« *Mist. Komm schon.* Erneut drehte sie den Schlüssel, aber diesmal blieb selbst das Stottern aus. Sie hörte nur ein Klacken.

»Ich glaube nicht, dass du in dem Wagen heute noch irgendwohin fährst, Bree.«

Sie schlug ihre Stirn gegen das Steuer. »Das darf doch nicht wahr sein.«

Hugh griff durchs Fenster und hob ihr Kinn, damit sie ihn anschauen musste. »Ich kann mich morgen früh darum kümmern. Jetzt fahre ich dich erst mal nach Hause.«

»Du kannst meinen Wagen reparieren? Bist du Mechaniker?«

»Von Autos habe ich ziemlich viel Ahnung, aber eigentlich wollte ich sagen, ich habe einen Freund, der sich den Wagen morgen früh vornehmen kann.«

»Ich muss morgen arbeiten.« *Bitte gib mir den Gnadenschuss.* Fieberhaft suchte sie nach einem Plan B. Den Wagen ihrer Mutter konnte sie nicht nehmen, ohne ihr und Layla den Tag zu verderben. Aber Kat konnte sie fragen. »Ich rufe Kat an. Vielleicht kann ich morgen ihren Wagen haben.«

»Ich kann dir einen leihen, Brianna«, sagte er.

»Was? Deinen Wagen brauchst du doch sicher selbst.« Sie grub in ihrer Handtasche nach ihrem Telefon.

»Bree, du Süße, jetzt atme erst mal tief durch.«

Sie schloss die Augen und holte Luft.

»Und? Besser? Komm, wir schließen deinen Wagen ab und ich bringe dich nach Hause. Wie es dann weitergeht, können wir unterwegs überlegen. Lass mich wegen der Reparatur nur kurz jemanden anrufen.«

Sie ließ die Schultern hängen und nickte. »Danke, Hugh.

Mit solchen Scherereien hast du sicher nicht gerechnet, als du mich zum Kaffee eingeladen hast.« Sie stieg aus ihrem Wagen und wartete, während er ein paar Schritte zur Seite trat und mit jemandem telefonierte. Dabei wirkte er recht gelassen. Dass er sie jetzt nach Hause bringen musste, schien ihn kein bisschen zu stören.

Nach dem Anruf kam er zu ihr zurück.

Brianna seufzte. »Jetzt habe ich dir den Abend verdorben, und du musst deine Zeit damit verschwenden, mich nach Hause zu fahren. Es tut mir so leid.« Sie schaute ihn an und er lächelte schon wieder.

»Deinen Schlüssel legen wir ins Auspuffrohr.« Er schob den Schlüssel in das Versteck, dann sagte er: »Sehe ich aus, als wäre mir das lästig?«

»Nein, aber das ist doch nervig. Du hast sicher Besseres zu tun, als mich quer durchs Land zu kutschieren.« *Ich bin ein Loser. Schon deshalb sollte ich nicht daten.*

»Wir fahren quer durchs Land? Klingt spannend.« Hugh legte ihr den Arm um die Schultern und zog seine Jacke über ihrer Brust zusammen. »Und jetzt komm. Auf ins Abenteuer. Verrätst du mir vorher noch das Ziel unserer Reise?«

Sie gingen zu dem Parkhaus um die Ecke. Brianna wollte die Gefühle, die in ihr aufbrachen, nicht wahrhaben, aber sich so eng an Hughs muskulösen Körper schmiegen zu können, war unglaublich schön. Bei ihm fühlte sie sich sehr feminin und geborgen, und dass er den Arm um ihre Schultern gelegt hatte, fand sie unglaublich sexy.

Das Parkhaus war um diese Zeit nahezu leer. Auf dem Weg zu den Aufzügen hallte das Klicken ihrer Stiefelabsätze laut durch das Halbdunkel. Als sie im obersten Geschoss aus dem Aufzug stiegen, schaute Brianna sich um. Nur noch etwa ein

Dutzend Autos stand auf dem Deck. Hugh nahm ihre Hand und führte sie auf den Wagen in der entferntesten Ecke zu, aber plötzlich hielt er mitten auf dem Parkdeck an, obwohl hier kein einziges Fahrzeug stand.

»Stimmt etwas nicht?«, fragte sie.

»Nein, alles in Ordnung. Aber mir ist gerade aufgefallen, wie schön der Sternenhimmel heute ist. Hast du es eilig oder können wir ihn einen Moment lang bewundern?«

»Du bist kein Psychokiller oder so was?« Sie musterte ihn aus dem Augenwinkel und fragte sich, wie dieser Mann eigentlich tickte. Er widerlegte mühelos jedes einzelne Vorurteil, das sie je über hochgewachsene, dunkelhaarige und unverschämt gut aussehende Männer gehabt hatte. Solche Typen hatte sie immer für selbstverliebte, arrogante Egomanen gehalten. Von schönen Frauen behauptete man das ja auch.

»Nicht, dass ich wüsste. Warum? Schauen Psychos sich gerne die Sterne an?«

»Du bist anders, als alle anderen Männer, die mir bislang begegnet sind. Ich rechne jeden Moment damit, über einen Berg Leichen aus deinem Keller zu stolpern.« Seine Augen konnte sie im Dunkeln nicht gut erkennen, aber seine Hand schwitzte nicht, sie zuckte auch nicht, und er machte keinen Versuch, sich von ihr abzuwenden. Stattdessen rückte er ein bisschen näher. Und dann noch ein bisschen. Sein Körper war nur noch ein paar Zentimeter von ihrem entfernt. Er schaute ihr in die Augen, und sie musste ihre gesamte Selbstbeherrschung aufbieten, um ihre freie Hand nicht an seine Taille zu legen, sich auf die Zehenspitzen zu stellen und ihn zu küssen. *Küss mich.*

*Bitte küss mich. Nein. Küss mich nicht.*

»Bree.«

*Oh, diese Stimme. Doch, küss mich. Ja.* »Hm-hm?«

Er senkte das Gesicht ganz nahe an ihres und flüsterte: »Schau hinauf.«

Sie legten beide den Kopf in den Nacken. Beim Anblick der Milliarden winziger Lichter, die den Nachthimmel sprenkelten, schnappte sie nach Luft. Ihre Hand legte sich wie von selbst an seine Seite.

»Oh, wie schön. Ich wünschte, Layla könnte das sehen.« Sie biss sich auf die Lippen. *Verdammt.* Man musste einem Mann ja nicht alle paar Sekunden unter die Nase reiben, dass schon vor ihm jemand dagewesen war.

»Wir gehen einfach mal nachts mit ihr raus und zeigen es ihr.« Er schaute immer noch hinauf zu den Sternen.

Sie hielt den Atem an. Meinte er das ernst? Sollte sie ihm das glauben? Sie konnte ihm doch nicht ihre Tochter vorstellen. Schließlich kannte sie ihn kaum.

Hugh schaute sie an. »Warum drückst du meine Hand so fest?«

»Tue ich das? Entschuldige.« *Meinst du das, was du gesagt hast, wirklich so?* An Layla zu denken, holte sie zurück in die Realität. »Ach herrje. Ich muss ja noch Laylas Geburtstagsgeschenk kaufen. Ich brauche unbedingt meinen Wagen, damit ich das morgen erledigen kann. Während der Woche komme ich nicht dazu.«

Hugh legte seinen Zeigefinger an ihre Lippen. »Jetzt atmest du am besten noch mal tief durch.«

Das tat sie. Zum zweiten Mal.

»Mein Angebot steht, ich kann dir einen Wagen leihen. Mach dir keine Sorgen. Und wenn du lieber nicht mit einem geborgten Auto herumfahren möchtest, kann ich dich nach meinem Termin morgen chauffieren. Das Geschenk können wir besorgen, während mein Freund deinen Wagen repariert.«

»Und du hast wirklich ein Ersatzauto?« *Wer hat denn einen Extra-Wagen herumstehen?*

»Ja. Und ich habe auch wirklich einen Freund, der dein Auto wieder in Ordnung bringt. Vermutlich holt er es jetzt gerade bereits ab und wird versuchen, die Ersatzteile so schnell wie möglich zu kriegen, damit du bald wieder mobil bist. Mit etwas Glück ist er gegen zwei Uhr morgen Nachmittag fertig. Morgen früh musst du ja arbeiten, hast du vorhin gesagt.«

Sie war dankbar für sein Hilfsangebot. Aber eigentlich musste sie die Reparatur in ihrer Stammwerkstatt machen lassen, damit sie die Rechnung hinterher abstottern konnte.

»Warum schauen deine schönen Augen so besorgt?«, fragte er.

Als sie den Blick senkte, hob er ihr Kinn wieder an. Dazu benutzte er die Hand, deren Finger in ihre verschlungen waren.

»Es ist ziemlich peinlich.« Erneut wollte sie den Kopf senken, aber ihre verflochtenen Hände waren sofort wieder da und sorgten dafür, dass sie ihm in die Augen schaute.

»Solange du den Wagen nicht geklaut hast, muss dir nichts peinlich sein.«

»Oh doch. Leider.«

Er wich einen Schritt zurück, doch sie klammerte sich mit der Hand, die an seiner Taille gelegen hatte, an sein Hemd. Er betrachtete die Verbindung, die ihn an sie fesselte.

»Falls du verheiratet bist, Brianna, muss ich dich enttäuschen. Ich mag dich, aber mit der Frau eines anderen Mannes kann ich nicht zusammen sein. Ich bringe dich einfach nach Hause und ...«

»Verheiratet? Ich? Definitiv nicht.«

Er hob ihre verschlungenen Hände und strich mit den

Fingerknöcheln zart an ihrem Unterkiefer entlang. »Was ist es dann? Was ist dir denn so peinlich?«

Diesmal hielt sie den Blickkontakt aufrecht. Er war so lieb. Vermutlich musste sie ihm einfach die Wahrheit sagen. *Na prima. Gleich weiß er, dass ich nicht bloß ein Loser bin, sondern auch noch chronisch klamm.* »Hugh, du bist unglaublich hilfsbereit und großzügig. Aber ich glaube, ich lasse den Wagen lieber dort reparieren, wo ich immer hingehe. Falls es teuer wird, kann ich bei meiner Stammwerkstatt in Raten zahlen.«

»Ah, verstehe. Darüber machen wir uns jetzt mal keine Sorgen. Vielleicht ist es ja nur eine Kleinigkeit. Falls es doch etwas Größeres ist und mein Freund sich nicht auf Ratenzahlung einlässt, können wir den Wagen immer noch in deine Werkstatt bringen. Ist das in Ordnung?«

Er war unglaublich aufmerksam und fürsorglich. Obwohl er direkt vor ihr stand und sie mit seinen freundlichen, nachdenklichen dunklen Augen anschaute, musste sie sich vergewissern, dass sie nicht träumte. Sie drückte die Fingerspitzen knapp oberhalb seines Gürtels gegen seine Bauchmuskeln. *Komplett echt. Hundertprozentig und steinhart echt.*

# Neun

Auf dem Weg zu seinem Wagen spürte Hugh ein Ziehen tief in seinem Inneren. Unter den funkelnden Sternen hätte er am liebsten mit Küssen die Sorgen aus Briannas Blick verscheucht und das Leuchten zurückgeholt, das er zu Anfang des Abends immer wieder in ihren Augen hatte aufschimmern sehen.

Mit der Fernbedienung schloss er den Roadster auf.

»Oh mein Gott. *Das* ist dein Auto?«

»Ich könnte lügen und Nein sagen, aber ich finde, zu Menschen, die man als Freunde betrachtet, sollte man ehrlich sein.« Er drückte ihre Hand, dann ließ sie ihre Finger aus seinen gleiten.

Sie trat ein wenig näher an den Wagen heran, legte eine Hand über ihren Mund, schaute Hugh an und schüttelte den Kopf. »Wer bist du?«, flüsterte sie.

Sein Leben lang hatte Hugh nie ein anderer sein wollen. Er war stolz auf das, was er in seiner Rennfahrerkarriere erreicht hatte, auf seinen College-Abschluss und seine Familie. Doch beim Anblick der Beklommenheit in Briannas Augen wäre er lieber irgendein Nobody gewesen. Er trat zu ihr und strich mit den Händen über ihre Arme und Schultern. Ihr Körper unter seiner Jacke fühlte sich unsagbar zierlich an.

»Ich bin immer noch der, der in der Bar gesessen hat und mit dem du Kaffee getrunken hast. Ich bin Hugh. Hugh Braden.« Er zuckte die Achseln.

Wieder zog sie die Augenbrauen zusammen. Die Zweifel in ihrem Blick vertrieben ihr Lächeln. An seine Stelle trat eine ernste Maske. »Aber wer bist du?«

»Was soll ich darauf antworten, Bree? Ich bin ein Sohn, ein Bruder und für den einen oder anderen ein Freund. Und ich bin ein Mann, der dich noch besser kennenlernen will.« Er wusste, dass sie eine andere Antwort erwartete. Aber jede Faser seiner Seele schrie: *Zeig ihr zuerst, wer du wirklich bist!*

»Und wie verdienst du deinen Lebensunterhalt?«

Er schob seine Hände über ihre Schultern zu ihren Wangen und umfasste ihr Gesicht. »Ist das wirklich so wichtig?«

Sie wich einen Schritt zurück und entkam seinem Griff. »Vielleicht.«

»Ich bin weder ein Dealer noch ein Dieb und habe auch sonst keinen Job, für den du dich schämen müsstest.« Die Muskeln in seinem Hals spannten sich an.

»Ist die Antwort auf meine Frage denn wirklich so schwer? Bist *du* etwa verheiratet?«

»Nein.«

»Warst du es mal?«

»Nein, Bree.« Er trat vor, sie trat zurück. »Bree.« Er schaute beiseite und fuhr sich durchs Haar. »Ich wollte dich einfach gern kennenlernen, ohne dass meine Karriere über uns schwebt. Das ist alles. Es ist schwer, ganz ich selbst zu sein, wenn die Leute wissen, wer ich bin.«

»Dann bist du eine berühmte Persönlichkeit?« Sie verschränkte die Arme.

»Nein. Eher nicht.« Er rückte näher. »Ich verrate dir, wer

ich bin. Aber bitte lass dich davon nicht blenden. Und bitte bleib genau so, wie du bist. So süß und lieb und so gut.«

»Ich bin ziemlich sicher, dass ich mich nicht auf einen Schlag komplett ändern werde. Egal, was du jetzt sagst.«

»Versprochen? Ich finde es nämlich schön, mit dir zusammen zu sein. Und wenn du hörst, was ich mache, siehst du mich vielleicht mit anderen Augen.« *So wie eigentlich jeder, den ich kennenlerne.*

»Weshalb sollte ich das tun, Hugh? Du bist, wer du bist.«

Hugh wusste nicht, was in ihn gefahren war, als er die Hände an ihr Gesicht legte, ihr in die Augen schaute und fragte: »Darf ich dich bitte ein einziges Mal küssen, bevor du erfährst, wer ich bin?« Doch als sie nickte, drückte er die Lippen auf ihre und war sehr froh, dass er die Frage gestellt hatte. Bree zu küssen, war das Süßeste, was er je getan hatte. Ihre Lippen waren weich und voll, ihre Zunge anfangs vorsichtig, aber bald forscher, ohne dabei zu aggressiv zu sein. Vermutlich ohne es zu merken, stieß sie sexy kleine Seufzer aus. Er legte eine Hand in ihren Nacken und küsste sie tiefer. Zärtlich erkundete er ihren einladenden Mund. Dann spürte er ihre Hände an seiner Taille und jede Zelle seines Körpers schrie nach mehr, während sie die Finger an seinem Rücken nach oben schob und sie sich endlich fest aneinander lehnten. Sie küssten sich, bis sie keine frische Luft mehr in den Lungen hatten. Jeder seiner Atemzüge wurde zu ihrem, und als sie den Kuss schließlich beendeten, war Hugh wie benommen. Er atmete schwer und kämpfte gegen das Verlangen, Brianna gleich noch einmal gierig an sich zu reißen.

»Danke.« Er küsste ihre Stirn, dann ging er zum Kofferraum seines Wagens, damit er ihr seine Rennjacke zeigen konnte.

»Warte.« Bree packte ihn hinten an seinem Shirt. Ihre Finger zitterten an seiner Haut. »Hast du wirklich Angst, dass ich dich anders sehen könnte?«

Er hob die Schultern. »Ich hoffe, du tust es nicht. Ich wollte einfach, dass du mich kennenlernst, ohne zu wissen, womit ich mein Geld verdiene. Aber …«

»Und du wirst mir nicht sagen, dass du etwas Schlimmes machst? Etwas, wovor ich Angst haben sollte?« Sie schloss die Augen. »Warte. Das war eine blöde Frage. Wenn es so wäre, würdest du es sicher für dich behalten.«

Er lehnte die Stirn an ihre. Der Duft ihres Parfüms war so betörend, dass er beinahe seine Stimme verlor. »Wir kennen einander noch kaum, Bree. Du hast keinen Grund, mir zu glauben oder mir zu vertrauen. Aber ich verspreche dir, dass ich dich niemals belügen werde, auch wenn die Wahrheit vielleicht einmal schmerzhaft sein könnte. Für mich gehört Ehrlichkeit zum Wichtigsten, was ein Mensch einem anderen versprechen kann. Und genau das möchte ich tun.«

»Bitte versteh mich nicht falsch, Hugh.« Sie legte die Handflächen auf seine Brust.

Die Berührung fühlte sich so gut, so richtig und so anders an als der Klammergriff der aufdringlichen Frauen, die sich normalerweise an ihn hängten. Er legte seine Hände auf ihre, um diese Echtheit zu spüren.

»Ich frage dich, wer du bist, weil ich meine Tochter nur beschützen kann, wenn ich weiß, mit wem ich es zu tun habe. Dass du dich sorgst, dass sich etwas ändern könnte, kann ich verstehen. Und du hast recht: Wir kennen uns kaum. Aber Layla zuliebe muss ich das Risiko eingehen, dass hinterher nicht mehr alles so ist wie zuvor. Um sie schützen zu können, muss ich wissen, mit wem ich zusammen bin.«

Hughs Herz wurde weit. Er nickte. Ihm fehlten die Worte, um auszudrücken, wie schön die Liebe zu ihrer Tochter sie für ihn machte. Er öffnete den Kofferraum und nahm seine Rennjacke heraus. Sie war mit den Logos seiner Sponsoren bestickt. Daneben lagen seine schwarzen Rennhandschuhe. Wortlos hielt er ihr alles hin.

Sie strich über die Logos und über die Ärmel. Mit den Fingerspitzen zeichnete sie die Zahl zweiunddreißig auf der linken Brust nach. Dann nahm sie die Handschuhe und legte sie auf die Jacke. Sie spreizte die Finger, legte ihre kleine Hand darauf und lächelte, als ihre Fingerspitzen gerade einmal die Ausbeulung des zweiten Fingerknöchels erreichten.

Sie schaute ihm ins Gesicht und dann wieder hinunter auf die Jacke. »Irgendetwas hat das zu bedeuten, das verstehe ich. Aber Hugh, meine Arbeit und meine Tochter sind mein Leben. Ich habe keine Ahnung, wozu man diese Handschuhe und eine solche Jacke wirklich braucht. Das klingt vielleicht dumm, aber das bin ich nicht. Ich lebe nur einfach in einer Blase aus Grundschulabenteuern, Brettspielen und Rechnungen, die bezahlt werden wollen.«

Hugh versuchte nicht einmal, gegen den Wunsch anzukämpfen, sie zu berühren. Er nahm sie einfach in die Arme und drückte sie an seine Brust. »Du bist wunderbar, wie du bist.« Als sie sich wieder voneinander lösten, verstaute er die Jacke und die Handschuhe wieder im Kofferraum, nahm dafür die neueste Ausgabe einer Motorsportzeitschrift heraus und gab sie ihr.

Beim Betrachten des Covers verengten sich ihre Augen. Während sie mit den Fingern über sein Gesicht auf dem Foto strich, stieß sie den Atem aus. Sie kniff die Augen zusammen und ihr Mund wurde zu einem schmalen Strich. Dann schaute sie ihm ins Gesicht und berührte seine Wange, nur um gleich wieder das Titelbild anzuschauen und noch einmal mit dem

Finger über das Foto zu fahren, als würde sie die Züge seines Abbilds mit seinen echten vergleichen.

»Das bist also du«, sagte sie leise.

»Das ist das, was ich tue, es ist nicht, wer ich bin«, antwortete er.

Sie nickte. »Dieser Job ist gefährlich, oder?«

»Das könnte man sagen.«

»Jetzt ist auch klar, warum wir uns noch nie über den Weg gelaufen sind. In der Rennsaison bist du viel auf Reisen, nicht wahr?« Noch immer bewegten sich ihre Finger über das Foto.

»Ja.«

Sie nickte. »Ich bin froh, dass ich das jetzt weiß.« Auf ihrer Stirn hatten sich Sorgenfalten gebildet. »Von Weitem habe ich die Rennbahn schon gesehen. Aber ich war ehrlich gesagt noch nie dort. Meistens bleibt mir kaum Zeit zum Atmen, geschweige denn, mich mit Sport zu beschäftigen. Aber hier in der Stadt gibt es Bars und sogar Restaurants, in denen sich fast ausschließlich Rennsportfans treffen.«

»Ich weiß. Da gehe ich absichtlich nie hin.«

Sie nickte, als könnte sie das gut verstehen. Hugh fragte sich, ob sie wirklich nachfühlen konnte, wie es war, niemals zu wissen, weshalb jemand seine Nähe suchte. Nie konnte er sagen, ob jemand ihn als Person schätzte oder sich nur im Glanz seiner Erfolge sonnen wollte.

Er griff nach der Zeitschrift, aber sie drückte sie an ihre Brust.

»Darf ich die behalten?«

Er spürte eine Veränderung. Es war, als wäre sie plötzlich ein wenig weiter entfernt als noch vor einem Augenblick. Und das gab ihm einen Stich.

»Selbstverständlich.« Er öffnete ihr die Wagentür, wartete,

bis sie auf dem luxuriösen Sitz Platz genommen hatte, und schloss die Tür dann wieder. »Es ist schon nach zwei. Sollen wir zu mir fahren, damit du dir ein Auto aussuchen ... holen kannst? Danach fahre ich hinter dir her zu deiner Wohnung, damit du nicht um diese Zeit allein bis nach Hause musst. Wenn dein Wagen morgen fertig ist, bringe ich ihn dir, und wir tauschen wieder.«

»Einen Wagen von dir kann ich unmöglich fahren«, sagte sie. »So wie es aussieht, ist schon eins deiner Autos mehr wert als das Haus meiner Mutter.«

Hugh griff über den Sitz und nahm ihre Hand in seine. »Ich leihe dir gerne eines. Ich habe versprochen, dir aus der Klemme zu helfen. Und meine Versprechen halte ich.«

Sie schüttelte den Kopf. »In einer teuren Luxuskarosse wäre mir nicht wohl, Hugh. Du hast gesehen, was ich fahre. Einen neun Jahre alten Honda Civic. Wenn er gerade mal anspringt. Luxuriös ist das nicht, aber schon eher mein Stil.«

Obwohl er wusste, dass er sein Glück auf die Probe stellte, beugte er sich über den Sitz. Er legte seine Hand in ihren Nacken, zog sie zu sich und drückte ihr sanft einen Kuss auf die Lippen. »Die Entscheidung liegt natürlich ganz bei dir. Aber du bist eine berufstätige Mutter und du musst arbeiten. Deine Tochter ist heute Nacht bei deiner Mutter, sicher zum Teil auch, weil du nun mal lange arbeiten musst. Nimm meinen Wagen, mach deine Erledigungen und danach kannst du vergessen, dass du ihn je gefahren hast.« Er ließ den Motor an und fuhr zu seinem Haus.

Als er das Garagentor öffnete, schlief Brianna schon seit zehn Minuten tief und fest. Mit Frauen hatte Hugh viel Erfahrung. Mit betrunkenen, liebestollen, müden oder zickigen weiblichen Wesen konnte er umgehen. Aber was er mit einer schönen Frau, die er näher kennenlernen und nicht nur in sein Bett holen wollte, anstellen sollte, wenn sie gerade in seinem Wagen eingeschlafen war, war ihm ein Rätsel. *Soll ich sie wecken? Sie ins Haus tragen? Soll ich sie zu ihr fahren und sie in ihre eigene Wohnung tragen?* Ihr Kopf neigte sich zum Fenster, ihre Hände lagen gefaltet in ihrem Schoß. Man hätte meinen können, sie hätte nur für einen Moment die Augen zugemacht, doch ihr Atem ging so tief und ruhig, wie es nur vorkam, wenn man alle Sorgen des Tages von sich abfallen ließ. Und er bezweifelte, dass Brianna ihre Sorgen einfach abschütteln konnte. Sie war eindeutig eingeschlafen. Sie hatte eine anstrengende Schicht in der Old Town Tavern hinter sich und auch davor ganz sicher nicht die Beine hochgelegt. Angesichts ihrer finanziellen Situation nahm er an, dass sie vormittags in ihrem Zweitjob gearbeitet hatte. Sie musste völlig erschöpft sein. Hugh überlegte, was Treat, sein ältester Bruder, in dieser Situation tun würde. Treat war das Musterbeispiel eines Gentlemans und auch deshalb blickte Hugh zu ihm auf. Er nickte. Die Entscheidung war nicht schwer.

Er trug die vertrauensvoll an seiner Brust schlummernde Brianna durch den Flur in sein Schlafzimmer. Dort legte er sie auf sein breites Bett, zog ihr die Stiefel aus und deckte sie zu. Sie drehte sich auf den Bauch. Ihr dunkles Haar breitete sich um ihren Kopf wie ein Fächer. Hugh hatte schon viele Frauen in seinem Bett gesehen, aber noch nie eine von ihnen betrachtet, ohne Sex im Sinn zu haben, so wie jetzt Brianna. Für sie empfand er eine Art von Respekt, die bei den anderen gefehlt hatte. Das wurde ihm immer klarer.

Er schaltete den Kamin in der Ecke des Schlafzimmers ein, streifte die Schuhe ab und ließ sich in dem Liegesessel am Fenster nieder. Während er das schöne Gesicht auf seinem

Kopfkissen studierte und daran dachte, mit welcher Entschlossenheit Brianna ihre Tochter schützte, fragte er sich unwillkürlich, wer sie beschützte. In diesem Augenblick wünschte er sich nichts mehr, als diese Aufgabe zu übernehmen.

# Zehn

Der Wecker ihres Handys riss Brianna aus dem Schlaf. Sie drehte sich auf den Rücken und blinzelte gegen ihre Benommenheit an. Ein köstlicher Duft kitzelte ihre Nase. Sie streckte einen Arm nach oben und drehte den Kopf. *Warum ist die Zimmerdecke so weit entfernt?* Schläfrig überlegte sie, weshalb ihr Kopfkissen sich so unfassbar weich anfühlte und warum das Zimmer nicht so kalt war wie sonst am Morgen. Ein Blick nach rechts und sie schaute auf eine Fensterwand. *Großer Gott.* Im Bruchteil einer Sekunde saß sie senkrecht in dem fremden Bett und spähte vorsichtig unter die Decke. *Gott sei Dank.* Komplett angezogen stemmte sie sich von der bequemen Matratze, fand ihre Stiefel und zog sie hastig an. Stück für Stück fügten sich die Erinnerungsfetzen zu dem schönen Abend zusammen, den sie mit Hugh erlebt hatte. Dem Abend, der nie geendet hatte. *Mist.*

Ihre Handtasche lag auf einem Nachttisch aus Kirschbaumholz. Auf der großen Kommode daneben entdeckte sie ein gerahmtes Familienfoto, Hughs Cologne und einen Stapel Bücher. Sie nahm das Foto in die Hand und betrachtete die auffallend attraktiven Gesichter der Menschen, bei denen es sich nur um Hughs Brüder, seine Schwester und seinen Vater handeln konnte. Die Familienähnlichkeit war frappierend. Alle

Bradens waren hochgewachsen und dunkelhaarig – nur die Frau hatte kastanienbraunes Haar und hellere Augen als die Männer – und alle sahen umwerfend aus. Sie schauten nicht in die Kamera, sie schauten einander lachend an, so als wäre das Bild ein Schnappschuss und sie hätten nicht extra dafür posiert. Wer hatte denn so viel Zeit? Sie merkte, wie Neid sie befallen wollte. Oh, wie sehr sie sich wünschte, einfach einmal nicht hetzen zu müssen und unbeschwert lachen zu können. Der Abend mit Hugh hatte ihr so gutgetan und ihr eine Ahnung davon gegeben, wie es sein konnte, einfach auszugehen und sich ein paar schöne Stunden ohne den üblichen Druck und die üblichen Probleme zu machen. Brianna stellte das Bild zurück an seinen Platz. *Zurück ins richtige Leben.*

Sie fischte das Telefon aus ihrer Handtasche und ging in das großzügig geschnittene angrenzende Badezimmer. Die Tür schloss sie hinter sich ab. Sie starrte in den Spiegel. *Was tue ich hier?* Sie wusch sich das Gesicht, drückte sich etwas von Hughs Zahnpasta auf den Finger und putzte sich die Zähne, so gut es ging. Dann lehnte sie sich mit verschränkten Armen und pochendem Herzen an den Waschtisch. Was hatte sie bloß angestellt? *Keine Dates in den nächsten zwölf Jahren*, hatte sie verkündet, nur um dann direkt ins Schlafzimmer eines Mannes zu purzeln. Sie zog eine Grimasse. An die Ankunft bei seinem Haus erinnerte sie sich nicht. Sie wusste nicht einmal, wo sie sich überhaupt befand. Nur den Kuss hatte sie nicht vergessen. Den intensivsten, unvergleichlichsten Kuss ihres Lebens. Die Erde hatte aufgehört, sich zu drehen, und ihre Knie hatten gebebt. Nach diesem exquisiten Erlebnis konnte sie sich nicht vorstellen, je wieder einen anderen Mann zu küssen. Sie hatte sich diese kleine Kostprobe von Sinnlichkeit zugestanden, aber an mehr durfte sie nicht einmal denken. Auf keinen Fall würde sie sich auf einen Mann einlassen, der ständig auf Reisen war und bei seinem Job jeden Moment sein Leben verlieren konnte. Das durfte sie Layla nicht antun. Abgesehen davon glaubte sie nicht, mit dem Riesenheer von Groupies konkurrieren zu können, das eine Rennfahrerkarriere sicher mit sich brachte. Hugh war nicht mehr als ein schöner Traum. Vermutlich konnte sie sich glücklich schätzen. Wie vielen Frauen wurde aus heiterem Himmel ein romantischer Abend mit einem so atemberaubenden Mann beschert?

Sie stellte die Weckfunktion ihres Handys ab und schrieb an Kat. *Bist du wach?*

*Ja. Wie war dein Date?*

Sie tippte in Windeseile. *Bin eingeschlafen. Bei ihm! Peinlich!*

Ihr Telefon vibrierte sofort wieder und sie las Kats Antwort. *Eingeschlafen? Nach dem Sex? Das ist okay.*

Brianna schüttelte den Kopf. *Nein! In meinen Kleidern. Allein. Mein Wagen ist nicht angesprungen und ich bin auf dem Weg zu seinem Haus weggenickt.*

Diesmal signalisierte das Vibrieren einen Anruf von Kat. Brianna nahm ihn an und drückte das Telefon ans Ohr.

»Oh mein Gott. Erzähl mir alles«, drängte Kat.

Brianna flüsterte. »Wir waren Kaffeetrinken und danach konnte ich meinen Wagen nicht starten. Er wollte mir ein Auto leihen. Oh mein Gott, Kat. Wer hat denn einfach so einen Ersatzwagen herumstehen? Egal, jedenfalls bin ich unterwegs eingeschlafen. Er muss mich ins Haus getragen haben. Ich bin in seinem Bett aufgewacht. Allein und in meinen Kleidern. Sein Haus ist der absolute Wahnsinn, und hier duftet es, als hätte gerade jemand ein Gourmet-Frühstück gekocht.« Sie holte tief Luft und versuchte, nicht zu hyperventilieren.

»Langsam. Schön der Reihe nach. Wie war das Date?«

»Kat! Hörst du mir zu? Ich komme mir vor wie der Depp vom Dienst. Das Date war schön. Schöner als schön. Aber jetzt steht mir die Morgen-danach-Peinlichkeit bevor, obwohl gar nichts passiert ist.« Sie schaute in den Spiegel und zog ihre Finger durch ihr Haar. »Herrje. Ich sehe grauenhaft aus und du hast ihn ja gesehen. Er ist umwerfend. Und süß. Und so … so … Ogottogott! Was ist bloß in mich gefahren?«

»Bree! Atme, Süße. Einfach atmen. Du musst dich nicht schämen. Du bist nicht mehr am College. Das hier ist das richtige Leben. Das Erwachsenenleben. Sex gehört dazu.«

Hughs Worte fielen ihr wieder ein. *Bree, du Süße, tief atmen.* Brianna hörte auf, hin und her zu laufen, und sagte: »Ich hatte keinen Sex.«

»Okay. Ich weiß. Aber Einschlafen ist kein Beinbruch. Wenn er so nett ist, wie du sagst, trägt er es mit Fassung. Und wenn es ihn gestört hätte, hätte er dich geweckt und nach Hause gefahren.« Kats Stimme klang zuversichtlich und tröstlich.

Brianna holte tief Luft. »Was soll ich denn jetzt machen? Ich kann mich nicht den ganzen Tag in seinem Bad verstecken.«

Kat lachte. »Bree, du bist eine achtundzwanzigjährige Mutter. Du hast schon größere Herausforderungen gemeistert. Genieß den Morgen. Sei du selbst. Tu so, als wärst du in einem Hotel und würdest mal kurz in die Lobby schlendern. Ganz natürlich, ganz locker.«

*Natürlich. Locker.* Brianna verdrehte die Augen. »Ich bin geliefert. Ich hätte mich nicht auf ein Date einlassen sollen. Je mehr Zeit wir miteinander verbringen, desto sympathischer wird er mir.«

»Das ist doch gut. Deine Mom sagt immer, du brauchst ein Leben. Himmel, und ich sage das auch. Mitleid wirst du von mir nicht bekommen, Süße.«

»Danke, Kat. Das ist wirklich hilfreich, du Scheusal.« Seufzend glättete Brianna mit der Hand ihren Pullover. »Okay. Irgendwie kriege ich das hin.« Sie setzte sich auf den Rand der Whirlpool-Badewanne und überlegte, ob sie Kat erzählen sollte, wer Hugh wirklich war. Aber damit würde sie entweder eine längere Diskussion auslösen, für die ihr die Zeit fehlte, oder Kat würde Hugh mit anderen Augen sehen, so wie er es bei ihr befürchtet hatte. Sie beschloss, es Kat lieber erst zu sagen, wenn sie sich wiedersahen. Dann konnte sie ihre Reaktion besser beurteilen. »Sag mir, dass ich das hinkriege.«

»Bree, du hast alles unter Kontrolle, Süße. Mach dir nicht ins Hemd.«

»Danke. Falls ich demnächst vor deiner Tür stehe und Taschentücher und Schokolade brauche, weißt du warum. Ach, und übrigens, überrede mich nie wieder, mit einem Mann auszugehen. Großer Gott, Kat. Ich bin eingeschlafen. Ich bin eine absolute Niete. Hab dich lieb. Danke, dass du mich nicht als Flittchen betitelst.«

»Bree?«

»Ja?«

»Ich kann es kaum erwarten, dich ein Flittchen nennen zu können. Bitte, bitte, stürz dich auf diesen brandheißen Kerl!«

»Dir auch einen schönen Tag, Kat.«

Brianna nahm ihre Handtasche von dem Nachttisch aus Kirschbaumholz und machte sich auf die Suche nach dem nettesten Mann aller Zeiten.

Das Schlafzimmer, in dem sie die Nacht verbracht hatte, war größer als ihre Küche und ihr Wohnzimmer zusammen. Ein langer Flur mit einem Dielenboden führte zu einem gigantischen Wohnzimmer mit einer Wand aus raumhohen

Fenstern und einem offenen Kamin aus Naturstein, der bis zur Zimmerdecke reichte. Davor standen zwei schokofarbene Sofas, die himmlisch bequem aussahen, und ein gläserner Couchtisch. Häuser wie dieses hatte sie bis jetzt nur in stylischen Hochglanzmagazinen gesehen. Hastig zog sie die Stiefel wieder aus, damit sie den Fußboden nicht zerkratzte.

»Guten Morgen, Bree.«

Brianna fuhr herum und verlor beinahe das Gleichgewicht. Hugh trug Jeans und sein schwarzes T-Shirt sah aus wie aufgemalt. Jede Kurve und jede Wölbung seiner göttlichen Muskeln zeichnete sich unter dem dünnen Stoff ab, von seinem wohldefinierten Sixpack bis zu seinen beeindruckenden Bizepsen, die die Ärmel des Shirts zu sprengen drohten. Im Tageslicht wirkte sein Gesicht ein wenig weicher und vielleicht sogar noch ein bisschen anziehender, obwohl Brianna das nicht für möglich gehalten hätte.

»Morgen«, sagte sie.

Er trat näher und sie hielt den Atem an. *Warum bin ich so verdammt nervös?* »Tut mir leid, dass ich heute Nacht unterwegs eingeschlafen bin.« Sie schlug die Hände vors Gesicht.

Wie schon am Abend zuvor zog Hugh ihre Hände sanft weg. »Du bist unglaublich süß, wenn du verlegen bist.« Er beugte sich zu ihr und küsste sie auf die Wange. »Jeder muss mal schlafen. Und du bist schließlich nicht besoffen aus den Latschen gekippt.«

*Das wäre wenigstens nachvollziehbar gewesen. Welche Frau schläft denn einfach ein, wenn sie mit einem Mann wie dir zusammen ist?*

»Komm, ich habe Frühstück gemacht.« Er legte ihr seine Hand ins Kreuz und führte sie an den Sofas vorbei in eine strahlend weiße Küche mit erdfarbenen, marmornen

Arbeitsplatten und einem sonnendurchfluteten Frühstückserker. Der Blick in den Garten war schön, aber noch viel schöner war die Wärme seiner Hand an ihrem Rücken. Sie bewirkte ein Ziehen in den südlichen Regionen, die sie noch bis gestern erfolgreich abgeschaltet hatte.

»Magst du belgische Waffeln?« Hugh rückte einen Hocker an der geschwungenen Frühstücksbar für sie zurecht.

»Ich liebe Waffeln.« Brianna hatte das Gefühl, mitten in einem Traum gelandet zu sein, aus dem sie auf gar keinen Fall aufwachen wollte. Ein solcher Mann schlenderte doch nicht einfach in das Leben einer Frau wie ihr. Sie bemerkte die Fotos am Kühlschrank. Weitere Schnappschüsse. »Ist das deine Familie?«, fragte sie.

»Ja, meine wachsende Familie.« Nacheinander zeigte er auf die Gesichter. »Das ist Treat mit seiner Frau Max. Sie sind frisch verheiratet. Treat ist mein ältester Bruder. Und das hier ist Rex mit seiner Verlobten Jade.«

*Heiliger Bimbam, sogar ihre Partnerinnen sind umwerfend.* »Die zwei sind ein sehr schönes Paar.«

»Ja, wirklich. Sie leben in Colorado, gleich neben der Ranch meines Vaters. Genau wie Treat und Max. Und das ist meine Schwester Savannah mit ihrem Verlobten Jack. Daneben steht mein Bruder Josh mit seiner Riley. Die vier wohnen in New York.« Hugh zeigte auf ein sonnengebräuntes und unglaublich sexy aussehendes Paar. »Das sind Dane und seine Freundin Lacy. Sie leben auf ihrem Boot in Florida und sind viel unterwegs. Und siehst du den Mann hinter meinen Geschwistern? Das ist mein Dad. Das Foto wurde auf Danes Boot aufgenommen, kurz nach Lacys Einzug.«

Brianna fiel auf, wie ruhig Hughs Stimme wurde, wenn er von seiner Familie sprach.

»Dann bist du in Colorado aufgewachsen?« *Warum finde ich das sexy?*

»Jap, auf einer Ranch. Mein Vater züchtet Vollblüter. Rex und Treat helfen ihm auf der Ranch, aber Treat betreibt hauptberuflich Luxusresorts an unterschiedlichen Orten auf der Welt. Wegen Max ist er zurück nach Colorado gezogen. Sie stammt aus einer Stadt ganz in der Nähe von Weston, wo wir alle großgeworden sind.«

»In deiner Familie sind alle so … gut aussehend.«

Hugh stellte eine Schale mit Früchten auf die Frühstücksbar, dazu zwei Teller mit Waffeln. »Das könnte man sagen. Aber für mich sind sie einfach nur meine Lieben. Meine Familie bedeutet mir alles. Wie sie aussehen und was anderen Menschen vielleicht noch alles ins Auge sticht, fällt mir gar nicht auf.«

»In deinem Schlafzimmer steht auch ein Familienfoto«, sagte sie.

»Ja, das war ein besonders schöner Tag. Wir haben am Geburtstag meines Vaters mit Verwandten und Freunden in seinem Garten gegrillt. Grillfeste liebt mein Dad über alles. Treat hat mal erzählt, Mom hätte damit angefangen. Sie meinte, die Sonne würde unsere Seelen mit Glück erfüllen, oder irgendetwas in der Art. Jedenfalls hatten wir viel Spaß. Wir haben zugeschaut, wie er die Kerzen ausgeblasen hat. Dann hat Josh ihn gefragt, was er sich dabei gewünscht hätte. Dad, alle meine Geschwister und ich haben wie aus einem Mund geantwortet: Mom.« Hugh zuckte die Achseln. »Vermutlich hätten wir nicht lachen sollen. Ihm war das sehr ernst und uns eigentlich auch. Wir wissen, wie sehr sie ihm fehlt, aber es war trotzdem ein lustiger Moment.«

»Das ist unglaublich rührend.«

»Was ist deine schönste Erinnerung?«, fragte Hugh.

Sie hob eine Schulter. »Ich könnte sagen, der Tag, an dem Layla geboren wurde. Aber das wäre nicht wirklich wahr. So wundervoll das auch gewesen sein mag, es gab auch die Schmerzen, die Einsamkeit und viele sehr gemischte Gefühle. Möglicherweise ist ein Tag, an dem ich erst acht war, meine schönste Erinnerung. Mein Vater und ich haben einen Ausflug gemacht, nur wir beide. Wir waren in einer Art Park, aber es gab dort ein Karussell. Er hat gesagt, ich könnte fahren, so oft ich wollte. Dann hat er mir Zuckerwatte gekauft, und ich weiß noch, dass irgendwo Musik spielte und ich das Gefühl hatte, etwas ganz Besonderes zu erleben.« Sie schaute hinab auf ihre Hände und dachte an den nächsten Morgen. »Später ist mir klargeworden, dass dieser Nachmittag sein Abschied war. Am nächsten Tag ist er gegangen und ich habe ihn nie wiedergesehen.«

»Was für eine traurige Geschichte, Bree.«

»Für mich ist es eine glückliche Erinnerung. Nur das, was danach kam, war nicht schön. Aber diesen Nachmittag kann mir keiner nehmen.«

Sie sah, wie nachdenklich ihre Offenbarung Hugh machte. Ihn mit diesem alten Kummer zu belasten, tat ihr jetzt beinahe leid. Aber irgendetwas sagte ihr, dass er die Wahrheit hören wollte und keine nette, unverfängliche Story.

Er legte den Arm um sie und küsste sie auf die Wange. »Du hast recht. Dieser Nachmittag wird dir immer gehören. Und selbst wenn danach unschöne Dinge passiert sind, hat dein Dad dir damit etwas Wertvolles geschenkt.«

Vermutlich war sie genau deshalb so offen gewesen: Sie wollte sehen, wie er reagierte. Seine Antwort bestätigte ihr, dass es in Ordnung war, diese spezielle Erinnerung wie einen Schatz zu hüten. Hin und wieder hatte sie Zweifel daran gehabt. Ihre Mutter betrachtete den Ausflug als Inszenierung, damit Daddys kleines Mädchen sich immer mit Liebe und Dankbarkeit an ihn erinnern würde. Vermutlich hatte ihre Mutter sogar recht, aber was ihr Vater beabsichtigt hatte, war nicht so wichtig. Sie wollte mit Freude an ihn zurückdenken. So war es leichter, den Schmerz zu verdrängen, den er mit seinem Verschwinden hinterlassen hatte.

»Möchtest du Kaffee? Oder lieber Saft?« Barfuß und mit geschmeidigen Bewegungen ging Hugh durch seine Küche. Die Unterhaltung hielt er so entspannt in Gang, als hätten sie schon tausendmal miteinander gefrühstückt.

»Beides ist gut, danke. Kann ich irgendwie helfen?« Sie stieg von ihrem Hocker und Hugh lächelte.

»Sei nicht albern. Setz dich. Entspann dich. Ich komme sonst nie dazu, jemandem Frühstück zu machen. Mir bereitet das Freude.« Er stellte ihr ein Glas Orangensaft und eine Bechertasse Kaffee hin. »Vanille-Kaffeesahne? Haselnuss? Oder lieber Milch? Was hättest du denn gerne?«

*Deine Lippen auf meinen.* »Hmmm. Vanille klingt wunderbar.« Kaffeesahne in verschiedenen Geschmacksrichtungen gönnte sie sich sonst nie. »Hast du Süßstoff oder Zucker?«

»Beides.« Er stellte ihr eine kleine Keramikschale mit verschiedenen Päckchen hin.

»Ich komme mir vor wie in einem schicken Restaurant«, scherzte sie.

»Dafür kannst du dich bei meiner Schwester bedanken. Bei Savannah. Sie hat eine Frau für mich eingestellt, die das Haus in Ordnung hält und meinen Terminplan kennt. Wenn ich in die Stadt komme, sorgt sie dafür, dass alles da ist, was ich brauche.« Hugh reichte ihr eine Glasflasche mit Ahornsirup.

»Um so etwas kümmert sich deine Schwester? Ich glaube, ich hätte auch gerne eine.« Sie lachte, aber Hugh lebte in völlig anderen Verhältnissen als sie, und was er von seinem Lebensstil erzählte, erschien ihr geradezu surreal.

»Savannah sorgt sich immer um uns Brüder. Sie ist das einzige Mädchen und fühlt sich offenbar für uns verantwortlich. Vielleicht weil unsere Mom nicht mehr da ist.«

Brianna fiel auf, wie weich sein Blick würde, wenn er von seiner Familie sprach. *Ich muss endlich aufhören, alles Mögliche an dir zu beobachten.*

»Wann musst du denn heute bei der Arbeit sein?«, fragte er.

»Um zehn.« Sie probierte eine Waffel. »Hugh, die sind himmlisch. Vielen Dank.«

»Ich habe um zehn einen Termin. Du kannst dir also entweder einen Wagen von mir borgen oder ich kann dich bei der Arbeit absetzen. Hast du nicht gesagt, du möchtest für Layla ein Geburtstagsgeschenk kaufen?« Er war mit seinen Waffeln fertig und legte sich Obst auf den Teller.

*Das weißt du noch?* »Ja. Das muss ich heute unbedingt machen. Aber zum Einkaufen kann ich mit dem Bus fahren.« Mehr als ein paar Bissen brachte sie nicht hinunter.

»Quatsch. Wie lange arbeitest du denn? Ich wusste nicht, dass es Bars gibt, die schon morgens um zehn aufmachen.« Er schob seinen Teller beiseite und trank seinen Kaffee aus.

»Heute Morgen arbeite ich nicht in der Bar. Ich helfe meinem Freund Claude in seinem Studio. Gegen eins müsste ich dort fertig sein.« Sie stand auf und wollte das Frühstücksgeschirr wegräumen. Hugh erhob sich ebenfalls. Er nahm ihr die Teller ab und spülte sie, während Brianna die Gläser holte.

Als er sich von der Spüle wegdrehte, stieß sie gegen seinen

Arm. »Tut mir leid«, sagte sie. In ihrer Brust breitete sich Wärme aus.

»Mir nicht.«

Seine dunklen Augen nahmen ihr den Atem, und als er ihr das Haar von der Wange strich, überlief sie ein wohliger Schauer.

»Bree«, flüsterte er.

Sein sinnlicher Blick hielt sie fest. Ihr Pulsschlag beschleunigte sich. Als er mit den Händen an ihren Armen nach oben strich und dann ganz langsam wieder nach unten, warf Brianna jede Vorsicht über Bord. Sie stellte sich auf die Zehenspitzen, doch der Abstand zu seinem Mund war noch immer zu groß. Hugh hob sie hoch und setzte sie auf die Arbeitsplatte, dann schob er sich zwischen ihre Knie und nahm ihr Gesicht zwischen seine Hände. *Oh, wie ich das Gefühl deiner Hände an meinen Wangen liebe. Bitte lass sie für immer da liegen. Bitte.*

»Bree«, sagte er zwischen zwei schweren Atemzügen. »Darf ich dich küssen?«

Sie schlang ihre Hände in seinem Nacken ineinander und zog seinen Mund zu ihrem. Seine Lippen waren warm und zärtlich. Jede Bewegung seiner Zunge jagte einen Hitzestrahl zwischen ihre Beine. Und als er seine Hand unter ihr Haar schob, ihren Hinterkopf umfasste und sie tiefer und fester küsste, flohen alle beängstigenden Gedanken an seinen Job aus ihrem Kopf. Seine Hand fand zu ihrer Taille. Mit einer geschmeidigen Bewegung zog er sie zur Kante der Arbeitsplatte. Seine Brust presste sich an ihre, die Wölbung unter seinem Reißverschluss drückte sich an ihre Mitte. Er schmeckte so süß nach Ahornsirup und noch etwas anderem. Einfach unvergleichlich. Diesen Geschmack würde sie niemals vergessen. Als sie sich voneinander lösten, waren sie beide außer Atem.

*Komm zurück. Bitte komm zurück und küss mich noch mal.* Sie legte ihre Hände auf seine Brust und spürte seinen Herzschlag.

Er lehnte seine Stirn gegen ihre. Längst mochte sie diese innige Berührung viel zu sehr.

»Bree«, flüsterte er. »Tut mir leid.« Er schaute hinab auf seine verbotene Erektion.

Brees Herz jagte, das Denken fiel ihr schwer.

Er küsste sie zart auf die Lippen. »Dich zu küssen, ist wunderschön. Ich muss damit aufhören, solange ich noch kann.«

*Nicht nötig. Mach einfach weiter.* Ihr Kopf sagte ihr, dass er recht hatte, aber ihr Körper sehnte sich nach mehr. Für ihr Leben gern wollte sie die Muskeln spüren, die unter der weichen Baumwolle seines Shirts lockten. Und – *oh Gott!* – sie war schon so lange nicht mehr mit einem Mann zusammen gewesen. Ihre empfindlichsten Stellen sehnten sich nach dem Gefühl, die Härte eines Mannes tief in sich zu fühlen.

Er legte die Arme um sie und drückte sie an sich. Dann nahm er mit einer Hand ihr Haar zusammen und küsste sie auf die Wange. »Wie wär's, wenn ich dich zu Claude fahre?« Er küsste ihren Hals. »Dann können wir später zusammen ein Geschenk für Layla besorgen.«

Sein heißer Atem prickelte auf ihrer Haut. Sie wollte keine Sekunde lang von ihm getrennt sein. »Ja«, flüsterte sie. Sie hoffte, dass der Blick, den sie ihm zuwarf, verführerisch und nicht unbeholfen oder albern wirkte. Noch immer hielt er ihr Haar fest und plötzlich gewann Briannas Verlangen die Oberhand. Sie drückte ihre Lippen auf seine, vergrub ihre

Hände in seinem dichten Haar und zog ihn zu einem wilderen, hungrigeren Kuss fester an sich. Jede fordernde Bewegung seiner Zunge beantwortete sie mit ihrer. Der Zug seiner Faust an ihrem Haar stachelte ihre Leidenschaft an. Als er schließlich eine Hand unter ihren Hintern schob, den anderen Arm um ihre Taille legte und sie mit seinen starken Armen hochhob, schlang Brianna instinktiv die Beine um seinen Körper. Sein Mund fand von ihren Lippen zu ihrem Kinn. Von dort aus küsste und knabberte er sich an ihrem Hals nach unten. Sie wölbte sich ihm entgegen, wollte seinen Mund einfach überall spüren. Er leckte sich so zärtlich an ihrem Schlüsselbein entlang, dass Brianna glaubte, den Verstand zu verlieren. Dann trug er sie zu einem der Sofas im Wohnzimmer, bedeckte seinen Körper mit ihrem und liebkoste mit den Lippen ihre Schulter und ihr Brustbein. Kurz oberhalb ihres BHs hielt er inne. Seine Lippen kehrten zurück zu ihrem Mund, seine Hand fand den Weg unter ihren Pulli. Mit zärtlichen, ruhigen Bewegungen streichelte er ihre Seiten. Sie wölbte den Rücken auf und drängte ihm ihre Brüste entgegen. Seine Finger streiften die Unterseite ihres BHs, dann nahm er die Lippen von ihren.

»Ich könnte ewig so weitermachen, Bree.«

Sie hatte das Gefühl, kurz vor dem Verdursten zu sein, und er war ein Fluss voller köstlichem Wasser, von dem sie nicht genug bekommen konnte. Brianna küsste ihn erneut. Härter, tiefer, hungriger. Dann biss sie ihn frech in die Unterlippe und streichelte den Schmerz mit der Zunge weg. Seine Augen verengten sich und wurden noch ein wenig dunkler. Inzwischen atmeten sie beide so schwer, dass sie glaubte, die Wände müssten davon widerhallen.

Er drückte ihr einen weiteren Kuss auf die Lippen, dann schüttelte er den Kopf. »Das bist du nicht, Bree. Ich will dich mehr als je eine Frau zuvor, aber ...«

»Was bin ich nicht?« Ihre Gedanken verhakten sich. Wovon redete er?

Er schob die Arme unter ihre Schultern und schaute ihr in die Augen. Sie liebte das Gefühl, von ihm gehalten zu werden, und drückte sich an ihn.

»Du hast einen Zwölfjahresplan«, sagte er ernst. »Wir können das nicht tun. Wir müssen an Layla denken.«

»Wir?« Ihre Stimme zitterte.

Er nickte. »Ja. Die Hälfte deines Herzens gehört ihr. Jeder in deinem Leben muss an euch beide denken. An dich *und* Layla.«

*Weshalb finde ich es so schön, dass du nicht gesagt hast, ›an dich und deine Tochter‹?* Widerstrebend gestand sie sich ein, dass er recht hatte. Sie konnte ihren Plan und die Stabilität, die Layla brauchte, nicht für ein schnelles Abenteuer opfern. Aber wenn er nur auf ein schnelles Abenteuer aus war, hätte er dann aufgehört? Sie schaute ihm in die Augen und wusste, dass er für sie alles andere war, als ein kurzer, prickelnder Spaß. Und er erwiderte ihren Blick, als wäre sie in den letzten fünfzehn Stunden auf unerklärliche Weise plötzlich ein wichtiger Teil seines Lebens geworden. *Ich habe den Verstand verloren. Die Hormone haben mein Gehirn außer Gefecht gesetzt. Verdammt.*

Hugh setzte sich auf. Brianna rappelte sich ebenfalls hoch und setzte sich neben ihn. Er rieb sich das Gesicht. »Es tut mir leid, Brianna. Ich weiß nicht, was über mich gekommen ist. Ich ... Jedes Mal, wenn ich dich küsse, will ich einfach immer weitermachen. Aber du bist eine so fürsorgliche Mutter. Ich möchte euer Leben nicht durcheinanderbringen.«

*Eigentlich hätte ich das sagen müssen. Was bin ich bloß für eine Mutter, wenn ich nach einem einzigen gemeinsamen Abend gleich mit diesem Mann ins Bett fallen will? Ich müsste doch am besten wissen, wie riskant das ist.* Sie hatte keinen Schimmer, was sie ihm antworten sollte. *Ich danke dir? Du hast recht? Vergiss meinen Plan und nimm mich, bitte?* Obwohl er nur versuchte zu tun, was für sie beide gut und richtig war, gab ihr die Zurückweisung einen Stich.

»Es ist meine Schuld. Gütiger Himmel, Hugh. Seit meiner Schwangerschaft habe ich keinen Mann mehr geküsst. Und jetzt eben hätte ich beinahe … Na ja, du weißt schon. Es tut mir leid. Du warst unglaublich hilfsbereit und unglaublich lieb. Du hast dich darum gekümmert, dass mein Wagen repariert wird, und mich letzte Nacht einfach schlafen lassen, so peinlich mir das auch ist. Und vor ein paar Sekunden hast du mich vor einem großen Fehler bewahrt.« Sie schüttelte den Kopf. Doch als sie wieder aufblickte, bemerkte sie den verletzten Ausdruck in seinen Augen. »Das soll nicht heißen, mit dir zu schlafen, wäre ein Fehler gewesen. Ich könnte mir denken, dass … Ach, was soll's. Eigentlich wollte ich sagen, dass …« Sie seufzte. »Ich rede mich hier um Kopf und Kragen. Ich bin eine Barkeeperin und eine Mutter. Und du bist ein unglaublich attraktiver, erfolgreicher Rennfahrer. Den Riesenfehler hättest du gemacht, nicht ich.«

Wieder nahm er ihr Gesicht zwischen seine Hände und zog es näher an seines. »Glaubst du das wirklich? Dass ich aufgehört habe, weil ich mich nicht auf eine Barkeeperin und Mutter einlassen will?«

Brianna zuckte mit den Schultern.

»Brianna.« Er kniff die Augen zusammen. »Bree, wie lautet dein Nachname?«

»Mein Nachname?«

Er nickte. »Mir ist gerade eingefallen, dass ich den gar nicht kenne.«

»Heart.«

Hugh lächelte. Seine Augen strahlten. »Heart? Brianna Heart?«

Sie nickte.

»Wie schön«, sagte er. Sein Lächeln erlosch. Als er weitersprach, klang sein Ton sehr ernst. »Brianna Heart, ich habe aufgehört, dich zu küssen, gerade *weil* ich mich auf dich einlassen will. Und deshalb müssen wir an deinen Zwölfjahresplan und natürlich an Layla denken.«

Er nahm die Hände von ihren Wangen und sofort wünschte Brianna sie sich zurück. »Du bist ein wunderbarer Mann, aber …« *Sag es nicht. Sei einfach still und mach nicht alles kaputt.*

»Aber?« Er setzte sich aufrechter hin.

*Mit deinem Lebensstil kann man kein Kind großziehen. Aber dass du ein Kind großziehen willst, hast du auch nicht gesagt. Du sagst, du willst dich auf mich einlassen. Was bedeutet das? Sex? Nur Sex? Wenn ja, warum denkst du dann an Layla? Herrje!* Sie hatte schon so lange kein Date mehr gehabt, dass sie die Dating-Sprache nicht mehr verstand. Sie brauchte Kat zum Übersetzen.

»Aber *was*, Brianna?«, fragte er noch einmal.

Sie sah die Beklommenheit in seinen Augen, wusste aber nicht, wie sie ihm sagen sollte, was ihr durch den Kopf ging. »Aber mein Leben ist kompliziert. Ich habe so viel zu tun und kaum Zeit zum Atmen. Oder zum Schlafen, wie du heute Nacht feststellen musstest. Ich möchte dich nicht runterziehen.«

Er nahm ihre Hand. »Du ziehst mich nicht runter, Bree. Im Gegenteil, mit dir fühle ich mich ganz leicht. Merkst du das nicht? Lass uns doch einfach sehen, wie es mit uns beiden läuft. Kleine Schritte. Ich bin noch bis zum nächsten Wochenende hier, wir haben also jede Menge Zeit.«

»Bis zum nächsten Wochenende?« Sie spürte, wie sich in ihrem Magen ein Klumpen bildete. *Jede Menge Zeit?* »Und wo gehst du dann hin?« *Was tue ich da? Hör auf, ihn zu mögen!*

»Nach Daytona. Hinterher habe ich wieder frei.«

*Daytona. Das funktioniert niemals. Oh je! Warum wünsche ich mir so sehr, dass es irgendwie geht?*

»Hey, Bree. Alles in Ordnung?«

*Nein. Ich bin ein hoffnungsloser Fall. Ich mag dich wirklich sehr.* »Ja, alles klar.« Sie stand auf. Wenn sie auf Distanz gehen wollte, dann am besten gleich. »Wir sollten los. Ich muss vor der Arbeit noch nach Hause und duschen.«

»Hey.« Er ging zu ihr und nahm ihre Hand. »Ich bin ein guter Zuhörer. Bitte sag mir, warum du so traurig bist.«

Sie schaute weg. »Kannst du bitte aufhören, so romantisch zu sein … und so süß … und mich so anzuschauen?«

Er lachte. »Wie schaue ich denn?«

*Ich kann das nicht tun. Ich habe nur kurzfristig die Beherrschung verloren.* Sie straffte die Schultern, setzte ein Lächeln auf und hoffte, dass Hugh nicht sah, wie zerrissen sie sich fühlte, während sie aus dem Strudel ihrer Hormone watete und sich sagte, dass sie sich an ihren ursprünglichen Plan halten musste. *Zwölf Jahre sind doch gar nicht so lang, oder? Oh Gott! Bevor mir Hugh begegnet ist, fand ich diesen Zeitraum überschaubarer.* »Nicht so wichtig.« Sie seufzte laut. »Es war wirklich schön mit dir. Dass ich mir auch nur erlaubt habe, an einen Mann zu denken, ist …«

»Jahre her. Ich weiß. Aber wenn du mich magst, weshalb schaust du mich dann an, als hätte ich deinen Goldhamster gekillt?«

Sie kämpfte mit der Wahrheit. *Weil ich zu verwirrt bin, um einen klaren Gedanken zu fassen. Du bist ständig auf Reisen und dabei ganz sicher von einer Schar Groupies umgeben. Mein Leben wird dir schnell langweilig werden. Ständig ein Kind um dich zu haben, wird dir nicht gefallen. Ich kann dich nicht zum Teil unseres Lebens werden lassen, denn dann wird Layla sich sorgen, du könntest wieder verschwinden. Und ich möchte diese Sorge auch nicht haben.* »Weil du am nächsten Wochenende wieder weg bist.« Sie war schockiert, wie niedergeschlagen ihre Stimme klang. Aber genau so fühlte sie sich. Es war, als hätte man ihr Flügel geschenkt und sie ihr, als sie gerade abgehoben hatte, gleich wieder weggenommen. Und jetzt trudelte sie hilflos der schmerzhaften Realität entgegen.

»Ich bin bald wieder zurück.«

»Ich weiß. Aber je mehr Zeit ich mit dir verbringe, desto mehr Zeit werde ich mit dir verbringen wollen.« *Warum sage ich dir das eigentlich? Ich muss einfach aufhören, dich zu wollen.*

»Nun, dann müssen wir wohl dafür sorgen, dass wir das hinbekommen.«

Hugh nahm sie wieder in die Arme, und sie wünschte sich, sie hätte ihm nie etwas von ihrem Zwölfjahresplan erzählt. Wenn er nichts davon erfahren hätte, würde sie jetzt vermutlich nackt unter ihm liegen. Stattdessen stand sie nun da und versuchte sich klarzumachen, dass sie ihn nie wiedersehen durfte.

# Elf

»Du willst mich veräppeln, oder?« Brianna traute ihren Augen nicht. Außer dem Mercedes Roadster standen in Hughs Garage ein Aston Martin, ein Ferrari 458 Speciale und ein Icon-Sheene-Motorrad. »Im Ernst, Hugh. Wie soll man bei diesem Anblick noch klar denken? Die können unmöglich echt sein. Sicher träume ich nur, und wenn du mich jetzt zwickst, werde ich wach.«

»Zugegeben, das ist vielleicht ein bisschen extrem. Andere Männer sammeln Baseballkarten, ich Autos. Also, welches möchtest du dir ausleihen?« Er wusste, dass ihr die Sache nicht geheuer war, und dachte daran, wie starr sie geworden war, als er gesagt hatte, er würde am kommenden Wochenende weg sein. Sie musste an ihre Tochter denken, aber, Kind hin oder her, er wollte sie besser kennenlernen. In der vergangenen Nacht war irgendetwas mit ihm passiert. In ihm war so etwas wie ein Beschützerinstinkt erwacht, etwas, das viel mehr war als Lust und Verlangen. Er wollte unbedingt herausfinden, was es damit auf sich hatte, und damit sie ihm die Chance dazu gab, musste sie mehr über ihn erfahren, als er ihr erzählen konnte. Sie musste den ganzen Hugh sehen. Nur dann würde sie ihm vielleicht die Tür zu ihrem Leben öffnen. Nur dann konnte sie entscheiden, ob sie mit einem Mann wie ihm zusammen sein wollte. Unabhängig davon, was er sein Eigen nannte oder womit er seinen Lebensunterhalt verdiente.

Sie seufzte. »Na schön. Das wird sicher die einzige Gelegenheit in meinem Leben bleiben, in so einem Traumauto zu sitzen. Ich nehme das rote.«

»Das rote? Du bist süß.« Er nahm ihre Hand und öffnete die Beifahrertür des Ferrari 458 Speciale. »Wenn du dir einen der anderen Wagen ausgesucht hättest, hätte ich dich gedrängt, selbst zu fahren. Aber der 458 ist eher ein Rennwagen als eine Luxuskarosse und ich wäre um deine Sicherheit besorgt.«

»Oh mein Gott, glaub mir, du willst gar nicht, dass ich einen deiner Wagen fahre.«

Ihre Unsicherheit war süß, aber unnötig. Sie war ganz offensichtlich eine intelligente Frau, die kluge Entscheidungen traf. Er vertraute Brianna, und wenn er ihr wirklich zeigen wollte, wer er war, musste er ihr das klarmachen. »Weißt du was? Wir machen demnächst zusammen eine Spritztour mit dem Ferrari. Aber heute könntest du den Aston Martin fahren.«

Sie wich einen Schritt zurück und wedelte mit den Händen. »Nein. Auf gar keinen Fall. Nein, nein, nein. Was Autos betrifft, habe ich zwei linke Hände.«

Hugh verschränkte die Arme und lachte. »Dann sitzen wir hier fest, und du kommst zu spät zur Arbeit, weil ich mich nämlich nicht ans Steuer setzen werde.«

»Hugh. Nein.« Sie schüttelte den Kopf.

»Sorry. Keine Chance.«

»Hugh«, sagte sie etwas lauter. »Wie kannst du auch nur daran denken, dass ich einen dieser Wagen fahren würde? Die sind teurer als alles, was ich je besitzen werde, zusammengenommen.«

»Es sind nur Autos, Bree. Layla ist viel wertvoller, und mit ihr zusammen machst du alles Mögliche.« Als er sah, wie sie die Lippen zusammenpresste, wusste er, dass er zu ihr durchgedrungen war. »Das sind wirklich nur Autos.«

Erneut schüttelte sie den Kopf. Ihre düster entschlossene Miene brachte ihn zum Grinsen. Er ging zu ihr und nahm sie in die Arme.

»Wenn ich mir keine Sorgen um die Wagen mache, solltest du es auch nicht tun.« Sie sollte verstehen, dass die Autos nicht unersetzlich, sondern einfach nur schöne Besitztümer waren. Ganz unabhängig davon, was er hatte, sollte sie ihn als denjenigen sehen, der er war. Vielleicht kam sie dann zu dem Schluss, dass weitere Dates mit ihm keine Zeitverschwendung waren.

»Hugh«, flüsterte sie. »Und wenn ich eines davon zu Schrott fahre?«

»Ich bin versichert. Solange dir nichts passiert …« Er zuckte die Achseln.

Brianna verbarg das Gesicht an seiner Brust. »Ich kann nicht fassen, dass du mich dazu überreden möchtest.«

»Und ich kann nicht fassen, dass ich dich dazu überreden muss.« Er hielt die Schlüssel in die Höhe und sie schnappte sie aus seiner Hand.

»Schön. Wie du willst. Machst du das mit allen deinen Freundinnen?«

»Ich habe keine Freundinnen. Die Antwort lautet also *Nein*.« Lächelnd hielt er ihr die Fahrertür auf, dann setzte er sich auf den Beifahrersitz. Mit der Fernbedienung öffnete er die Garagentür.

»Ein Mann wie du *hat* Freundinnen.« Sie krallte die Hände so fest um das Steuer, dass ihre Fingerknöchel weiß hervortraten.

»Okay, warte.« Er löste ihre Finger vom Lenkrad und drückte sie sanft in den Sitz. »Erstens: Freundinnen habe ich wirklich nicht. Ich habe Dates, aber seit dem College gab es keine Frau, die mir wirklich wichtig war und mit der ich mehr als drei- oder viermal ausgegangen bin. Außerdem solltest du wissen, dass ich mich in den letzten Monaten aus der Welt der Groupies und Models zurückgezogen habe. Zweitens: Es tut mir leid, aber du siehst ein bisschen verkrampft aus. Ich muss das jetzt einfach tun.« Er beugte sich zu ihr und küsste sie, bis er spürte, wie sie lockerer wurde. Jeden seiner Zungenschläge beantwortete sie hungrig und voller Leidenschaft. Bald merkte er, wie sie sich entspannte. Trotzdem küsste er sie weiter, denn sie war einfach zu süß, um gleich wieder aufzuhören.

Als er sich schließlich zurücklehnte, waren ihre Augen geschlossen. »Besser?«, fragte er.

Sie blinzelte ein paar Mal. »Ja.« Sie nickte. »Gut. Prima.« Dann legte sie ihre zarten Finger wieder ans Steuer. Jetzt hielt sie das lederverkleidete Lenkrad so leicht zwischen den Händen, als hätte sie keine Energie mehr für einen festeren Griff. Sie legte den Gang ein und schon kurz nach dem Anfahren kräuselten ihre Lippen sich zu einem Lächeln.

»Das ist nicht wie fahren. Es ist eher wie fliegen.«

»Ja, meine Kleine ist ein echtes Schätzchen.« Hugh nickte.

»Trotzdem solltest du mich nicht ans Steuer lassen.« Brees Blick haftete mit höchster Konzentration an der Straße, dabei war sie eine gute Fahrerin.

»Sie ist nur ein Auto.«

Brianna parkte vor dem Apartmentkomplex, in dem sie wohnte. Sie gab Hugh die Wagenschlüssel und strich sich eine Haarsträhne aus dem Gesicht. Dass ihre Hand noch immer ein wenig zitterte, entging ihm nicht.

»Ich war unglaublich nervös.« Sie atmete seufzend aus. »Der Kuss hat geholfen. Aber, oh mein Gott. Ich war fast sicher, dass ich den Wagen irgendwie demolieren würde.«

»Ich hatte tiefstes Vertrauen in dich.«

Hugh betrachtete den in die Jahre gekommenen Ziegelbau. Aus den Rissen im Belag des Gehsteigs vor der Haustür wuchs Gras und auf der Terrasse eines Erdgeschossapartments stapelten sich Kisten und Plastikstühle. Im ersten Stock stand ein bärtiger Mann mit Bierbauch am Balkongeländer und beobachtete, wie sie zum Haus gingen. Hugh legte schützend seinen Arm um Brianna. Sein Bizeps und seine Halsmuskeln spannten sich.

»Der Kerl ist mir nicht geheuer«, flüsterte Brianna.

Hugh straffte die Schultern, kniff die Augen zusammen und warf dem gaffenden Nachbarn einen eisigen Blick zu.

Briannas Wohnung lag im zweiten Stock. Sie war hell und sonnig, der weiß gefliese Eingangsbereich klein, aber ordentlich und praktisch. Ein Stapel Post und ein paar Schulsachen von Layla lagen auf einem Tischchen an der Wand. Bis in das freundliche Wohnzimmer waren es nur wenige Schritte. Hier führte eine Glasschiebetür zu einem kleinen Balkon. An der Trennwand zwischen Küche und dem Wohnzimmer hing eine große Schwarzweißaufnahme eines schlafenden Babys. Die Stirn und die Augenpartie des Kindes waren ausgeleuchtet, der Rest des Körpers war in ein weicheres Licht getaucht.

»Was für ein schönes Foto. Ist das Layla?«

»Ja. Sie war erst drei Tage alt, als ich es gemacht habe. Ich liebe diese Aufnahme.« Briannas Augen füllten sich mit Wärme und ihre Mundwinkel hoben sich zu einem süßen Lächeln.

»Das Foto hast du gemacht? Bree, es ist großartig.«

Staunend sah er sie an und fragte sich, welche verborgenen Talente noch in ihr schlummerten.

»Danke. Leider habe ich seit einem Jahr nicht mehr fotografiert, weil meine Kamera den Geist aufgegeben hat.«

Ein kuscheliges rotes Sofa sorgte in einem Winkel des Wohnzimmers für eine einladende Atmosphäre. Gegenüber stand ein weißes Regal voller Bücher, Zeichnungen und Tonfiguren. Die Kunstwerke stammten offenbar von Layla. Auch gerahmte Fotos in verschiedenen Größen standen auf den Brettern. In einer Ecke des Sofas lagen drei bunte Decken, und auf dem schlichten hölzernen Couchtisch wartete ein Brettspiel darauf, zu Ende gespielt zu werden.

»Was ist mit deiner Kamera passiert?«, fragte Hugh.

»Ach, Layla hat sie beim Spielen aus Versehen vom Tisch gestoßen. Halb so schlimm. Das Fotografieren fehlt mir, aber es war sowieso nur ein Hobby.«

»Wenn ich mir das Foto von Layla ansehe, könnte es viel mehr als ein Hobby sein.« Als sie nicht antwortete, fügte er hinzu: »Du hast eine hübsche Wohnung.« Er ging zum Regal.

»Ich bitte dich. Dieses Haus ist eine Bruchbude, aber unser kleines Nest ist ganz erträglich.« Sie stellte ihre Handtasche auf das Tischchen an der Tür und legte ihre Schlüssel daneben.

Hugh nahm ein Foto von Brianna und Layla vom Regal. »Noch ein tolles Bild. Du strahlst richtig und Layla ist unglaublich niedlich. Sie sieht aus wie eine Miniaturausgabe von dir.«

Brianna lachte. »Danke. Sie ist mein Mädchen.«

Er stellte das Bild an seinen Platz zurück und nahm ein anderes zur Hand. Layla saß im Sonnenuntergang auf dem Schoß einer Frau, die Brianna unglaublich ähnlich sah. Sicher ihre Mutter, aber Hugh fand vor allem die Farben und den

Blickwinkel sehr ansprechend. »Deine Mom?«

»Ja.«

»Hast du dieses Foto auch gemacht?« Er sah, wie sie sich erneut eine Haarsträhne hinters Ohr schob.

»Ja. Das ist ziemlich lange her.«

»Deine Fotos sind großartig. Hast du Fotografie studiert?« Hugh stellte das Bild zurück ins Regal und merkte, dass Brianna errötet war.

»Ja, auf dem College.« Sie nestelte am Saum ihres Pullis. »Ich muss kurz duschen und mich umziehen, damit wir nicht zu spät kommen.«

Brianna stand in ihrem Wohnzimmer in einem Bündel Sonnenlicht und sah so hübsch aus, dass der Gedanke, sie würde gleich ein oder zwei Zimmer weiter ihren schönen nackten Körper waschen, Hughs Leidenschaft entflammte. Hastig schaltete er sein Kopfkino aus, räusperte sich und suchte nach seiner Stimme. »Klar. Ja. Mach ruhig. Ich warte hier.« *Und werde versuchen, dabei nicht an dich zu denken.*

Briannas Handy klingelte. Sie fischte es aus ihrer Handtasche und drückte es ans Ohr.

»Hey, Baby. Hast du Spaß bei deiner Granny?« Ein Lächeln huschte über ihre Lippen. »Wirklich? Zum Frühstück? Deine Granny verwöhnt dich.« Einen Moment lang hörte sie stumm zu.

Hugh fand es schön, wie weich ihre Stimme wurde, wenn sie mit Layla sprach.

Die Unterhaltung ging weiter. »Tut mir leid, Baby. Vielleicht war ich gerade im Bad. Ich behalte mein Telefon von jetzt an in der Nähe. Ich weiß. Okay. Hab dich lieb. Ich hole dich später ab. Sei brav und viel Spaß im Theater.« Noch einmal hörte sie zu. »Immer.« Brianna beendete den Anruf und seufzte. »Eine tolle Mutter bin ich. Layla hat mich heute Morgen angerufen und ich habe vergessen, sie zurückzurufen.«

»Du bist eine prima Mutter. Das war vermutlich meine Schuld, weil ich dich dauernd geküsst habe. Von jetzt an sorgen wir dafür, dass dein Telefon immer bei dir und auf laut gestellt ist, damit du keinen Anruf von Layla mehr verpasst.«

Erneut schob sie sich eine Strähne hinters Ohr – ein Zeichen, dass sie nervös war. Hugh fand die Geste unglaublich süß.

»Alles klar?«, fragte er.

Sie nickte. Dann ging sie durch den Flur zu ihrem Schlafzimmer, aber Hugh hatte die Beklommenheit in ihrem Blick bemerkt. Langsam drehte er sich einmal um die eigene Achse. Überall gab es Spuren von Layla. An der Tür standen glitzernde kleine Sneakers in Reih und Glied. Auf der Frühstücksbar zwischen der Küche und dem Wohnzimmer lagen Malbücher. Er hörte, wie die Schlafzimmertür sich schloss, und begann, auf und ab zu gehen. Verdammt, er mochte Brianna wirklich gerne. Sie war intelligent, verantwortungsbewusst und ein Familienmensch. Sie berührte die richtigen Stellen in seinem Herzen. Er nahm ein weiteres Foto von Layla aus dem Regal und schaute fragend in die Augen des kleinen Mädchens. *Kleine Schritte.* Mit Brianna durfte er nichts überstürzen. Dabei brachte allein der Gedanke an den Widerling auf dem Balkon sein Blut zum Kochen. Kleine Schritte waren einfach nicht genug.

»Was soll ich bloß tun? *Wir* hat er gesagt. Er hat nicht gesagt, *ich* müsste mein Telefon laut stellen. Er hat gesagt, *wir* müssten

dafür sorgen, dass wir Laylas Anrufe hören.« Brianna flüsterte in ihr Handy. Sie redete mit Kat. Sie hoffte, ihre Freundin würde ihr jagendes Herz wieder auf Kurs bringen.

»Wo ist denn das Problem? Er mag dich, Bree. Du meine Güte, wenn du hin und wieder mal einen Mann in deine Nähe lassen würdest, wüsstest du, dass das nicht weiter schlimm ist.«

»Ich habe durchaus mal einen in meine Nähe gelassen. Schon vergessen?« Brianna seufzte.

»Das ist ewig her. Aber hör mal, hast du nicht noch ein bisschen Zeit, bevor du zu Claude musst? Willst du Hugh nicht zu dir in die Dusche einladen?«, frotzelte Kat.

Brianna streifte beim Sprechen ihre Kleider ab. »Kat! Ich meine es ernst. Ich hätte beinahe mit ihm geschlafen. Sag mir, dass ich mich an meinen Plan halten soll. Sag mir, dass er kein toller Typ ist. Sag, er sei ein Playboy oder irgendwas in der Art. Bitte.«

»Okay. Schön. Ihr habt nicht miteinander geschlafen. Und was schließen wir daraus? Er ist kein Aufreißer. Sonst hätte er dich in sein Bett gezerrt. Und deine Tür tritt er jetzt gerade auch nicht ein, nur weil er weiß, dass du nackt dahinter stehst. Das muss dir doch zeigen, dass er schwer in Ordnung ist, oder? Ich kann also nicht das sagen, was du von mir hören willst, und dir nicht raten, weitere Dates mit ihm zu verweigern. Wenn du mal mit ihm weg willst, kann ich auf Layla aufpassen.«

Brianna stand mit zusammengezogenen Augenbrauen vor dem Spiegel. »Oh, Kat. Ich habe ein Problem.«

»Du weißt ja, wie es heißt: Wenn du nicht brav sein kannst, sei wenigstens vorsichtig.«

»Deshalb nehme ich ja seit Laylas Geburt die Pille. Für alle Fälle.« Über die Schulter warf sie einen Blick zur Badezimmertür und dachte an Hugh. Zwischen ihren Schenkeln pulsierte die Hitze. »Ich muss Schluss machen. Nett, dass du mir nicht geholfen hast«, scherzte sie.

»Du wirst mir noch sehr, sehr dankbar sein.«

Brianna stellte sich unter die warme Dusche und schloss die Augen. Sie konnte Hughs Stoppeln an ihrer Wange fühlen und seine Lippen auf ihren. Sie dachte an seine zärtlich forschende Zunge in ihrem Mund und ließ ihre Finger zwischen ihre Beine gleiten. Frustriert über ihre fühlbare Erregung seufzte sie auf. Sie unterdrückte ein Stöhnen und begann sich zu streicheln. Dabei stellte sie sich vor, es wären Hughs Hände, die sie berührten. Sie malte sich aus, wie seine Lippen über ihren Körper wanderten, wie seine Zunge sie verwöhnte. Zu wissen, dass Hugh nur ein paar Schritte entfernt war, war ungemein prickelnd. Bei ihrem Höhepunkt musste sie sich gegen die gefliese Wand stützen und die Zähne zusammenbeißen, damit sie nicht laut Hughs Namen schrie.

## Zwölf

»Dein Wagen ist um zwei fertig, aber du musst dich nicht nach mir richten. Ich kann dich hinfahren, damit du ihn abholen kannst, oder wir gehen nach meinem Termin gemeinsam ein Geschenk für Layla kaufen.« Lässig steuerte er den Aston Richtung Stadtzentrum.

Ihr Kopf sagte Brianna, sie solle allein shoppen gehen und nicht noch mehr Zeit mit Hugh verbringen. Aber ihr Herz – und ihr Körper – wollten das nicht hören. Die Worte kamen wie von selbst aus ihrem Mund. »Lass uns zusammen einkaufen gehen, wenn es dir wirklich nichts ausmacht.« Sie hatte gehofft, nach ihrer kleinen Selbsthilfeaktion unter der Dusche würden die prickelnden Gedanken an Hugh sich legen. Aber das Gegenteil war der Fall, jetzt wollte sie ihn nur noch mehr. Mit ihrem Make-up hatte sie sich besonders viel Mühe gegeben, und weil er beim Anblick ihrer Stiefel am Abend zuvor gelächelt hatte, trug sie sie wieder. Diesmal mit schwarzen Jeans und einer locker fließenden weißen Bluse, die gerade durchsichtig genug war, um ihren frechsten Spitzen-BH darunter erahnen zu lassen. Im Auto so dicht neben ihm zu sitzen, fachte ihre Sehnsucht nach ihm zusätzlich an. Sein Cologne erfüllte die Luft, und jedes Mal, wenn er den Schalthebel betätigte, spannte sich sein Trizeps. Am liebsten hätte sie den wohldefinierten Muskel mit den Fingerspitzen nachgezeichnet.

»Bree?«

*Mist.* Sie hatte gar nicht mitbekommen, dass er etwas gesagt hatte. *Reiß dich zusammen!* »Sorry. Ja?«

»Du hast gesagt, du würdest heute einem Freund helfen. Wir sind gleich in der Stadt. Wohin soll ich denn fahren?«

Sie hatte sich so in ihm verloren, dass sie gar nicht daran gedacht hatte, ihm den Weg zu erklären. »Da vorn musst du rechts abbiegen.« Sie zeigte zur nächsten Straßenecke.

»Wie bitte? Zu den *CD Studios*?« Hugh lachte. »Das gibt's doch nicht.«

»Was gibt es nicht?«

»Dort habe ich meinen Termin. Ich hatte mit CD am Donnerstag ein Shooting für meine Sponsoren und heute wollen wir noch ein paar Studioaufnahmen machen.«

*Unfassbar.* »Du hast heute ein Shooting? Bei Claude?« *Wie soll ich das bloß überstehen?*

»Ja. Was für ein toller Zufall. Wir können den Vormittag zusammen verbringen. Was machst du denn bei CD?« Erwartungsvoll lächelte er sie an und seine gottverdammten Grübchen wurden dabei noch tiefer.

*Warum musst du bloß so gut aussehen?* Brianna schob sich eine Strähne hinters Ohr. »Ich … ähm … ich helfe Claude … CD. Ich kümmere mich um die Beleuchtung, darum, dass die Kleidung des Models richtig sitzt und die Requisiten stimmen. All so was eben.«

Er steuerte den Wagen in eine Parkbucht. »Prima. Das Shooting wird mir heute richtig Spaß machen. Eigentlich mag ich Fototermine nicht, aber jetzt habe ich jemanden, den ich anlächeln kann.«

*Und ich werde vor Verlegenheit sterben, weil ich mich nicht auf meine Arbeit konzentrieren kann.* »Ja, prima.«

Hugh ging um den Wagen und öffnete ihr die Tür. Er drückte ihr einen Kuss auf die Lippen. Briannas Hände fanden zu seiner Taille und sein Kuss wurde tiefer. Als er schließlich den Kopf hob, war ihr fast schwindelig.

»Hugh.« Sie räusperte sich.

»Ja?« Er öffnete den Kofferraum, schnappte sich seinen Rennanzug, seinen Helm und die Handschuhe.

»Du kannst mich nicht einfach so küssen.« *Mistmistmist.*

Sein Lächeln verschwand. »Tut mir leid. Ich dachte nur …«

»Nein, ich habe mich falsch ausgedrückt. Es ist schön, wenn du mich küsst. Aber da drin bei der Arbeit muss ich mit dem Kopf bei der Sache sein, und wenn wir …« *Herrje. Ich klinge wie ein Volltrottel. Keine Frau der Welt würde dich bitten, sie nicht zu küssen.*

»An deinem Arbeitsplatz würde ich dich niemals so küssen wie jetzt gerade. Aber wir sind in einer Seitenstraße. Keiner kann uns sehen.«

Nun kam sie sich erst recht wie ein Volltrottel vor. Die Röte stieg ihr in die Wangen. »Ich weiß. Alles klar. Ach, ich bin so durcheinander.« Sie machte einen Schritt Richtung Studio und Hugh griff nach ihrer Hand.

»Brianna? Hast du das Gefühl, dass ich mich dir aufdränge?«

Ernst und besorgt schaute er sie an. Dieses Hin und Her hielt sie nicht aus. Und es war auch weder ihm noch ihr selbst gegenüber fair. Sie war es gewöhnt, ihr und Laylas Leben ganz unter Kontrolle zu haben, und organisierte ihren hektischen Alltag mit seinem wahnsinnig eng getakteten Zeitplan minutiös. Aber jetzt hatte sie das Gefühl, dass ihr alles entglitt. Als hätte eine Tür sich geöffnet, und sie wüsste nicht, ob sie sie zuschlagen und ihr geordnetes Leben schützen sollte – oder sollte sie sie offen lassen, riskieren, dass das Chaos der Welt draußen hereinsickerte, und einfach abwarten, was passierte? *Verdammt. Was für ein Schlamassel.* Das Chaos konnte sie genauso wenig hereinlassen, wie sie Hugh belügen konnte. Lügen war noch nie ihre Stärke gewesen.

»Hugh, ich mag dich wirklich. Und ich weiß, du hast gesagt, wir müssten nichts überstürzen. Aber so einfach ist das nicht. Du bist ständig auf Achse. Du hast einen gefährlichen Job, den sicher viele Frauen unglaublich sexy finden. Ich dagegen bin eine langweilige, vielbeschäftigte Mutter und will und kann nicht mit anderen Frauen konkurrieren. Ich möchte einfach nur meiner Tochter ein stabiles Umfeld bieten.« Sie senkte den Blick und fühlte, wie ihre Brust eng wurde, weil ihre Worte nach Zurückweisung klangen. *Schon wieder.*

Er trat ganz dicht an sie heran und hob ihr Kinn, damit sie ihn ansehen musste. Sie fand es schön, aber auch schwer zu ertragen, dass er nicht zuließ, wenn sie sich in schwierigen Momenten versteckte.

»Hast du dir schon mal überlegt, dass es mir vielleicht gar nicht gefällt, wenn diese Frauen mich umlagern? Oder dass es mir Angst machen könnte, eine Frau mit einem Kind zu daten?«

»Genau das meine ich ja. Ich habe so einigen Ballast. Und deine Angst verstehe ich. Vielleicht ist es besser, wenn wir es dabei belassen.« Sie schluckte gegen den Klumpen in ihrer Kehle und die Tränen in ihren Augen an. *Verdammt, warum ist das so schwer? Ich kenne dich erst seit zwei Tagen.*

»So habe ich das nicht gemeint, Bree. Ich wollte dir nur sagen, dass ich nicht angstfrei bin. Aber lass uns nicht vor etwas davonlaufen, das vielleicht genau das sein könnte, was wir beide uns immer gewünscht haben. Wenn wir nichts überstürzen, bewahren wir uns die Chance herauszufinden, ob die Sache mit uns es wert ist, sie weiterzuverfolgen. Ich werde mich nicht in Laylas Leben drängen. Das verspreche ich dir. Wo es langgehen soll, bestimmst du. Ich weiß, dass du deine Tochter schützen willst, und das respektiere ich.«

Brianna spürte, wie ihr Herz weich wurde.

Hugh fuhr fort. »Aber ich möchte mich dir nicht aufzwingen. Wenn du mich absolut nicht daten willst, lasse ich dich in Frieden. Das wäre hart und schmerzhaft für mich, aber ich will, dass du glücklich bist. Falls irgendein Teil von dir allerdings doch …« Er nahm ihre Hand in seine und schaute ihr in die Augen.

Briannas Knie wurden weich.

»Der Ball liegt in deinem Feld, Bree. Lass uns das Shooting machen, und danach sagst du mir, ob ich dich zu deinem Wagen bringen soll oder ob wir gemeinsam einkaufen gehen. Kein Druck.« Er küsste ihre Hand, dann ließ er sie los.

Sie machte den Mund auf, konnte aber nichts sagen.

»Antworte mir nicht jetzt, Bree. Lass dir ein paar Stunden Zeit und überleg dir, was du willst. Ich laufe nicht gleich weg, und trotz meiner Ängste möchte ich gern noch viel mehr gemeinsame Zeit mit dir. Du hast etwas in mir angestoßen. Seit du in meinem Bett geschlafen hast, möchte ich dich und Layla beschützen.« Er fuhr sich mit der Hand durchs Haar und seufzte. »Und ja, ich weiß, wie verrückt das klingt. Glaub mir. Aber so ein Gefühl hatte ich noch nie.«

# Dreizehn

Routiniert unterstützte Brianna bei dem morgendlichen Shooting ihren Freund Claude. Sie gab sich alle Mühe, nicht daran zu denken, was Hugh gesagt hatte. Kein leichtes Unterfangen, während er in seinem gottverdammten Rennanzug vor ihr stand, der jeden Quadratzentimeter seines heißen Körpers eng umschloss und ihn noch viel maskuliner wirken ließ. Kein Wunder, dass die Frauen ihn liebten. Er fuhr in einer der gefährlichsten und zugleich männlichsten Sportarten von einem Erfolg zum nächsten und sah dazu auch noch umwerfend aus. Welche Frau brauchte da noch Bedenkzeit?

Sie kümmerte sich um die Beleuchtung und reichte Claude die Objektive, die er für die unterschiedlichen Aufnahmen brauchte. Dann schaute sie zu, wie Claude Hugh in eine weitere beunruhigend verführerische Position dirigierte. Wie sollte sie sich da konzentrieren?

»Bree-Bree, kannst du die Falten an seiner Brust glätten, bitte?« Claude war ganz im Glück und quälte Brianna mit mehr Kostümarbeit denn je. Sie hatte keine Ahnung, ob er das Knistern zwischen ihr und Hugh spüren konnte oder ob er sie beide vielleicht zusammenbringen wollte. Was es auch sein mochte, das verschmitzte Blitzen in Claudes Augen war nicht zu übersehen.

Hugh posierte jetzt mit dem Helm unter dem Arm. Sein Blick hing an Brianna. Zum fünften Mal strich sie die Falten aus seinem Anzug. Wenigstens ging es diesmal um eine Stelle an seiner Brust. Die ersten paar Male hatten die Falten an seinen Schenkeln, in der Leistenbeuge und an seiner Taille gelegen. Claude genoss sichtlich jede Sekunde dieser Folter. Brianna strich mit den Händen über Hughs Brust und an seinen Seiten entlang. Sofort trat der hungrige Blick wieder in Hughs Augen und ihr Herzschlag beschleunigte sich. Sie spannte die Muskeln, um sich zu wappnen. Ihr war klar, dass Claude jeden verstohlenen Blick und jeden stockenden Atemzug registrierte, während er nur ein paar Schritte entfernt auf den Auslöser drückte. Sie fuhr herum und funkelte ihn an. Er fotografierte ungerührt weiter.

»Was hast du denn?«, fragte Claude unschuldig. »Wir brauchen ein paar Referenzaufnahmen für das Studio.«

»Hm-hm.«

»Noch ein, zwei Posen, dann haben wir alles im Kasten.« Claude wedelte mit der Hand und drückte dann erneut auf den Auslöser.

Über Hughs Vorschläge von vorhin hatte Brianna noch nicht nachdenken können. Aber jedes Mal, wenn sie ihn ansah, hörte sie seine Stimme die richtigen Dinge sagen. Sobald er ihren Blick suchte, waren die Worte wieder da. *Ich möchte gern noch viel mehr gemeinsame Zeit mit dir. Ich will Layla und dich beschützen.* Er hatte Layla noch nicht einmal kennengelernt. Wie konnte er da einen solchen Wunsch verspüren?

»Okay. Ich glaube, wir sind fertig. Sie können sich umziehen, Mr. Braden.« Als Hugh auf dem Weg zum Umkleideraum an ihm vorbeiging, starrte Claude mit einem anerkennenden

Grinsen auf seinen Hintern.

»Ein bisschen frech ist das schon«, frotzelte Brianna.

»Höre ich da etwa Eifersucht?«

Sie schnappte nach Luft. »Was? Nein.« *Ja.*

»Angesichts der Funken, die zwischen euch beiden geflogen sind, würde ich sagen, es war gut, dass ich dich heute herbestellt habe.« Claude rückte die Brille auf seiner Nase zurecht und legte die Kamera beiseite.

»Sag mir, dass du nicht das getan hast, was ich denke!«

»Doch, habe ich. Ich habe dir doch erzählt, dass ich am Donnerstag einen sehr netten Typen fotografiert habe, den du unbedingt kennenlernen solltest. Und das hast du jetzt.« Er zwinkerte ihr zu, dann nahm er das Objektiv vom Kameragehäuse.

Brianna schüttelte den Kopf. »Warum glaubt jeder, ich bräuchte dringend einen Mann? Layla und ich kommen sehr gut allein zurecht.«

Claude legte seine Hand auf ihre Schulter. In seinen Jeans und dem Sweatshirt sah er eher aus wie Ende zwanzig als wie ein Mann in den Vierzigern. »Genau deshalb, meine Süße. Gut zurechtkommen ist nicht dasselbe wie glücklich sein. Du bist achtundzwanzig Jahre alt. Du bist schön, lustig, süß und hin und wieder eine echte Plage. Aber das ist bei alleinerziehenden Müttern öfter so.« Er formte die Finger zu Krallen und schlug nach Katzenart spielerisch nach ihr.

Sie verdrehte die Augen. »Ich bin glücklich. Layla und ich sind beide glücklich.«

Claude hob die Hände. »Okay, okay. Aber ich sage dir, ein bisschen Liebe kann Wunder wirken. Zum Leben gehört mehr, als jeden Tag irgendwie zu bewältigen. Und ich glaube, Mr. Braden könnte genau das sein, was du brauchst. Hast du gesehen, wie er dich angeschaut hat?«

*Leider ja. Deshalb kann ich auch keinen klaren Gedanken fassen.*

Claude nahm eine andere Kamera zur Hand. »Wenn man vom Teufel spricht«, sagte er viel zu laut. Er schüttelte Hugh die Hand. »Ich melde mich in den nächsten Tagen in Ihrem Büro. Bree, ich gehe hoch ins andere Studio. Kannst du bitte abschließen?«

Hugh stellte sich mit seinen Sachen unter dem Arm zu ihr. »War's schlimm für dich?«

»Nein, gar nicht.« Ihr Magen zog sich zusammen und ihr Puls raste. Sie kramte eine große Einkaufstüte unter dem Tisch hervor. »Hier. Für deinen Anzug.« Sie faltete den Anzug zusammen und verstaute ihn in der Tüte. Den Helm und die Handschuhe legte sie darauf, dann räumte sie die Objektive weg und trug die Lichter zurück an ihren Platz. Hugh ging neben ihr her.

»Sicher? Ich habe versucht, dich nicht ständig anzustarren, Bree. Aber das war nicht leicht.« Er nahm ihr eine Lampe aus der Hand und trug sie zu den anderen.

Sie freute sich über seine Hilfe. Aber eigentlich kam sie auch alleine gut zurecht. Genau wie in ihrem Leben.

»Ja, alles bestens. Können wir?«, fragte sie.

Er hielt ihr die Tür auf, und als sie an ihm vorbeiging, berührte er sie im Kreuz. Ein wohliger Schauer überlief sie. Er war so verdammt nett und so verdammt rücksichtsvoll – er machte sie ganz verrückt. Und obwohl es sich um ein schönes Gefühl von Verrücktheit handelte, war es doch furchtbar verwirrend.

»Hast du über uns nachgedacht?«, fragte er.

»Du machst Witze, oder? Hast du eine Ahnung, wie es ist,

dich in deinem Rennanzug zu sehen? Du weißt schon, was man von der Wirkung von Kerlen in Uniform behauptet? Zudem wirbelt das, was du vorhin auf der Straße gesagt hast, durch meinen Kopf und lässt sich nicht sortieren.« *Meine Güte, ich klinge zickig und undankbar.* »Ich kann nicht glauben, was ich mich da sagen höre. Aber ja, ich will gern mit dir einkaufen gehen. Layla kannst du noch nicht kennenlernen und diese ganze Sache macht mir eine Heidenangst. Aber …« Sie schob sich eine Haarsträhne hinters Ohr und schaute zu seinem Wagen. Dann wanderte ihr Blick zurück zu Hugh. »Aber ich mag dich. Und falls ich doch einen Fehler mache, bekommt Layla wenigstens nicht gleich etwas davon mit.«

Hugh streckte die Hand nach ihr aus, ließ sie aber sofort wieder fallen und schaute zurück zum Studio. »Sorry. Ich habe einen Moment lang nicht daran gedacht, wo wir hier sind.«

Brianna wünschte sich, sie hätte ihm nie gesagt, er solle sie nicht an ihrem Arbeitsplatz küssen.

»Ich habe das Gefühl, dass die Sache mit uns alles andere ist als ein Fehler«, sagte er ernst.

*Und ich glaube, genau das macht mir Angst.*

# Vierzehn

Hugh hielt Brianna die Tür des Einkaufszentrums auf. Er konnte sich nicht erinnern, wann er zum letzten Mal eines betreten hatte. Wenn er ein Geschenk für seine Angehörigen brauchte, bestellte er es meist online, und die wenigen Dinge, die er noch persönlich kaufte, fand er in speziellen Fachgeschäften.

»Also, wohin gehen wir?« Hugh wollte seinen Arm um Brianna legen, fürchtete aber, zu aufdringlich zu wirken.

»Zu Penny's. Was kostet denn die Reparatur meines Wagens? Hat dein Freund dir das gesagt?«

Hugh fiel auf, dass sie ihm nicht in die Augen schaute. Er hatte mit Art gesprochen. Briannas Wagen brauchte einen neuen Anlasser. So etwas kostete locker ein paar hundert Dollar. Dass sie sich das nicht leisten konnte, war ihm inzwischen klar. Für ihn hingegen war diese Summe ein Klacks. Er konnte die Reparatur für sie bezahlen. Was war schon dabei?

»Ja. Er musste nur ein Starthilfekabel anschließen. Dafür verlangt er nichts.«

»Wie bitte? Das hätten wir sicher auch alleine geschafft.« Sie schüttelte den Kopf. »Tut mir leid. Ich habe dir furchtbare Umstände bereitet.«

*Das war's.* Hugh hatte keine Lust, sich noch länger zurückzuhalten. Er griff nach ihrer Hand. Eine Sekunde lang erstarrte sie, dann entspannten sich ihre Finger in seinen. »Du hast mir keine Umstände gemacht, Bree. Außerdem war es meine Schuld. Ich hätte gleich an die Batterie denken sollen, aber ich hatte nur dich im Kopf und mein Gehirn war lahmgelegt.«

»Trotzdem ist mir das furchtbar peinlich. Sollte ich nicht wenigstens fürs Abschleppen bezahlen?«

»Die Ausrüstung gehört ihm, außerdem ist er mein Freund. Ich helfe ihm auch manchmal aus der Klemme. Du musst nichts bezahlen.« Er zeigte auf das Penny's-Schild. »Wollen wir?«

Sie betraten das Geschäft und nahmen die Rolltreppe zur Kinderabteilung. »Ich möchte Layla eine Winterjacke kaufen.«

Hugh folgte Brianna zur Kinderoberbekleidung und schaute zu, wie sie die Jacken begutachtete. Was er davon hielt, einem kleinen Mädchen zum Geburtstag eine Jacke zu schenken, behielt er lieber für sich. Eine Sechsjährige wünschte sich doch sicher ein Spiel oder irgendetwas, was Spaß machte. Aber weil Brianna aufs Geld achten musste, nahm er an, dass sie Layla anstelle von Spielsachen etwas Nützliches kaufen wollte.

»Was denkst du?« Sie hielt eine hübsche kleine Jacke in Pink in die Höhe. Die Taschen und die Kapuze waren mit Webpelz besetzt.

»Die ist süß. Wann ist denn ihr Geburtstag?«

»Die nehme ich. Wow, das ging schnell«, sagte Brianna. »Am kommenden Donnerstag.«

Das wollte Hugh sich unbedingt merken. »Komm, wir sehen uns noch ein bisschen um. Und für einen Kaffee haben wir sicher auch noch Zeit.« Normalerweise hatte er wenig Lust zum Shoppen, aber er würde tun, was er konnte, um den Abschied von Brianna hinauszuzögern.

»Das kriegen wir hin.« Sie warf einen Blick auf ihre Uhr. »Wie weit weg ist denn mein Wagen?«

»Er ist bei mir. Sie haben ihn vor einer halben Stunde abgeliefert.«

Brianna blieb der Mund offen stehen. »Die haben meinen Wagen zu deinem Haus gebracht? Ihr müsst ja sehr gut befreundet sein.«

»Art leitet meine Boxen-Crew. Er ist ein netter Kerl.« *Wenn er nicht gerade versucht, mir ein Blind Date aufzuquatschen.*

»Oh je. Du hast einen deiner Angestellten gebeten, sich um meinen Wagen zu kümmern? Sicher hat er sich nicht getraut, Nein zu sagen.« Sie verdrehte die Augen und bezahlte die Jacke.

Hugh lachte. »Nein, so ist das nicht. Sonst kümmert Art sich nur um meine Rennwagen. Ich nutze seine Gutmütigkeit nicht aus. Und er ist ein Freund, Bree. Er weiß, dass ich ihm jederzeit auch einen Gefallen tun würde.« Art hatte Briannas Wagen repariert, ohne mit der Wimper zu zucken. Sicher hätte er gern eine ganze Reihe von Fragen gestellt, hatte es aber nicht getan. So war ihre Freundschaft gestrickt. Respekt war ihnen sehr wichtig, und nach der Blind-Date-Katastrophe war Art Hugh etwas schuldig.

Sie fuhren zurück ins Erdgeschoss des Einkaufszentrums. Dort drehten zwei Jugendliche sich nach ihnen um. Hugh bemerkte es aus dem Augenwinkel und fasste Briannas Hand ein wenig fester. Er war froh, dass er nicht zu jeder Zeit und an jedem Ort erkannt wurde. Aber anscheinend war es wieder mal so weit. Als sie vor einem Schaufenster stehen blieben, tippte einer der Jungen ihm auf die Schulter.

»Ähm, Entschuldigung, sind Sie nicht Hugh Braden?« Der

schlaksige Teenager schaute zu seinem untersetzten Freund und dann zurück zu Hugh und lächelte nervös.

»Ja. Wollt ihr ein Autogramm?« Je schneller er es hinter sich brachte, desto geringer die Gefahr, dass andere etwas mitbekamen und sich ein Menschenauflauf bildete. Mit dem Gesicht zum Schaufenster wartete er, während die Jungen einander ansahen. »Habt ihr einen Stift?«

Sie schüttelten die Köpfe.

»Ich habe einen.« Brianna zog einen Stift und ein Notizbuch aus ihrer Handtasche und hielt Hugh die Sachen hin.

»Fahren Sie hier in der Stadt ein Rennen?«, fragte der schmale Teenager.

»Im Moment trainiere ich hier nur und spanne ein bisschen aus. Hey, wenn ihr jetzt keinen Wirbel macht, lasse ich euch beim Training zusehen. Einverstanden?«

Er reichte jedem von ihnen ein Autogramm.

»Cool. Ja. Wahnsinn«, sagte der untersetzte Junge.

»Ruft diese Nummer an. Mein PR-Manager erklärt euch die Details.« Hugh schrieb ihnen die Telefonnummer auf.

»Danke, Mann. Das ist super.«

Einen Moment lang schaute Hugh den beiden noch hinterher. Als niemand sonst bei ihnen stehenblieb, um nach einem Autogramm zu fragen, seufzte er erleichtert auf. Ohne seine Rennjacke fiel er in der Öffentlichkeit meist nicht auf.

»Wow. Das war irgendwie cool«, sagte Brianna.

Hugh verdrehte die Augen. »Hm. Ja.« Er zog sie näher zu sich. »Aber ich bin ein bisschen geizig. Ich möchte meine Zeit mit dir mit niemandem teilen.« Er dachte an Layla und sofort zwickte ihn sein Gewissen. »Nicht mit Fremden, meine ich«, fügte er hinzu.

»Ich weiß, wie du das meinst.« Brianna betrachtete ein süßes

Kleidchen im Schaufenster eines schicken Geschäfts. »Passiert dir das öfter?«

»Wenn ich nicht gerade auf der Rennbahn bin oder meine Rennjacke trage zum Glück nicht.« Ihre Augen waren ernst, und er nahm an, dass die Autogrammjäger sie ins Grübeln gebracht hatten. »Komm, lass uns reingehen«, schlug er vor.

»Nein, lieber nicht. Der Laden ist ein bisschen teuer für mich, und ohne einen Armvoll neuer Sachen für Layla käme ich sicher nicht mehr heraus. Dieses Geschäft ist brandgefährlich für mich.« Sie machte einen Schritt vom Schaufenster weg.

Hugh hielt sie an der Hand fest. »Erlaubst du mir, ihr ein Paar Glitzerschuhe zu kaufen? An eurer Wohnungstür waren welche aufgereiht. Und schau mal da.« Er zeigte auf eine Reihe von paillettenbesetzten Ballerinas in unterschiedlichen Farben. »Du kannst ihr sagen, sie wären von dir. Oder von einem Freund.«

»Das geht nicht. Du kennst sie doch gar nicht.« Brianna schüttelte den Kopf.

»Ich kaufe ihr ja kein Auto. Es ist nur ein Paar Schuhe. Vielleicht gibt es die sogar in Pink, dann würden sie zu ihrer neuen Jacke passen.« Hugh hätte nie geglaubt, dass es ihm Spaß machen würde, ein Geschenk für ein Kind auszusuchen. Aber jetzt hatte er diese kleinen glitzernden Ballerinas entdeckt, die denen ähnelten, die Layla in der Wohnung hatte. Er sah, wie Brianna seinen Vorschlag abwog.

»Die würden ihr unheimlich gut gefallen.« Sie legte eine Hand an das Schaufenster und betrachtete die Schuhe.

Hugh nahm ihre Hand. »Dann ist ja alles klar.« Er zog sie in das Geschäft, wählte ein Paar pinkfarbener Ballerinas und drehte sie zwischen den Händen. »Welche Größe hat sie denn?«

»Neunundzwanzig.«

»Es gibt wirklich so kleine Schuhe?« Hugh lachte. »Unmöglich.«

»Bis man ein Kind hat, hält man vieles für unmöglich.« Sie schaute die Schuhschachteln durch und fand die richtige Größe.

Hugh ging weiter zu den Kleidern. »Mag sie auch Kleider?«

»Sie ist ein Mädchen. Natürlich mag sie Kleider.«

»Auf den Fotos trägt sie meistens Leggings und lange Shirts«, sagte Hugh.

Brianna kniff die Augen zusammen.

»Was ist?«

»Das ist dir aufgefallen?«, fragte sie.

»Selbstverständlich. Wir wollten ein Geschenk für sie kaufen gehen, deshalb habe ich darauf geachtet, was für Sachen sie mag. Ich habe auch die getöpferten Kunstwerke auf deinem Regal gesehen. Die sind doch sicher von ihr. Bastelt sie gerne? Ein Bastelgeschäft gibt es hier im Einkaufszentrum vermutlich auch.«

»Du bist unglaublich aufmerksam, Hugh. Ich staune, was dir in der kurzen Zeit in meiner Wohnung alles aufgefallen ist.« Brianna verschränkte die Arme.

»Wie gesagt, ich wusste, dass wir etwas für sie brauchen.« Er zuckte die Achseln »Welche Größe hat sie denn?«

Ganz in der Nähe schaute eine junge Familie sich Pullover an. Das kleine Mädchen schien im selben Alter zu sein wie Layla. Es nahm einen der Pullis, drückte ihn an seine Wange und schaute seinen Vater mit zuckersüßen blauen Augen an. Der Mann hob die Kleine schwungvoll hoch und gab ihr einen Kuss auf die Wange. Seine Frau legte ihre Hand auf seinen Rücken. Hugh fühlte ein Ziehen im Herzen und wusste plötzlich, dass es ihm nicht schwerfallen würde, Brianna mit Layla zu teilen. Aus der Ferne sprach Treats Stimme zu ihm.

*Die Familie geht über alles.* Sein Vater und Treat sagten das bei jeder Gelegenheit. Aber nie zuvor hatten die Worte so viel Bedeutung gehabt wie jetzt, wo er Brianna anschaute und an sie und Layla dachte.

»Hundertvierzehn«, sagte Brianna. »Und, ja, sie bastelt gerne, aber im Augenblick steht Theaterspielen bei ihr an erster Stelle.«

Hugh suchte zwischen den Kleidern nach der richtigen Größe und nahm eines vom Ständer.

»Augenblick, warte. Wir hatten uns auf ein Paar Schuhe geeinigt. Von einem Kleid war nicht die Rede, Hugh. Das wäre viel zu viel.« Sie wollte ihm das Kleid aus der Hand nehmen, doch er hob es lachend so hoch, dass sie es nicht erreichen konnte. Brianna war so anders als die geldgierigen Frauen, die er bislang gedatet hatte. Zu gerne wollte er sie und Layla mit schönen Dingen beschenken.

Sie schüttelte den Kopf. »Du kannst mich nicht kaufen, mein Lieber.«

Hugh hängte das Kleid zurück. »Du glaubst doch nicht wirklich, dass ich das vorhabe, oder?«

»Nein. Eigentlich nicht. Aber Männer kaufen nicht einfach Sachen für die Kinder einer Frau, wenn sie sich nicht etwas erhoffen.«

Er nahm sie in die Arme und zog sie an sich. »Brianna Heart, du hast eine sehr schlechte Meinung vom starken Geschlecht.« Er lehnte sich zurück und schaute ihr in die Augen. »Ich werde tun, was ich kann, um das zu ändern.«

# Fünfzehn

Auf der Fahrt zu Hughs Haus ließ Brianna den Morgen Revue passieren. Bevor sie in die Stadt gefahren waren, hatte er gar nicht aufhören wollen, sie zu küssen. Aber seit sie vor Claudes Studio aus dem Wagen gestiegen waren, hatte er es nicht mehr versucht. Jedenfalls nicht ernsthaft. Jetzt rückte der Abschied immer näher, und sie wünschte, er würde einen weiteren Versuch unternehmen.

»Was für ein schöner Tag. Danke, dass du mich zur Arbeit und zum Einkaufen chauffiert hast. Danke für die süßen Schuhe für Layla und dafür, dass du meinen Wagen hast reparieren lassen.« Lachend lehnte sie den Kopf an den Sitz. »Innerhalb der letzten zwanzig Stunden hast du mehr für mich getan als die meisten anderen Menschen in achtundzwanzig Jahren.«

»Das hätte doch jeder gemacht.« Er beugte sich zu ihr und sie setzte sich auf. »Darf ich mir die Freiheit erlauben, dich um deine Handynummer zu bitten?« Er grinste und brachte sie damit zum Lachen.

»Oh mein Gott. Ich habe die Nacht bei dir verbracht und du hast noch nicht mal meine Telefonnummer. Ich bin wohl doch ein Flittchen.«

»Das wäre mir aufgefallen. Flittchen schlafen nicht in ihren Kleidern, und ich bin ziemlich sicher, dass sie außer schlafen noch andere Dinge tun. Und sie verbieten einem Mann nicht, sie zu küssen.«

»Auweia.« Sie stöhnte. »Tut mir leid. Ich hätte lieber nichts sagen sollen.«

»Bree, ich ziehe dich bloß ein bisschen auf.« Er nahm sein Handy aus der Tasche und gab es ihr. »Hier. Speichere deine Nummer für mich ab.«

Sie reichte ihm ihres. »Nur wenn ich auch deine kriege.«

Sie tippten beide ihre Kontaktinformationen in das Telefon des anderen.

»Der Tag mit dir war wunderbar. Und das Shoppen für Layla hat mir Spaß gemacht. Ich hoffe, dass ich sie bald kennenlerne.« Er strich ihr das Haar von der Wange.

*Ich möchte auch, dass du sie kennenlernst. Nur jetzt noch nicht.* »Sie wird die Schuhe gar nicht mehr ausziehen wollen.« Brianna hatte eine Festung um ihr Leben mit Layla errichtet — so als müsste sie sich schon gegen den bloßen Gedanken an einen Mann in ihrer Nähe abschotten. Aber je besser sie Hugh kennenlernte, desto klarer wurde ihr, wie leicht es sein würde, für den Richtigen die Zugbrücke herunterzulassen.

»Wir stehen in meiner Garage, weit weg von deinem Arbeitsplatz. Ist es okay, wenn ich dich jetzt küsse?«

Als Antwort beugte sie sich zu ihm und drückte ihre Lippen auf seine. Er kam ihr entgegen, nahm sie in die Arme, zog sie auf seinen Schoß und küsste sie tief. So als wollte er jede Sekunde auskosten, streichelte seine Zunge ihre mit langsamen, kräftigen Bewegungen. Sie spürte ihre wachsende Erregung. Gleichzeitig fühlte sie sich in Hughs Armen sicher, beschützt und geborgen. Als sie sich voneinander lösten, sehnte sie sich sofort nach mehr.

»In einem Auto habe ich nicht mehr geknutscht, seit ich neunzehn war.« Hugh küsste ihr Kinn. »Eigentlich ist das ziemlich prickelnd.«

Er zog sie erneut an sich, küsste sie und ließ seine Hand an ihrer Hüfte entlangwandern. Briannas Gehirn schaltete in den Stand-by-Modus. Dafür waren all ihre Sinne und ihr Verlangen hellwach. Hughs Cologne erfüllte den Wagen. Sie spürte seine muskulösen Oberschenkel unter sich und seine große Hand auf ihrer Hüfte. Seine andere Hand hielt ihren Hinterkopf und zog sie fester an seinen Mund. Sie wölbte sich ihm entgegen und drückte ihre Brüste an ihn. Aber noch immer reichte ihr all das nicht aus. Sie hielt sich an seinen Schultern fest und küsste die Stoppeln an seinem Kinn. Dann drückte sie den Mund an seinen Hals. Sie saugte nicht so stark, dass sie Spuren hinterließ, aber doch heftig genug, um ihn zu schmecken. Seine rauen Stoppeln an ihrer empfindlichen Zungenspitze zu spüren, ließ Lustpfeile durch ihren Körper jagen.

»Bree.« Ihr Name war ein heiseres Flüstern.

Sie spürte die Wölbung in seinen Jeans und hob den Kopf. *Berühr mich. Küss mich.*

»Du bringst mich um den Verstand. Ich gebe mir wirklich Mühe, mich zu benehmen. Aber du stellst meine Willenskraft auf eine harte Probe.«

Eine kluge Antwort fiel ihr darauf nicht ein. Sie wusste nicht einmal mehr, was richtig war und was falsch. Nur ein einziges Wort brachte sie heraus. »Gut.« Dann küsste sie ihn mit unersättlichem Verlangen.

Er ließ die Sitzlehne herunter, zog sie auf sich und erwiderte ihre drängenden Küsse. Halb von Sinnen vor Lust schob sie sein T-Shirt nach oben.

»Oh mein Gott. Wirklich?« Sie strich mit den Händen über sein Sixpack.

Hugh lachte. »Als Rennfahrer muss man in Form sein.«

Sie küsste seinen Bauch, dann schaute sie ihn an und biss sich auf die Unterlippe.

»Was ist?« Hugh streckte die Hände nach ihr aus.

»Ich will deine Haut an meiner spüren.« Sie hob ihre Bluse gerade so hoch, dass ihr Bauch frei war, und legte sich auf ihn. »Mein Gott, fühlt sich das gut an«, seufzte sie.

»Hast du irgendeine Vorstellung, wie sexy du bist?« Er wühlte die Hände in ihr Haar, dann küsste er sie. »Großer Gott, du bringst mich um, Bree.«

Das Klingeln ihres Telefons ließ sie beide erstarren.

»Layla.« Brianna setzte sich auf. Bevor sie nach ihrer Handtasche greifen konnte, hatte Hugh sie sich geschnappt und ihr Handy aus der Seitentasche gezogen.

»Versprochen ist versprochen. Hier, bitte.« Er drückte ihr das Telefon in die Hand.

»Hey, Baby«, sagte Brianna.

Hugh stellte die Sitzlehne wieder aufrecht, doch als Brianna versuchte, sich von seinem Schoß zu schieben, hielt er sie dort fest. Dann zupfte er ihre Bluse zurecht, sodass sie ihren Bauch wieder ordentlich verdeckte.

»Ich bin bald bei dir, Süße. Wie war's im Theater?« Mit den Lippen formte Brianna das Wort *sorry* in Hughs Richtung.

Er hauchte ihr einen Kuss zu und strich ihr übers Haar. Auf seinem Schoß zu sitzen, kam ihr plötzlich albern vor. Die Unterbrechung machte sie verlegen. *Jetzt will er mich ganz sicher nicht mehr.* Sie versuchte, sich auf Layla zu konzentrieren.

»Das freut mich, Layla. Toll. Okay, sag Granny, ich bin in zwanzig Minuten da. Du fehlst mir auch, Baby.« Sie schaute absichtlich nicht zu Hugh, denn sie fürchtete, in seinen Augen Enttäuschung zu lesen. »Okay, bis gleich.«

Sie beendete den Anruf und versuchte erneut, von seinem Schoß zu steigen. Doch er ließ es nicht zu.

»Wie fand sie den Theaterbesuch?«

»Sie fand ihn großartig. Hugh, es tut mir so leid.« Sie wagte einen Blick in seine Augen. Er schaute sie voller Wärme und Interesse an. Enttäuscht wirkte er nicht. Seine Mundwinkel kräuselten sich nach oben, dann neigte er den Kopf zur Seite.

»Es ist schön, dich mit ihr reden zu hören. Du fängst dann immer an zu strahlen. Und entschuldigen musst du dich nicht.«

Sie machte sich frei und setzte sich wieder auf den Beifahrersitz. Hugh runzelte die Stirn.

»Warum willst du unbedingt von mir weg? Deine Nähe zu spüren, ist so ein gutes Gefühl.«

»Mir ist das alles sehr peinlich. Mitten in der wildesten Knutscherei muss ich plötzlich ans Telefon.« Sie schüttelte den Kopf und legte eine Hand auf den Türgriff.

»Hey, Bree.« Er nahm ihre Hand. »Layla steht an erster Stelle. Das verstehe ich und es ist richtig so. Dafür habe ich den größten Respekt. Wir waren für meinen Vater auch immer die Nummer eins. Ich bin nicht sauer und ich bin auch kein triebgesteuertes Tier.«

»Hugh«, flüsterte sie. »Du bist fast zu gut, um wahr zu sein. Ich denke immer, gleich beißt mir etwas in den Hintern und weckt mich aus diesem Traum.«

Er hob die Augenbrauen. »Wenn man auf so was steht ...«

Sie schubste ihn lachend weg. »Du weißt, was ich meine.«

»Ja, weiß ich. Und mir geht es genauso. Aber ich will nicht, dass es ein Traum bleibt. Ich bin gern mit dir zusammen und du hast eine Tochter. So weit, so klar. Viel mehr Kopfzerbrechen macht mir im Moment die Frage, wann wir uns wiedersehen.«

Brianna presste die Lippen zusammen. »Das ist wirklich schwierig. In jeder Minute, in der ich nicht bei der Arbeit bin, ist Layla bei mir. Ein freies Wochenende habe ich nur alle paar Monate mal.« Kat hatte sich zwar als Babysitter angeboten, aber Brianna hatte sowieso schon Gewissensbisse, weil sie so wenig Zeit für Layla hatte. Wenigstens ihre knappe Freizeit wollte sie mit ihrer Tochter verbringen.

Hugh nickte. »Okay, verstehe. Die Woche über habe ich auch viel zu tun. Aber kann ich dich vielleicht in der Bar sehen?«

»Selbstverständlich. Aber, Hugh, du weißt nicht, wie mein Alltag aussieht und wirst vermutlich nicht damit klarkommen. Seit wir uns kennengelernt haben, habe ich mehr Zeit mit dir verbracht, als ich mir seit Jahren für mich zugestanden habe. Normalerweise renne ich von meinen Mutterpflichten zu meinem Job in der Bar und dann direkt zu meiner Arbeit bei Claude oder umgekehrt. Oft muss ich zweimal in den Kalender schauen, um sicher zu sein, welchen Wochentag wir haben. Fühl dich nicht verpflichtet, dich weiterhin mit mir zu treffen, nur weil du ein paar Tage lang unglaublich nett zu mir warst.«

»Hast du eigentlich eine Ahnung, wie es sich anfühlt, das immer wieder gesagt zu bekommen?«

Sein Ton klang scharf. Doch zum Schweigen brachte sie sein verletzter Blick.

»Entschuldige.« Seine Stimme wurde weicher und er schaute ihr in die Augen. »Ich bin nicht sauer, aber jedes Mal, wenn ich meine Gefühle vor dir ausbreite, stößt du mich weg. Wenn du wirklich willst, dass ich aus deinem Leben verschwinde, tue ich das natürlich. Aber bitte küss mich nicht so und schlag mir anschließend die Tür vor der Nase zu. Das ist mehr als verwirrend, Bree. Spielchen liegen mir nicht. Ich bin ein ziemlich geradliniger Typ. Entweder du willst mich sehen oder du willst es nicht. Ich weiß, du kennst mich noch nicht gut. Aber ich hätte diesen Tag nicht mit dir verbracht, wenn ich es nicht gewollt hätte. So nett bin ich nun auch wieder nicht.«

Brianna senkte den Blick. »Es tut mir leid. Ich bin nur …«

Er seufzte. »Du bist sehr beschäftigt, ich weiß. Du musst arbeiten und dich um Layla kümmern. Ich verlange nicht, dass du das lässt. Sicher wird es schwierig, Zeit füreinander zu finden. Aber möchtest du es wenigstens versuchen? Möchtest du, dass ich dich anrufe?«

»Ja. Das wäre schön.«

»Das ist ein Anfang. Sicher hast du bei der Arbeit mal eine Mittagspause oder ein bisschen Zeit, zwischendurch zu Abend zu essen. Oder wie sieht es aus, wenn du Layla morgens zur Schule gebracht hast? Dann könnten wir uns auf einen Kaffee treffen.«

Brianna spürte, wie die Minuten verrannen und damit auch ihr perfekter Tag mit Hugh zu Ende ging. »Ruf mich an. Dann checke ich meinen Terminplan. Ich möchte dich wirklich gerne wiedersehen.«

Hugh stieg aus seinem Wagen und öffnete ihr die Tür. Er hatte fast den ganzen Tag lang ihre Hand gehalten, und als sie nun ihre Finger in seine legte, fühlte sich das ganz selbstverständlich an. Das war wunderschön und sie wäre zu gerne bei ihm geblieben.

Noch einmal nahm er sie in die Arme. Sie war froh, dass sie ihre Stiefel angezogen hatte. Denn die sieben Extra-Zentimeter brachten sie näher an seine Lippen.

»Ich melde mich. Viel Spaß mit Layla.« Er küsste sie

zärtlich.

»Danke für alles.« *Warum fühlt sich das an wie ein Abschied für immer?*

Er brachte sie zu ihrem Wagen und verstaute ihre Taschen im Kofferraum. Die Schlüssel hatte Art wieder ins Auspuffrohr gelegt. Sie stieg ein und der Motor sprang sofort an. Brianna hatte das Gefühl, der Kreis würde sich damit schließen. Als ihr Wagen nicht angesprungen war, waren sie einander nähergekommen. Nun lief ihr Auto wieder, und sie war fast sicher, dass sie Hugh nie wiedersehen würde. Ganz gleich, was er sagte. Ihre Tage waren so vollgestopft, und so angestrengt sie auch darüber nachdachte, es gab keine einfache Möglichkeit, ihn irgendwie in ihren Zeitplan einzubinden.

Hugh beugte sich durchs offene Fenster zu ihr und küsste sie noch einmal. Sie strich mit den Fingern durch sein Haar und versuchte, sich diesen Moment ins Gedächtnis einzubrennen. Für alle Fälle.

Mit schwerem Herzen fuhr sie die Einfahrt hinunter. In ihrer Kehle wurde der Klumpen, gegen den sie mit aller Kraft ankämpfte, immer größer. Als sie schließlich am Haus ihrer Mutter ankam, war ihr, als hätte sie ihren besten Freund verloren.

»Mommy!« Layla sprang an der Haustür in ihre Arme.

»Hey! Wow. War's schön mit Granny?« Brianna küsste Layla auf die Wange und stellte sie wieder auf den Boden. In dem kleinen Bungalow war sie aufgewachsen. Sie fand es schön, dass ihre Mutter noch dieselben karierten Polstermöbel und denselben hübschen Küchentisch mit den geschnitzten Pfoten am Ende der Tischbeine hatte. Hin und wieder bekamen die Räume einen neuen Anstrich oder einen neuen Teppichboden. Aber die Einrichtung blieb dieselbe. An den Schulfotos im Flur sah man deutlich, wie die Zeit verging. Die älteren zeigten Brianna, aber längst hingen auch welche von Layla an den Wänden.

»Das Theaterstück war wie ein Traum! Du hättest den Prinzen sehen sollen! Er war wunderschön.« Layla zog Brianna in die Küche, wo ihre Mutter in einer großen Schüssel rührte.

»Ein wunderschöner Prinz? Das musst du mir genau erzählen.« Brianna beugte sich zu Layla und schaute ihr in die Augen. Dabei dachte sie an ihren eigenen wunderschönen Prinzen. Er zeigte ganz offen seine Gefühle, und alles, was er sagte oder tat, war aufrichtig und kam von Herzen. Daran hatte sie keinen Zweifel. An Märchen hatte Brianna nie geglaubt. Aber jetzt hatte sie Hugh kennengelernt und gestand sich die zaghafte Hoffnung zu, dass es vielleicht auch für sie eines Tages ein Happy End geben würde.

Layla sprang in ihren Glitzersneakers von einem Fuß auf den anderen. »Oh Mommy! Er war groß und so lieb zu der Prinzessin. Er hat ihr Blumen geschenkt, und wenn er sie geküsst hat, hat die ganze Bühne gestrahlt wie die Sonne!«

»Wow. Das nenne ich mal einen Kuss«, sagte Brianna. Sie dachte daran, wie ihr ganzer Körper vibrierte, wenn Hugh sie küsste.

»Ich hoffe, mir begegnet auch irgendwann ein Prinz. Glaubst du, ich finde mal einen?« Layla legte die Stirn in Falten.

»Wenn du älter bist und wirklich einen treffen willst, hast du gute Chancen. Aber man kann auch ganz prima allein eine tolle Prinzessin sein.«

Layla schnappte nach Luft. »Nennst du mich deshalb manchmal deine Prinzessin? Weil ich irgendwann einen schönen Prinzen finden werde?«

Brianna biss sich auf die Lippen. Als sie angefangen hatte,

ihre Tochter Prinzessin zu nennen, hatte sie so etwas ganz und gar nicht im Sinn gehabt. »Ähm, nein, eigentlich nicht. Ich nenne dich so, weil du *meine* Prinzessin bist. Mein ganz besonderes Mädchen.« Sie küsste Layla auf die Stirn. Dass sich ihre noch nicht ganz sechsjährige Tochter jetzt schon Gedanken machte, ob sie eines Tages einen Prinzen finden würde, gab ihr einen Stich.

»Schau mal, was Granny macht!« Layla zog Brianna zu ihrer Mutter.

»Hallo, Mom. Danke, dass du auf Layla aufgepasst hast.« Brianna küsste ihre Mutter auf die Wange und warf einen Blick in die Schüssel. »Brownies?«

»Ja!«, sagte Layla. »Weil ich heute so brav war.«

»Klingt großartig. Ich habe einen Bärenhunger.« Ihr fiel auf, dass sie und Hugh außer dem Frühstück den ganzen Tag nichts gegessen hatten. Sie fragte sich, ob er auch solchen Hunger hatte.

»Hattest du einen guten Tag?«, fragte ihre Mutter. Jean Heart war genauso groß wie Brianna, nur etwas fülliger um die Hüfte, und sie hatte dasselbe glatte, dunkle Haar. In ihren Jeans und ihrem Pulli sah sie entspannt und zufrieden aus. Aber Brianna wusste, dass die Gedanken ihrer Mutter niemals stillstanden. Wie man effizient mehrere Aufgaben gleichzeitig erledigte, hatte sie sich von ihr abgeschaut, und sie hoffte, dass sie es ebenso gut machte.

Brianna lehnte sich seufzend an die Arbeitsplatte. »Ja, es lief ganz gut.«

Layla spielte ein Hüpfspiel auf dem Fliesenboden. »Kann ich ins Spielzimmer gehen?«

»Klar. Wenn die Brownies fertig sind, hole ich dich.« Brianna schaute ihrer Tochter hinterher. »War sie brav? Nicht zu anstrengend?«

Ihre Mutter verteilte den Teig auf einem Backblech und gab Brianna den Rührlöffel zum Ablecken. »Layla ist mir nie zu anstrengend.« Sie schob das Blech in den Ofen.

»Danke.« Brianna leckte den köstlichen Teig von dem hölzernen Löffel. »Das habe ich dringend nötig.« *Ein schlechter Ersatz für Sex.*

»Möchtest du einen Tee? Ich habe gerade Wasser aufgesetzt.« Ihre Mutter nahm zwei große Bechertassen aus dem Schrank.

»Gerne.« Brianna legte den Rührlöffel ins Spülbecken und setzte sich an den Tisch. »Sag mal, Mom, findest du, ich bin eine gute Mutter?«

Jean stellte die Teetasse vor sie hin und setzte sich zu ihr. Lächelnd schaute sie ihre Tochter an. Bevor sie antwortete, nahm sie erst einen Schluck Tee. Dass ihre Mutter sorgfältig abwog, was sie sagte, war Brianna gewöhnt. Spontane Antworten gab sie so gut wie nie. Genau wie Brianna hatte ihre Mutter immer zwei Jobs gehabt und neben der Hausarbeit kaum Zeit für etwas anderes gefunden. Eines Tages, Brianna war etwa zwölf Jahre alt gewesen, hatte sie ihre Mutter gefragt, weshalb ihr Vater gegangen war. *Männer, denen es in der Küche zu heiß wird, laufen aus dem Haus,* hatte ihre Mutter lapidar geantwortet. Weil Jean öfter mal das Essen anbrennen ließ, hatte Brianna erwidert, wenn sie richtig kochen gelernt hätte, hätte ihre Tochter vielleicht noch einen Vater. Das war das letzte Mal gewesen, dass ihre Mutter ihr eine unbedachte Antwort gegeben hatte. Und es war einer der Gründe, weshalb Brianna sich immer auf ihre Gespräche mit Layla konzentrierte. Ihre Tochter sollte nie das Gefühl haben, etwas anderes sei wichtiger als sie. Und sie sollte nie denken, dass sie Briannas

Leben schwierig machte. Für ein schwieriges, aber auch sehr erfülltes Leben hatte Brianna schon selbst gesorgt. Am Wochenende nach ihrem College-Abschluss.

»Du bist eine wunderbare Mutter. Man muss sich nur Layla ansehen. Sie ist sehr gefestigt und das verdankt sie vor allem dir. Sie ist ein tolles Kind. Du machst deine Sache wirklich prima.« Ihre Mutter legte den Kopf schief und kniff die Augen zusammen. »Warum?«

Brianna zuckte die Achseln. »Ich weiß nicht. Ich möchte nur sicher sein, dass ich ihr nicht irgendwie schade.«

Jean legte eine Hand auf Briannas Hand. »Du liebst sie zu sehr, um etwas zu tun, was ihr nicht guttut. Und abgesehen davon kann man seine Kinder nicht vor allem schützen. Manchmal schaden sie sich ja auch selbst.«

»Was willst du damit sagen?« *Sprichst du von mir?*

»Nur dass Kinder auch schwierige Phasen haben, ganz gleich wie viel Mühe man sich gibt. Denk nur mal an deine Highschool-Klasse. Euer Klassensprecher hat bei der Abschlussfeier eine wunderbare Rede gehalten und drei Jahre später war er heroinabhängig. Man hat nicht alles in der Hand. Man tut sein Bestes, und wenn die Kinder das Haus verlassen, hofft man, dass man ihnen beigebracht hat, was richtig und was falsch ist.«

»Glaubst du, ich habe mein Leben vermurkst?« Brianna zog ihre Hand unter den Fingern ihrer Mutter hervor. Jeans Antwort hatte sie verunsichert.

Ihre Mutter seufzte, doch ihre Mundwinkel hoben sich zu einem zärtlichen Lächeln, das schließlich ihre Augen erreichte. Sie strich sich eine Haarsträhne aus dem Gesicht und steckte sie sich hinters Ohr, genau wie Brianna es immer tat. »Nein, das hast du nicht. Dafür liebst du deine Tochter viel zu sehr. Bree, was ist los? Hast du etwas auf dem Herzen?«

Brianna überlegte, was sie sagen sollte. Sie konnte um den heißen Brei herumreden, musste irgendwann aber doch damit herausrücken und würde binnen der nächsten Stunde vielleicht hören, was ihre Mutter dachte. Doch dafür war sie zu kribbelig. »Ich habe jemanden kennengelernt«, platzte sie heraus. Sie starrte eisern in ihren Tee.

Ihre Mutter beugte sich über den Tisch und flüsterte: »Wirklich?«

Brianna hob den Kopf und war überrascht, in Jeans Blick vor allem Neugier zu lesen.

»Brianna Marie, komm hier rüber.« Sie nahm Brianna an der Hand und zog sie in die hinterste Ecke der Küche.

»Mom!« Brianna stolperte hinter ihr her.

»Leise, damit Layla uns nicht hört. Du hast jemanden kennengelernt? Einen Mann? Und?« Ihre Mutter berührte sie am Arm.

»Warum bist du so aufgeregt?« Brianna musste lachen. Von Kat hätte sie diese Reaktion erwartet, aber niemals von ihrer Mutter.

»Weil ich mir Gedanken um dich mache. Achtundzwanzig-jährige Frauen müssen ab und zu mal ausgehen, Bree. Außerdem weißt du, was ich davon halte, dass dein Leben sich einzig und allein um Layla dreht.«

Brianna verdrehte die Augen. »*Abwechslung ist gesund und macht das Leben schöner.* Ich weiß, Mom. Aber du hast selbst gesagt, ich sei eine gute Mutter und Layla ein tolles Kind.«

»Ja, und ich bleibe dabei. Aber dein Ego kann sicher ein paar Streicheleinheiten gebrauchen. Ist er ein guter Mensch?«

Für diese Art Frage liebte Brianna ihre Mutter. Sie wollte nicht als Erstes wissen, ob der Mann einen guten Job hatte oder ob er attraktiv war. Ihr war vor allem sein Charakter wichtig. Diese Einstellung hatte Brianna von ihrer Mutter übernommen. Vermutlich fiel es ihr auch deshalb so schwer zu entscheiden, wie es mit Hugh weitergehen sollte. Und ob überhaupt. Sechs Jahre lang hatte sie Komplikationen nach Kräften vermieden. Sich um ihre Tochter zu kümmern und gleichzeitig genug Geld zu verdienen, um alle Rechnungen zu bezahlen, war schwierig genug. Kein Mann war so nett oder so interessant gewesen, dass sie ihn nicht hatte ignorieren können. Und jetzt gab es plötzlich Hugh.

»Er ist ein unglaublich guter Kerl.«

»Oh Bree!« Jean legte die Arme um ihre Tochter. »Wie habt ihr euch kennengelernt? Wann hattest du Zeit, mit ihm zusammen zu sein? Heute hast du doch gearbeitet.« Sie legte den Kopf schief und schaute Brianna aus dem Augenwinkel an. »Du hast doch gearbeitet, oder?«

»Ja, natürlich. Ich war morgens bei Claude und dann sind wir einkaufen gegangen. Ach, und gestern Abend ist mein Wagen nicht angesprungen. Ich musste ihn stehen lassen.« Sie lehnte sich an die Arbeitsplatte.

»Oh je. Das wird sicher teuer.«

»Nein, Mom. Er …« Sie hielt inne und fragte sich, wie ihre Mutter reagieren würde, wenn sie erfuhr, womit Hugh seinen Lebensunterhalt verdiente. Wenn sie es herausfinden wollte, musste sie ehrlich sein. »Er fährt in der Capital Series Grand-Prix-Rennen. Und seine Boxen-Crew hat meinen Wagen wieder flottgemacht.«

»Er ist Rennfahrer? Wie in aller Welt bist du an einen Mann wie ihn geraten? Ich meine, du gehst doch nie auf die Rennbahn oder in die Kneipen, in denen das Rennbahn-Volk feiert.« Ihre Mutter verschränkte die Arme und tippte mit dem Zeigefinger an ihr Kinn.

»Er war neulich abends in der Bar, da haben wir uns unterhalten.« Sie schaute zu, wie Jean in der kleinen Küche auf und ab ging.

»In der Old Town Tavern? Wirklich? Herrje, ich habe tatsächlich keine Ahnung mehr, was in der Welt draußen vor sich geht. Dass Leute von der Rennbahn sich dort treffen, wusste ich gar nicht. Davon hast du nie etwas gesagt.«

»Tun sie auch nicht. Solche Orte meidet er.«

»Ich weiß nicht, Brianna. Er muss sicher ziemlich viel reisen. Was weißt du denn überhaupt über ihn? Überleg dir gut, was du tust. Solche Männer machen mir immer ein bisschen Angst.« Sie blieb stehen und schaute ihre Tochter an. »Ich habe ihn noch nie gesehen und möchte mir kein Urteil über ihn anmaßen, aber du bist mein kleines Mädchen. Schaust du auch genau genug hin? Hat er nicht überall, wo er Rennen fährt, einen Schwarm Verehrerinnen? Für wie lange ist er überhaupt hier?«

»Ich weiß, was du meinst, Mom, glaub mir. Aber ich schaue sehr genau hin. Darauf kannst du dich verlassen. Ja, er muss viel reisen. Aber er sagt, demnächst hätte er mehr Zeit.«

»Die Saison dauert immer etwa neun oder zehn Monate.«

»Woher weißt du das?« *Neun oder zehn Monate?*

»Dein Vater war öfter bei Autorennen.« Wieder schob ihre Mutter sich eine Haarsträhne hinters Ohr. »Ach, Liebes. Du bist ein kluges Kind. Was sagt dir dein Bauchgefühl?«

Brianna kniff die Lippen zusammen und schob sich das Haar hinter die Ohren.

»Oje.« Ihre Mutter legte ihr den Arm um die Schultern und dirigierte sie zurück zum Tisch. Sie warf einen kurzen Blick ins Spielzimmer. »Wir müssen leise sein.« Damit setzte sie sich wieder zu ihrer Tochter. »Du machst ein Gesicht wie damals, als du mir gestanden hast, dass du schwanger bist.« Erneut nahm sie Briannas Hand. »Und jetzt erzähl weiter.«

Briannas Magen zog sich zusammen wie schon ein paarmal an diesem Tag. Sie suchte nach den richtigen Worten. Aber als sie den Mund aufmachte, purzelte die Wahrheit einfach unumwunden heraus.

»Ich mag ihn, Mom. Ich meine, ich mag ihn wirklich, obwohl wir uns erst ein paar Tage kennen. Er behandelt mich gut und ist ungeheuer aufmerksam.« Sie merkte, wie sich ein schwärmerisches Lächeln auf ihre Lippen stahl. Schnell legte sie ihre Arme auf den Tisch und bettete ihre Stirn darauf. »Was soll ich bloß machen?« Sie spürte, wie ihre Mutter ihr über den Kopf strich, und spähte unter dem Haarschleier hervor, der ihr übers Gesicht gefallen war.

»Was wünschst du dir denn?« Im liebevollen Ton ihrer Mutter schwang kein Vorwurf mit wie damals zu Anfang ihrer Schwangerschaft.

Brianna hob den Kopf. »Ich möchte mich gern mit ihm treffen. Weiterhin.« Sie schaute zum Spielzimmer.

»Und was ist mit Layla?« Wieder war die Frage voller Zuneigung und ohne jeden Anflug einer Vorhaltung.

»Ich habe ihm gesagt, er könnte sie jetzt noch nicht kennenlernen. Ich habe Angst, was passiert, wenn sie ihn zu sehr mag und dann irgendwann Schluss ist.«

»Sicher hast du auch ein bisschen Angst, was passiert, wenn du ihn zu sehr magst und dann irgendwann Schluss ist.«

Brianna schlug die Augen nieder. »Ja, natürlich denke ich darüber nach. Er ist fast ein bisschen zu gut, um wahr zu sein.« Sie beugte sich vor und auch ihre Mutter lehnte sich nach vorn. Dann flüsterte sie: »Wir hätten beinahe ... Du weißt schon. Die

Gelegenheit hätten wir gehabt. Aber wegen Layla hatte ich Angst davor, mich zu sehr auf ihn einzulassen. Deshalb ist es nicht dazu gekommen.« Sie lehnte sich zurück. »*Er* hatte sich im Griff.«

Ihrer Mutter fiel die Kinnlade herunter. »Brianna!«

»Was?«

Sie lachten beide und Brianna schlug eine Hand vors Gesicht.

»Ach, Süße. Es ist schon in Ordnung. Du darfst ... so was tun.«

»Ich weiß, Mom. Aber was ist, wenn wir uns so nahekommen und dann herausfinden, dass wir uns ineinander getäuscht haben?« Als sie die Worte laut aussprach, zog sich ihr Herz zusammen. Zum ersten Mal wurde ihr klar, wie sehr sie sich wünschte, mit Hugh zusammen sein zu können. Solche Gefühle hatte sie sich jahrelang verboten, weil sie geglaubt hatte, das dürfte nicht sein. *Bitte sag mir, dass das in Ordnung ist. Bitte, bitte. Mit ihm zusammen zu sein, wünsche ich mir mehr als alles andere auf der Welt.*

»Nun, über die Männer, mit denen du in den letzten Jahren ausgegangen bist und wie es mit ihnen geklappt hat, weiß ich nichts.« Jean kniff die Augen zusammen, und Brianna wusste, dass sie eine Beichte erwartete.

»Es gab keinen. Nicht seit damals.« Sie nickte in Richtung des Spielzimmers.

»Nein. Das kann nicht sein.« Ihre Mutter schüttelte den Kopf. »Ich dachte, du wärst nur sehr vorsichtig und wolltest Layla und mich nichts merken lassen. Es gab keinen? Nicht einen einzigen?«

Brianna schüttelte den Kopf. »Ich wollte warten, bis Layla achtzehn ist, um ihr Leben nicht komplizierter zu machen, als es schon ist.«

»Ach, Liebes. Und ich dachte immer, ich sei eine gute Mutter. Wenn du das wirklich getan hast, habe ich wohl einiges falsch gemacht. Eine wirklich gute Mutter kann man nur sein, wenn man erfüllt ist, Brianna. Und ich meine auf jede erdenkliche Weise.«

»Ich soll also ein Lotterleben führen?«, frotzelte Brianna.

»Nein!« Jean beugte sich wieder vor. »Aber du musst nicht leben wie eine Nonne. Gönn dir ein bisschen Spaß. Verabredete dich. Geh tanzen. Triff dich auch mal außerhalb der Arbeit mit Kat. Layla ist fast sechs, sie ist kein Baby mehr. Ich kann hin und wieder auf sie aufpassen. Großer Gott. Achtzehn? Das sind noch zwölf Jahre. Eins kann ich dir versprechen: Wenn du dich an diesen Plan hältst, wirst du dich in zwölf Jahren fragen, was zur Hölle du mit deinem Leben gemacht hast.«

»Aber unser Alltag ist so furchtbar hektisch. Ich arbeite andauernd und habe viel zu wenig Zeit für Layla.«

»Es ist nicht leicht, ja.« Ihre Mutter tippte mit dem Finger auf den Tisch. In ihre Augen trat ein ungewohntes Blitzen und sie verzog einen Mundwinkel zu einem hintersinnigen Lächeln. »Aber du musst dich auch um deine eigenen Gefühle und Bedürfnisse kümmern. Wenn du glaubst, dieser Mann ... Wie heißt er eigentlich?«

»Hugh Braden.« Allein seinen Namen auszusprechen, ließ ihr Herz schneller schlagen.

»Hugh Braden. Wenn du glaubst, dass er kein Gigolo ist, und wenn er dich anständig behandelt, dann verabrede dich ein-, zweimal mit ihm. Schau einfach, wie es läuft. Ich kann auf Layla aufpassen, und sie muss nichts erfahren, solange du es nicht möchtest.«

»Kein Mensch sagt heute noch *Gigolo*, Mom.« Brianna

lachte. Innerlich war sie gleichzeitig erleichtert und ängstlich. Sie hatte gehofft, ihre Mutter würde sie zur Vernunft bringen und ihr davon abraten, ihrem Herzen zu folgen. Sie spürte, wie sehr ihr Herz sich Hugh bereits öffnete. Was würde es erst tun, wenn sie noch einen Schritt weitergingen?

# Sechzehn

Hugh bog um die Kurve am Fuß des Hügels. In flottem Tempo rannte er unter den farbenprächtigen Pappeln und Ahornbäumen an der Straße zu seinem Haus hindurch. Nach dem Tag mit Brianna war er zu aufgewühlt, um still zu sitzen, und für ein paar Trainingsrunden auf der Rennbahn war es schon zu spät. Er beendete seinen Viermeilenlauf mit einem Sprint die Einfahrt entlang. Nach den abschließenden Dehnübungen ging er durch die Hintertür in sein hauseigenes Fitnessstudio. Mindestens eine Stunde lang wollte er noch trainieren. Als er an der Garage vorbeigerannt war, war wie ein Film vor ihm abgelaufen, wie Brianna sich über die Konsole des Aston Martin gebeugt, ihn geküsst und dann ihre nackte Haut an seine gepresst hatte. Sie war so verdammt sexy, dass er sie am liebsten auf der Stelle genommen und auf dem Fahrersitz geliebt hätte. Vermutlich war es gut, dass das Telefon sie unterbrochen hatte. Sex im Auto klang zwar ziemlich prickelnd, aber eigentlich wollte er das erste Mal mit Brianna auf stilvollere Art erleben. Seit den heißen Minuten mit ihr auf seiner Couch stellte er sie sich in seinem Bett vor. Durch den gemeinsam verbrachten Tag hatte sich ihre Anziehungskraft auf ihn noch erhöht, das Gefühl war nicht nur stärker, sondern auch tiefer und vielschichtiger geworden.

Vor dem Spiegel trainierte er seinen Bizeps und Trizeps. Das schweißgetränkte Shirt klebte an seinem Körper wie eine zweite Haut. Mit den Händen strich er sich das verschwitzte Haar nach hinten aus dem Gesicht. Durch den schnellen Lauf wirkten seine kräftigen Oberschenkelmuskeln noch gewaltiger als sonst. Hugh liebte den Adrenalinschub eines harten Trainings. Doch während er jetzt Gewichte stemmte, dachte er daran, um wie viel lieber er diese Stunde mit Brianna verbracht hätte.

Als sein Handy klingelte, legte er die Hantel beiseite.

»Hey, Treat.«

»Hugh. Wie geht's?«

Die Stimme seines Bruders zu hören, tat gut. Als seine Mutter gestorben war, war Treat, ihr Ältester, erst elf Jahre alt gewesen und Hugh noch ganz klein. Treat hatte dafür gesorgt, dass seine Geschwister möglichst viel über ihre Mutter erfuhren. Für Hugh waren die Geschichten im Lauf der Zeit so real geworden, als hätte er sie selbst erlebt.

»Prima. Ich bin in Richmond und fahre das übliche Programm.« Hugh hatte ein entspanntes Verhältnis zu seinen Brüdern. Sie riefen ihn mindestens so oft an wie Savannah. »Wie geht's Max?«

»Alles okay so weit. Du fährst nächstes Wochenende das letzte Rennen der Saison, nicht wahr? Max und ich würden gerne kommen.«

»Wirklich? Mann, das wäre toll. Wir sind in Daytona. Kriegt ihr das in eurem Terminplan unter?«

»Habe ich je gesagt, dass ich zu einem Rennen komme, und bin nicht erschienen?«

Treat hielt seine Versprechen immer. Ohne Ausnahme.

»Nein. Ich fliege am Freitag.«

»Ich weiß, du kannst am Freitagabend nicht groß ausgehen. Aber sicher hast du nach dem Rennen ein bisschen Zeit.«

Hughs Gedanken waren bereits vorausgeprescht. Seine Angehörigen wussten, dass er im Anschluss an Rennen oder Siegerehrungen am liebsten sofort verschwand, um dem Medienzirkus zu entgehen. Diesmal plante er eigentlich, sofort nach Richmond zurückzufliegen. Jetzt saß er in der Klemme. Einerseits wollte er seinen Bruder nicht enttäuschen, wenn er extra für ihn nach Florida kam, andererseits fand er den Gedanken, nicht in Briannas Nähe zu sein, unerträglich. »Ich weiß nicht, ob ich nach dem Rennen noch bleibe.«

»Musst du noch zu einer anderen Veranstaltung?«

Er hörte Treat die Enttäuschung an. Sein schlechtes Gewissen saugte die Begeisterung aus seiner Stimme. »Nein. Zu einer Veranstaltung nicht.«

»Dann bleib doch einfach und wir plaudern mal wieder in aller Ruhe«, drängte Treat.

Hugh seufzte. »Ich habe hier in Richmond jemanden kennengelernt und wollte rasch wieder zurück, um sie wiederzusehen.« Er schloss die Augen und wappnete sich gegen das Gefrotzel, das in seiner Familie nie lange auf sich warten ließ.

»Soll das heißen, du ziehst ein Date mit einer deiner zahllosen Verehrerinnen oder irgendeinem Model einem Treffen mit deiner Familie vor?« Treats Stimme war ernst geworden.

»Sie ist kein Model, Treat, und auch kein Groupie.« Bei jedem anderen seiner Brüder hätte er sich mit ein paar lockeren Sprüchen aus der ernsten Unterhaltung gewunden. Aber er hatte Treat viel zu verdanken und sie waren einander besonders innig verbunden. Wenn Hugh Mist baute, sagte Treat ihm das auf den Kopf zu. Doch anstelle vernichtender Urteile gab es von ihm stets gute Ratschläge. Und einen guten Ratschlag konnte Hugh im Augenblick gebrauchen. Das Schweigen seines Bruders deutete er als Ungläubigkeit.

»Es ist wahr, Treat. Sie ist eine alleinerziehende Mutter und ich mag sie. Sehr sogar.« Hugh setzte sich auf die Hantelbank und wischte sich den Schweiß von der Stirn.

»Eine alleinerziehende Mutter.«

Vielleicht hatte er die Karten zu früh auf den Tisch gelegt. Treats Stimme klang jedenfalls ziemlich skeptisch.

»Ja, eine alleinerziehende Mutter.« Hugh straffte die Schultern.

»Was denkst du dir dabei? Solche Frauen tragen viel Verantwortung. Sie können nicht bis zwei Uhr morgens mit dir um die Häuser ziehen, und sicher möchte sie ihrem Kind keinen Kerl vorsetzen, der selten zweimal mit derselben schläft.«

Hugh stand auf. »Es gibt Neuigkeiten, Treat.« Ärger kroch in seine Stimme. »Diese Art Dates hatte ich schon seit Monaten nicht mehr.«

»Seit Monaten?«

»Ja, richtig. Ich weiß, was ihr alle von mir denkt. Ich bin der draufgängerische jüngste Braden, über den alle lachen, wenn er mal wieder als Erster eine Familienfeier verlässt. So bin ich nun mal. Ich habe verstanden, Mann. Meinen Ruf habe ich mir hart erarbeitet. Aber diese Zeiten sind vorbei, ich bin schon lange nicht mehr so.«

»Seit Monaten«, wiederholte Treat.

»Ja.«

»Wirklich? Bist du sicher, dass du nicht von ein paar Wochen sprichst? Und warum weiß ich nichts davon?«

»Du bist nun mal nicht immer auf dem allerneuesten Stand, Treat. Auch wenn es dir schwerfällt, das zu glauben, weil du nur zum Telefon greifen musst, um sämtliche pikanten Details über jede beliebige Person zu erfahren.«

»Vor mir liegt eine Illustrierte, Hugh. Sie ist zwei Monate alt und vom Cover lächelt mein Bruder mit einem langbeinigen Model am Arm.«

Hugh hörte das Grinsen in Treats Stimme. »Glaubst du alles, was die Klatschpresse schreibt?«

»Normalerweise nicht. Aber das Cover passt irgendwie zu deinem Ruf, kleiner Bruder.«

»Ja. Zu dem Ruf, den ich mal hatte. Schau genau hin, Treat. Siehst du das Banner hinter dem blauen Wagen? Darauf steht *Parade 2012*. Diese Dumpfbacken haben nicht gründlich genug gephotoshopt.«

Er hörte, wie Papier zerknüllt wurde.

»Warum liest du solchen Müll überhaupt?«, fragte Hugh. »Hast du nichts Besseres zu tun?«

»Ich bin beim Arzt und die Zeitschrift lag im Wartezimmer auf dem Tisch. Jetzt ist sie im Papierkorb.«

»Beim Arzt? Ist alles in Ordnung?« Hugh setzte sich wieder. Vor etwas über einem Jahr hatte ihr Vater Herzprobleme gehabt. Noch immer zog sich beim Gedanken daran Hughs Brust zusammen.

»Ja. Max fühlt sich nicht besonders.«

»Gott sei Dank.« Hugh atmete laut aus. »Nein, entschuldige, so war das nicht gemeint. Ich dachte, es ist was mit Dad. Ich hoffe, Max geht es bald besser.«

»Ganz sicher. Und mit Dad ist alles in Ordnung, keine Sorge. Wenn ihm etwas fehlen würde, hätte ich dir das gleich gesagt. Aber jetzt erzähl mal von der Frau, die du kennengelernt hast.«

Hugh hörte Max im Hintergrund. »Hugh hat eine Frau kennengelernt?« Er stellte sich vor, wie sie ihr Telefon aus der Tasche zog und eine Gruppennachricht an seine gesamte Familie und deren bessere Hälften tippte. *Achtung, Achtung! Hugh hat eine Frau getroffen. Diesmal eine, die er mag!* In der Braden-Familie gab es keine Geheimnisse. Die Buschtrommeln erklangen oft und vernehmlich.

»Bree.« Hugh fing wieder an, auf und ab zu gehen. »Sie ist … Ich weiß nicht, Treat. Sie ist anders als alle Frauen, die mir bislang begegnet sind. Irgendwie echter. Sie ist verantwortungsbewusst, liebenswert und fürsorglich. Und sie ist sehr, sehr vorsichtig.« Er hielt inne. Als Treat das Schweigen nicht füllte, wusste er, dass sein ältester Bruder auf mehr wartete. Noch konnte er nicht in Worte fassen, weshalb Brianna sein Herz berührte. Aber dass sie es tat, stand fest.

»Wo ist das Brandheiß-sexy-Granate-im-Bett-Gerede, das man normalerweise von dir hört?«

»Großer Gott, Treat. Ich sage doch, sie ist anders. So weit sind wir noch gar nicht. Ich meine, sie ist wunderschön und sie ist mehr als sexy. Aber auf eine unaufdringliche, natürliche Art.« Wieder hielt er inne. Er dachte an das Strahlen in Briannas Augen, wenn sie lächelte. »Sie ist nicht wie die Frauen, mit denen ich bislang zusammen war. Sie ist besser, und zwar in jeder Beziehung.«

»Hugh, tut mir leid, Mann. Woher sollte ich ahnen, dass es dir ernst ist? Was ist mit dem Kind?«

»Ihre Tochter habe ich noch nicht kennengelernt. Was das betrifft, könnte ich einen Rat von dir gebrauchen. Ich wüsste nicht, an wen ich mich sonst wenden sollte. Ich mag Bree wirklich sehr. Und ja, es überrascht mich, aber dieses Gefühl kann ich nicht einfach abschütteln. Wir kennen uns noch nicht lange, aber als ich sie nach Hause gefahren habe, ist mit mir etwas passiert. Ihr schmieriger Nachbar hat sie angeglotzt und ich wollte sie beschützen. Dabei glotzen schmierige Kerle ständig irgendwelche Frauen an. Bevor mir Bree begegnet ist, wollte ich allerdings noch nie einem von ihnen dafür Schläge androhen. Das macht mir ein wenig Sorgen.«

»Welcher Teil davon?«

»Es geht alles so schnell. Und das Gefühl ist so stark. Wir sind uns einig, dass ich Layla, ihre Tochter, erst kennenlernen sollte, wenn wir sicher sind, dass wir wirklich zueinander passen. Die ganze Sache bringt mich ziemlich durcheinander. Außerdem bin ich nicht gerade der geduldigste Mann der Welt.«

Treat lachte sein tiefes, herzliches Lachen und brachte Hugh damit zum Lächeln. »Das kannst du laut sagen. Und? Wie lautet dein Plan?«

Hugh machte sich auf den Weg zur Treppe. »Ich habe keinen. Zum ersten Mal im Leben. Bis Freitagabend bin ich noch hier, dann muss ich nach Daytona. Samstagabend wäre ich gerne zurück. Layla hat bald Geburtstag, und selbst wenn ich sie bis dahin noch nicht kennengelernt haben sollte, möchte ich in der Nähe sein, falls Bree irgendetwas braucht.« Er lachte. »Ist das nicht völlig plemplem?«

»Nein, Hugh. So ist das, wenn man erwachsen wird.«

»Du musst es ja wissen. Am nächsten Wochenende steigt Savannahs Party und ich habe schon jetzt keine Lust, dann wieder von Bree getrennt zu sein.«

»Ich kann dir nur sagen, gegen das Schicksal bist du machtlos. Wenn es zuschlägt, tust du einfach, was es von dir verlangt.«

Hugh hörte, wie Treat Max küsste. Sofort sehnte er sich nach Brianna. Zu gerne hätte er sie angerufen, aber sie sollte sich nicht bedrängt fühlen. Dabei wünschte er sich im Moment nichts mehr, als ihre Stimme zu hören. Ein Signalton kündigte an, dass auf seinem Telefon ein weiterer Anruf einging.

»Hey, Treat. Auf meinem Telefon wird gerade angeklopft. Kannst du einen Augenblick warten?«

»Nein, leider. Wir sind jetzt dran. Ich muss Schluss machen, aber melde dich vor dem nächsten Wochenende noch mal. Hab dich lieb, kleiner Bruder. Und keine Sorge, du kommst schon klar. Falls du reden willst, stehe ich zur Verfügung.«

»Ich hab dich auch lieb, Treat. Danke.«

Ohne zuvor aufs Display zu schauen, nahm Hugh den anderen Anruf an.

»Hallo?«

»Hugh?«

Hugh erstarrte, dann schlich sich ein Lächeln auf sein Gesicht. »Bree?«

»Ja, hi.«

»Alles in Ordnung bei dir? Du sprichst so leise.« Er ging vom Fitnessraum ins Wohnzimmer. Sein Blick fiel auf die Couch, auf der er Bree in den Armen gehalten hatte. Hastig wandte er sich ab, denn allein der Gedanke daran sorgte für eine Beule in seiner Hose.

»Ich bin bei meiner Mutter, und ich bin draußen auf der Veranda, damit Layla mich nicht hört.«

»Geht's ihr gut? Was sagt sie über das Theaterstück?«

»Ihr geht's bestens und die Aufführung fand sie toll. Meine Mom hat angeboten, Layla könnte heute noch mal bei ihr übernachten. Deshalb rufe ich dich an. Ich wollte dich fragen, ob du vielleicht Zeit hast. Vermutlich hast du ziemlich viel um die Ohren, aber …«

»Ich habe Zeit, Bree. Ich habe definitiv Zeit und ich möchte dich sehen. Ich dachte nur, du könntest nicht.« Er machte sich auf den Weg zum Schlafzimmer und überlegte bereits, wohin er sie ausführen sollte.

»Na ja, sagen wir, meine Mom hat mich überzeugt, dass mein Zwölfjahresplan vielleicht doch nicht die allerschlauste Idee ist.«

»Deine Mom ist mir jetzt schon sympathisch.«

Brianna lachte, und Hugh hatte das Gefühl, vom Schicksal beschenkt zu werden.

»Möchtest du etwas Bestimmtes unternehmen? Wann kann ich dich abholen? Soll ich zu deiner Mutter kommen? Oder zu dir?« Die Worte sprudelten nur so aus seinem Mund. Er zog sich sein Shirt über den Kopf und drehte die Dusche an.

»Ich muss erst noch duschen und mich umziehen. Und nein, ich habe nicht an etwas Bestimmtes gedacht. Ich möchte einfach gern mit dir zusammen sein«, antwortete sie.

»Okay.« Hughs Gedanken jagten. Für ihr erstes Date hatte er eine großartige Idee. Aber dafür musste er jetzt rasend schnell ein paar Dinge organisieren. Außerdem war Wochenende. Vermutlich musste er die Leute, die ihm einen Gefallen schuldeten, deshalb umso nachdrücklicher daran erinnern. »Soll ich dich um halb acht abholen? Wann musst du wieder zu Hause sein?«

Sie schwieg.

»Bree?«

Er deutete ihr Schweigen als Antwort. »Oh. Okay. Dann bis halb acht. Hey?«

»Ja?« Ihre Stimme klang unsicher. Hugh stellte sich vor, wie sie eine Haarsträhne hinter ihr Ohr schob und ihre schönen

Augen abwandte.

»Bitte fühl dich zu nichts gedrängt. Nur weil wir können, heißt das noch lange nicht, dass wir auch müssen.« Nie im Leben wäre er auf den Gedanken gekommen, dass er einmal so etwas sagen würde. Doch seine Gefühle für Brianna ließen ihn alte Gewohnheiten abstreifen wie eine zu eng gewordene Haut. Der Mann, der darunter zum Vorschein kam, gefiel ihm immer besser.

Brianna starrte in ihren Kleiderschrank. »Jetzt komm schon, komm schon, komm schon.« Sie schob die Bügel mit ihren Kleidern hin und her. Dann zog sie die Schubladen ihrer Kommode auf und betrachtete die Jeans, die sie schon drei Jahre lang hatte. Dieselben Pullis, dieselben Blusen. Am Ende warf sie die Hände in die Luft und rief Kat an.

»Was tragen Mädchen heutzutage bei einem Date?« Sie ging in ihrem Schlafzimmer im Kreis.

»Du bist mit Patrick-Hugh verabredet?«

»Hm-hm.«

Kat kreischte so laut auf, dass Brianna erschrocken das Telefon vom Ohr nahm.

# Siebzehn

Ein Date hatte Hugh schon seit dem Highschool-Abschlussball nicht mehr geplant. Und selbst damals hatte seine Schwester die Hauptarbeit erledigt. Jetzt musste er ein paar Leute daran erinnern, dass sie ihm einen Gefallen schuldeten. Er hakte nach, ließ nicht locker und bezahlte am Ende dreimal so viel, wie er hätte sollen. Aber das war es ihm wert. Er wollte Brianna einen Abend bereiten, den sie nie vergessen würde.

Auf dem Weg hinauf zu ihrer Wohnung nahm er immer zwei Treppenstufen auf einmal. Das Herz schlug ihm bis zum Hals. *Warum bin ich so verdammt nervös?* Er holte tief Luft, balancierte in einem Arm die Geschenke und klopfte mit der freien Hand an die Tür.

Brianna machte ihm auf und Hugh stockte der Atem. Gebannt ließ er den Blick über das marineblaue Minikleid wandern, das ihre Brüste und ihre Hüften umschloss wie eine zweite Haut. Die weiten Ärmel endeten an den Handgelenken in Manschetten, der schlicht gehaltene Ausschnitt sorgte für die perfekte Kombination aus brav und sexy. Das Kleid reichte ihr bis zur Mitte der Oberschenkel und betonte genau wie die atemberaubenden schwarzen Heels ihre langen, schlanken Beine.

»Mein Gott, Brianna. Du siehst umwerfend aus.«

Wie so oft, wenn sie verlegen war, schaute sie zu Boden. Hugh fand das unglaublich süß. Damit er ihr in die Augen sehen konnte, hob er ihr Kinn. Manche Menschen machten aus ihren Gefühlen keinen Hehl, doch Brianna versteckte ihre, indem sie die Augen niederschlug. Das war Hugh bereits bei der ersten gemeinsamen Tasse Kaffee aufgefallen. »Hey, ich bin hier, nicht da unten.« Er küsste sie zärtlich. Zum Ausgleich für die Zeit, die sie getrennt gewesen waren, ließ er die Lippen ein wenig länger auf ihren liegen.

»Was bringst du denn alles mit?« Sie schaute von den Blumen zu der Schachtel in seiner Hand.

»Die sind für dich.« Er überreichte ihr den Strauß roter Rosen.

»Danke.« Sie nahm die Blumen und Hugh folgte ihr in die Wohnung. Die Tür machte er hinter sich zu. »Die sind wunderschön, Hugh. Das hättest du nicht machen müssen.«

»Ich mache selten etwas, nur weil ich es muss.« Er schaute zu, wie sie die Blumen in eine Vase stellte. Dann reichte er ihr die silbern glitzernde Schachtel mit der großen silbernen Schleife. »Für Layla. Du kannst es aufheben, bis du entschieden hast, ob du es mit mir versuchen willst. Und falls du zu dem Schluss kommst, dass wir nicht zueinander passen, kannst du sagen, es sei von dir. Deshalb habe ich auch keine Karte beigelegt.«

»Hugh.« Sie schüttelte den Kopf. »Sie hat doch alles, was sie braucht.«

»Sicher hat sie das.« Er nahm Brianna in die Arme und küsste sie auf die Stirn. »Aber hin und wieder brauchen Mädchen ein kleines Extra. Außerdem möchte ich nicht, dass sie die Blumen sieht und sich ausgeschlossen fühlt.«

Sie berührte seine Wange. Hugh drehte das Gesicht zu ihrer Hand und küsste ihre Handfläche. »Du bist wirklich unglaublich«, sagte sie.

»Ich behandle euch beide einfach nur so, wie ihr behandelt werden solltet. Bist du fertig?«

»Ja. Ich hole nur kurz meine Handtasche.« Sie nahm eine kleine schwarze Tasche von der Arbeitsplatte.

»Hast du dein Telefon?«

»Ja.« Sie legte die Stirn in Falten.

»Ist es an? Auf laut gestellt?«

Sie lächelte. »Selbstverständlich. Schön, dass du daran denkst.«

Gemeinsam verließen sie die Wohnung. An Hughs Arm ging Brianna hinaus zum Parkplatz. Als sie den Ferrari sah, strahlten ihre Augen.

»Du hast das rote Auto mitgebracht!« Sie schlang die Arme um seinen Hals und drückte ihn.

Angesichts dieser Reaktion freute er sich doppelt, den Wagen aus der Garage geholt zu haben.

»Wie hätte ich bei unserem ersten richtigen Date etwas anderes fahren können?«

Brianna hatte das Gefühl, mitten in einem Märchen gelandet zu sein. Hughs Anblick in seinem weißen Hemd und den lässig eleganten, dunklen Hosen ließ ihr Herz höherschlagen. Und als er ihr die Rosen gegeben hatte, hatte sie sich gefühlt wie im siebten Himmel. Aber die Krönung war das Geschenk für Layla. *Aufmerksam* war ein zu milder Ausdruck, um Hughs Großzügigkeit und Achtsamkeit gegenüber ihrer Tochter zu beschreiben. Er schien immer genau das Richtige zu tun und konzentrierte sich auf das, was zählte. Auf die Menschen, die zählten.

Bewundernd strich sie über die luxuriösen Ledersitze. Doch so spektakulär dieser Wagen auch war, Hugh hatte recht. Der Ferrari war einfach nur ein Auto, wenn auch ein besonders extravagantes und ungewöhnliches. Was ihre Knie weich werden ließ, war die Tatsache, dass er sich für den roten Wagen entschieden hatte. Für denjenigen, der ihr sofort am besten gefallen hatte. Als er dann den Abend noch ihr *erstes richtiges Date* nannte, wusste sie, dass sie ihm nicht widerstehen konnte.

Sie fuhren quer durch die Stadt. Dann lenkte Hugh den Ferrari durch eine Nebenstraße zum Hintereingang des Parks. Brianna konnte die Augen nicht von ihrem Rosenkavalier lassen. Insgeheim wartete sie darauf, dass irgendetwas diesen Traum platzen ließ. Dass er sagte, er sei verheiratet oder er hätte drei uneheliche Kinder. Irgendetwas, was die Hoffnung zunichtemachte, sie könnte ihr Herz ganz weit für ihn öffnen. Aber alles, was er tat und sagte, machte ihn nur noch anziehender. Sie fragte sich, wie sein Vater wohl sein mochte. Der Mann, der Hugh großgezogen hatte, konnte stolz auf sich sein. Ihr ging auf, wie sehr dieser Gedanke dem ähnelte, was ihre Mutter über sie und Layla gesagt hatte. Jeans Worte hatten sie ermutigt, ein Date mit Hugh zu wagen. Sie war eine gute Mutter und verdiente, ihrem Herzen zu folgen. Wenn auch mit großer Vorsicht.

»Wo fahren wir denn hin? Dürfen wir hier überhaupt rein?« Brianna zeigte auf das Schild an dem offenen Tor, auf dem *Nur für Wartungsfahrzeuge* stand.

»Normalerweise nicht.« Er legte seine Hand auf ihre. »Aber heute Abend steht dieses Tor nur für uns offen.«

Brianna war gespannt, was als Nächstes kommen würde. Ein erstes Date hatte sie ewig nicht mehr gehabt. Schon Hughs Nähe machte sie nervös, und dass er sich etwas Besonderes für sie ausgedacht hatte, machte sie noch kribbeliger. Sie spielte mit dem Saum ihres Kleides.

In der Nähe des Sees parkte er unter der ausladenden Krone eines farbenprächtigen Baumes. Dann öffnete er die Wagentür für sie und hielt ihr seinen Arm hin. Allzu viele Männer hatte sie bislang nicht gedatet, aber sie hatte Kat und andere Frauen mit ihren Verehrern gesehen. Keiner von ihnen hatte sich so wie Hugh jede einzelne Minute wie ein Gentleman benommen.

»Ist es dir warm genug?«, fragte er.

»Ich denke schon.«

Er angelte seine Lederjacke vom Rücksitz und legte sie sich über den Arm. »Für alle Fälle.« Erneut wanderte Hughs Blick über ihr Kleid. Brianna schlug die Augen nieder und fragte sich, ob sie sich vielleicht zu schick herausgeputzt hatte. Wie sie sich für Hugh anziehen sollte, wusste sie nicht genau. Er schien sich in Jeans genauso wohlzufühlen wie in eleganter Kleidung. Aber selbst in Lumpen hätte er noch umwerfend ausgesehen. Verdammt, sie hatte sowieso keine Ahnung mehr, was man zu einem Date trug. Basta. Zum Glück hatte Kat ihr ein paar Ratschläge gegeben, auch wenn Brianna im Moment an deren Weisheit zweifelte.

»Ist es zu kurz?«, fragte sie.

»Zu ... Bree, du siehst so atemberaubend aus, dass ich es kaum schaffe, bei meinem Plan zu bleiben, anstatt direkt mit dir nach Hause zu fahren und über dich herzufallen.«

*Über mich herzufallen?* Der Gedanke war beängstigend und aufregend zugleich.

Sie erreichten eine kleine Anhöhe am See. Auf dem Wasser

schimmerten blaue Lichter.

»Sieh nur.« Brianna zeigte auf die funkelnde Pracht. Sie spazierten zum Ufer. »Oh mein Gott. Ich war schon so lange nicht mehr hier. Die Lichter auf dem Wasser habe ich noch nie gesehen. Wie romantisch.« Mit Ohs und Ahs schaute sie zu, wie die Farben der Lämpchen von Blau zu Pink und schließlich zu Lavendel wechselten. »Einfach traumhaft. Ist heute Abend eine Veranstaltung? Warum sind wir die einzigen hier?«

»Der Park schließt bei Sonnenuntergang.«

Sie schaute ihn an. Langsam dämmerte ihr, wer hinter dem Lichterzauber steckte. »Du hast den Park gemietet?«

»Nicht so ganz. Ich habe nur ein paar Leute daran erinnert, dass sie mir einen Gefallen schulden. Heute Abend gehört der Park uns allein.«

»Hugh? Wirklich? Ich wusste nicht mal, dass so was möglich ist.« *Oh mein Gott! Das ist eindeutig ein Märchen.*

»Lass uns dort rüber gehen.« Hugh legte seine Hand auf ihren Rücken und führte sie über den Rasen.

Sie liebte diese Berührung. Sie war besitzergreifend und fürsorglich zugleich. Nach all den Jahren, in denen sie sich immer selbst um alles hatte kümmern müssen, wünschte sie sich, dass sie sich diesen einen Abend lang einfach in Hughs Arme schmiegen und von ihm umsorgen lassen konnte.

»Als Layla noch kleiner war, sind wir oft in den Park gegangen. Sie wollte immer gern auf den Spielplatz dort hinten. Vom Schaukeln konnte sie nie genug kriegen.«

»Und warum kommt ihr jetzt nicht mehr her?«, fragte er.

»Ach, uns fehlt einfach die Zeit. Damit das Geld reicht, muss ich immer mehr arbeiten. Meine Mutter sagt oft, das Leben sei das, was passiert, während man damit beschäftigt ist, Pläne zu machen.«

Hugh zog sie an sich. »Dann sollten wir das Planen vielleicht sein lassen und einfach leben, damit wir nichts versäumen.«

Sie lehnte den Kopf an seine Schulter und fügte der Liste von Dingen, die ihr an ihm gefielen, noch einen weiteren Punkt hinzu. *Er sieht immer in allem das Gute.*

Unter einem großen Baum nahm Hugh ihre Hände in seine und schaute ihr in die Augen. Inzwischen war es so dunkel, dass sie seine Züge kaum noch erkennen konnte. Sie machte einen Schritt auf ihn zu. Ihre Augen passten sich an die Dunkelheit an und sie sah ihn wieder etwas deutlicher.

»Mir die Zeit zu schenken, die du normalerweise mit Layla verbringen würdest, ist dir sicher nicht leichtgefallen. Aber ich hoffe, am Ende des Abends wirst du das Gefühl haben, dass es sich gelohnt hat.«

»Mit dir lohnt sich jede einzelne Minute.« Sie stellte sich auf die Zehenspitzen. Er rückte ganz dicht an sie heran, legte den Mund auf ihren und küsste sie sanft. Doch bald wurde sein Kuss tiefer und er zog sie fester an sich. Seine Lippen tasteten sich zu ihrer Wange. Von dort fanden sie zu einer Stelle unter ihrem Ohrläppchen und schickten heiße Wellen zwischen ihre Beine.

Ein sehnsüchtiger Laut stahl sich wie von selbst aus ihrer Kehle. Er war weicher als ein Stöhnen, aber sinnlicher als ein Seufzen. Hugh leckte die Stelle, die er gerade geküsst hatte. Mit geschlossenen Augen wölbte Brianna ihm ihren Hals entgegen. Sie wollte mehr und genoss das Gefühl seiner Zunge auf der empfindlichen Haut an ihrem Halsansatz.

»Bree«, flüsterte er ihr ins Ohr.

Sie dachte, sie hätte ihm geantwortet, aber ihre Lippen bewegten sich nicht. Sie war viel zu sehr damit beschäftigt, überhaupt noch zu atmen. *Küss mich weiter.*

»Gott, ich will dich so sehr«, flüsterte er an ihrem Ohr.

»Ja«, presste sie hervor. *Ja? Oh mein Gott. Ich will dich auch.* Nur ihr Gehirn wollte nicht funktionieren. Es hing in einem Nebel voller prickelnder Gedanken und pulsierender Hitze fest, die die geheimen Stellen erfasst hatte, die sich nach seiner Berührung sehnten.

Seine Lippen fanden zurück zu ihren und er küsste sie hungrig. Ohne nachzudenken, legte sie die Hände um seinen Kopf und zog ihn noch fester zu sich. Als seine Hände ihr Hinterteil umfassten, fiel ihr Kopf zurück. Wieder liebkoste er ihren Hals und entlockte ihr damit ein Stöhnen. Diesmal klang der Laut eindeutig wie eine Bitte. *Nimm mich jetzt.* Sie drückte die Augen zu. Hitze jagte von ihrer Brust zu ihren Wangen. Schon lagen seine Lippen wieder an ihrem Ohr.

»Das ist unglaublich schön«, flüsterte er.

*Oh Gott, oh Gott, oh Gott.* Sie musste sich wieder unter Kontrolle bekommen. Brianna spannte ihre Oberschenkelmuskeln. Ihre Beine fühlten sich an, als gehörten sie nicht zu ihrem Körper. Wieder legte sie ihre Hände an seinen Kopf und holte seinen Mund zurück zu ihrem. Vielleicht konnte er ihr ja Atem einhauchen, damit ihr ins Stocken geratenes Gehirn wieder genügend Sauerstoff bekam. *Himmel, du schmeckst so gut.* Jahrelang unterdrückte Leidenschaft brach sich Bahn.

»Bree«, murmelte er zwischen zwei Küssen.

Sie blinzelte gegen die Lust an, die ihr das Denkvermögen stahl. »Ja?«, brachte sie schließlich hervor.

»Ich will nichts mehr, als dich hier und jetzt lieben. Aber ...« Er küsste sie noch einmal. »Aber ich habe etwas geplant, was dir vielleicht gefällt.«

»Okay. Ja.« *Herrje. Man könnte meinen, ich wäre komplett*

*sexverrückt. Was ist los mit mir?*

Einen unendlichen Moment lang schauten sie einander hungrig in die Augen. Langsam kamen sie wieder zu Atem. Die Kraft kehrte in Briannas Beine zurück, und Hugh führte sie zu einer Decke, die im Gras unter einem großen Baum ausgebreitet war. Als sie näher kamen, flackerten weiße Lämpchen auf. Sie beleuchteten die Äste über ihren Köpfen wie einen Baldachin.

Brianna schnappte nach Luft. »Du lieber Himmel. Wie hast du das denn geschafft?«

»Beziehungen.« Er zwinkerte ihr zu.

Neben der Decke stand plötzlich ein vornehm gekleideter Kellner. Brianna zuckte zusammen und blickte verwundert auf.

»Mir ist eingefallen, dass du außer einem Frühstück von mir heute noch nichts zu essen bekommen hast. Das wird mir nicht noch einmal passieren.« Hugh dankte dem Mann. In diesem Augenblick bemerkte Brianna auch den Servierwagen. Zusammen mit dem Kellner stellte Hugh einen flachen Tisch auf die Decke. Der Mann deckte ihn festlich mit Weingläsern, Geschirr und Besteck.

»Hugh«, flüsterte Brianna. »Das ist doch zu viel.«

Er nahm ihre Hand und setzte sich mit ihr auf die Decke. »Für dich ist nichts zu viel.«

Brianna wusste nicht, was sie sagen sollte. Wie dankte man jemandem für den romantischsten Abend seines Lebens? Worte reichten dafür nicht aus. Doch die ganze Romantik und alle Planung, sogar das Mondschein-Picknick verblassten im Vergleich zu dem Geschenk für Layla. Damit hatte er ihr das Herz gestohlen, und sie glaubte nicht, dass irgendetwas sie noch mehr berühren konnte.

Nachdem der Kellner ihnen das Abendessen serviert hatte, verschwand er so diskret, wie er gekommen war.

»Es gibt Wein, aber ich kann leider nichts trinken. Deshalb habe ich auch Wasser bestellt. Was möchtest du lieber?«

*Wein. Am liebsten eine ganze Flasche, um meine Nerven zu beruhigen.* »Ich trinke ein Glas Wein und danach dann Wasser, bitte. Dass du keinen Alkohol anrührst, ist mir schon aufgefallen. Wie kommt das?« Wirklich nachgedacht hatte Brianna darüber noch nicht. Jetzt rätselte sie, ob er vielleicht ein trockener Alkoholiker war.

»Ich trinke gern hin und wieder ein Glas. Aber am Wochenende fahre ich ein Rennen und in den Tagen davor ist Alkohol tabu. Während eines Rennens verliert man viel Flüssigkeit und Alkohol fördert den Flüssigkeitsverlust zusätzlich. Das kann zum Problem werden. Deshalb bin ich lieber übervorsichtig.«

Sie schaute zu Boden. Dass er am kommenden Wochenende wegmusste, hatte sie verdrängt. »Das Rennen ist in Daytona?«

»Ja. Am Samstag. Und Laylas Geburtstagsparty ist am Donnerstagabend, nicht wahr?«

*Du hast es nicht vergessen.* »Ja. Das ist richtig. Wie lange wirst du weg sein?«

Hugh schenkte ihr ein Glas Wein ein und sich Wasser. »Ich fliege am Freitag, aber ich denke, am Samstagabend bin ich wieder zurück. Falls du mich also brauchst, musst du nur anrufen.«

Brianna spürte, wie Hughs Name sich tief in ein weiteres Stück ihres Herzens einprägte. »Das musst du nicht tun. Ich bin es gewöhnt, mich selbst um alles zu kümmern.« *Aber dass du für mich da sein willst, ist unglaublich lieb.*

»Ich bin einfach gern in deiner Nähe.«

Briannas Nerven führten einen wilden Freudentanz auf. Sie

naschte von Brot und Käse und wünschte sich, der Abend würde niemals enden.

Hugh hob sein Wasserglas. »Auf unser erstes Date.«

Sie stieß mit ihm an. »Auf unser atemberaubendes erstes Date.«

Hugh lehnte sich zurück, stützte sich auf die Hände und schlug die Beine übereinander. Er wirkte so unglaublich entspannt. Brianna hasste sich für den Gedanken, der sich in ihren Kopf stahl und gleich darauf von ihren Lippen schlüpfte.

»Hast du so was schon mal gemacht? Du musst es mir nicht verraten, ich bin einfach nur neugierig.«

Er setzte sich aufrechter hin und rückte näher an sie heran. »Nein. Noch nie. Und ehrlich gesagt, vor lauter Nervosität, ob mein Plan auch gelingt, konnte ich auf dem Weg hierher kaum still sitzen. Ich möchte dir gerne noch etwas zeigen.« Er stand auf und streckte die Hand nach ihrer aus.

»Noch mehr Lichter?«

»Du siehst es gleich.« Hand in Hand gingen sie einen schmalen Pfad entlang zu einer Baumgruppe. Brianna zog ihre Finger aus seinen und hängte sich bei ihm ein, um ihm näher sein zu können. Sie schmiegte ihren Kopf an seine Schulter und genoss das Gefühl, ihn an ihrer Seite zu haben. Zu wissen, dass Layla bei ihrer Mutter gut aufgehoben war und sich dort wohlfühlte, verscheuchte ihr schlechtes Gewissen wegen des Dates mit Hugh.

»Führst du mich zu einem Gebüsch, um dort schmutzige Dinge mit mir zu tun?«, scherzte sie.

»Daran hatte ich gar nicht gedacht. Aber jetzt, wo du es sagst ...« Er wackelte mit den Augenbrauen.

Als sie um eine weitere Baumgruppe bogen, bat Hugh sie, ihre Augen zu schließen.

»Okay.« Brianna machte die Augen zu und kam sich dabei ein wenig albern vor. »Es ist sowieso dunkel. Muss ich das wirklich tun?«

»Ja. Vertraust du mir?« Hughs samtige Stimme wärmte sie.

»Hundertprozentig.«

»Gut. Und ich vertraue darauf, dass du die Augen nicht aufmachst.« Er hielt sie an einer Hand fest und legte seine andere Hand auf ihren Rücken. So führte er sie weiter.

Leise Musik wehte durch die Nacht. »Was ist das?«

»Das wirst du gleich sehen.« Er blieb stehen, und sie merkte, wie er sich vor sie schob. Er hielt sie an beiden Händen fest und ihr Herz schlug schneller.

»Okay. Jetzt mach die Augen auf, aber schau mich an.«

Sie schaute in seine dunklen, ernsten Augen.

»Brianna, ich bin ganz überwältigt von dir, von meinen Gefühlen für dich und davon, wie schnell alles passiert.«

*Oh Gott. Mir geht es genauso.* Ihr jagendes Herz erlaubte ihr keinen klaren Gedanken. Das Blut rauschte in ihren Ohren. Hugh nahm ihr Gesicht zwischen seine Hände und lehnte die Stirn an ihre. *Es ist so schön, wenn du das tust.* Sie hielt sich an seiner Taille fest, denn ihre Knie fühlten sich an wie aus Gummi. Wenn sie jetzt den Mund öffnete, würde sie keinen Ton herausbringen, doch ihre Lippen würden wie von selbst zu seinen finden. Das wusste sie.

»Ich möchte deine unglücklichen Erinnerungen auslöschen und sie durch glückliche ersetzen.«

»Das wäre zu schön.« Mehr brachte sie nicht heraus.

Hinter ihm leuchteten farbige Lichter auf und die leise Melodie erwachte zum Leben. Sie erinnerte an Jahrmarktsmusik. Brianna klammerte sich an Hughs Taille und spähte um ihn herum. Ihre Augen füllten sich mit Tränen.

»Hugh.« Das Zittern begann in ihrer Brust und breitete sich schnell in ihrem ganzen Körper aus, während die Erinnerungen wie ein Film vor ihr abliefen. Ihr Vater, der sie an der Hand hielt, als sie auf das Karussell kletterte. Kurze Momentaufnahmen von ihm, wenn sie auf dem pinkfarbenen Karussellpferd an ihm vorbeiflog.

»Ich bin bei dir.« Fest legte Hugh seinen Arm um sie und zog sie an sich. Gemeinsam gingen sie zu dem Karussell. »Ich möchte, dass du die Erinnerung an den Nachmittag mit deinem Vater behältst. Aber die Erinnerung an den nächsten Tag soll einer besseren weichen.«

Ihre Kehle wurde eng. Sie drückte sich an seine Brust, ihre Augen liefen über. Hugh sagte kein Wort. Er hielt sie nur fest und küsste sie aufs Haar, während sie weinte, weil er etwas so Unfassbares für sie getan hatte. Dann atmete sie tief durch und wischte sich die Augen ab, bevor sie ihm ins Gesicht schaute.

»Es tut mir leid. Ich …«

»Pssst. Ich wollte dich nicht traurig machen. Ich habe gehofft, es würde dir gefallen. Hoffentlich kannst du mir verzeihen.«

Sie hob die Hand und berührte seine Wange. »Es ist wunderschön. Ich weine vor Glück, nicht aus Traurigkeit. Du bist der aufmerksamste Mann, der mir je begegnet ist. Entschuldige bitte, dass ich heule wie ein Baby.«

Mit den Daumen wischte er ihr die Tränen aus dem Gesicht. »Du trägst so viel Verantwortung auf deinen Schultern, Bree. Ich habe unglaublichen Respekt vor deinem Mut und deiner Stärke, und die Vorstellung, wie traurig du am Tag nach dem Jahrmarktsbesuch mit deinem Vater warst, bringt mich fast um.«

»Ich bin nicht mutig.« Sie schlug die Augen nieder.

Er hob ihr Kinn an. »Du bist die mutigste Frau, die ich kenne. Dein ganzes Leben ist darauf ausgerichtet, Layla eine schöne Kindheit zu schenken. Dazu gehört Mut, Bree. Mut, diese Verantwortung anzunehmen und deine eigenen Wünsche zurückzustellen. Mut, allen Widrigkeiten zum Trotz jeden Tag einfach weiterzumachen. Mut, den Morgen hinter dir zu lassen, an dem dein Vater gegangen ist, und dafür zu sorgen, dass deine Tochter einen solchen Schmerz nie erleben muss.«

Seine Worte führten zu noch mehr Tränen. *Mutig* hatte sie noch nie jemand genannt. Wie konnte Hugh nach der wenigen gemeinsam verbrachten Zeit schon so viel in ihr sehen? Wie konnte jemand das schaffen?

Sie drückte ihre Wange an seine Brust, schloss die Augen und lauschte dem Rhythmus seines Herzens. Dabei spürte sie, wie die Mauern um ihr eigenes Herz bröckelten. Stückchen für Stückchen.

# Achtzehn

Genau wie an jenem Nachmittag vor so vielen Jahren stieg Brianna auf ein pinkfarbenes Karussellpferd. Als ihr die Tränen gekommen waren, hatte Hugh befürchtet, er hätte ihr den Abend ruiniert. Doch dann hatte sie sich von seiner Brust gelöst, er hatte die Zärtlichkeit in ihrem Blick gesehen und gewusst, dass er alles richtig gemacht hatte. Jetzt saß er hinter ihr auf dem pinkfarbenen Pferd. Ihr Rücken lag an seiner Brust, ihr Haar wehte im Wind. Er schlang die Arme um ihre Taille und schmiegte seine Wange an ihre.

Erst nach drei Fahrten stiegen sie wieder ab.

»Das hat riesigen Spaß gemacht. Layla hätte das auch gefallen.« Die Tränen waren versiegt. Stattdessen spiegelten sich die Lichter des Karussells in Briannas glänzenden Augen.

»Ich habe überlegt, ob wir sie mitnehmen sollen. Aber das hier war für dich. Vielleicht planen wir mal ein Date zu dritt. Dann kann Layla sich hübsch machen und wie ein großes Mädchen fühlen, und wir beide könnten zusammen sein. In den Ginter Gardens gibt es eine Lichtershow, die ihr vielleicht gefällt. Oder wir fahren nach Maymont in den Streichelzoo und dann spazieren. Ein Theaterstück könnten wir uns auch ansehen. Theaterstücke mag sie doch so gern.«

»Hugh.«

Er spürte, wie seine Schultern ein wenig herabsanken. »Schon gut.«

»Das war kein *Nein*. Das war ein *Hugh!*« Sie legte die Arme um seine Schultern und sagte: »Eine Lichtershow hat sie noch nie gesehen. Sicher wäre sie begeistert.« Brianna stellte sich auf die Zehenspitzen und küsste sein Kinn. »Außerdem kann ich dich ja nicht für immer verstecken.«

*Für immer.* So weit hatte Hugh noch nicht gedacht. Doch jetzt nisteten sich die Worte in seinem Kopf ein, vor denen er noch vor wenigen Monaten die Flucht ergriffen hätte.

»Wunderbar. Über den passenden Zeitpunkt entscheidest du, und dann ziehen wir zusammen los. Natürlich können wir auch etwas ganz anderes unternehmen. Wenn sie lieber Pommes essen, Frisbee spielen oder ins Kino möchte – kein Problem. Ich würde sie einfach gern dabeihaben, damit sie sich nicht ausgeschlossen fühlt.«

Weshalb er schon so schnell einen großen Schritt weiter gehen und Layla kennenlernen wollte, konnte Hugh nicht genau sagen. Doch nach dem Gespräch mit Treat und nach all den Jahren, in denen er die Stimme seines Herzens geflissentlich ignoriert hatte, erschien ihm das gut und richtig. Vielleicht war ja wirklich Schicksal im Spiel. Jedenfalls war er in den letzten beiden Tagen so glücklich gewesen wie schon seit Jahren nicht mehr.

Sie schlenderten weiter zu dem Zuckerwatteverkäufer, den Hugh herbestellt hatte. Der Mann reichte ihnen eine gigantische Wolke aus pinkfarbenem, gesponnenem Zucker.

Hugh zupfte mit den Fingern ein Stück davon ab und hob die Augenbrauen. »Mund auf.«

Brianna gehorchte und er legte ihr die fluffige Leckerei auf die Zunge. Sie schloss die Lippen um seine Finger und jagte damit Hitzepfeile in seine Lenden. Nur mit Mühe gelang es ihm, nicht aufzustöhnen. Ihr verführerischer Blick lockte seinen Mund zu ihrem. Der Zucker schmolz auf ihren Zungen. Die Kombination aus seinen immer stärker werdenden Gefühlen für Brianna und der Hoffnung auf eine gemeinsame Zukunft machte diesen Kuss noch süßer als ihren ersten. Noch lange, nachdem die Zuckerwatte geschmolzen war, küssten sie sich weiter. Die Musik verklang. Die Lichter des Karussells erloschen und der Zuckerwatteverkäufer schob diskret seinen Wagen davon. Brianna roch so frisch und sie schmeckte nach Zucker und Wein, aber vor allem nach Brianna. Von diesem betörenden Geschmack hatte er schon am Morgen gekostet, als sie in seine Arme gesunken war und er befürchtet hatte, er hätte sich diesen perfekten Moment nur erträumt.

»Ich muss dich nach Hause bringen«, sagte Hugh zwischen zwei Küssen.

»Nach Hause? Nein.«

Hugh löste widerstrebend die Lippen von ihren. »Nein?«

Sie schüttelte energisch den Kopf. »Nein. Ich möchte mit dir zusammen sein, Hugh. Mehr als alles andere auf der Welt. Ich möchte heute Nacht bei dir bleiben.«

»Ja … nach Hause zu mir.« Er legte die Hände an ihre süßen Wangen und küsste sie gierig.

Hand in Hand eilten sie zum Wagen. Immer wieder blieben sie stehen und küssten einander. Doch am Ende rannten sie fast. Im Auto schaute Brianna ihn mit ernsten Augen an. »Müssen wir nicht das Abendessen wegräumen oder wenigstens jemandem sagen, dass wir jetzt gehen?«

»Großer Gott, du bist einfach wunderbar.« Er küsste sie. »Die wissen Bescheid.« Mit einer Million Gedanken an Brianna und was er gerne mit ihr tun wollte im Kopf, fuhr Hugh zu seinem Haus.

Als sie dort ankamen, war sie sehr schweigsam. Die Art, wie sie auf ihre Unterlippe biss, verriet ihm, wie nervös sie war. Ihr Blick huschte von ihm zum Boden und wieder zurück. Ihre Nervosität wirkte ansteckend. Deshalb ließ er die Lichter aus. Im Wohnzimmer stellte er nur per Fernbedienung das Gasfeuer und die Stereoanlage an. Sanfte Rockballaden klangen leise aus den Lautsprechern an der Wand.

Brianna stellte ihre Handtasche auf das Tischchen an der Tür. Als sie in ihrem eng anliegenden Kleid auf ihn zuging, sah sie so verdammt verführerisch aus, dass Hugh es kaum erwarten konnte, sie auszuziehen und jeden Zentimeter ihres Körpers zu lieben.

Er nahm sie in die Arme. »Ich überlege die ganze Zeit, was deine Augen so schön macht«, flüsterte er.

Eine sanfte Röte breitete sich über ihre Wangen. Ihren Körper an seinem zu spüren, heizte sein Verlangen an und ließ sein Herz auf eine ganz ungekannte Art klopfen. Noch nie hatte er etwas Ähnliches gefühlt.

»In dir steckt so viel mehr, als man dir ansehen kann. Hinter deinen unvergleichlichen Augen liegt ein ganzes Meer von Gefühlen.« Er küsste sie zärtlich auf die Lippen. »Und Gedanken.« Er küsste sie auf eine Wange. »Und Ängsten.« Wieder küsste er ihre Lippen und spürte, wie ihr Körper bebte.

Ihre Zungenspitze huschte über ihre Unterlippe und seine Hand schob sich auf ihre Hüfte.

»Keine Ängste«, flüsterte sie. Doch in ihrer Stimme schwang

Beklommenheit.

»Es gibt nur uns beide, Bree. Dich und mich.« Zum ersten Mal im Leben hatte er es nicht eilig, eine Frau ins Bett zu bekommen. Seine Reaktionen auf Brianna überraschten ihn.

Sie legte die Hände flach an seinen Bauch. Ihre Wärme sickerte durch sein Hemd. »Ich bin bloß aufgeregt. Es ist so lange her und ich will so gern mit dir zusammen sein. Und ich möchte dich auf keinen Fall enttäuschen.«

»Du bist hier bei mir. Nichts könnte mich glücklicher machen. Wir sind zu nichts verpflichtet, Bree. Ich kann warten, bis du bereit bist. Wir haben alle Zeit der Welt.«

»Nein. Nein«, flüsterte sie. »Ich will nicht warten.«

Sie nahm seine Hand und führte ihn Richtung Flur.

»Moment.« Er schnappte ihre Handtasche. »Du hast Layla versprochen, dein Telefon anzulassen.«

Wieder griff sie nach seiner Hand und zog ihn weiter zu seinem Schlafzimmer. Hughs Vorfreude wuchs mit jedem Schritt, und als sie die Schlafzimmertür hinter ihnen schloss und anfing, sein Hemd aufzuknöpfen, konnte er kaum noch atmen. Er stellte ihre Handtasche auf die Kommode und legte die Hände fest auf ihre.

Leise Musik klang aus den Lautsprechern, Mondlicht schimmerte durch die Gardinen. Er nahm Brianna in die Arme und küsste sie. Dabei bewegte er sich langsam im Takt der Musik. Briannas Hüften wiegten sich im selben sinnlichen Rhythmus und ihre Zungen begannen einen lustvollen Tanz. Dann schaute sie ihm in die Augen und machte sich wieder an seinen Knöpfen zu schaffen. Noch einmal küsste Hugh sie gierig, dann zog er sein Hemd aus. Briannas Finger fanden zu den feinen Härchen auf seiner Brust. Die sanfte Berührung steigerte seine Lust ins Unermessliche. Sie drückte die Lippen an seine Haut und hinterließ mit ihrer Zunge einen warmen, feuchten Pfad. Wenn er sie weitermachen ließ, würde er nicht lange durchhalten. Aber heute Nacht wollte er sie lieben, wie sie noch nie zuvor geliebt worden war. Er nahm ihre Hände in seine und küsste ihre Handflächen.

»Lass mich«, flüsterte er. Mit einer Hand nahm er ihr Haar zusammen und legte die makellose Haut ihres Halses frei. Mit der Zunge liebkoste er ihren Halsansatz, dann drückte er die Lippen an ihren Nacken, saugte und streichelte die Stelle mit der Zungenspitze. Brianna atmete schneller. Ihre Hände schmiegten sich an seine Brust. Er richtete sich auf und drehte sie behutsam um. Ohne Hast knabberte er sich an ihrem Nacken nach unten und zog den Reißverschluss ihres Kleides bis kurz unter ihre Schulterblätter auf. Einen Moment lang erstarrte sie, und als er einen Blick auf ihren schwarzen Spitzen-BH erhaschte, stockte ihm der Atem. Er zog ihr das Kleid von den Schultern und küsste sich an ihrem Rückgrat entlang bis zum Reißverschluss. Dann arbeitete seine Zunge sich zärtlich wieder nach oben. Mit zitternden Händen strich er über Briannas nackte Schultern. Sie war so zierlich und weiblich, dass sein Herz sich zusammenzog. Mit Küssen liebkoste Hugh ihre Schulter und streichelte mit den Lippen ihren Arm.

Brianna räkelte sich wie eine Katze. Hugh ließ die Hände an ihren Seiten nach vorn gleiten und umfasste ihre Brüste unter dem Spitzen-BH, während er gleichzeitig an der zarten, glatten Haut ihres Nackens saugte. Als sie wohlig aufstöhnte, gelang es ihm nur mit Mühe, ihr nicht das Kleid vom Leib zu reißen und sie auf der Stelle zu nehmen. Stattdessen rieben seine Finger ihre Brustwarzen zu kleinen, festen Spitzen. Sie packte seine Hände und drückte sie fester an sich, und er strich an ihren Seiten entlang bis zu ihrer schmalen Taille.

»Hugh«, flüsterte sie.

Er zog ihr Kinn zu sich und küsste sie fordernd. Als sie versuchte, sich ganz zu ihm umzudrehen, hielt er sie fest. Sie sollte eine nie gekannte Leidenschaft spüren. Ihre Lenden sollten genauso schmerzen wie seine. Als er den Kuss beendete, stieß sie einen leisen Klagelaut aus.

»Lass mich dich so lieben, wie du es verdienst«, flüsterte er. Er zog den Reißverschluss bis zur Rundung ihres Hinterns herunter und strich mit den Händen hinab zu ihren Hüften. Ihr ganzer Körper bebte, doch Hugh hielt sie fest und flüsterte: »Keine Angst. Ich würde nie etwas tun, was du nicht willst.«

»Ich weiß.« Ihre Stimme war ein stockendes Flüstern.

Er küsste die Grübchen am Ende ihres Rückgrats, strich mit den Händen an ihrem schlanken Rücken hinauf und an ihren Seiten wieder hinunter. Dabei streifte er ihre Brüste mit den Fingerspitzen. Brianna schnappte nach Luft, ihr Kleid fiel zu Boden. Knapp unterhalb ihrer Hüften küsste Hugh sich am Rand ihres Strings entlang. Dann fanden seine Hände zur Vorderseite ihrer Oberschenkel, und er fasste fest zu, während seine Zunge dem String bis zur Rundung ihrer Hinterbacken und zum Anfang der Spalte dazwischen folgte. Wieder spürte er, wie sie erstarrte. Er richtete sich auf und drehte sie zu sich um. Ihre Wangen waren gerötet, ihre Lippen leicht geöffnet. Mit der Zungenspitze strich er über ihre volle Unterlippe und sie schloss die Augen.

»Du bist so schön, Bree.« Er küsste sich an ihren Kiefer entlang zu ihrem Hals und von dort zu ihrem Schlüsselbein. Er wollte jeden Quadratzentimeter ihrer Haut schmecken. »Alles okay?«, flüsterte er.

»Großer Gott, ja.« Jedes Wort war ein langer, heißer Atemzug.

»Wenn ich zu weit gehe, musst du es mir sagen. Ich verspreche dir, ich tue nichts, was du nicht willst.« *Ganz gleich, wie schwer es mir fallen mag.*

Sie legte seine Hand auf ihre Brust, schlang einen Arm um seinen Hals und küsste ihn hart. Ihr Mund war heiß und feucht. Hugh spürte ihre weichen Brüste mit den festen, harten Brustwarzen und die Kombination aus femininer Spitze und ihrer hungrig drängenden Zunge heizte ihm mächtig ein. Er hob sie hoch und legte sie aufs Bett. Himmel, wie sie so in ihrer sexy Unterwäsche vor ihm lag, war sie noch zarter und verführerischer, als er sie sich in seinen kühnsten Träumen vorgestellt hatte. Sie streifte ihre Heels ab. Er schob sich auf sie, zog ihr den Träger des BHs von der Schulter und legte ihre betörend schöne Brust frei. Mit der Zunge strich Hugh über die vorwitzige Spitze, während seine andere Hand nach der noch verhüllten Brust tastete. Brianna wand sich unter ihm. Er nahm ihre Brust in den Mund, liebkoste sie und saugte daran. Gleichzeitig glitt eine seiner Hände über ihren Bauch und von dort zwischen ihre Schenkel. Sie drängte sich an ihn und er schob zwei Finger unter den feuchten Stoff ihres Höschens in ihre seidige, heiße Mitte.

Während er sie langsam und tief streichelte, neckte er ihren geschwollenen Knubbel mit dem Daumen. Stöhnend grub Brianna die Nägel in seine Schultern. Seine Erektion pochte in seiner Hose. Mit einer fließenden Bewegung schob er sich an ihr nach unten und streifte ihr den String ab.

»Ja«, hauchte sie.

Seine Zunge fand ihre empfindlichsten Stellen, ihre Knie öffneten sich ihm. Hugh leckte sie schnell und hart. Er schob die Hände unter Briannas Hintern und hob ihn an, damit er mehr von ihr schmecken und seine Zunge tiefer in sie stoßen konnte. Dann nahm er ihre Klit zwischen die Zähne und umspielte sie mit der Zungenspitze. Als Brianna aufschrie, ließ er sie zurück aufs Bett sinken. Er vergrub zwei Finger in ihr und leckte und streichelte sie, bis er spürte, wie die Muskeln in ihrem Inneren sich zusammenzogen. Sie wölbte den Rücken, drückte die Augen fest zu und krallte die Hände ins Laken. Seine Finger glitten tiefer und bewegten sich schneller. So trieb er sie ihrem Höhepunkt entgegen, bis sie die Hüften an ihn drängte und den Raum mit seinem Namen füllte. Das Pulsieren in ihrer Mitte wurde stärker, aber anstatt sie sanft zu Erde zurückschweben zu lassen, zog er mitten in ihrem Orgasmus die Finger aus ihr. Erneut stieß sie einen Klagelaut aus, doch schon war seine kundige Zunge wieder bei ihr.

Brianna schnappte nach Luft. »Oh Gott, oh Gott, oh Gott.«

Binnen Sekunden wurde sie von einem weiteren Höhepunkt geschüttelt. Hugh genoss den Augenblick, in dem sie jede Beherrschung verlor. Er hielt sie an den Hüften fest und leckte sie härter, bis sie völlig außer Atem war.

»Hör auf … Bitte.«

Er erfüllte ihr den Wunsch, schob sich an ihrem Körper nach oben, hakte ihren BH auf und warf ihn beiseite. Dann drückte er ihre Brüste zusammen und nahm beide Brustwarzen zusammen in den Mund. Sie vergrub die Hände in seinem Haar und drängte sich ihm entgegen. Hugh konnte nicht widerstehen. Er griff zwischen ihre Beine und fing wieder an, sie zu streicheln. Ihre Mitte war vor Erregung angeschwollen. Er konnte es kaum erwarten, in ihr zu sein. Aber erst streichelte er sie noch einmal bis kurz vor dem Höhepunkt, biss zärtlich in die Falte unter ihrer Brust und rieb dabei einen Nippel zwischen Zeigefinger und Daumen. Dann drückte er zwei Finger in ihre süße Spalte. Briannas Schrei fing er mit seinen Lippen auf.

»Komm für mich, Baby.«

Sie schüttelte den Kopf.

Er nahm seine Finger weg. Schließlich hatte er versprochen aufzuhören, wenn sie ihn darum bat. »Nein?«

Mit geschlossenen Augen griff sie nach unten und drückte seine Hand dorthin zurück, wo sie gewesen war. Lächelnd küsste er sie und streichelte sie ganz sanft zwischen den Beinen, ohne noch einmal in sie zu dringen. Sie stöhnte an seinem Mund und er wollte sich tief in ihr vergraben. *Noch nicht. Einmal noch.* Sie drängte sich an seine Hand, wollte ihn in sich haben. Doch er streichelte und neckte sie und spürte, wie sie unter seinen Fingerspitzen weiter anschwoll.

»Komm für mich, Bree. Du kannst das.«

Sie schüttelte den Kopf. »Will … dich«, atmete sie. »In mir.«

»Noch nicht. Du kannst das.« Er schob sich an ihr nach unten, leckte die Innenseite ihrer Oberschenkel und die empfindliche Haut links und rechts ihrer Mitte. Gleichzeitig spielten seine Finger mit ihr. Dann war seine Zunge wieder am Zug. Er leckte sie mit langen, ruhigen Bewegungen an genau der Stelle, die ihren Körper zum Beben brachte.

»Hugh«, flüsterte sie.

Er machte weiter, konzentrierte sich ganz auf den magischen Punkt, bis sie die Zähne zusammenbiss und den Kopf zurückwarf. Ihre Knie drückten sich an seine Schläfen und er spürte ihr wunderbares Pulsieren an den Lippen.

# Neunzehn

Brianna blinzelte durch das Feuerwerk hinter ihren Lidern hindurch. Ihr war wohlig warm, Erschöpfung machte ihre Glieder schwer. Hughs Gesicht erschien über ihr und sie zog ihn zu sich. Sein Kuss war unendlich sinnlich, seine Zunge erforschte ihren Mund, als wollte er sich alle Formen und jeden Winkel einprägen. Mit den Fingern strich sie durch sein dichtes Haar. Hugh fühlte sich so richtig an, so vertraut und dabei doch so neu und anders. Sie rückte ein kleines Stück ab und schaute ihm forschend in die Augen. In seinem Blick lag dasselbe lustvolle Verlangen, das auch sie empfand. Doch vor allem las sie darin tiefe Gefühle. Er schien dasselbe intensive Sehnen zu verspüren, gegen das sie so eisern ankämpfte, weil sie fürchtete, ihn damit zu verjagen.

»Ich möchte dich anfassen«, flüsterte sie.

Hugh küsste sie, dann streifte er seine Hose und seinen Slip ab und warf die Kleidungsstücke beiseite. Er strich ihr das Haar aus dem Gesicht. »Du musst das nicht machen.«

»Ich will es aber gern.« Sie küsste ihn, dann dirigierte sie ihn mit sanftem Druck auf den Rücken. Schon seit er sein Hemd ausgezogen hatte, wollten ihre Hände ihn erkunden. Während sie über seine wohldefinierten Bauchmuskeln strich, wurde ihr klar, dass sie nie mit einem richtigen Mann zusammen gewesen war. Aber Hugh war einhundert Prozent kraftstrotzende Männlichkeit. Sie schob sich auf ihn und küsste ihn so, wie er sie geküsst hatte – tief, hart und fordernd. Das fühlte sich verdammt gut an. Sie hatte sich so lange zurückgehalten, aber mit Hugh wollte sie endlich alle Schranken niederreißen. Sie küsste die Stoppeln an seinem markanten Kinn und streichelte mit der Zungenspitze die göttlichen Grübchen, die seine kantigen Züge ein wenig weicher machten. Noch nie hatte sie den Körper eines Mannes erforscht. Sie schob sich tiefer, berührte seine Brustwarzen und wollte sie küssen. Vorsichtshalber schaute sie ihm ins Gesicht, aber seine Augen waren geschlossen. Deshalb legte sie versuchsweise den Mund an einen Nippel und spürte, wie er unter ihrer Zunge hart wurde. Mit einem Aufstöhnen rieb Hugh ihre Arme und weckte in ihr den Wunsch, auch die andere Seite zu kosten. Sie bedeckte seine Brustwarze mit ihrem Mund, leckte sie und saugte daran. Seine Brustmuskeln spannten sich, sein Herz schlug schneller. Dass ein Mann diese Zärtlichkeiten genauso genießen könnte wie eine Frau, war ihr nie in den Sinn gekommen. Verzagt stellte Brianna fest, wie viel sie noch lernen musste. Bei dem Gedanken wurde ihr ganz heiß. Entschlossen strich sie mit den Händen über Hughs perfekt geformten Oberkörper bis hinunter zu seinen muskulösen Oberschenkeln. Kurz vor seiner beeindruckenden Erektion hielt sie inne. Vor Hugh hatte sie nur mit zwei anderen geschlafen. Den ersten Jungen hatte sie im zweiten Collegejahr kennengelernt und geglaubt, sie würde ihn lieben. Der zweite war Todd gewesen, Laylas Vater. Mit beiden war der Sex schnell und zielgerichtet abgelaufen. Was Hugh gerade mit ihr gemacht hatte, hatte vorher noch niemand mit ihr getan. Und auch sie hatte noch nie ausprobiert, was sie jetzt gern tun wollte. Nach einem genaueren Blick kam sie zu dem Schluss, dass sie ihn niemals in voller Länge in den Mund würde nehmen können. Vielleicht hätte sie sich von Kat noch den ein oder anderen Rat holen sollen.

Brianna schloss die Augen und überließ ihrem Herzen die Führung. Sie küsste sich von Hughs Hüfte zu seinen muskulösen Oberschenkeln und legte dann die Finger um ihn. Sein Umfang war so groß, dass sie die Augen wieder öffnete und staunend den Abstand zwischen ihren Fingerspitzen betrachtete. Mit der Zunge strich sie von der Wurzel bis zur Spitze seiner Erektion und spürte, wie Hugh erschauerte. Brianna lächelte. Sie wollte ihm genauso viel Vergnügen bereiten, wie er ihr bereitet hatte. Jetzt wünschte sie, sie hätte sich mehr mit technischen Details beschäftigt. Sie hatte immer geglaubt, alles würde wie von selbst gehen, aber jetzt war sie ein wenig ratlos. Sie leckte ihn noch einmal und hörte ihn stöhnen. Ihr Mangel an Finesse ließ sich leider nicht verleugnen. Wieder hielt sie inne. Eine Stimme in ihrem Kopf drängte: *Mach einfach weiter!* Aber ihr Herz sagte ihr, dass sie Hilfe brauchte. Und die wünschte sie sich von Hugh. Seine wissenden Hände und seine freundlichen Augen würden sie bei ihrer Entdeckungsreise unterstützen.

Hugh schaute sie an und berührte ihre Wange. »Komm her«, flüsterte er.

Sie legte sich neben ihn und spürte, wie ihr die Hitze in die Wangen stieg.

»Du musst das wirklich nicht machen, Bree. Ich möchte nur deine Nähe spüren.« Er küsste sie zärtlich.

»Ich will es aber gerne. Ich habe das nur noch nie getan und weiß nicht wie.« In seinem Blick suchte sie nach einem Anflug von Spott, aber seine Augen waren voller Wärme.

Er stützte sich auf einen Ellbogen und zog sie an sich. »Oh Baby.«

Brianna holte tief Luft und schloss die Augen. Dann flüsterte sie: »Zeigst du es mir?«

»Bree, du bist zu nichts verpflichtet.« Er lehnte sich ein wenig zurück und nahm ihr Gesicht zwischen die Hände. »Ich wollte dich lieben und dir schöne Gefühle bereiten. Ich erwarte nicht, dass du dich dafür revanchierst.«

Seine Augen verrieten ihr, wie aufrichtig er das meinte. Er verlangte nichts, aber sie wollte ihn berühren, ihn schmecken und ihm so nahekommen, wie er zuvor ihr gekommen war. »Ich will das wirklich. Ich möchte ganz bei dir sein und dir Lust bereiten. Ich habe nur keine Ahnung wie …« Sie schlug die Augen nieder.

»Bist du sicher?«

Sie nickte. Er nahm ihre Hand in seine und legte sie um seine Härte. Seine große, warme Hand umschloss ihre ganz und gar. Dann küsste er ihre Wange und flüsterte: »Leck mich. Mach mich nass.«

Sie schob sich an ihm nach unten und leckte erneut seine Länge.

»Leck die Spitze«, flüsterte er.

Sie senkte den Kopf und ließ ihre Zunge kreisen, während Hugh ihre Hand in kurzen Auf-und-ab-Bewegungen führte. Schließlich nahm sie die ganze Spitze in den Mund. Er stöhnte. Während sie ihn mit dem Mund verwöhnte, führte er weiterhin ihre Hand.

»Himmel, Bree. Du brauchst keine Hilfe.«

Sie nahm in tiefer in sich auf und streichelte seine Hoden. Seine freie Hand wühlte sich in ihr Haar. Mit verhaltenen

Stößen bewegte er sich in ihrem Mund auf und ab. Überrascht spürte Brianna, wie die Hitze zwischen ihren Schenkeln immer weiter zunahm. Erneut leckte sie seine Länge, dann beugte sie sich tiefer über ihn und leckte seine Hoden. Sie zogen sich unter ihrer Zunge zusammen und Hugh schnappte nach Luft. Sofort wiederholte sie das kleine Manöver und genoss das Machtgefühl und wie auch ihr Puls sich dabei beschleunigte. Dann legte sie die Finger um seine Wurzel und saugte ihn in ihren Mund. Hughs Hand fiel von ihr ab. Sie nahm so viel von ihm in sich auf wie irgend möglich und ließ ihn sanft saugend wieder aus ihrem Mund gleiten. Die größte Aufmerksamkeit widmete sie seiner Spitze, während sie ihn gleichzeitig in einem sinnlich langsamen Rhythmus rieb. Seine andere Hand fand zu ihrem Kopf und drängte sie zu schnelleren, tieferen Bewegungen. Als sie spürte, wie seine Erektion noch ein bisschen härter wurde, zog sie sich zurück und setzte seine nasse Länge der kühlen Luft aus. Sein kehliges, hungriges Stöhnen spornte sie an. Sie schob sich zwischen seine Beine und leckte seine Hoden. Dabei streichelte sie ihn mit der Hand. Sie sah, wie er die Zähne zusammenbiss und die Augen schloss.

»Bree«, presste er hervor.

Sie leckte weiter, rieb ihn und nahm schließlich seine ganze Länge noch einmal in den Mund.

»Bree.« Ihr Name war eine dringende Warnung.

Besorgt, dass sie ihm wehgetan hatte, hob sie den Kopf.

»Lieber Gott, Bree. Wenn du so weitermachst, komme ich.«

*Ist das nicht der Sinn der Sache?*

»Ich will dich lieben«, sagte er atemlos. Er streckte die Hand aus und angelte ein Kondom aus der Nachttischschublade. Die Verpackung riss er mit den Zähnen auf, dann zog er sich die dünne Latexhülle über. Sie legte sich neben ihn und sein Blick wurde wieder weich. »Okay?«

»Ja, ja. Du musst mich nicht fragen.« Sie schob sich unter ihn und er schaute auf sie hinab.

»Ich will nur, dass du dir ganz sicher bist. Du musst nicht glauben …«

Sie hob den Kopf und küsste ihn. »Nimm mich, Hugh. Bitte, nimm mich. Liebe mich. Jetzt.«

Ohne Hast drang er in sie ein und füllte sie ganz aus. Der Druck war so stark, dass sie nach Luft rang. Doch bei jedem langsamen Stoß hob sie ihm das Becken entgegen und spürte bald, wie sie zu neuen Höhenflügen ansetzte. Mit einem Mann hatte Brianna noch nie einen Höhepunkt erlebt, von Serienorgasmen ganz zu schweigen. Er legte seinen Mund auf ihren und sie wollte ihn einfach immer weiter küssen. Seine Zunge bewegte sich im selben sinnlichen Rhythmus wie sein Becken. Schon nach kurzer Zeit wollte Brianna mehr. Sie griff nach seinen Hüften und drängte ihn zu härteren, schnelleren Bewegungen. Sein Kuss wurde tiefer, wieder vergrub er die Hände in ihrem Haar.

»Bree.« Ihr Name war ein langer Atemzug zwischen zwei Küssen. »Gütiger Himmel. Lange halte ich das nicht aus.«

Zusammenhängend denken konnte Brianna längst nicht mehr. Sie hörte die Worte, doch ihr Körper bewegte sich im Fieber der Leidenschaft. Ihre Muskeln zogen sich um ihn zusammen. Sie spürte jeden herrlichen Zentimeter, mit dem er tiefer und härter in sie drang. Der Zug seiner Finger an ihrem Haar brachte eine wilde Mischung aus exquisitem Schmerz und Lust. Dann spürte sie seine Zähne an ihrem Hals. Mit einer betörenden Mischung aus zärtlichen kleinen Bissen und feuchten Liebkosungen brachte er sie im Nu vollends zum Höhepunkt. Sie bäumte sich auf, ihr Becken zuckte. Dabei krallte sie sich an seinen Schultern fest und schrie seinen Namen. Ihre Stimme zu dämpfen, lag nicht in ihrer Macht. Hugh kam wenige Sekunden nach ihr. Er vergrub das Gesicht in ihrem Haar und stöhnte bei jedem kräftigen Stoß laut auf. Seine Leidenschaft erregte sie aufs Neue, und sie spürte, wie ihr Körper reagierte. Instinktiv schlang sie die Beine um ihn. Mit einer geschmeidigen Bewegung schob er ihr ein Kissen unter die Hüften und schuf damit den perfekten Winkel, um sie noch einmal hoch auf den Gipfel eines weiteren überwältigenden Orgasmus zu bringen.

# Zwanzig

Mit einem Arm über ihren Augen lag Brianna auf dem Rücken. Dass Sex so schön sein konnte, hätte sie sich niemals träumen lassen. Sie fragte sich, ob das für alle so war. War sie bei ihren ersten Versuchen einfach nur zu jung gewesen? Drängte Kat sie deshalb immer, sich endlich einen Freund zu suchen? Großer Gott, ihr ganzer Körper vibrierte und wurde von einem zufriedenen Nachglühen gewärmt. Wenn sie geahnt hätte, wie großartig Sex sein konnte, hätte sie garantiert nicht so lange gewartet. Nach diesem Erlebnis mit Hugh gab es kein Zurück mehr, ihr Zwölfjahresplan war Geschichte. *Wie bin ich bloß auf diese Schnapsidee gekommen?*

Hugh trat aus dem Badezimmer, nackt und unfassbar schön. Um seine Lippen spielte ein Lächeln und seine Augen wirkten zufrieden. Er legte sich neben sie aufs Bett und streichelte ihren Bauch.

»Alles okay?«

»Das hast du mich schon hundert Mal gefragt. Es ist mehr als okay.« Sie berührte seine Wange. Dass er sich so viele Gedanken um sie machte, fand sie unglaublich süß. Aber er sollte nicht denken, sie wäre aus Zucker. »Wenn es mir nicht gut ginge, würde ich es dir sagen, Hugh. Glaub mir.«

Er nickte.

»Du bist so fürsorglich und so achtsam. Aber du musst nicht jedes Mal um Erlaubnis fragen, bevor du irgendetwas mit mir machst. Von dir berührt zu werden, ist wunderschön. Und bei dir geht es mir blendend. Es sei denn, ich sage, dass es nicht so ist, oder ich sehe aus, als hätte ich ein Problem.«

»In Ordnung. Verstanden. Ich möchte nur nicht, dass du dich zu etwas gedrängt fühlst. Ich mag dich sehr, Bree. Ich will dich beschützen. Das ist mir noch nie mit jemandem so ergangen. Nie im Leben.« Mit dem Finger malte er Kringel auf ihren Bauch. »Mir macht das eine Heidenangst. Vermutlich bin ich deshalb besonders vorsichtig.«

Erleichterung durchrieselte sie. »Oh, Gott sei Dank.«

»Gott sei Dank habe ich eine Heidenangst?« Er runzelte die Stirn.

»Ja. Irgendwie schon. Mir geht es nämlich genauso. Ich fühle mich so wohl mit dir und hatte keine Ahnung, dass ... *das* ... so unfassbar schön sein kann.«

Er lachte. »Das ist es nur, wenn man viel füreinander empfindet. Andernfalls ist es ein ziemlicher großer Energieaufwand für ein paar angenehme Minuten. Der Grund, weshalb es zwischen uns so schön ist, sind die Gefühle, die wir füreinander haben.«

»Bist du ein heimlicher Sex-Therapeut?« Sie strich mit dem Finger an seinem Kiefer entlang.

Er küsste sie auf die Stirn. »Nicht, dass ich wüsste. Fest steht nur, dass Sex ohne Gefühle eine ziemliche Leere hinterlassen kann.« Er schaute beiseite. Diesmal war sie es, die seinen Kopf zu ihr drehte.

»Jetzt muss ich diese Frage stellen: Alles okay?«

Er nickte, doch seine Augen waren ernst. »Mir geht nur so

viel durch den Kopf. Wenn ich dich anschaue, möchte ich dafür sorgen, dass du glücklich bist. Als wir gerade zusammen waren, habe ich nicht an mich gedacht und noch nicht einmal daran, wie es ist, in dir zu sein. Mich hat nur beschäftigt, was ich mir für dich wünsche und welche Gefühle du hoffentlich hast. Und direkt danach musste ich an Layla denken.« Er legte sich wieder neben sie und nahm ihre Hand. »Ich möchte, dass du dir wegen uns beiden sicher bist, bevor sie von mir erfährt. Selbst wenn es länger dauern sollte. Meine Gefühle für dich sind jetzt schon so tief, dass der Gedanke, nicht mit dir zusammen sein zu können, mir weh tut. Wie es sein würde, Layla ins Herz zu schließen und sie dann wieder loslassen zu müssen, möchte ich mir gar nicht vorstellen. Weder für sie noch für mich. Für sie wäre es verwirrend und für mich sicher sehr qualvoll.«

»Okay«, flüsterte sie. »Du machst das ziemlich häufig.«

»Was?«

»Du denkst oft an Laylas Gefühle. Das bedeutet mir sehr viel.«

Er drehte sich zu ihr und seine Grübchen wurden tiefer. »Wie ich schon sagte. Ihr gehört die Hälfte deines Herzens. Deswegen muss ich stets auf sie achten.«

Brianna spürte, wie ihr Herz einen Sprung machte.

# Einundzwanzig

Am nächsten Morgen stand Hugh um fünf Uhr auf und stellte sich unter die Dusche. Er wollte seinen Morgenlauf hinter sich haben, bevor Brianna aufwachte. In den letzten paar Tagen hatte er sein Training schleifen lassen. Doch für das Rennen musste er unbedingt in Topform sein.

Brianna sah so süß aus, wie sie schlafend neben ihm lag. Nur ungern verließ er den Platz neben ihrem nackten Körper, aber wenn er es bis acht zur Rennbahn schaffen wollte, musste er sich sputen. Normalerweise konnte er es kaum erwarten, sonntags in seinen Rennwagen zu steigen. Heute hingegen wünschte er sich, er hätte noch zwölf Stunden oder lieber gleich einen ganzen Monat, bevor er wieder wegmusste.

Mit einem Handtuch um die Hüften kam Hugh aus dem Badezimmer. Brianna las gerade, auf einen Ellbogen gestützt, eine Nachricht auf ihrem Telefon. Das Haar floss ihr über die linke Brust. Ihr Blick flog zu ihm, dann legte sie das Telefon auf den Nachttisch.

»Was für ein wunderbarer Anblick so früh am Morgen«, sagte sie. Ihre Zungenspitze huschte über ihre Lippen.

Hugh setzte sich auf die Bettkante und küsste sie. »Danke, gleichfalls.«

»Wolltest du dich heimlich davonschleichen? Ich weiß, nach Sex im eigenen Bett kann man schlecht einfach aufstehen und verschwinden. Tut mir leid. Ich dusche nur kurz, dann bin ich weg.« Sie richtete sich auf, doch sein durchdringender Blick hielt sie fest.

»Nach dem Sex einfach verschwinden? Nach allem, was ich letzte Nacht zu dir gesagt habe?«

Sie zuckte die Achseln. Ein keckes kleines Lächeln spielte um ihre Lippen. Er bohrte ihr die Finger in die Rippen und sie kreischte ausgelassen auf.

»Okay, okay. Das war nur Spaß.« Sie packte seine Hände.

Als er sie noch einmal küsste, spürte er sofort die Wirkung zwischen seinen Schenkeln. »Ach ja? Schön, aber ich bin empfindsamer, als ich aussehe. Sei vorsichtig, sonst verletzt du meine Gefühle.« Hugh fuhr sich mit der Hand durchs feuchte Haar.

»Wenn du dich ein bisschen hässlicher machen würdest, würde ich viel lieber gehen«, scherzte sie.

Er schlug die Bettdecke zurück und betrachtete ihren nackten Körper in all seiner Schönheit. »Und wenn du dir etwas anziehen würdest, würde ich nicht bleiben wollen.«

»Dann möchte ich für den Rest meiner Tage nackt sein.« Ihr Blick wanderte über seine Brust.

*Zur Hölle mit dem Morgenlauf.*

Eine Stunde später stiegen sie in den Roadster und fuhren zu Briannas Wohnung. Sie konnte die Augen nicht von ihm lassen und kaum glauben, was in den letzten Tagen alles passiert war. Immer wieder schaute er zu ihr herüber und lächelte.

»Das war eine wunderbare Nacht und ein noch wunderbarer Morgen.« Brianna berührte ihn an der Schulter. Die Vorstellung, auch nur eine Stunde lang von ihm getrennt zu sein, erschien ihr unerträglich. Von mehreren Stunden oder gar ein paar Tagen ganz zu schweigen. Wie es weitergehen sollte, wenn er sie nach Hause gebracht hatte, hatten sie noch nicht besprochen. Für eine so vielbeschäftigte und wohlorganisierte Frau wie Brianna war das beunruhigend.

Hugh küsste ihren Handrücken. »Ich hoffe, die schönen Erinnerungen an den Nachmittag mit deinem Vater sind jetzt wieder ganz frisch. Und wenn du an den Tag danach denkst, steht seit gestern vielleicht nicht mehr das Ende deiner Zeit mit ihm im Vordergrund, sondern der Anfang unseres gemeinsamen Lebens.«

*Unseres. Gemeinsamen. Lebens.* Wie konnte das so schnell gehen? Sie hatte keine Ahnung, aber die Schmetterlinge in ihrem Bauch verboten ihr, die Situation zu Tode zu analysieren. Sie spielte mit dem Saum ihres Kleides.

»Daran werde ich von jetzt an denken.« Sie sah noch einmal vor sich, wie Hugh am Morgen nur mit einem Handtuch um die Hüften aus dem Badezimmer gekommen war. All die prickelnden wilden Gefühle aus der vorangegangenen Nacht waren sofort neu erwacht. Brianna war froh, dass sie Zeit gehabt hatte, an Kat zu schreiben, während Hugh in der Dusche gewesen war. Sie hatte ihre Freundin gefragt, wie der Morgen danach günstigstenfalls verlaufen müsste. Und Kat hatte geantwortet: *So heiß wie die Nacht davor. Vielleicht sogar noch heißer.* Diese Ermutigung hatte Brianna gebraucht, um ihrem Verlangen freien Lauf lassen zu können. Gleich beim Aufwachen hatte sie gespürt, wie sehr sie Hugh schon wieder wollte. Doch sie hatte gefürchtet, das läge vor allem daran, dass sie so lange mit keinem Mann geschlafen hatte. Dabei hatte das abstehende Handtuch ihr bereits einen Kuss später verraten, dass Hugh dieselben Wünsche hatte. Ihr morgendliches Liebesspiel war mindestens so atemberaubend gewesen wie das, was sie in der Nacht getan hatten.

»Wie sieht dein Tag heute aus?« Hugh hielt auf dem Parkplatz vor ihrer Wohnung an.

»Von drei bis acht arbeite ich in der Bar. Vorher wollte ich mit Layla Spiele machen. Aber ich glaube, wir gehen lieber in den Park. Das macht ihr sicher mehr Spaß.«

Hugh ging um den Wagen und öffnete Brianna die Tür. »Passt deine Mom heute wieder auf Layla auf, wenn du in der Bar arbeitest?«

»Nein, heute ist Layla bei Moms Nachbarin, Mrs. Cranston. Ich kenne sie schon ewig. Sie ist um die siebzig und Layla mag sie sehr. Wenn Mom nicht kann, springt Mrs. Cranston manchmal ein.«

»Hast du abends irgendwann eine Pause?«

»Ja, zwanzig Minuten, etwa um sieben. Du musst mich nicht hoch bringen. Ich ziehe mich nur kurz um, dann hole ich Layla ab.«

»Ich möchte es aber gerne. Als dein fester Freund …«

*Mein fester Freund?* Sie tat, als hätte sie ihn nicht gehört. Doch ein freudiges Kribbeln durchrieselte sie. *Mein fester Freund.* Das klang gut.

Er zog sie an sich und lächelte sie an. »Sagt man so was in unserem Alter noch? Oder gehört dieser Ausdruck in die Highschool?«

»Da fragst du die Falsche.« *Ja! Bitte sag es!*

»Klingt das zu besitzergreifend? Zu einengend für ein Mädchen wie dich?«

Seine tanzenden Brauen verrieten, dass er scherzte. Also gab sie scherzhaft zurück: »Ein bisschen schon.«

»Das habe ich mir gedacht.« Mit ernstem Blick betrachtete er das Gebäude.

Sie hatte gehofft, er würde über ihre Antwort lachen. Enttäuschung machte sich in ihrem Herzen breit. Glaubte er, sie meinte das ernst? Hugh zog sie noch ein wenig fester an sich. Sein Blick landete bei dem bärtigen Kerl, der sie vom Balkon aus anstarrte. Brianna war inzwischen so daran gewöhnt, dass sie normalerweise einfach wegschaute, schützend den Arm um Layla legte und weiterhastete. Aber jetzt war sie froh, dass Hugh darauf bestand, sie bis zu ihrer Wohnung zu bringen.

Oben tastete Brianna nach ihren Schlüsseln. Dass sie den Ausdruck *fester Freund* zurückgewiesen hatte, tat ihr nun leid. *Es sind bloß zwei Worte. Warum tut es dann so weh?* Die Schlüssel fielen ihr aus der Hand und Hugh bückte sich und hob sie auf. Endlich fand sie den richtigen und öffnete die Tür.

Er hielt sie für sie auf. »Nach dir, meine feste Freundin.« Mit einer schwungvollen Geste forderte er sie auf einzutreten.

Sie konnte das selige Lächeln nicht von ihren Lippen vertreiben. Im Vorbeigehen küsste sie ihn. »Das klingt gut«, räumte sie ein.

Er zog sie in seine Arme und küsste sie. »Das finde ich auch.«

Die Wohnung roch nach frischen Rosen. Brianna wechselte das Wasser in der Vase. »Ich hoffe, die halten für immer.«

»Eigentlich würde ich sagen, dass nichts für immer hält. Aber ich weiß nicht, ob ich das noch glaube.«

Als er zur Glastür im Wohnzimmer ging, betrachtete sie sein Profil. Er war ganz anders, als sie vermutet hatte. Er drehte das Schloss an der Schiebetür und es öffnete sich sofort.

»Ist diese Tür nicht abgeschlossen?«

»Nein. Das Schloss hat nie funktioniert. Aber wir sind im zweiten Stock, deshalb ist es halb so schlimm.« Sie stellte die Vase auf die Arbeitsplatte.

»Hast du einen Schraubenzieher?«

»Klar.« Sie suchte in einer Küchenschublade, dann reichte sie ihm das Werkzeug. »Es macht wirklich nichts aus. Ich glaube nicht, dass irgendwer wie Spiderman an der Fassade hochklettern wird.«

Er schraubte das Schloss bereits auseinander.

»Ich ziehe mich kurz um.« Vom Schlafzimmer aus rief sie ihm zu: »Was machst du denn heute?«

»Ich muss zu einer Besprechung mit meiner Crew auf den Rennplatz. Dann trainiere ich ein paar Stunden und wir arbeiten an der Strategie fürs kommende Wochenende.«

»Freust dich auf das Rennen?«

»Rennen fahre ich für mein Leben gern. Aber von dir getrennt zu sein, gefällt mir gar nicht«, antwortete er.

Brianna schlüpfte in ihre Jeans und zog sich einen Pulli über. Sie legte ein wenig Make-up auf und gönnte sich einen Spritzer Parfüm. Bei ihrer Rückkehr stand Hugh vor den Fotos im Regal im Wohnzimmer. »Du musst nicht auf mich warten.«

»Ich möchte dich wieder runter bringen. Außerdem nehme ich jede Minute, die ich mit dir kriegen kann.« Er hielt ein Schwarzweißfoto von Layla in einem roten Holzrahmen in die Höhe. »Du fotografierst wirklich gut. Vielleicht können wir deine Kamera reparieren lassen.« Er stellte das Bild zurück an seinen Platz.

Brianna schüttelte den Kopf. »Der Apparat war schon alt und nicht sehr gut.« Sie schlüpfte in flache Stiefel. »Irgendwann kaufe ich mir einen neuen, und wenn Layla ein bisschen älter ist, fotografiere ich auch wieder mehr. Im Augenblick habe ich dafür sowieso keine Zeit und das Fotografieren fehlt mir nicht allzu sehr.«

Er zog die Brauen zusammen. »Du bist unglaublich geduldig, Brianna«, sagte er sanft.

»Das muss eine Mutter auch sein.«

»Ich habe den Schraubenzieher in die Schublade zurückgelegt. An dem Schloss fehlt ein wichtiges Teil. Es sieht aus, als wäre es zerlegt und dann nicht mehr vollständig zusammengesetzt worden. Wenn du willst, repariere ich es, während du bei der Arbeit bist.« Sie verließen die Wohnung und schlossen ab. Auf dem Weg nach unten legte er ihr seinen Arm um die Schultern.

»Das musst du nicht. Der Hausmeister hat es auch nicht hinbekommen. Sie wollten die Tür auswechseln, aber das war mir zu teuer.« *Wie schön, dass du mein Schloss reparieren möchtest.*

»Vielleicht bin ich begabter als der Hausmeister. Ich denke, bevor ihr heute Abend nach Hause kommt, habe ich das erledigt.«

»Du kannst es gern versuchen.« Ohne auch nur eine Sekunde zu zögern, löste sie den Wohnungsschlüssel von ihrem Bund und gab ihn Hugh. Dass sie ihm nach so kurzer Zeit voll und ganz vertraute, schockierte sie fast ein wenig.

»Moment. Musst du nicht vor der Arbeit noch mal in deine Wohnung?«

»Ich habe einen Ersatzschlüssel bei meiner Mom. Den nehme ich mit, wenn ich Layla abhole.«

»Okay. Und den hier bringe ich dir später in die Bar.«

Sein Lächeln sagte ihr, wie gerne er ihr half. Aber nach allem, was er bereits für sie getan hatte, hatte sie fast ein schlechtes Gewissen. »Das ist nicht nötig, Hugh. Den Schlüssel kannst du mir geben, wenn wir uns das nächste Mal sehen.«

»Gut, denn das nächste Mal wird heute Abend in der Old Town Tavern sein.«

Er brachte sie zu ihrem Wagen. Brianna kam sich vor wie ein Schulmädchen, das auf einen Abschiedskuss vom süßesten Jungen der Klasse wartete. Dabei war Hugh kein Junge und über unschuldige Abschiedsküsse waren sie längst hinaus. Sie schob sich eine Haarsträhne hinters Ohr und lehnte sich an ihren Wagen.

»Kann ich dir später eine Nachricht schreiben?« Hugh legte die Hände an ihre Taille und löste damit ein angenehmes Kribbeln aus.

»Selbstverständlich. Wenn du magst, kannst du mich auch anrufen.« Einerseits freute es sie, dass er so viel Rücksicht auf sie nahm. Andererseits sollte er das Gefühl haben, dass er sie jederzeit anrufen, küssen oder umarmen konnte. Dabei war das streng genommen gar nicht der Fall. Das hatte sie ihm vor Claudes Studio klargemacht. So viel zum Thema Widersprüche. Aber hatte sich seit jenem kurzen Gespräch nicht alles verändert? Oder gab es die Veränderung nur in ihrem Kopf?

»Ich will dein und Laylas Leben nicht komplizierter machen, als es ist. Euer Alltag ist auf die Minute durchgeplant. Er läuft wie ein gut gewarteter Wagen, und ich weiß sehr genau, wie leicht man mit ein, zwei kleinen Handgriffen an der falschen Stelle den Motor ins Stottern bringen kann.« Er küsste sie auf die Wange. »Die Nacht mit dir war einfach wunderbar.«

»Es war die schönste Nacht meines Lebens, und dass wir jetzt nicht einfach zusammenbleiben können, ist jammerschade.« Mit den Fingerspitzen berührte sie seinen Bauch. Die Erinnerung an ihre leidenschaftlichen gemeinsamen Stunden stahl sich in ihren Kopf. Ein wohliger Schauer durchrieselte sie.

»Die Trennung wird unser Wiedersehen nur noch schöner machen.«

Hugh schaute Briannas Wagen hinterher, dann ging er noch einmal zurück ins Haus. Auf der Treppe zum ersten Stock nahm er immer zwei Stufen auf einmal. Oben angekommen straffte er die Schultern, richtete sich zu seiner vollen Größe von knapp unter eins neunzig auf und klopfte an die Tür mit der Nummer 202. Sie gehörte zu der Wohnung auf der rechten Seite, die zum Parkplatz hinausging. Wegen einer Frau hatte Hugh sich das letzte Mal mit einem Mann angelegt, als Savannah noch auf dem College gewesen war. Sie war in den Frühlingsferien nach Hause gekommen und ausgeritten. Irgendein Vollpfosten aus einer anderen Stadt, der bei seinem Cousin zu Besuch gewesen war, hatte eine üble Bemerkung gemacht. Brodelnd vor Wut war Savannah nach Hause gekommen. Weil Treat, Dane, Rex und Josh gerade nicht da gewesen waren, hatte Hugh dem Typen Manieren beibringen müssen. Ein langer, unerbittlicher Blick hatte ausgereicht und der schmierige Kerl hatte sich binnen einer Stunde bei Savannah entschuldigt.

Jetzt stand Hugh vor der Tür des bärtigen Mannes. Noch hatte er keine Ahnung, was er zu dem Widerling sagen würde. Schließlich hatte der Mann Brianna nur angeschaut, mehr nicht. Trotzdem hatte Hugh ein ungutes Gefühl. Vielleicht war der Typ ja völlig harmlos, aber Hugh würde klarstellen, dass er Brianna in Ruhe zu lassen hatte, damit sie und Layla sich nicht belästigt fühlten.

Die Tür ging auf. Ein schlechter Körpergeruch schlug Hugh entgegen. Mit seinem struppigen, ungepflegten Bart und einem Bierbauch, der sein dunkles T-Shirt zu zerreißen drohte, sah der Mann aus wie ein in die Jahre gekommenes Mitglied einer Rockerbande. Er kniff seine kleinen grünen Augen zusammen und musterte Hugh von oben bis unten. »Was willst du?« Der Kerl war einen guten halben Kopf kleiner als Hugh, hatte weiche, teigige Arme und ein ungewaschenes Gesicht.

Hugh verschränkte die Arme und spannte die Muskeln. »Ich habe gesehen, wie Sie meine Freundin anglotzen.«

Der Blick des Mannes wanderte nach links, dann kehrte er zurück zu Hugh. »Ja und?«

Hugh senkte das Kinn, mahlte mit den Zähnen und fixierte sein Gegenüber mit dem Blick eines kampflustigen Rottweilers. »Das könnte mächtig Ärger geben.«

Der Mann schürzte die Lippen und bewegte sie hin und her. Sein langer Zottelbart versetzte sich dabei in Schwingungen. Dann versuchte der Kerl, die Tür zu schließen.

Hugh streckte die linke Hand aus und hinderte ihn daran. Gleichzeitig machte er einen Schritt auf den Mann zu. Mit mahlenden Kiefern schaute er auf ihn herab. »Jetzt hören Sie mir mal genau zu. Falls meine Freundin oder ihre Tochter jemals auch nur ein ungutes Gefühl haben, wenn sie abends nach Hause kommen, sehen wir uns wieder.« Hughs Brust wurde mit einem tiefen Atemzug noch breiter. Er spürte, wie seine Nasenflügel sich weiteten, während er gegen den Drang ankämpfte, den Mann an der Gurgel zu packen und gegen die Wand zu schmettern. »Haben wir uns verstanden?«

Der Kerl machte wieder die vage Bewegung mit dem Mund.

Hugh rückte noch näher und kniff die Augen zusammen. »Verstanden?«

»Ja, Mann. Alles klar.«

# Zweiundzwanzig

»Komm, Mommy! Wir gehen zu den Schaukeln!« In ihren gestreiften Leggings und einem Sweatshirt rannte Layla zum Spielplatz. Ihre Zöpfe wippten im Takt ihrer Schritte.

Während Brianna sie auf der Schaukel anschubste, dachte sie an den vergangenen Abend. Der Park war jetzt wieder ein völlig anderer Ort. Gestern hatte sie hier ein verzaubertes Wunderland nur für Hugh und sie vorgefunden, das tiefe Gefühle und versteckte Erinnerungen heraufbeschworen hatte. Heute sah sie nur einen ganz gewöhnlichen Park, so als hätte es das Karussell und die Lichter nie gegeben.

Ihr Telefon vibrierte. Hugh hatte ihr eine Nachricht geschickt. *Wie geht es Layla? Habt ihr Spaß?*

Lächelnd tippte sie eine Antwort. *Prima. Sind im Park. Vermisse dich.* Ihr Finger schwebte über dem Senden-Feld. Schnell löschte sie *Vermisse dich* und schickte die Nachricht ab.

Seine Antwort ließ ihr Herz höherschlagen. *Wünschte, ich könnte bei euch sein.*

*Wünsche ich mir auch. Vermisse dich*, antwortete sie.

Eine Minute später schrieb Hugh zurück. *Muss jetzt fahren. Crew wartet. Xox.*

Brianna schloss die Augen. Umarmungen und Küsse. *Oh*

*Gott, deine Umarmungen und Küsse fehlen mir so.* Sie schickte ihm ebenfalls ein *Xox*, steckte das Telefon weg und konzentrierte sich wieder auf ihre Tochter, die wieder einmal über Prinzen und Prinzessinnen sprach.

»Granny sagt, wir können Spielpuppen basteln und uns selbst ein Stück ausdenken.« Layla holte auf der Schaukel Schwung. Die blauen Pailletten auf ihren weißen Sneakers glitzerten und funkelten in der Sonne.

»Prima Idee. Darauf hätte ich auch Lust.« Eigentlich spielte Brianna immer gerne mit Layla. Doch heute hatte sie ein schlechtes Gewissen, weil ihre Gedanken dabei ständig zu Hugh wanderten.

»Ich bastle eine Prinzessin, eine Königin und einen Prinzen.«

»Und als Hintergrund könnten wir ein Schloss malen.« Brianna lächelte über Laylas unschuldige Bemerkung. In ihrem Kopf verwandelten sich Laylas Handpuppen in sie, Layla und Hugh. Ihr Telefon vibrierte. Diesmal kam die Nachricht von Kat.

*Filmreifen Morgen gehabt?* Sie und Kat bezeichneten Kats Liebesleben wahlweise als filmreif oder fantastisch. Dass sie eine Antwort über sie und Hugh schreiben würde, fand Brianna richtig aufregend.

*Oscarverdächtig. Jetzt mit Layla im Park. Bericht folgt später.*
Die Antwort kam sofort. *Jippie! Dann bis um drei.*
»Können wir das Schloss gleich malen und Granny damit überraschen?«, fragte Layla.
»Aber klar doch.«

Vor dem Haus nahm Brianna Laylas Sachen aus dem Wagen und griff nach ihrer Hand. Ihr bärtiger Nachbar stand auf dem Balkon. Wie gewohnt legte Brianna Layla schützend ihre Hand auf die Schulter und richtete den Blick auf den Gehsteig. Als sie aus dem Augenwinkel eine Bewegung wahrnahm, hob sie den Kopf. Sie sah gerade noch, wie der Mann hinter seiner Glasschiebetür verschwand. Brianna atmete erleichtert durch.

Sie schloss die Tür auf und Layla rannte in die Wohnung.

»Mommy! Jemand hat Blumen gebracht! Und schau mal, ein Geschenk!« Sie zog die glitzernde Schachtel von der Arbeitsplatte.

*Verflixt.* Sie hatte vergessen, das Geschenk zu verstecken. »Das ist für dich. Von einem Freund von mir.«

Layla schnappte nach Luft. »Für mich? Darf ich es aufmachen?« Sie ließ sich im Schneidersitz auf dem Fußboden nieder und riss die Verpackung auf.

Briannas Magen zog sich zusammen. Sie entspannte sich erst wieder, als sie feststellte, dass das Geschenk Layla von der Frage ablenkte, von wem die Blumen waren. Sie schaute zu, wie Layla den Deckel der Schachtel öffnete und neben sich auf den Boden legte. Dann wühlte sie sich durch einen Berg Seidenpapier.

»Schau mal, Mommy!« Mit riesigen Augen hielt sie ein pinkfarbenes Kleid in die Höhe. Es war nicht das Kleid, das Hugh Brianna beim Einkaufen gezeigt hatte, sondern ein noch viel aufwändigeres mit einem weißen Spitzensaum, einem weißen Kragen und kleinen Punkten auf dem Rock, die zur Taille hin ausliefen.

»Für mich sieht das ganz nach einem Geburtstagskleid aus«, sagte Brianna. Weil ihr Herz so schnell klopfte, drückte sie eine Hand auf ihre Brust. Für das Kleid allein war das Paket viel zu groß. Layla suchte weiter zwischen dem Seidenpapier und förderte schließlich noch eine kleinere Schachtel zutage. Sie riss das Geschenkpapier ab, dann sprang sie mit der Schachtel in den Armen aufgeregt durchs Zimmer.

»Mommy, Mommy, Mommy! Schau!« Layla zeigte ihr, was sie bekommen hatte.

»Drama Queen? Was ist das?«

»Das ist ein Spiel, bei dem man sich Geschichten ausdenkt. Es ist wie bei einem Theaterstück. Aber man überlegt sich viele Geschichten, nicht bloß eine. Miranda hat es auch!«

*Weshalb weiß Hugh von diesem Spiel, und ich habe keinen Schimmer, dass es so etwas gibt?*

»Hast du dir das denn gewünscht?« Sie nahm Layla die Schachtel aus der Hand und öffnete sie. Gemeinsam setzten sie sich an den Couchtisch und nahmen das Spielbrett aus der Verpackung. Dass sie ein Schloss hatten malen wollen, war vergessen.

Brianna stellte die Figürchen aufs Brett und war überrascht, dass Layla nach keiner davon griff.

»Wolltest du dieses Spiel denn haben?«, fragte sie noch einmal.

Layla nickte. »Hat Kat es mir geschenkt?«

Brianna hatte keine Antwort parat. »Ähm, nein.«

»Dann ist es doch von dir? Du hast mir das gekauft? Wenn du es warst, kannst du es zurückbringen. Ich brauche es nicht.« Laylas ernster Blick veranlasste Brianna, sich ganz dicht neben sie zu setzen.

»Warum meinst du, ich soll es zurückbringen?«

»Weil Miranda gesagt hat, es kostet eine Million Dollar. Und so viel Geld haben wir nicht.«

Brianna küsste ihre Tochter auf die Stirn. Dass Layla über

ihre finanzielle Situation Bescheid wusste, tat weh. Aber noch mehr schmerzte sie die Tatsache, dass Layla ihr den Wunsch nach dem Spiel verschwiegen hatte, weil sie wusste, dass es teuer war.

»Ich glaube, Miranda hat ein bisschen übertrieben.« *Aber ich werde googeln und es herausfinden.* »Die Sachen sind von einem anderen Freund. Er wollte sie dir gerne schenken, sonst hätte er sie dir nicht gekauft.« Einem Teil von ihr war nicht ganz wohl dabei, teure Geschenke für Layla anzunehmen. Sie wollte keine unrealistischen Erwartungen wecken und auch nicht riskieren, dass ihre Tochter vor anderen Kindern mit den neuen Dingen angab und sie damit in Verlegenheit brachte. Eigentlich war es ihr zuwider, einen glücklichen Moment mit einer Lehre zu verknüpfen. Doch die Mutter in ihr konnte sich diese Gelegenheit nicht entgehen lassen. Sie stellte die Spielfiguren auf das Brett. »Ich an deiner Stelle würde mir genau überlegen, wie ich meinen Freundinnen davon erzähle.«

»Warum denn?« Layla nahm die Figürchen nacheinander behutsam in die Hand und betrachtete deren Kleider und Krönchen.

»Weil ihre Eltern ihnen dieses Spiel vielleicht auch nicht kaufen können. Und sicher willst du nicht, dass deine Freundinnen traurig sind, weil sie es nicht selbst haben.« Sie sah, wie Layla die Augenbrauen zusammenzog. »Wie ist es dir gegangen, als Miranda gesagt hat, sie hätte es und es kostet eine Million?«

Layla stellte ein Figürchen ab und zuckte die Achseln.

»Du hast mich nicht gebeten, dir das Spiel zu schenken. Deshalb nehme ich an, dass du vielleicht ein bisschen bedrückt warst.« Sie hob Laylas Kinn, wie Hugh es oft bei ihr machte. Die Traurigkeit in den Augen ihrer Tochter zerriss ihr das Herz.

Brianna wollte sie an sich drücken und ihr sagen, wie leid es ihr tat, dass sie sich keine kostspieligen Geschenke leisten konnte, und wie sehr sie sie liebte. Doch stattdessen nutzte sie ihre Gefühle und den Moment, um Layla etwas über Freundschaft und Takt beizubringen. »Sicher möchtest du deine Freundinnen nicht traurig machen, oder?«

Layla schüttelte den Kopf.

»Ich weiß, du willst ihnen von deinem neuen Spiel erzählen, und das ist auch in Ordnung. Aber vielleicht sagst du nicht: *Ratet mal, was ich bekommen habe*, sobald du sie in der Schule siehst. Sag ihnen lieber, wie sehr du dich darauf freust, gemeinsam mit ihnen an deinem Geburtstag dein neues Spiel zu spielen.«

Laylas Augen strahlten. »Das wäre viel netter, und sicher finden sie das prima. Miranda will nämlich nicht, dass wir es anfassen, weil sie Angst hat, dass eine Spielfigur verloren geht. Aber ich spiele gern mit anderen, und meine Sachen zu teilen, macht mir nichts aus. Meine Freundinnen können die Figuren ruhig in die Hand nehmen.«

Brianna spürte, wie Stolz sie ergriff. »Das ist sehr lieb von dir. Du bist ganz große Klasse im Teilen.« Sie fragte sich, wie Layla damit klarkommen würde, sie mit Hugh teilen zu müssen.

# Dreiundzwanzig

Gegen halb sieben waren die meisten Essensgäste von der Bar ins Restaurant gewechselt. Nur eine Handvoll Barbesucher saßen noch über ihren Getränken. Brianna war froh über die Pause. Seit Schichtbeginn hatte sie zuschauen müssen, wie das Paar am Ecktisch sich im Minutentakt geküsst hatte. Die beiden hatten dafür gesorgt, dass sie Hugh noch mehr vermisste.

Sie wischte einen Tisch ab, holte das zurückgelassene Trinkgeld von einem anderen und ging dann hinter den Tresen, um mit Kat zu reden. Doch immer wieder wanderte ihr Blick zu den Verliebten. Es war, als wollten die zwei einander gleich hier in der Bar verschlingen. Sie wusste, dass Hugh ihr gegenüber vorsichtig und zurückhaltend war, aber sie wollte mehr. Erneut schaute sie zu den Turteltäubchen hin. *Ich will, was diese beiden haben.*

»Wie sieht denn die Planung mit deinem Rosenkavalier aus?« Kat ließ ihre Augenbrauen tanzen. Sie hatte sich das blonde Haar hoch auf dem Kopf zu einem Pferdeschwanz zusammengebunden und trug ihr engstes Old-Town-Tavern-T-Shirt mit V-Ausschnitt.

»Es gibt keine.«

»Ach herrje, und wie kommt dein überorganisiertes kleines

Gehirn damit zurecht?«

»Das ist der Grund, warum ich dich hasse. Musst du wirklich den Finger in die Wunde legen?«

Kat zuckte die Achseln.

»Kann ich dich was fragen?«

»Versuch's einfach.« Kats Blick fiel auf das Paar am Ecktisch. Die beiden sahen aus, als würden sie einander jeden Moment die Kleider vom Leib reißen.

»Kann ein Mann auch zu viel Respekt vor einer Frau haben?«

»Oh Gott, was ist passiert?« Kat stellte das Glas ab, das sie in der Hand gehalten hatte, und verschränkte die Arme.

»Nichts. Hugh ist einfach nur ungeheuer rücksichtsvoll. Manchmal bittet er mich um Erlaubnis, bevor er mich küsst. Sicher liegt es daran, dass ich Mutter bin und er mich respektiert. Aber irgendwie wünsche ich mir …« Wieder schaute sie zu dem liebestrunkenen Paar.

Kat machte eine Kaugummiblase und folgte ihrem Blick. »Ach, das meinst du. Sag es ihm doch einfach. Oder zeig es ihm. Ja, zeigen ist vermutlich besser.«

Brianna zwang sich, den beiden den Rücken zuzukehren. »Und wie mache ich das, ohne wie ein Flittchen auszusehen?«

»Mit ihm geschlafen hast du schon. Darüber, wie du aussiehst, musst du nicht mehr nachdenken.« Kat rückte näher an Brianna heran und raunte: »Nimm ihn einfach.«

»Wie? Nimm ihn?« Brianna kniff die Augen zusammen. »Ach so. Ja. Okay. Dass er nicht so zurückhaltend sein muss, habe ich ihm schon gesagt. Aber …«

Kat zwinkerte ihr zu. »Probier es einfach aus, Süße. Aber wie kommst du denn ohne einen festen Plan klar? Das passt nicht zu dir. Detaillierte Organisation ist deine Überlebensstrategie.«

»Ich versuche gerade, ein paar Dinge zu ändern.«

Kat rückte noch näher an Brianna heran und flüsterte ihr ins Ohr: »Tut mir leid, mein Kind. Aber so tickst du nun mal.« Sie tätschelte Briannas Wange. »Deshalb bist du eine so gute Mutter. Du bist auf eine Art vorausschauend, wie ich es nie sein könnte.«

Brianna seufzte. »Stell dir vor, heute war ich mit Layla im Park und habe dabei fast die ganze Zeit an Hugh gedacht.«

»Ja, und?« Kat ließ eine Kaugummiblase platzen.

»Das ist mir noch nie passiert. Ich habe noch nie an einen Mann gedacht, wenn ich eigentlich an meine Tochter hätte denken sollen. Ich will keine Frau sein, die im Kopf ganz woanders ist, obwohl ihr Kind sie braucht.« Brianna wischte sich an dem Geschirrtuch an ihrem Gürtel die Hände ab. »Das hat sich sehr seltsam angefühlt.«

Kat schüttelte den Kopf. »Du hast wirklich schon zu lange in deiner Mutti-Blase gelebt. Alle Eltern denken an andere Dinge, während sie mit ihren Kindern zusammen sind. Das ist normal, Bree. Frag mal Mack. Er wird es dir bestätigen.«

Mack ging hinter Brianna vorbei ans andere Ende des Tresens. »Was sollst du Mack denn fragen?«

»Mack, woran denkst du, wenn du mit deiner Tochter zusammen bist?« Kat schob ihren Kaugummi im Mund hin und her.

Macks Tochter war zwei Jahre älter als Layla und er und seine Frau Tami waren seit zehn Jahren verheiratet. »Ich weiß nicht. An Sport. An die Bar. An meine Frau. Warum?« Mit einer Flasche in der Hand machte er sich auf den Weg zum Hinterzimmer. Bei Brianna blieb er kurz stehen. »Gibt es etwas, was ich wissen sollte?«

Brianna verdrehte die Augen. »Nein.«

»Sie denkt an einen Kerl, während sie mit Layla im Park spielt«, erklärte Kat.

»Kat! Großer Gott. Kannst du denn gar nichts für dich behalten?« Brianna schlug die Hände vors Gesicht, damit Mack nicht sah, wie sie rot wurde.

»An was für einen Kerl denn?«, fragte Mack.

»An den von neulich«, antwortete Kat. »Den Doppelgänger von Patrick Dempsey.«

»Oh mein Gott, Kat. Musste das sein?« Brianna drängte sich an Mack vorbei und hastete ins Lager. Eine Sekunde später ging die Tür auf und Mack kam herein.

»Alles klar bei dir?« Er lehnte sich an ein Metallregal und verschränkte die Arme.

»Ja. Alles bestens.« Sie schnappte sich zwei Flaschen und wollte sich auf den Weg zur Tür machen.

Mack legte eine Hand auf ihren Arm und senkte das Kinn. »Bree?«

Sie seufzte. »Okay, in Ordnung.« Sie stellte die Flaschen ab. Obwohl Mack sich oft sehr väterlich gab, war er für Brianna eher so etwas wie ein großer Bruder. Sie wusste, dass sie ihm vertrauen konnte. »Ich hatte ein paar Dates mit Hugh, dem Gast von vor ein paar Tagen. Und ich mag ihn. Sehr sogar.«

Er verschränkte die Arme und presste die Lippen zu einer schmalen Linie zusammen. »Weißt du, wer er ist?«

Sie nickte.

»Mir ist es gegen zwei Uhr morgens eingefallen. Da wusste ich plötzlich, woher ich seinen Namen kenne.« Er schaute ihr forschend in die Augen. »Er fährt Grand-Prix-Autorennen in der Capital Series.«

»Jap.«

»Bree, das sind wilde Kerle. Behandelt er dich anständig?«
Sein Blick wurde weicher.

»Ja, Mack.« Sie lehnte sich an das Regal neben ihm. »Mehr
als anständig. Ich glaube, er ist der netteste Mann, der mir je
begegnet ist.« Sie lächelte ihn an. »Außer dir natürlich.«

Er nickte ohne rechte Überzeugung.

»Mack, er ist wirklich sehr rücksichtsvoll. Er will mich
beschützen, ohne übermäßig besitzergreifend zu sein. Er macht
sich ständig Gedanken um Layla und möchte unser Leben
keinesfalls durcheinanderbringen.«

»Versprich mir nur, dass du vorsichtig bist und deinen Kopf
einschaltest. Ich würde ihn ungern umbringen müssen, wenn er
dir wehtut.«

Brianna knuffte ihn freundschaftlich in die Seite. »Danke,
Mack. Kann ich dich etwas fragen?«

»Klar, immer. Das weißt du doch.«

»Bin ich irgendwie merkwürdig?« Sie sah seine Augen
belustigt aufblitzen, dann wurde er ernst.

»Wie meinst du das?«

»Kat meint, ich sei merkwürdig, weil ich Layla immer meine
volle Aufmerksamkeit widme. Ich will keine von den Müttern
sein, die ihr Kind erdrückt. Aber auch keine von den
Traumtänzerinnen, auf die ein Kind sich nicht verlassen kann.
Wenn Layla achtzehn ist, möchte ich mich nicht umsehen und
plötzlich feststellen, dass sogar meine Tochter mich für schrullig
hält.« Sie seufzte. »Ich wünschte, es gäbe eine Gebrauchsan-
leitung fürs Muttersein.«

Mack legte ihr den Arm um die Schultern. »Geht das nicht
allen Eltern so? Du bist tatsächlich merkwürdig, Bree, so viel
steht fest. Aber nicht auf eine schlechte Art. Ein bisschen ist das
doch jeder. Die letzten Jahre habe ich mitbekommen, wie

intensiv du dich um Layla kümmerst. Manchmal nimmst du deine Aufgabe vielleicht ein wenig zu ernst. Aber das ist ja kein Fehler.« Er fing an, die Flaschen im Regal neu zu ordnen. »Du bist entweder mit Layla zusammen oder du arbeitest. Das ist dein Leben. Seit deine Tochter auf der Welt ist, denkst du nur an sie und an deine Jobs. Du redest natürlich auch mit Kat, gehst einkaufen oder besuchst deine Mutter. Aber das nimmt nur einen Bruchteil deiner Zeit in Anspruch. Und plötzlich taucht dieser Braden auf.« Er zwinkerte ihr zu.

Brianna konnte nicht anders, sie lächelte zurück.

»Er platzt in dein Leben, und du bist so auf die sichere kleine Welt fixiert, die du für Layla und dich geschaffen hast, dass du gar nicht weißt, wie und ob du diese Welt verlassen sollst. Mit einem Mal merkst du, dass da draußen auch noch etwas ist.« Er wedelte mit dem linken Arm. »Und dort auch.« Er wedelte mit dem rechten Arm. »Und mittendrin bist du mit Layla. Vermutlich hast du das Gefühl, hin- und hergerissen zu sein. Aber Bree, dieses Problem gibt es nur in deinem Kopf. Deine Tochter geht nämlich jeden Tag aus dem Haus in eine andere Welt. Dort trifft sie ihre Freundinnen, sie lacht, sie spielt und macht Sachen für die Schule. Sie wird älter und lernt dazu. Aber du …« Er legte die Stirn in Falten und kniff die Augen zusammen. »Du gibst dir selbst keine Chance, aus deiner kleinen Welt auszubrechen und Erfahrungen zu sammeln.«

»Was willst du mir damit sagen? Soll ich mehr leben und darüber meine Tochter vernachlässigen?«

»Nein, absolut nicht.« Er nahm ihre Hand und führte sie von dem Regal weg. »Bree, du bist achtundzwanzig. Du bist selbst noch ein Kind. Du verdienst es, dich zu verlieben, Spaß zu haben, zu lernen und zu fotografieren, verdammt noch mal. Früher hast du das dauernd gemacht.«

»Meine Kamera ist kaputt.«

»Du weißt, was ich meine. Eine gute Mutter und gleichzeitig eine Frau zu sein, schließt sich nicht gegenseitig aus. Schau dir Tami an. Sie ist auch Mutter und doch zugleich Frau. Für mich und ganz allgemein. Sie geht zum Friseur, trifft sich mit Freundinnen, kommt dann wieder nach Hause und schenkt unserer Tochter und mir ihre Liebe. Dass sie auch etwas für sich tut, macht sie in meinen Augen zu einer besseren Mutter, nicht zu einer schlechteren.«

Brianna seufzte. »Warum habe ich dann ein so schlechtes Gewissen?« Sie bedeckte ihr Gesicht.

»Weil du sehr lange perfekt warst. Und merkwürdig. Und weil deine Tochter dir wichtig ist. Vertrau auf dein Gefühl, Bree. Wenn dieser Braden der Richtige für dich ist, wird dein Herz es dir sagen. Und falls nicht …« Er zuckte die Achseln. »Dann weiß dein Herz das auch. Aber du musst dir zugestehen, auch eine Frau zu sein. An den Mann zu denken, der dir gefällt, während du mit Layla zusammen bist, ist kein Verbrechen. Schlimmer wäre es, wenn du nicht an ihn denken würdest. Vor allem so früh in einer Beziehung.«

Sie seufzte. »Danke, Mack. Warum verstehe ich bei dir so gut, was du mir sagen willst? Und warum habe ich bei Kat immer das Gefühl, dass sie mich nur drängt, auszugehen und Spaß zu haben?«

»Weil ich alt bin und sie jung ist. Das Alter verschafft einem den Anschein, auch weise zu sein.«

Brianna zog eine Braue hoch.

»Oder irgendetwas in der Art.« Er lachte.

Die Tür ging auf und Kat steckte den Kopf in den Lagerraum. »Bree, dein Lover ist hier.«

»Er ist hier?« *Oh mein Gott. Ich sehe furchtbar aus.* Sie griff sich mit beiden Händen ans Haar.

»Du siehst toll aus«, sagte Mack lächelnd. Er warf einen Blick auf seine Uhr. »Und du hast jetzt sowieso Pause. Also raus mit dir.«

Auf das Wiedersehen mit Brianna hatte Hugh sich den ganzen Tag gefreut. Als sie jetzt aus der Tür des Lagerraums trat, spürte er ein Flattern in der Brust. Er musste all seine Willenskraft aufbieten, um sie nicht einfach zu schnappen und auf der Stelle zu küssen.

»Hey.« Er nahm ihre Hand und drückte sie an seine Lippen.

»Hey, was machst du denn hier?« Ihr Blick huschte durch die Bar, und er sah, dass Mack und Kat sie beobachteten.

Er ließ Briannas Hand los, begrüßte Mack mit einem Nicken und winkte Kat zu. »Ich weiß, du hast nur zwanzig Minuten. Aber ich hoffe, ich kann mindestens fünfzehn davon für mich beanspruchen.«

Brianna schob sich eine Haarsträhne hinters Ohr. »Klar, gerne.« Sie zog das Geschirrtuch aus ihrem Gürtel und legte es auf den Tresen. »Ich hole nur kurz meine Jacke.«

Er schaute zu, wie sie in ihren hautengen Jeans und den flachen Stiefeln davonging. Sie war so verdammt sexy und wusste es nicht einmal. Und ihr Old-Town-Tavern-T-Shirt machte sie zum süßesten und verführerischsten Mädchen von nebenan, das er je gesehen hatte.

Hand in Hand gingen sie die Straße entlang. Hugh nahm Rücksicht auf ihren engen Zeitplan und ihren Ruf und ließ ihr Platz zum Atmen. Obwohl sie ihm grünes Licht für viel mehr Nähe gegeben hatte, hielt er sich noch immer zurück. Er war so an ein rasendes Tempo gewöhnt, dass er Angst hatte, sie zu erdrücken, wenn er seinen wahren Gefühlen freien Lauf ließ. Oder schlimmer noch – dass sie dann die Flucht ergriff. Er musste erst einmal vorfühlen.

Als sie um die Ecke waren, nahm er sie in die Arme und küsste sie lang und gierig. »Großer Gott, ich habe dich vermisst.«

Brianna hakte einen Finger in seinen Gürtel. »Ich dich auch«, flüsterte sie.

Er nahm ihre Wangen zwischen die Hände und drückte ihr einen weiteren Kuss auf die Lippen. Sie befanden sich definitiv im Einklang. Briannas Lider waren schwer, ihre Lippen ein wenig geöffnet. Gütiger Himmel, sie war so heiß, dass er sich energisch daran erinnern musste, wie wenig Zeit sie hatten. Damit sein Verlangen nicht die Oberhand gewann, wich er einen halben Schritt zurück.

»Ich ... ähm ... habe dein Schloss repariert und gesehen, dass Layla ihr Geschenk ausgepackt hat. Es freut mich, dass du es ihr gegeben hast.«

Brianna schaute ihm ins Gesicht. »Sie hat es in der Küche gefunden und war völlig aus dem Häuschen. Vielen Dank, aber das wäre wirklich nicht nötig gewesen. Sie hat doch ...«

*Himmel noch mal, ich möchte dich küssen.* Er vergrub die Hände in den Taschen, damit er sie nicht packte und an sich riss. »Ich wollte es aber gerne. Schön, dass ihr die Sachen gefallen.« Für die Viertelstunde mit ihr hatte er keinen festen Plan. Er wollte sie einfach nur sehen.

Brianna spielte am Saum ihrer Jacke.

»Hey, alles klar? Habe ich mit dem Kuss eine rote Linie übertreten? Oder mit dem Geschenk?« Sein Magen zog sich zusammen.

Sie schüttelte den Kopf und machte einen Schritt auf ihn zu. Dann nahm sie sein Gesicht zwischen die Hände und stellte sich auf die Zehenspitzen. Er legte den Mund auf ihren und küsste sie sanft und zärtlich.

»Ich habe den ganzen Tag an dich gedacht«, flüsterte sie.

Sie küsste ihn noch einmal und Hugh drückte sie gegen die Hauswand. Endlich erlaubte er sich, sie zu küssen, wie er sie küssen *musste*. Wie er sie den ganzen Nachmittag lang hatte küssen *wollen*: leidenschaftlich und tief, bis keiner von ihnen mehr atmen konnte. Sie drängte das Becken an seines und er konnte nicht anders – seine Hand fand den Weg über die süße Rundung ihrer Hüfte und packte ihr Hinterteil.

»Küss mich«, sagte sie in einem langen, tiefen Atemzug, als er sich zurücklehnte und den Kopf hob. Brianna zog ihn zu sich und er drückte die Lippen wieder auf ihre. Sie teilten sich den nächsten Atemzug.

Gütiger Himmel, diese Frau brachte ihn um den Verstand. Er würde mit einer Beule in der Hose zur Bar zurückmarschieren müssen, ohne jede Hoffnung, sie irgendwie verstecken zu können.

»Beim nächsten Mal bitte keine Zurückhaltung.« Sie hakte ihren Zeigefinger in den Bund seiner Hose.

»Ich wollte nur rücksichtsvoll und respektvoll sein.«

»Das habe ich verstanden. Dass du mich respektierst, ist gut, Hugh. Aber ich will den ganzen Hugh, den echten. Und wer immer der sein mag, ich habe keine Angst vor ihm.«

»Du weißt ja nicht, worum du mich da bittest. Ich bin ein Adrenalinjunkie. Ich suche meine Kicks nicht bei anderen Frauen, aber wenn ich meinen Gefühlen freien Lauf lasse, lasse ich auch mein Verlangen von der Leine. Das könnte dir zu viel werden.« Sein Blick wanderte zu ihrer bebenden Brust und blieb dort hängen. Dann schaute er ihr forschend in die Augen, die bei jedem Atemzug hungriger wurden. »Ich möchte es mit dir nicht vermasseln. Deshalb zwinge ich mich, nichts zu übereilen, und frage dich oft um Erlaubnis, bevor ich dich anfasse.« Er legte seine Hand an ihre Hüfte.

»Tu das nicht«, verlangte sie mit ernsten Augen und ernster Stimme.

Er nahm seine Hand weg, aber sie schnappte sie sich und legte sie dorthin zurück, wo sie gewesen war.

»Denk nicht so von mir«, sagte sie. »Ich meine, ja, natürlich, behandle mich mit Respekt. Aber ich spüre, wie sehr du dich zurückhältst. Dabei möchte ich so gerne den ganzen Hugh erleben. Wenn ich schon mein überorganisiertes, durchgetaktetes Leben in die Waagschale werfe, soll es sich auch lohnen. Ich würde nie etwas tun, was Layla in Gefahr bringt oder ihre sichere Welt zerstört. Aber wenn wir beide allein sind oder zusammen im Bett …« Ihre Wangen wurden heiß.

»Dann soll ich dich lieben, wie ich es gerne möchte?«

Sie nickte.

Er atmete schwer. »Vielleicht wirst du das zurücknehmen, wenn wir das nächste Mal Zeit füreinander haben.«

Sie biss sich auf die Unterlippe, dann flüsterte sie: »Gut.«

Gütiger Himmel, Brianna hatte keine Ahnung, wie stark seine Gefühle für sie im Lauf des Nachmittags geworden waren und wie sehr er sich wünschte, auf dem schnellsten Weg wieder mit ihr unter der Bettdecke zu verschwinden.

»Nach dem Rennen am kommenden Wochenende habe ich ein paar Monate lang frei. In der Zeit wäre ich gerne hier bei dir und Layla. Vielleicht bereust du deinen Wunsch, wenn du mich öfter siehst.«

Sie kniff die Augen zusammen. »Ich kann es kaum erwarten, das herauszufinden.«

# Vierundzwanzig

Briannas Herz fühlte sich an, als müsste es zerspringen. Sie konnte kaum fassen, dass sie Hugh gesagt hatte, was sie sich wünschte, und angesichts des wilden, dunklen Ausdrucks in seinen Augen wurde ihr ein kleines bisschen flau. Doch schnell gewann prickelnde Vorfreude die Oberhand. Bei ihrer Rückkehr zur Bar hielt er ihr die Tür auf.

»Hast du gesagt, du hättest ein paar Monate lang Zeit? Wirklich Monate?«, fragte sie, während er ihr aus der Jacke half.

»Normalerweise nehme ich mir ein paar Wochen im November, den Dezember und den Januar frei. Für den Rest des Jahres bin ich mal mehr, mal weniger ein Asphaltkrieger.« Hugh schaute sich in der inzwischen wieder sehr geschäftigen Bar um.

»Ein Asphaltkrieger?« Sie nahm das Geschirrtuch vom Tresen und schlang es durch ihren Gürtel. Gerade hatten sich zwei Paare an die Tische gesetzt. Sie schnappte sich einen Bestellblock.

»Die Rennsaison dauert immer dreißig Wochen. In der Zeit bin ich viel unterwegs. Hör mal, du musst arbeiten. Ich setze mich an einen Tisch, trinke eine Limo und schaue dir ein paar Minuten lang zu.« Er hob die Brauen und lächelte verschmitzt.

»Dann verschwinde ich, damit du nicht abgelenkt wirst. Wenn Layla schläft, kannst du mich anrufen und wir können reden.«

*Ein Asphaltkrieger? Was habe ich mir bloß gedacht?* Die Vorstellung, auch nur halb so lange voneinander getrennt zu sein, war kaum zu ertragen. Brianna spürte einen Riss in ihrem Herzen und wusste, dass sie den Schmerz nicht verbergen konnte.

»Okay«, presste sie hervor. Bevor Hugh ihr Gesicht sehen konnte, hastete sie zu den neuen Gästen. *Dreißig Wochen. Oh mein Gott. Das kann ich Layla nicht antun und mir auch nicht.* Hugh setzte sich an einen Tisch in der Nähe des Tresens. Ihr Herz krampfte sich zusammen, ihr Magen tat weh. Sie nahm die Bestellungen auf, dann mischte sie die Drinks.

»Und? Hast du's ihm gesagt oder gezeigt?«, flüsterte Kat.

Briannas Unterlippe zitterte. *Nicht weinen jetzt. Nicht weinen.*

»Bree? Himmel, Bree. Was ist passiert?« Kat nahm Brianna das Glas aus der zittrigen Hand. »Süße, was ist los?«

Brianna öffnete den Mund, brachte aber keinen Ton heraus. Tränen kullerten ihr über die Wangen.

»Mack!«, rief Kat.

Mack eilte zu ihnen. Als er die Tränen sah, blieb er wie angewurzelt stehen. »Was ist passiert?« Macks Blick flog zu Hugh. Er machte einen Schritt in seine Richtung.

Brianna hielt ihn am Shirt fest. »Mack, nein«, flüsterte sie. »Er kann nichts dafür. Das ist es nicht.«

»Was ist es dann?« Mack ließ Hugh nicht aus den Augen.

In diesem Augenblick ging die Tür auf und Mrs. Cranston kam herein. Sie führte Layla an der Hand.

»Oh mein Gott.« Hastig wischte Brianna sich die Augen ab.

Layla rannte zum Tresen. »Mommy! Mr. Cranston ist im

Krankenhaus. Ich muss hier bei dir bleiben.«

Brianna schaute Mrs. Cranston an. Sie sah besorgt aus und ihre Augen waren gerötet. »Was ist mit ihm?«

»Wir wissen es nicht genau. Er hatte Schmerzen in der Brust, aber du kennst ja meinen Mann. Vielleicht hatte er die schon seit Wochen und hat nur nichts gesagt. Es tut mir leid, Brianna. Deine Mom arbeitet noch bis Mitternacht und ich hatte niemanden für Layla.«

»Seien Sie nicht albern. Vielen Dank, dass Sie Layla hergebracht haben. Und jetzt schnell ins Krankenhaus zu Ihrem Mann. Brauchen Sie jemanden, der Sie hinbringt?« Brianna kam hinter dem Tresen hervor und umarmte die Frau.

»Nein danke, das ist lieb. Aber ich bin mit meinem Wagen hier. Drück uns die Daumen.« Sie eilte aus der Tür.

»Ja, natürlich. Alles Gute.« Brianna legte ihre Hand auf Laylas Schulter und schaute Mack an. »Mack.« Ihr Blick flog von Layla zu den vollen Tischen und Sitznischen.

Mack stieß die Luft aus. Dass er sie hier brauchte, war klar. Brianna nahm Layla an der Hand und brachte sie zum Ende des Tresens. »Du kannst hier sitzen und malen, solange ich arbeite.« *Mist, Mist, Mist.*

»Jemand muss auf sie aufpassen, Brianna. In der Bar ist zu viel los. Du kannst nicht beides gleichzeitig tun. Außerdem können wir Ärger kriegen, wenn wir sie allein hier sitzen lassen.« Macks Blick war bedauernd, und Brianna wusste, dass er ihr das Leben nicht mit Absicht schwer machte. Aber er hatte recht. Es war zu viel los, um Mutter und Barfrau gleichzeitig zu sein. Sie konnte nur eines von beidem tun.

Hugh kam zum Tresen und Mack stellte sich neben ihn.

Brianna warf Mack einen Blick zu. »Mack, bitte.« Aus dem Augenwinkel sah sie, wie Kat von einem Tisch zum anderen hetzte.

Mack verschränkte die Arme.

»Hi, Mack.« Hugh lächelte Mack an, dann kniff er die Augen zusammen. »Warum schauen Sie mich so an?«

»Sagen Sie's mir«, antwortete Mack.

Hughs Blick sprang zwischen Brianna und ihrem Boss hin und her. »Bree?«

»Bitte, Mack. Er kann wirklich nichts dafür. Augenblick, Hugh.« Sie winkte Layla zu. »Ich bin gleich wieder bei dir, meine Süße.« Sie zog Mack in eine Ecke. Kat war ihnen auf den Fersen.

»Ihn trifft keine Schuld«, sagte Brianna zu ihrem Boss. »Mir ist nur eben erst bewusst geworden, wie viele Wochen im Jahr er unterwegs ist. Das war ein Schock …«

»Und deswegen weinst du? Großer Gott, Brianna, du hast mir einen Heidenschreck eingejagt. Ich habe keine Lust, als der Mann in die Stadtgeschichte einzugehen, der Hugh Braden verprügelt hat.« Er zog Brianna noch ein Stück weiter weg, damit die Gäste ihn nicht hörten. »Bree, wenn es etwas wird mit euch beiden, seid ihr auch während der Saison nicht getrennt. Viele von den Jungs sind verheiratet. Ihre Frauen und Kinder reisen mit ihnen und Privatlehrer für die Kinder sind immer mit dabei. Oder die Rennfahrer pendeln. Herrje, wenn der Gedanke, von ihm getrennt zu sein, so schlimm für dich ist, dann magst du ihn wirklich sehr. Gib ihm eine Chance.« Er nahm sie an den Schultern und drehte sie um. »Schau mal.«

Sie sah Hugh neben Layla sitzen und gemeinsam mit ihr malen. Seine Grübchen wurden tiefer und seine Augen lachten ihre Tochter an. Brianna schmolz unter Macks Griff. »Oh, Mack. Jetzt habe ich wirklich ein Problem.«

»Es könnte schlimmer sein.« Mack nickte in Richtung Tür,

von wo aus Tracie sich geradewegs auf Hugh zubewegte.

Brianna stöhnte. »Ich kümmere mich um sie.«

»Nein, das erledige diesmal ich«, erklärte Kat und marschierte zum Tresen zurück.

Tracie drückte sich an Hughs Rücken und flüsterte ihm ins Ohr: »Suchst du noch ein Date für heute Abend?«

Hugh verzog das Gesicht und drehte sich so, dass sein Körper einen Schutzschild zwischen Layla und Tracie bildete.

Kat kniff die Augen zusammen und klatschte ihren Bestellblock auf den Tresen. Hugh zog die Augenbrauen zusammen. Bevor Kat etwas sagen konnte, erklärte er bereits: »Bis auf Weiteres sind meine Abende ausgefüllt. Wenn du mich jetzt entschuldigst? Layla und ich möchten gerne weiter Schiffe versenken spielen.«

Tracie schürzte die Lippen, schaute erst Layla an und warf dann Brianna einen vernichtenden Blick zu.

»Richtig, Red. Er ist vergeben. Vergeben in Großbuchstaben.« Kat nickte bekräftigend.

Tracie machte auf dem Absatz kehrt und stapfte ins Restaurant hinüber. Hugh nickte Kat zu. »Danke, Kat.«

»Gern geschehen.« Kat beugte sich vor und flüsterte: »So etwas wollte ich schon seit Monaten tun.« Sie tippte auf die Serviette vor Layla. »Hey, Hübsche. Du hast dir ein ziemlich gut aussehendes Date geangelt.«

Brianna stand nun ebenfalls bei ihnen und legte ihre Hand auf Laylas Schulter. Sie sah, wie ihre Tochter von Hugh zu Kat und wieder zurück schaute. »Er ist nicht mein Date.« Layla kicherte. »Er ist mein schöner Prinz.«

Brianna hatte nicht geahnt, dass ein zersprungenes Herz so schnell wieder heilen konnte.

Hugh suchte ihren Blick und zwinkerte ihr zu. »Ich kann

mit Layla spielen, während du arbeitest.« Er schaute Layla an und lächelte. »Wir kommen klar, oder?«

Layla nickte. »Ja. Mommy? Bitte?«

*Vielleicht habe ich tatsächlich meinen schönen Prinzen gefunden.*

# Fünfundzwanzig

»Ich wollte mich nicht in Laylas Leben drängen. Sie war einfach da und du warst so angespannt. Außerdem hattest du gesagt, ich soll mich nicht zurückhalten. Deshalb bin ich einfach meinem Bauchgefühl gefolgt.« Hugh stand neben Brianna, während sie einen Tisch sauber wischte. Mack hatte die Bar gerade geschlossen und Layla saß mehr schlafend als wach an einem anderen Tisch und malte.

»Schon gut. Ich bin froh, dass du dich um sie gekümmert hast. Genau genommen macht das die Sache ein bisschen leichter. Ich wusste nicht, wann und wie ich euch einander vorstellen soll. Jetzt muss ich mir darüber nicht mehr den Kopf zerbrechen.« Sie seufzte und schaute zu Layla hinüber. »Sie wirkt ziemlich gelassen.«

»Sie ist ein tolles Kind. Ich war nur ihre Schreibkraft, die Eingebungen hatte sie. Prinzen und Prinzessinnen sind wohl tatsächlich ihre große Leidenschaft.«

Brianna lachte. »Sie ist in der akuten Prinzessinnenphase.«

»Du wirst es vermutlich für sehr verschwenderisch halten, aber wäre es schlimm, wenn sie zum Geburtstag ein Kostüm zum Verkleiden bekommt? Ein Prinzessinnen-Outfit vielleicht? Kleine Mädchen verkleiden sich gern.«

Brianna schloss die Augen und seufzte. »Ich weiß nicht, was ich davon halten soll, dass sie so versessen auf Märchen ist. Das echte Leben ist wenig märchenhaft, und ich möchte nicht, dass sie eine Bruchlandung hinlegt, wenn sie sich plötzlich in der Realität wiederfindet.«

Hughs Augen verengten sich und seine Stimme wurde ernst. »Kinder brauchen Träume. Sie helfen ihnen durch vieles hindurch und können ein prima Ansporn sein.«

»In meiner Kindheit gab es keinen Platz für Träume – nur viele Sorgen. Die eine oder andere Hoffnung gab es bestimmt, aber Träume sicher nicht«, erklärte sie.

»Wünschst du dir für Layla nicht etwas anderes?« Er legte die Stirn in Falten.

»Wird das von jetzt an immer so laufen? Sie wickelt dich um den kleinen Finger, du verwöhnst sie und ich sitze am Ende mit einem kleinen Monster da? Sie wird bald denken, das Leben müsste ein einziges endloses Märchen sein.«

Hugh legte die Arme um Briannas Taille. »Schau dir dieses Gesicht an.« Er zeigte auf Layla, die schläfrig an ihrem Tisch hing. Sie gähnte und rieb sich die Augen. »Sieht sie aus, als könnte sie jemals ein Monster werden?« Als er Brianna küsste, spürte er, wie sie in seinen Armen steif wurde. »Bree? Du wolltest doch, dass ich mich nicht zurückhalte.«

Sie wand sich aus seinen Armen. »Das ist richtig. Und ich stehe dazu. Aber ...« Sie nickte zu Layla hinüber. »Ich muss ihr erst erklären, dass wir zusammen sind. Sonst versteht sie die Welt nicht mehr.«

»Ja, natürlich.« *Herrje.* Briannas Wunsch nach weniger Zurückhaltung hatte offenbar bewirkt, dass er nicht mehr vernünftig denken konnte. »Soll ich dabei sein, wenn du es ihr sagst?«

Sie schaute ihre Tochter an. »Ich glaube, ich rede besser erst mal alleine mit ihr.« Brianna lehnte sich an eine Sitzbank und nestelte an dem Geschirrtuch. »Aber bevor ich das tue, sollten wir beide uns noch einmal unterhalten. Vielleicht wenn sie im Bett ist?«

»Klar. Muss ich mir Sorgen machen?«

»Nein. Aber ihr von uns beiden zu erzählen, ist ein großer Schritt. Ich möchte, dass wir die Sache gut durchdacht haben, bevor ich ihr etwas sage.« Sie berührte Hugh am Arm, doch ihr Blick hing weiterhin an Layla.

»Soll ich warten, bis du hier fertig bist, und euch zum Auto bringen? Oder lieber nicht?«

»Ja, bitte. Bring uns zum Wagen.«

Hugh atmete erleichtert durch. »Ich setze mich zu Layla und warte bei ihr.«

Als Brianna mit dem Aufräumen fertig war, war Layla eingeschlafen. Sie lag halb auf Hughs Schoß. Er hatte den Kopf zurückgelehnt und schützend einen Arm um sie gelegt.

»Tut mir leid.« Brianna schob sich auf die Bank ihm gegenüber. »Es ist viel später geworden als geplant.«

Hugh antwortete leise. »Mein einziger Plan für heute Abend war, zu trainieren und dabei an dich zu denken.« Er griff über den Tisch hinweg nach ihrer Hand. »Stattdessen habe ich Layla kennengelernt und war in deiner Nähe. Ein doppelter Bonus.«

»Sieht aus, als müsstest du mich andauernd retten. Dabei habe ich vor unserer ersten Begegnung nie einen Retter gebraucht.« Brianna hatte Layla immer sehr abgeschirmt, und jetzt hatte ihre Tochter einfach so und ganz nebenher Hugh kennengelernt. Brianna hatte damit gerechnet, dass Layla verwirrt, zurückhaltend oder gar beklommen reagieren würde, wenn sie Hugh zum ersten Mal sah. Aber er hatte sich nahtlos in ihr Leben eingefügt. Jetzt schlief Layla friedlich auf seinem Schoß und Hugh wirkte völlig zufrieden, dass er als ihr Kissen fungieren konnte. Dass vieles so einfach war, musste an ihm liegen. Mit ihm fühlte sich alles richtig an. Sogar diese Situation.

»Wer nicht einmal ahnt, dass er Rettung braucht, braucht sie manchmal am meisten. Aber Spaß beiseite. Du hast wirklich keinen Retter nötig. Deinen Wagen hättest du auch ohne mich wieder flottbekommen, und als Layla heute Abend überraschend hier abgesetzt worden ist, wäre dir auch eine Lösung eingefallen. Trotzdem schadet es nicht, Unterstützung zu haben, wenn es mal nicht ganz rund läuft. Und jetzt komm. Lass uns die kleine Prinzessin nach Hause bringen.« Hugh sammelte Laylas Geschichten ein und steckte sie in seine Tasche. Dann nahm er Layla auf den Arm und deckte sie mit seiner Jacke zu. Sie schmiegte sich an seine Schulter. Einen Arm um Brianna gelegt und ihre Tochter fest im anderen verließ er mit den beiden die Bar.

Brianna wünschte, sie hätte eine funktionierende Kamera. Laylas Wange lag neben Hughs und das Mondlicht warf einen romantischen Schimmer auf die beiden. Sie stellte sich vor, aus welchem Winkel sie fotografieren würde, und sah schon das erste Foto an der Wand über seinem Kamin hängen. *Ich denke viel zu weit in die Zukunft.*

Er setzte Layla auf der Sitzerhöhung ab, schloss ihren Sicherheitsgurt und deckte sie erneut mit seiner Jacke zu. »Sie schläft tief und fest.« Behutsam schloss er die Tür. »Hast du dir schon überlegt, ob ich ihr ein Prinzessinnenkostüm schenken darf?«

Er schaute Brianna so hoffnungsvoll an, dass sie einfach nicht Nein sagen konnte. »Aber nur ein einziges Gewand zum Verkleiden. Abgemacht?«

»Abgemacht. Jedes kleine Mädchen sollte einen Prinzessinnentraum haben, an dem es sich festhalten kann. Am besten, ich fahre hinter dir her und trage sie dann hinauf zu eurer Wohnung.«

Die Vorstellung, dass Hugh Layla die Treppe hochtrug, beschwor Gedanken an eine gemeinsame Zukunft herauf. Briannas Magen begann wieder zu flattern. »Das schaffe ich schon. Ich trage sie herum, seit sie auf der Welt ist.«

»Dass du das kannst, weiß ich. Aber lass mich die Frage anders stellen. Ist es okay, wenn ich mitkomme und sie hochtrage? Feste Freunde machen so was manchmal.«

»Du bist ... ein echter Kavalier.«

»Und du bist ... unglaublich schön.« Er machte einen Schritt auf sie zu. »Und klug.« Er küsste ihre Lippen. »Und süß.« Hugh küsste ihren Hals. »Und liebevoll«, flüsterte er ihr ins Ohr.

Briannas Fingerspitzen berührten seinen Bauch. »Hugh«, flüsterte sie, kurz bevor er den Mund auf ihren legte und sich an sie presste. Ihr Rücken berührte das kalte Blech des Wagens. Doch seine Arme hüllten sie ein, vertrieben die Kälte und ersetzten sie durch eine versengende Hitze, die von seinem Körper auf ihren übersprang. Sie schlang die Arme um seinen Hals, genoss das Gefühl, ihn zu spüren, den Geschmack seiner Lippen und den leidenschaftlichen Tanz seiner Zunge. Seine Hände wanderten über ihren Rücken zu ihren Hüften, von dort zu ihrem Hintern und wieder zurück. Jede Berührung schickte ein Signal an ihre empfindlichsten Stellen. Ganz sicher fühlte er, wie ihre Knie weich wurden, denn sie musste sich an ihm festhalten. Als er den Mund an ihren Hals drückte, seine Hände in ihrem Haar vergrub und ihren Kopf nach hinten zog, konnte sie das sehnsüchtige Aufstöhnen, das in ihr hochstieg, kaum unterdrücken. Sein Becken rieb sich an ihrem und jagte Hitzewellen zwischen ihre Beine. Nach einem letzten göttlich heißen Stoß seiner Zunge ließ er von ihr ab.

*Komm zurück.* Briannas Lider öffneten sich flatternd, und als er ihr ins Ohr flüsterte: »Soll ich hinter dir her fahren?«, brauchte sie ihre ganze Kraft, um ein Nicken zustande zu bringen.

# Sechsundzwanzig

Obwohl es schon spät war, stand Briannas schmieriger Nachbar noch auf dem Balkon. Hugh nahm Layla auf den Arm und warf einen kurzen Blick nach oben zu dem bärtigen Mann. Der Kerl verschwand in seiner Wohnung. *Gute Idee.* Hugh griff nach Briannas Hand. Ein wenig beruhigter stieg er mit ihr die Treppe hinauf.

Als Hugh Layla in ihr Bett legte, wachte sie kurz auf. Sie schaute von Hugh zu Brianna, dann huschte ein Lächeln über ihr Gesicht.

»Gute Nacht, Mommy.« Sie streckte die Arme aus und ließ sich von Brianna drücken.

Brianna küsste sie auf die Stirn. »Gute Nacht, Prinzessin.«

Layla streckte auch nach Hugh die Arme aus. »Gute Nacht, Prinz Hugh.«

Hugh deckte sie zu und küsste sie auf die Wange. »Gute Nacht, Prinzessin Layla.«

Layla drückte ihr Stoffschwein an sich und war binnen Sekunden wieder fest eingeschlafen. Brianna nahm Hugh an der Hand und führte ihn ins Wohnzimmer. Laylas Tür zog sie leise hinter sich zu.

Hugh versuchte, nicht darauf zu achten, wie sexy Brianna

mit ihren schläfrigen Augen und ihren anmutigen Bewegungen aussah. Aber verdammt, wie sollte ihm das gelingen? Brianna kaute auf ihrer Unterlippe. Sie wollte reden und er wollte sie küssen. Kein Wunder. Schließlich hatte sie ihm vor ein paar Stunden grünes Licht gegeben, seinen Gefühlen zu folgen. Seither war eine Flut von Empfindungen, von Wünschen und Verlangen über ihn hereingebrochen. Auf den Kuss auf dem Parkplatz hatte ihr ganzer verdammter Körper reagiert, und jetzt wollte er mehr. Ein Appetithäppchen von Brianna war einfach nicht genug. Er legte eine Hand auf ihre Taille, doch ein Blick auf Laylas Spielsachen auf der Arbeitsplatte rief ihm ins Gedächtnis, was wirklich wichtig war.

»Du wolltest reden.« Er vergrub das Gesicht an Briannas Hals und gönnte sich eine kleine Kostprobe, damit er die nächsten Minuten irgendwie überstand.

»Ja«, hauchte sie.

Widerstrebend machte er einen Schritt von ihr weg. »Komm, wir setzen uns.«

Der Duft ihres Parfüms war eine einzige Verlockung. Sie saß so nahe bei ihm, dass er sich nur vorbeugen musste, um den Mund auf ihren legen zu können. Dann noch ein kleines Stück näher zu ihr und ihre Körper würden ineinander verschlungen sein. *Gütiger Himmel. Was ist in mich gefahren? Nur weil sie mir gestanden hat, was sie sich wünscht, muss ich nicht gleich über sie herfallen.*

Er strich ihr das Haar von der Schulter und rieb eine verspannte Stelle in ihrem Nacken. »Worüber möchtest du denn reden?«

Brianna seufzte. »Oh, das tut gut. Vielen Dank.«

»Du hattest eine anstrengende Schicht.« Brianna war routiniert und scheinbar mühelos durch den langen Abend in der proppenvollen Bar geschwebt. Als Layla plötzlich aufgetaucht war, hatte sie das nicht umgehauen, und auch mehrere Tische voller lauter, feiernder Gäste hatten sie nicht aus dem Konzept gebracht. Sie war eine der souveränsten Frauen, die Hugh kannte.

Sie lächelte, doch ihre Augen lächelten nicht mit. Als sie sich eine Haarsträhne hinters Ohr schob, wusste Hugh, dass das, worüber sie sprechen wollte, nicht nur wichtig, sondern auch belastend für sie war.

Er nahm ihre Hand zwischen seine. »Leg los.«

Sie atmete laut aus. »Vermutlich greife ich schon viel zu weit vor, und vielleicht ist es albern, jetzt schon darüber zu reden, aber …« Sie schaute zu Laylas Zimmertür.

Hugh drehte ihr Gesicht zu ihm. »Du machst dir Gedanken wegen Layla? Ich hätte nicht anbieten sollen, in der Bar auf sie aufzupassen. Das tut mir leid, Bree.«

Sie schüttelte den Kopf. »Nein. Das ist es nicht. Dass du dich um sie gekümmert hast, war unglaublich lieb von dir.«

Als begnadeter Frauenversteher hatte Hugh sich nie betrachtet, doch er hatte immer geglaubt, ein wenig Ahnung vom anderen Geschlecht hätte er durchaus. Im Moment hatte er allerdings keinen Schimmer, was Brianna ihm sagen wollte. »Jetzt bin ich ein bisschen verwirrt.«

»Ja, kein Wunder. Ich bin ja selbst völlig durcheinander. Wie soll ich mich klar ausdrücken, wenn ich meine Gedanken kaum sortiert kriege?« Sie zog ihre Hand aus seinen und stand auf. Ihre Augen waren eng, ihre Lippen fest zusammengekniffen.

Hugh fühlte einen Knoten im Magen. Er zwang sich, sitzen zu bleiben und ihr Raum zu lassen. Die Arme über dem Bauch verschränkt ging sie in ihrem Wohnzimmer auf und ab. Er wollte sie an sich ziehen und ihr sagen, dass sie alles regeln konnten. Doch als sie erneut ihre Unterlippe zwischen die Zähne nahm, hielt er sich zurück und wartete ab.

Nach einer halben Minute blieb sie stehen. Traurigkeit lag in ihrem Blick und ihre Brauen waren zusammengezogen.

Hugh hielt es nicht mehr aus. »Bree?« Er streckte die Hand nach ihr aus und sie sank auf die Couch. »Jetzt mache ich mir wirklich Sorgen.«

Wieder atmete sie tief aus. »Ich mag dich sehr.«

*Aber …* Er hielt den Atem an. Endlich hatte er eine Frau kennengelernt, die Gefühle in ihm auslöste, von denen er nicht einmal gewusst hatte, ob er sie jemals im Leben empfinden konnte. Würde diese Frau jetzt sein Herz in Stücke reißen? Das durfte nicht sein. Hugh war kein Mann, den man abservierte. Bis jetzt war immer er derjenige gewesen, der gesagt hatte, es sei aus und vorbei. Hier lief gerade etwas gar nicht rund, aber er wollte Brianna auf keinen Fall den Rücken kehren. Und auch Layla nicht.

»Bree …«

»Lass mich versuchen, es zu erklären, bitte. Als ich dich mit Layla gesehen habe, ist mir bewusst geworden, wie sehr ich dich mag. Und ich fürchte, es ist mehr als nur *mögen*.«

Hugh schloss die Augen und atmete vorsichtig auf. *Gott sei Dank.* Als er die Augen wieder öffnete, klemmte Briannas Unterlippe wieder zwischen ihren Zähnen. *Verdammt.*

»Es ist nur … Können wir mal kurz darüber reden, wie wir beide leben?«

»Selbstverständlich. Was möchtest du wissen? Mein Leben ist ein offenes Buch.« Frauen hatten ihm schon die persönlichsten Fragen gestellt, ohne ihn damit aus der Ruhe zu bringen. Er hatte mit vielen Frauen geschlafen, war aber immer vorsichtig gewesen, hatte sich vor Krankheiten geschützt und auf sich geachtet. Brianna hatte er versprochen, immer ehrlich zu ihr zu sein. Und dieses Versprechen würde er halten.

»Erzähl mir etwas über deinen Jahresablauf.« Sie neigte den Kopf. Ihre Brauen waren noch immer zusammengezogen.

*Meinen Jahresablauf?* Sie fragte nicht nach seinen früheren Eroberungen, wollte nicht wissen, was er diesen Frauen versprochen hatte? Nein, natürlich nicht. Brianna dachte praktisch und war verantwortungsbewusst. Sie hatte eine Tochter, um die sie sich kümmern musste.

»Was genau möchtest du denn gerne wissen? Die Rennsaison geht von Februar bis Oktober, meist mit zwei Rennen pro Monat. Früher war ich jede Woche am Start, aber in letzter Zeit habe ich es ein bisschen ruhiger angehen lassen und bin in die Capital Series gewechselt.«

»Capital Series? Was bedeutet das?«

»Das ist der Name für eine Serie von Rennen innerhalb eines bestimmten Verbandes. Wir tragen jährliche Meisterschaften aus. Aber eigentlich bedeutet es, dass ich die Geschwindigkeit liebe und dass Adrenalin für mich wie Luft zum Atmen ist.«

Brianna nickte. Wieder presste sie die Lippen zusammen. Hugh konnte buchstäblich sehen, wie die Rädchen in ihrem Kopf ineinandergriffen und wie sie versuchte, die nächste Frage zu formulieren.

»Wenn du die Geschwindigkeit so liebst, warum fährst du dann nicht mehr jede Woche ein Rennen?«

Hugh beugte sich vor. Er stützte die Ellbogen auf seine Oberschenkel und rieb seine Hände. Den wahren Grund hatte er noch niemandem verraten. Wenn Reporter ihm diese Frage stellten, speiste er sie mit einer Standardantwort ab. *Ich möchte mal in einer anderen Liga fahren. Ich will nicht, dass Routine einkehrt. Ich suche neue Herausforderungen.*

Aber Briannas vertrauensvolle Augen saugten die Wahrheit direkt aus seinem Herzen. »Bitte, sag nicht weiter, was ich dir jetzt erzähle. Denn der Presse habe ich keine ehrliche Antwort gegeben. Die Öffentlichkeitsarbeit kann ein ziemlicher Albtraum sein.«

»Versprochen. Aber bevor du mir den Grund verrätst: Ist es etwas Schlimmes, etwas, was mich von dir fernhalten könnte? Oder gar etwas Skandalöses, vor dem ich Layla beschützen müsste?«

Da war er wieder. Ihr Mutterinstinkt gewann die Oberhand. *Großer Gott, wie ich das liebe.* Er schüttelte den Kopf. Eigentlich wollte er lächeln und sie mit einem glücklicheren Gesicht beruhigen. Aber die Wahrheit war nicht so leicht auszusprechen, und er war innerlich so ernst, wie er vermutlich auch aussah.

»Nein, keine Sorge.« Eher um sich irgendwo festzuhalten, als um es sich gemütlich zu machen, legte er einen Arm über die Rückenlehne der Couch. »Du weißt, dass ich ohne Mutter aufgewachsen bin.«

»Ja«, flüsterte sie. Sie legte eine Hand auf seinen Oberschenkel.

Hughs Brust zog sich zusammen. »Ich habe immer auf der Überholspur gelebt und wollte mich von nichts und niemandem anbinden lassen. Bei Familientreffen bin ich gekommen und gegangen wie vom Wind dahergeweht, obwohl meine Familie für mich das Allerwichtigste ist. Mit Frauen habe ich es ehrlich gesagt bis jetzt genauso gemacht.«

Brianna schlug die Augen nieder.

»Bitte schau mich an, Brianna. Ich werde immer ehrlich zu

dir sein, und das hier ist nicht leicht für mich. Ich muss wissen, was du denkst, wenn ich meine Seele vor dir ausbreite. Es ist wichtig, dass du dir kein falsches Bild von mir machst.«

Sie schaute ihm in die Augen.

»Diesen Mist habe ich hinter mir gelassen. So war ich einmal, aber so bin ich nicht mehr.« Er fuhr sich durchs Haar und atmete tief aus. »Ich habe noch nie eine Frau mit nach Hause gebracht und sie meiner Familie vorgestellt, und sobald die Gespräche ernster wurden, ob nun mit meinen Angehörigen oder einer Frau, habe ich alles ins Lächerliche gezogen. Aber als mein Vater Herzprobleme bekam, hat sich in mir ein Schalter umgelegt.« Er hielt inne und dachte daran, wie die Krankheit seines Vaters ihn getroffen hatte, als hätte man ihm ein Messer in die Brust gerammt. »Das Leben rast nur so vorbei, und bei mir ist das Tempo noch höher als bei den meisten anderen Menschen. Ohne etwas, was mich am Boden hielt, gab es für mich keine Limits.«

Brianna nahm ihre Hand von seinem Bein. »Drogen?«

»Nein. Meinen Körper mit irgendwelchem Zeug zu vergiften, kam für mich nie in Frage. Darüber musst du dir keine Sorgen machen. Es war nichts Illegales. Einfach nur … leben. Hart arbeiten, wild feiern. So lief das für mich.« Wieder beugte er sich vor und rieb seine Hände aneinander. »Mein Dad lebt immer noch jeden Tag für meine Mom. Er spricht mit ihr, und ich schwöre, manchmal kann ich sie in seiner Nähe sogar spüren.« Er schaute ihr ins Gesicht. »Sie hatte ein Pferd. Hope. Mein Vater hat es noch und behandelt es, als wäre Mom ein Teil davon.« Ihm war klar, wie verrückt das klang. Aber trotz des dicken Klumpens in seiner Kehle fuhr er fort. »Ich sitze also da und schaue den Mann an, der mir alles bedeutet. Den Mann, der die Lücke gefüllt hat, die meine Mutter hinterlassen hat.

Und ich denke: *Was passiert, wenn du nicht mehr bist?*« Hughs Augen füllten sich mit Tränen. Er drückte einen Finger und einen Daumen in die vorderen Augenwinkel. »Ich hatte das Gefühl, noch nicht genug von ihm gelernt zu haben. Herrje, ich klinge wie ein Spinner.«

»Nein, tust du nicht.« Brianna rückte näher an ihn heran. Sie zog ihre Beine unter sich, ihre Knie berührten seinen Oberschenkel.

Er nickte. Anschauen konnte er sie erst wieder, wenn er alles gesagt hatte. »Nach dem Wochenende damals habe ich einen langen Blick auf mein Leben geworfen. Auf mein verrücktes, wildes, ungebundenes Leben. Und mir wurde klar, dass ich, abgesehen von meiner Familie, ein verdammt einsamer Mensch bin. Außerdem ist mir bewusst geworden, wie viel ich doch bereits von meinem Vater gelernt hatte. Ich hatte das Gelernte nur weggedrängt.« Erleichtert, dass er sich von der Seele reden konnte, was ihn schon so lange beschäftigte, atmete er noch einmal laut aus. Brianna sah ihn aufmerksam an. Ihr vertrauensvoller Blick gab ihm die Kraft fortzufahren.

»Es stimmt, Brianna. Ich bin verrückt nach Adrenalin, aber das ist nur ein kleiner Teil von mir. Ein paar Monate lang habe ich darüber nachgedacht, wer ich wirklich bin. Ich hatte geglaubt, ich wäre völlig anders als meine Geschwister. Sie scheinen stets das Richtige zu tun. Selbst meine Liebe zu ihnen hat mich nie sehr lange in ihrer Nähe gehalten. Ich war immer auf dem Sprung, immer in Bewegung und auf der Suche nach dem nächsten Kick. Darauf bin ich nicht stolz, aber ich bin stolz auf die Veränderungen, die ich in Angriff genommen habe.«

»Wie zum Beispiel, weniger Rennen zu fahren?«, fragte sie.

»Das und noch ein paar andere Dinge. Ich interessiere mich mehr für meine Familie, verbringe mehr Zeit mit meinen

Geschwistern. Kürzlich war ich mit Dane auf seinem Boot. Solche Dinge eben. Außerdem gönne ich mir hin und wieder eine Auszeit. Ich glaube, vorher habe ich das nie getan, weil ich meinem Ruf als wilder Draufgänger gerecht werden wollte.« Hugh spürte, wie die Spannung in seinem Nacken nachließ. »Eigentlich mag ich mich ganz gern, Bree. Ich musste mich umstellen, nicht ständig um die Häuser ziehen, es auch mal ein bisschen ruhiger angehen lassen. Aber ich bin ein guter Mensch und ein netter Kerl und lerne täglich dazu. Und vor allem ...« Er nahm ihre Hand. »Vor allem ist mir klargeworden, dass ich haben möchte, was mein Vater hatte.«

»Du musst mir das alles nicht erzählen, Hugh.« In Briannas Augen sah er dieselbe bedingungslose Liebe, die auch sein Vater für ihn empfand. Dass sie nicht unbedingt alles wissen musste, was er ihr offenbarte, war ihm klar. Aber er wollte es ihr sagen.

»Du hast nach meinem Jahresablauf gefragt und ich halte dir einen Vortrag über mein Leben. Denn mir ist wichtig, dass du verstehst, warum ich ein paar Dinge verändert habe. Der Hauptgrund, weshalb ich jetzt weniger Rennen fahre, ist der: Die Rennen haben meinen Durst nach Adrenalin gestillt und zugleich eine Leere hinterlassen. Wenn ich jede Woche ein Rennen bestreite, kann ich weder eine Beziehung führen noch eine Familie gründen. Aber ich möchte auch diesen Teil von mir ausleben und nicht immer nur neue Kicks suchen. Ich möchte lieben, wie mein Vater geliebt hat und wie meine Brüder und meine Schwester inzwischen lieben. Ich möchte ein verlässlicher Partner und ein guter Ehemann sein, nicht nur ein Typ, mit dem man Spaß haben kann. Ich möchte Kinder haben und sie zu guten Männern und Frauen heranwachsen sehen.« In ihren Augen suchte er nach einem Hinweis darauf, was sie dachte. Sie schluckte und befeuchtete ihre Lippen mit der

Zunge. Was erwartete er? Sie hatte nur ein wenig mehr über ihn erfahren wollen, doch er breitete gleich eine Zukunft vor ihr aus.

Brianna schaute hinunter auf ihre Hände. Dann legte sie eine Hand an seine Wange und sagte: »Du bist ein guter Mann. Ich dachte immer, Mack sei der beste Mann, den ich kenne. Aber du stehst ihm in nichts nach.«

Er schluckte gegen den Klumpen an, der jetzt fest in seiner Kehle steckte. Weil er keine Worte fand, küsste er ihre Hand. Er liebte ihre Hände. Es war schön, wenn sie seine Wange berührte, seine Hand hielt oder ihn streichelte. *Ich liebe sie. Alles an ihr.* Er unterdrückte den Drang, es ihr zu sagen. Ihre Bürde war bereits schwer genug.

»Kann ich dich noch etwas fragen?«

»Alles, was du willst«, beteuerte er.

»Wie läuft das genau in der Praxis? Wenn du zwei Rennen pro Monat fährst, wo wohnst du dann? Wie würdest du eine Beziehung pflegen wollen, wenn du so viel unterwegs bist?«

Hugh nahm sie in die Arme und zog sie zu sich. Sie streckte die Beine auf der Couch aus und lag halb auf seinem Schoß. Hugh schaute ihr in die Augen. Über die Antwort musste er nicht lange nachdenken, die Wahrheit fand wie von selbst zu seinen Lippen.

»Bis du mir begegnet bist, musste ich darüber nie nachdenken.« Er lehnte die Stirn an ihre. »Ich weiß nur, dass ich nicht von dir weg möchte. Und jetzt, wo ich Layla kenne, will ich auch von ihr nicht mehr getrennt sein.«

# Siebenundzwanzig

Die absolut richtigen Entscheidungen, die sie in ihrem Leben getroffen hatte, konnte Brianna an einer Hand abzählen. Die erste war gewesen, aufs College zu gehen. Die zweite, Fotografie zu studieren. Sie hatte immer das Gefühl gehabt, durch einen Filter aufs Leben zu schauen, hatte versucht, undeutliche Konturen schärfer zu sehen. Die dritte richtige Entscheidung hatte sie getroffen, als sie schwanger geworden war und das Baby behalten hatte. An jenem Nachmittag hatte sich in ihrem Kopf ein Schalter umgelegt, vielleicht ein ähnlicher wie der, von dem Hugh gerade gesprochen hatte. Jede dieser Entscheidungen hatte dazu beigetragen, dass sie ein glückliches, produktives Leben führte, selbst wenn sie sich in vielem einschränken musste. Jetzt schaute sie in die dunklen Augen des Mannes, in den sie sich gerade bis über beide Ohren verliebte. Er war so hilfsbereit, so großzügig und offen, wie man sich einen Mann nur wünschen konnte. Die vierte und vielleicht wichtigste Entscheidung in ihrem Leben würde weitreichende Folgen haben, das war Brianna bewusst. Schließlich musste sie, bei allem, was sie tat, immer auch an Layla denken. Die Worte lagen ihr auf der Zungenspitze. Damit sie nicht herauspurzelten, schloss sie den Mund. Was, wenn sie sich täuschte? Was, wenn er jedes einzelne wunderbare Wort tatsächlich so meinte, der gute Wille aber nicht ausreichte? Was, wenn … Nein. Das alles wollte sie heute Nacht nicht mehr zerpflücken. Sie hatte ihm Fragen gestellt und er hatte sie ehrlich beantwortet. Sie schuldete ihm dieselbe Aufrichtigkeit.

Brianna legte eine Hand auf die Stelle an seinem Bauch, die sie inzwischen als ganz allein ihre betrachtete. Knapp über der Niete an der rechten Tasche seiner Jeans. Dort passten ihre Fingerspitzen perfekt in die Kuhle zwischen seinen herrlichen Bauchmuskeln. Wenn sie diese Stelle berührte, wurde sie stets damit belohnt, dass sich seine Augen weiteten, verdunkelten und gleich darauf wieder zusammenzogen. Dann beugte er sich meist vor und – *oh Gott, ja* – legte seinen Mund auf ihren. Jeder Kuss war wie eine Erneuerung, ein frisches Aufwühlen und Vermengen von Lust und Liebe, die in ihr erwacht waren und unter dem Druck seiner Lippen überliefen. Und, *großer Gott*, er schmeckte so gut. Sie schlang die Arme um ihn und er antwortete ihr mit seinem Körper. Er drückte die Brust an ihre und fuhr mit der Hand – *oh, wie ich diese großen, wunderbaren Hände liebe* – auf seine unvergleichliche Art an ihrer Seite entlang nach unten. Wie unfassbar weiblich sie sich dabei immer fühlte und wie sehr sie die simple Berührung zugleich erregte, hätte sie nie für möglich gehalten.

Er schob eine Hand unter ihr T-Shirt, streichelte ihre nackte Haut und machte sie damit noch viel hungriger. Was sie wollte, erahnte er sofort. Er umfasste ihre Brust, legte den Mund an ihren Hals und flüsterte ihren Namen.

»Bree …«

Wie schon bei ihrer allerersten Begegnung schmolz sie unter seiner Stimme. Er war wie ein Sommerwind, weich und schmeichelnd. Sanft strich er an den Mauern entlang, die sie um sich errichtet hatte, und sorgte dafür, dass sie in einem unbeobachteten Moment in sich zusammenfielen. Nur mit einer letzten dünnen Schutzschicht um ihr verletzliches Herz lag sie vor ihm. Hugh durchbrach die Schicht mit seiner Rücksicht, mit seinen liebevollen Küssen und sehnsuchtsvollen Blicken. Als er schließlich ihr Shirt anhob und seinen Mund auf ihre Brust drückte, wollte sie nie wieder an einen windgeschützten Ort.

Einen Arm um sie geschlungen und einen unter ihre Taille geschoben, legte er sich auf sie. Jeder einzelne harte Quadratzentimeter seines Körpers fühlte sich so verdammt gut an. Brianna wühlte ihre Hände in sein Haar, zog seinen Mund zu ihrem und verlor sich in der Hitze, die sie ihr Becken an seines drängen ließ und hungrige kleine Seufzer aus ihrer Kehle lockte.

»Großer Gott, Bree.« Er schob sich an ihr nach unten, küsste ihren Bauch, nur um dann wieder zu ihrem Mund zurückzukehren. Dabei schob er seine Hand vorn in ihre Hose. Seine Fingerspitzen berührten ihre Mitte. Er stöhnte an ihren Lippen. »Du bist so heiß.«

Seine atemlosen Worte stachelten sie an. Sie küsste ihn gierig mit Zunge und Zähnen, während er die Hand tiefer bewegte. Als seine Finger in sie glitten, stöhnte sie auf. Sie zog sein Shirt hoch, drückte ihren nackten Bauch an seinen und wölbte ihm ihr Becken entgegen. Er küsste sie hart. Die Kombination aus Verlangen und Leidenschaft, vermischt mit den Empfindungen, die seine liebevolle Berührung und seine drängende Zunge auslösten, rissen sie in einen Strudel aus Leidenschaft und bescherten ihr einen exquisiten Höhepunkt. Ihr Kopf fiel zurück, und Hugh fing ihre Lustschreie in seinem Mund auf, während tausend prickelnde Nadelstiche ihre Glieder in Flammen setzten und ihr jeden klaren Gedanken raubten. Langsam schwebte sie danach wieder zur Erde und sein

Kuss wurde zärtlich.

»Wow.« Sie strich sich das Haar aus dem Gesicht.

Hugh schaute hinüber zum Flur. »So gerne ich mit dir in dein Schlafzimmer gehen und dich dort leidenschaftlich lieben würde, deine kleine Prinzessin weiß noch nichts von uns. Und ich glaube, wenn sie aufwachen und im Bett ihrer Mutter einen fremden Mann vorfinden würde, bekäme sie einen Schreck fürs Leben.«

Brianna zeichnete mit den Fingerspitzen Hughs Bizeps nach. »Du meinst wohl ihren schönen Prinzen?«

Hugh lächelte sie an. »Ja, auch das.« Er nahm sie in die Arme. »Okay, du Löwenmutter, was noch?«

»Wovon sprichst du?«

»Gibt es noch etwas, was du über mich wissen willst, bevor du mit Layla sprichst?« Seine Stimme war wieder ernst geworden.

»Ich habe das Gefühl, dass du deine Seele vor mir ausgebreitet hast, und was du mir erzählt hast, zieht mich noch mehr zu dir hin. Aber mir geht so viel durch den Kopf. Wir kennen uns schließlich erst seit ein paar Tagen …«

»Es fühlt sich an wie ein ganzes Leben.«

*Das kann man wohl sagen.* »Für mich auch. Ich mache mir nur Gedanken, was sein wird, wenn wir uns noch näherkommen und du dann wochenlang weg bist. Für Layla wäre das sicher sehr schwer.« *Und für mich auch.* »Ich möchte wirklich nicht aufs Tempo drücken. Es ist nur … Als Mutter kann ich nicht bloß in der Gegenwart leben. Was ich tue, hat Auswirkungen auf mein Kind.«

»Bree.«

Sie war völlig aus dem Gleichgewicht. Sie wollte auf seinen Schoß kriechen, sich an ihn schmiegen und sich sicher und geborgen fühlen. Aber was, wenn sie dieses Gefühl immer nur ein paar Wochen im Jahr haben konnte?

»Bree«, sagte er noch einmal.

»Ja?«

Mit seinen Händen auf ihren Armen neben ihm zu sitzen und in seinen Augen zu lesen, dass er sie nie verletzen würde, verscheuchte ihre Sorgen. Aber ein Blick den Flur entlang zur Zimmertür ihrer Tochter brachte gleich wieder neue.

»Viele Fahrer reisen zusammen mit ihren Familien. Die Kinder haben Privatlehrer. Einige Fahrer pendeln auch zwischen den Rennbahnen und ihrem Zuhause. Wenn es mit uns weitergeht, werden wir uns etwas einfallen lassen und tun, was für Layla am besten ist.«

*Was für Layla am besten ist.* Dass er immer an Laylas Wohlergehen dachte und fast wörtlich wiederholte, was Mack ihr vor ein paar Stunden erklärt hatte, wärmte ihr Herz. Vielleicht hatte das Schicksal ja wirklich seine Hand im Spiel.

Er schob ihr eine verirrte Haarsträhne hinters Ohr, und sie schloss die Augen und atmete eine Minute lang ruhig und tief. »Okay. Danke.«

»Hör auf, mir zu danken.« Wieder legte er die Arme um sie. »Wie sehen denn deine Pläne für die kommende Woche aus?«

Sie verzog das Gesicht. »Zurück ins richtige Leben. Am Montag arbeite ich von zehn bis zehn, am Mittwoch von zehn bis fünf. Am Dienstag und Donnerstag arbeite ich morgens von acht bis eins bei Claude. Am Dienstag bin ich danach noch von zwei bis zehn in der Bar, am Donnerstag nur von zwei bis fünf, weil wir am späten Nachmittag Laylas Geburtstag feiern. Normalerweise würde ich bis neun oder zehn arbeiten. Am Freitag bin ich dann wieder von neun bis fünf in der Bar.«

Hugh zog eine Braue hoch. »Du arbeitest in fünf Tagen fast

fünfzig Stunden?«

»Das kommt ungefähr hin. Was am Samstag ist, weiß ich noch nicht. Falls Claude sich nicht noch meldet, habe ich frei. Im Augenblick wäre das ein Segen.« Sie lehnte sich an die Couch und sah, wie Sorgenfalten über seine Stirn wanderten.

»Wann hast du denn während der Woche Zeit für Layla?«

Sie senkte den Blick. »Ich habe nie genug Zeit für sie, aber wir tun, was wir können. Wir frühstücken zusammen und ich mache abends etwas mit ihr. Nur nicht zu lange.« Ihr ständiges schlechtes Gewissen lag ihr wie ein Stein im Magen. »Und wie sieht deine Woche aus?«

»Vor meinem Abflug am Freitagmorgen habe ich noch einiges zu tun. Ich hätte dich gerne irgendwann gesehen, aber du hast ja kaum Zeit für Layla, da möchte ich nicht stören.«

»Am Montag und Mittwoch arbeite ich erst ab zehn. Wenn dein Terminplan es zulässt, könnten wir uns vorher treffen.«

»Am Montag, also morgen, schaffe ich das. Aber am Mittwoch habe ich eine Besprechung mit einem Sponsor. Redest du morgen mit Layla über uns?«

»Ich denke schon. Nur vor der Schule kann ich das nicht tun, weil es sie vielleicht durcheinanderbringt. Am Montagabend wird sie zwar müde sein, aber wahrscheinlich ist das der beste Zeitpunkt. Ich sage dir Bescheid, wie es gelaufen ist.«

»Wenn es gut läuft und es für dich okay ist, kann ich dann dich und Layla am Mittwochabend zu einem Doppeldate ausführen?«

»Das würde ihr sicher unheimlich gefallen, aber fühl dich zu nichts verpflichtet.« Die Idee machte sie vor Freude ganz kribbelig.

Er schob sich ein wenig näher an sie heran. »Rede einfach

mit ihr und sag mir dann, was du denkst. Und wo sollen wir uns morgen früh treffen? Sollen wir gemeinsam frühstücken? Oder hast du irgendwas zu erledigen? Dann komme ich einfach mit. Was wir machen, ist nicht so wichtig, solange wir nur zusammen sind.«

Auf gar keinen Fall würde sie ihre knappe gemeinsame Zeit mit irgendwelchen Erledigungen verschwenden. »Nein, ich habe nichts vor.«

»Okay, dann komm doch einfach zu mir, wenn du Layla zur Schule gebracht hast, und ich mache uns Frühstück.«

»Klingt perfekt.« Im Kopf ging sie bereits ihre Unterwäsche durch und überlegte, welche besonders sexy war.

*Die pinkfarbene. Definitiv. Die ziehe ich an.*

*Oder vielleicht … einfach gar nichts.*

# Achtundzwanzig

Am nächsten Morgen kniete Layla auf dem Küchenhocker, spießte mit ihrer Gabel ein Stück Pfannkuchen auf und steckte es in den Mund. »Es war toll gestern Abend. Kann ich heute wieder mit dir zur Arbeit kommen?«

»Tut mir leid, Süße. Aber eigentlich sind Kinder in der Bar nicht erlaubt. Gestern hat Mack eine Ausnahme gemacht, aber wenn das öfter vorkommt, könnte ich Ärger kriegen. Außerdem hat Granny Rapunzel ausgeliehen und möchte sich den Film mit dir heute Abend anschauen.« Brianna aß eine Gabel Pfannkuchen und sah, dass Layla die Nase kraus zog. »Stimmt was nicht mit deinen Pfannkuchen?«

Layla schüttelte den Kopf und schob die Unterlippe zu einem süßen Schmollmund vor. »Ich wollte so gerne Prinz Hugh wiedersehen.«

Briannas Körper prickelte vor Vorfreude auf das Wiedersehen mit ihm. *Das kann ich gut verstehen.* »Weil es schön war, sich mit ihm zu unterhalten, oder weil es dir gefallen hat, bei meiner Arbeit zu sein?«

»Weil es lustig war mit ihm. Er ist nett und genauso wie der Prinz in dem Theaterstück, bei dem ich mit Granny war. Er hat mit mir gespielt und sich mit mir zusammen Geschichten ausgedacht. Und als eine Frau gefragt hat, ob er ein Date will, hat er Nein gesagt. Er wollte nämlich lieber mit mir spielen.« Beim Lächeln blitzten ihre Milchzähne auf und sie zeigte ihre Zahnlücke. Sie steckte sich noch ein Stück Pfannkuchen in den Mund.

Da sie sich sowieso gerade über Hugh unterhielten und Layla so angetan von ihm war, beschloss Brianna, das Gespräch über ihre Beziehung mit ihm nicht aufzuschieben. »Ich wollte mit dir über ihn reden.« Sie legte ihre Gabel beiseite, faltete die Hände unter dem Kinn und achtete auf Laylas Reaktion. Doch es war keine zu beobachten. Einfach nichts. Layla schaute nicht einmal gelinde interessiert von den Pfannkuchen auf, die sie Stück für Stück auf ihre Gabel spießte.

»Hugh ist ein Freund. Ein ganz besonderer Freund.«

»Ich weiß.«

Brianna legte die Hände in ihren Schoß. »Du weißt das?«

Layla nickte. »Hm-hm.«

»Woher weißt du, dass er mein ganz besonderer Freund ist?«

*Ich bringe meine Mutter um.*

Layla zuckte die Achseln.

Briannas Puls beschleunigte sich. Sie hob die Augenbrauen. »Was denkst du, was ist ein besonderer Freund?«

Layla nahm einen Schluck Saft, dann wandte sie sich wieder den Pfannkuchen zu. »Jemand, den man sehr mag. So wie Kat. Kat ist auch eine besondere Freundin.«

Brianna lächelte. »Du hast recht. Kat ist eine *ganz* besondere Freundin.«

»Und Mack. Mack ist ein besonderer Freund.« Layla kaute.

»Ja, Mack auch. Aber Hugh ist ein etwas anderer besonderer Freund«, antwortete Brianna. Wie zum Teufel sollte sie sich ausdrücken? Wie sollte sie Layla die unterschiedlichen Arten von besonderen Freunden erklären?

»Marissas Mom hat auch einen besonderen Freund, und Marissa sagt, sie küssen sich. Küsst du Hugh?«

Brianna atmete tief aus. Als Erklärung für den Unterschied war das nicht schlecht. »Würde es dich stören, wenn ich das täte?«

Layla schürzte die Lippen und bewegte den Mund hin und her. »Magst du ihn wirklich sehr? Granny sagt nämlich, Mädchen sollten nur Jungs küssen, die sie sehr, sehr mögen. Und sie sagt, man muss viele Frösche küssen, bevor man einen Prinzen findet.«

»Granny hat recht.« *Und sie redet zu viel.* »Man sollte tatsächlich nur Jungs küssen, die man sehr, sehr mag. Und ja, ich mag Hugh wirklich sehr, sehr.«

Layla setzte sich auf ihre Fersen, richtete sich auf und legte die Gabel beiseite. »Ich mag ihn auch.«

»Das ist gut, Layla. Denn er findet dich auch nett. Er würde gern am Mittwochabend mit uns ausgehen. Könntest du dir das vorstellen?«

Layla nickte energisch und ließ lächelnd die Milchzähne blitzen. »Wohin gehen wir denn?«

Briannas Herz bekam Flügel. »Keine Ahnung. Aber sicher fällt uns etwas Gutes ein.«

Layla runzelte die Stirn. »Meinst du?«

»Ich glaube schon. Wohin möchtest du denn gern?« Brianna fing an, den Tisch abzuräumen.

»Ach, ich weiß nicht. Such du dir was aus.« Layla sprang von ihrem Stuhl und rannte zum Couchtisch im Wohnzimmer. »Haben wir Zeit für eine Runde Drama Queen?«

Für Layla schien das Thema damit erledigt zu sein. Brianna hatte sich die halbe Nacht lang den Kopf zerbrochen, wie sie mit ihrer Tochter über Hugh sprechen sollte, und dreißig Sekunden, nachdem sie ihr erklärt hatte, wer er war, hatte ihr hellwaches Kindergehirn schon wieder etwas anderes ins Visier genommen. *Wenn das bei Erwachsenen nur auch so leicht ginge.* »Vor der Schule leider nicht mehr. Aber ich darf dir verraten, dass Hugh dir das Spiel gekauft hat.« Sie warf einen Blick auf die Uhr. In dreißig Minuten würde sie bei Hugh sein, in einunddreißig Minuten in seinen Armen liegen.

Layla hüpfte von einem Fuß auf den anderen. »Es ist von Hugh? Woher hat er denn gewusst, dass ich es mir wünsche?«

Brianna lächelte über die Begeisterung ihrer Tochter. »Keine Ahnung. Aber jetzt musst du deine Schuhe anziehen, sonst kommen wir zu spät.« Wenn sie Layla zur Schule gebracht hatte, wollte sie noch einmal kurz zu ihrer Wohnung zurück und sich umziehen. Dann würde sie zu Hugh fahren. Ihr Magen schlug Purzelbäume.

An der Wohnungstür steckte Layla ihre blaubestrumpften Füße in ihre blauen Sneaker. »Ich weiß, woher er es gewusst hat, Mommy. Er hat magische Kräfte. Das haben alle Prinzen.«

*Magische Hände hat er, aber ob er auch magische Kräfte hat, weiß ich nicht.* »Und ich glaube, er kann nur sehr gut Wünsche erraten.«

# Neunundzwanzig

Hugh brütete über dem Terminplan für die Rennen im kommenden Jahr. Er fuhr sich mit der Hand durchs Haar und suchte nach einer Möglichkeit, trotz seines vollgestopften Kalenders mit Brianna zusammen sein zu können. Schon seit einer geschlagenen Stunde starrte er auf die verdammte Tabelle, aber so sehr er sich auch bemühte, er konnte sich nicht konzentrieren. Wenn es mit der abgespeckten Version seines Rennkalenders schon so schwierig war, eine Beziehung zu führen, dann wäre das bis vor Kurzem, als er noch jede Woche ein Rennen gefahren war, vermutlich unmöglich gewesen. *Verdammt.* Der Gedanke, dass Brianna innerhalb von fünf Tagen fünfzig Stunden arbeiten musste, ließ ihm keine Ruhe. Sie brauchte mehr Zeit für Layla und Layla brauchte bestimmt auch mehr gemeinsame Zeit mit ihrer Mutter. Er schob die Tabelle beiseite und fing an, auf und ab zu gehen.

Der Knoten in seinem Magen verriet ihm, dass er sich nicht nur wegen Layla sorgte. Wie konnten er und Brianna Zeit füreinander finden? Seine Rennfahrerkarriere verlangte nahezu seine volle Aufmerksamkeit. In jeder Rennwoche atmete, aß und schlief er drei Tage lang nur heißen Asphalt. Vor und nach jedem Event gab es Pressekonferenzen, Sponsorentreffen,

Abendveranstaltungen und Preisverleihungen. Dass seine Freundin fünfzig Stunden die Woche schuftete und diese Termine trotzdem mit ihm wahrnahm, war völlig undenkbar. Großer Gott, wenn sie die Seine wäre, wirklich ganz die Seine, müsste sie nie wieder einen einzigen Tag arbeiten. Sie könnte fotografieren und hätte Zeit für Layla und ihn. Hugh kannte sich nur zu gut. Er war ein Besessener und lief in einem Wettkampf zur Hochform auf. Dabei waren seine Gefühle für Brianna mit den Gefühlen für den Rennsport durchaus zu vergleichen. Seit sie einander begegnet waren, hatte er jede Sekunde lang mit ihr in seinem Kopf und seinem Herzen geatmet, gegessen und geschlafen. Er brauchte mehr Zeit für sie. *Verdammt noch mal.*

Nachdenklich öffnete er die Glasschiebetür seines Wohnzimmers und atmete die belebende, frische Morgenluft ein. Leider half ihm das nicht weiter. Noch einmal holte er tief Luft. Dabei ging ihm durch den Kopf, dass er Frauen bislang kaum besser behandelt hatte als einen Satz neuer Reifen. Er hatte sie benutzt, ausgelotet, was sie zu bieten hatten, sie in einem irren Tempo zerschlissen, weggeworfen und vergessen. Brianna hingegen war mit seinen Gedanken verbunden wie siedender Teer: untrennbar, sehr spürbar und nicht abzuschütteln. Außerdem liebte er sie, verdammt. Er wollte mehr und öfter mit ihr zusammen sein, nicht weniger.

Noch vier Tage lang war er in der Stadt, aber allein die Vorstellung, danach ein, zwei Nächte von ihr getrennt zu sein, erschien im unerträglich. Er sorgte sich, weil Brianna zu viel arbeitete, und er sorgte sich, weil Layla nicht genügend Zeit mit ihrer Mutter verbringen konnte. Er sorgte sich wegen des bärtigen Kerls auf dem Balkon, obwohl der ihn offenbar verstanden hatte. Herrje, und er sorgte sich, wie er in der Nacht vor dem Rennen den dringend nötigen Schlaf finden sollte, wenn ihm so viel durch den Kopf ging. In der vergangenen Nacht hatte er ewig wachgelegen und sich nach Brianna gesehnt. Wie zum Teufel war das bloß alles so schnell passiert?

Als die Türglocke klingelte, hatte er nicht, wie geplant, das Frühstück bereitstehen. Er schloss die Glastür und ging barfuß und in Jeans durchs Zimmer. Mit tiefen Atemzügen versuchte er, ruhiger zu werden. Erst als er nach dem Türknauf griff, fiel ihm auf, dass er die Hände zu Fäusten geballt hatte und die Muskeln in seinen Armen und seinem Hals zum Zerreißen gespannt waren. *Mist.* Wieder klingelte es an der Tür.

Er machte auf und Brianna stand vor ihm. Sie trug einen kurzen, in der Taille gegürteten Mantel, der ihr bis knapp zur Mitte der Oberschenkel reichte. Ihre Beine waren nackt und sie fröstelte. Hughs Blick wanderte an ihr nach unten. Das Frösteln hätte ihn eigentlich sofort aus seiner Trance reißen sollen, doch die Stilettoabsätze, auf denen Brianna stand, sorgten dafür, dass er trotz aller Frustration hart wurde. Heiliger Bimbam, diese Frau war ein wahrgewordener Traum. Er hatte keine Ahnung, was sie unter dem kurzen Mantel trug, aber zur Arbeit würde sie so auf keinen Fall gehen. Weder heute noch an irgendeinem anderen Tag, wenn er ein Wörtchen mitzureden hatte. Mühsam lenkte er den Blick an ihrem betörenden Outfit entlang nach oben. Kurz über dem Gürtel blieb er hängen, weil ihm zwischen den Aufschlägen des Mantels nackte Haut ins Auge stach. Sein Blick folgte diesem seidigen Pfad zwischen Briannas Brüsten hinauf zu ihren verlockenden Lippen. Obwohl das Verlangen Hughs Gehirn vernebelte, registrierte er, dass sie keinen BH trug. Womöglich war sie unter dem Mantel völlig hüllenlos. *Großer Gott.* Er zog sie ins Haus und schloss die Tür.

Drinnen drückte er Brianna gegen die Wand. Schon vor

ihrer Ankunft waren seine Adern voller Adrenalin gewesen. Jetzt kam zusätzlich so viel Testosteron hinzu, dass er fürchtete, sie könnten zerreißen. Wie er es durch die Nacht geschafft hatte, ohne seine sexuelle Anspannung loswerden zu können, war ihm ein Rätsel. Aber irgendwie war es ihm gelungen. Er hatte an ein nettes Frühstück gedacht, gefolgt von liebevollen Zärtlichkeiten. Bis er die E-Mail mit dem aktualisierten Terminplan für die Rennen erhalten und sich das Hirn zermartert hatte, wie er sich sein Leben in Zukunft einteilen sollte. Jetzt startete Briannas Duft einen Angriff auf seine Sinne, und die Vorstellung, was sie vermutlich alles nicht anhatte, ließ ihn den Mund auf ihren pressen.

»Ich freue mich auch, dich ...«

Er ließ sie nicht ausreden. Die aufgestaute Leidenschaft der letzten vierundzwanzig Stunden und die Gefühle, die seine Brust sprengten und sein Verlangen nach Brianna ins Unendliche steigerten, vereinten sich zu einem wilden Ausbruch erotischer Gedanken und fleischliche Gelüste. Er wühlte seine Hände in ihr Haar, zog ihren Kopf nach hinten und bog ihm so ihren Mund entgegen, damit er sie tiefer küssen und ihr den Atem aus den Lungen stehlen konnte. Der Laut, den sie ausstieß, brachte ihn um den Verstand. Dieses hungrige Stöhnen hatte seinen Ursprung an einem tiefen, geheimen Ort und vibrierte durch ihre Brust. Hugh zerrte am Gürtel ihres Mantels, während sie nach dem Knopf seiner Jeans tastete und leise knurrte, weil sie ihn nicht gleich aufbekam. Gott, wie er diese sexy Töne liebte. Aufstöhnend riss er mit einer Hand den Knopf seiner Jeans ab und schaffte es, mit der anderen den Gürtel ihres Mantels aufzuschnüren. Die Aufschläge klafften auseinander. Zwischen ihnen kam ein perfekter Streifen ihres wunderschönen nackten Körpers zum Vorschein. Einen

Atemzug lang war Hugh wie erstarrt. Seine Gedanken froren ein. Briannas herausfordernder Blick war das exakte Gegenstück der Lust, die seinen Körper durchjagte, und in diesem Moment wurde ihm klar, dass er es nicht ertragen würde, noch einmal ohne sie zu sein. Sie kniff die Augen zusammen und öffnete die Lippen. Gleichzeitig streckte sie die Hand aus und umfasste durch die Jeans hindurch seine Hoden.

»Großer Gott, Bree.« Er wusste nicht, ob er die Worte tatsächlich ausgesprochen hatte. Hatten sie es überhaupt von seinem Hirn bis zu seinen Lippen geschafft? Er wusste nur, dass in der nächsten Sekunde seine Hände auf ihrem Hintern lagen, sie packten und an ihn zogen. Das Gefühl ihrer kühlen Haut auf der Hitze, die in ihm brodelte, fachte sein Verlangen noch an. Sein Mund fand zu ihrer Brust, er leckte ihre Brustwarze und knabberte daran. Brianna vergrub die Hände in seinem Haar und klammerte sich an ihm fest. Eine seiner Hände fand zu ihrer betörend feuchten Mitte. Aber jetzt noch mit ihr zu spielen, brachte er nicht fertig. Er musste einfach in ihr sein. Als er zwei Finger in sie gleiten ließ, hob sie sich auf ihren Stilettos auf die Zehenspitzen und schnappte nach Luft. Hughs Verlangen schaltete in den Turbomodus.

Brianna griff nach seiner Hose und zerrte an seinem Hosenladen. Endlich klafften auch seine Jeans auseinander und gaben den Blick auf seine unter dem Bund des Slips hervordrängende Erektion frei. Brianna schaute hinunter und befeuchtete mit der Zunge ihre Lippen. Die eindeutige Geste nahm Hugh den Atem. Zärtlich und verführerisch zugleich wanderten ihre Finger auf ihre unnachahmliche Art an seinem Bauch tiefer. Sie hakte die Daumen in seinen Slip und zog ihn so weit nach unten, wie seine muskulösen Oberschenkel es zuließen. Dann biss sie sich auf die Unterlippe, schaute durch ihre dichten Wimpern zu ihm auf und beugte sich hinunter, um ihn mit ihrem Mund zu begrüßen. Erst leckte sie jeden Zentimeter, dann nahm sie ihn tief in sich auf. Hugh stöhnte. *Heiliger Bimbam.* Hatte sie über Nacht geübt? Flammen züngelten unter seiner Haut.

Sie richtete sich auf, drängte ihn gegen die Wand, an der sie gerade noch selbst gestanden hatte, und hielt ihn dort fest.

»Bree.«

»Pssst. Jetzt bin ich dran.«

Sie legte den Mund auf seinen, drückte ihn gegen die Wand und rieb sich an ihm. Er griff nach ihren Hüften, doch sie schob seine Hände weg. Nach dem nächsten Kuss hielt sie seine Unterlippe mit den Zähnen fest, ließ sie los und leckte dann kurz über die schmerzende Stelle.

»Wer bist du?« Er schluckte, weil seine Stimme vor Lust ganz belegt war.

»Ich habe die ganze Nacht an dich gedacht, und ich weiß, wie sehr du mich respektierst. Damit du mir glaubst, dass du dich wirklich nicht zurückhalten musst, zeige ich dir jetzt, dass du mich wie eine Frau behandeln kannst.« Wieder huschte ihre Zunge über ihre Lippen. »Sieben Jahre sind eine sehr lange Zeit.« Sie schob sich an ihm nach unten, schaute noch einmal zu ihm hinauf und flüsterte dann: »Nicht kommen.«

Er schloss die Augen und stöhnte, während ihre Hände und ihre Zunge ihn fast um den Verstand brachten. Seine Finger klammerten sich an ihre Schultern, doch er zwang sich, stillzuhalten und ihren Rhythmus nicht zu bestimmen. Sonst würde er nicht lange durchhalten. *Himmel*, ihr Mund war so heiß und – *großer Gott.* Er riss die Augen auf. *Was zum …?* Ein Gefühl, das er noch nie zuvor gehabt hatte, setzte ihn unter Strom. Er riskierte einen Blick nach unten. Sie benutzte die

Unterseite ihrer Zunge, um ihn zu streicheln.

Brianna lächelte keck und zog dabei eine Braue hoch. »Es gibt Zeitschriften mit prima Onlinetipps.«

»Du bist unfassbar.« Als sie sich seinen Hoden zuwandte, machte er die Augen fest zu. »Bree«, sagte er mit einem langen Atemzug. »Brianna.« Sie beschleunigte ihren Rhythmus, benutzte zusammen mit ihrem Mund eine Hand. Kurz bevor seine Gefühle ihn übermannen konnten, schob Hugh sie von sich weg.

»Nicht. Kommen.«

»Du bringst mich um.« Er lehnte sich wieder an die Wand.

Brianna löste seine Hände von ihrem Kopf und machte weiter. Fünf kurze, schnelle Bewegungen, vier, drei, zwei, dann langsamere, längere, die ihn fast das letzte bisschen Beherrschung kosteten.

»Bree. Bree.«

»Nicht«, befahl sie. Sie war unbeirrbar. Erneut brachte sie ihn bis knapp vor einen Höhepunkt, dann hörte sie auf, gab ihm gerade genug Zeit, um sich wieder etwas zu fangen, und reizte ihn dann noch einmal, bis er fast kam.

Seine Nervenenden standen in Flammen. Mit einer plötzlichen, schnellen Bewegung hob er sie hoch und nahm sie in die Arme. Ihre Beine legte er sich um die Taille. Sie nahm sein Gesicht zwischen die Hände und küsste ihn fordernd. Obwohl er kaum noch einen Gedanken fassen konnte, meldete sich eine kleine Stimme in seinem Gehirn.

»Kondom.«

»Ich nehme die Pille.« Sie küsste ihn.

»Bree?« Er schaute in ihre liebevollen, vertrauensvollen Augen. »Eines Tages werde ich dich zur Braut machen. Aber nicht, weil du aus Versehen schwanger geworden bist. Den

Zeitpunkt deiner nächsten Schwangerschaft bestimmst allein du.« Auf dem Weg in sein Schlafzimmer hörte er nicht auf, sie zu küssen. Noch immer trug er sie in den Armen, noch immer hatte sie die Beine um ihn geschlungen. Er schnappte sich ein Kondom aus der Schublade des Nachttischs. Gemeinsam zogen sie es ihm über, denn auf keinen Fall wollte er sie absetzen, nicht eine einzige Sekunde lang. Sie in den Armen zu halten und zu spüren, wie sie sich an ihm festklammerte, als wäre er alles für sie, ließ sein Herz überlaufen.

»Was hast du gerade gesagt?«, fragte sie zögernd.

»Es ist verrückt, ich weiß. Ich will nicht nur ab und zu, wenn wir gerade mal Zeit haben, eine gemeinsame Nacht oder ein Date. Ich möchte nichts überstürzen, und ich glaube nicht, dass ich den Verstand verloren habe. Ich weiß nur, dass ich nie wieder ohne dich sein will. Ich möchte mich um dich und Layla kümmern, mit meinem ganzen Herzen und meiner ganzen Seele.«

Briannas Mundwinkel kräuselten sich nach oben und ihre Augen füllten sich mit noch mehr Liebe, obwohl ihm das kaum noch möglich erschienen war. Sie legte die Hände an sein Gesicht. Ihre Lippen öffneten sich, als wollte sie etwas sagen, eine Träne fiel von ihrer Wange und sie lehnte ihre Stirn an seine. Dann legte er sich auf sie und ihre Körper wurden eins. Die Anspannung des Morgens verflog, sein Herz wurde weit und sein Kopf frei für die Frau, die er liebte.

# Dreißig

Der Wochenanfang war ein wilder Strudel aus prickelnder Anspannung, Arbeit und sehnsuchtsvollen Anrufen und Texten. Kurz vor Briannas Schichtende am Mittwochabend schob Kat sich neben sie.

»Und? Gab es noch weiteres Brautgeflüster?« Sie lehnte sich an den Tresen und hob die Augenbrauen. Der korallenfarbene Lippenstift, den sie heute trug, gab ihr ein frisches, jugendliches Aussehen.

»Ich habe ihn seit Montag nicht gesehen.« Brianna hatte gehofft, sie könnten sich am Mittwochmorgen treffen, aber Hugh hatte zu einer Besprechung mit einem Sponsor gemusst. Seit Montag hatten sie sich bei jedem Telefonat über Layla unterhalten und einander erzählt, was sie den Tag über gemacht hatten. Seufzend hatten sie einander unzählige Male gestanden, wie sehr sie sich vermissten und dass sie das nächste Wiedersehen kaum erwarten konnten. Brianna hätte im siebten Himmel schweben müssen. Doch dass Hugh nicht wiederholte, was er in dem leidenschaftlichen Moment am Montagmorgen gesagt hatte, brachte sie ins Grübeln. *Eines Tages werde ich dich zur Braut machen.* Weshalb schnitt er das Thema seither nicht mehr an? Im Lauf des Nachmittags war die Sorge darüber in ihrer Brust angeschwollen wie ein Schwamm, der sich mit Wasser vollsog. Es konnte gar nicht schnell genug fünf Uhr werden.

»Bedeutet das, du wirst von hier wegziehen? Was soll ich bloß machen, wenn ich niemanden mehr zum Reden habe?« Kat kaute auf ihrem Kaugummi herum und schaute zu Boden.

Brianna schob sich eine Haarsträhne hinters Ohr und seufzte frustriert. »Nein, ich glaube, das bedeutet es nicht, Kat. Ehrlich gesagt, verstehe ich manches nicht so recht.« Sie warf ihr Geschirrtuch auf den Tresen.

»Wie bitte? Was sind denn das für Töne?« Kat nahm das Geschirrtuch, faltete es ordentlich und schlang es wieder in Briannas Gürtel.

»Ach, ich weiß nicht.« Brianna beugte sich vor und flüsterte: »Er hat seither nicht mehr davon gesprochen. Das ist alles. Muss ich mir Sorgen machen? Ich meine, was heißt das? Bereut er, was er gesagt hat?«

»Herrje, nein. Der Mann ist verrückt nach dir. Er hat ein verdammtes Karussell für dich gemietet, Bree.« Sie tippte Brianna mit dem Zeigefinger an die Schläfe. »Schalte doch mal für eine Minute deinen Kopf ein. Er hat gesagt, er wird dich zur Braut machen. Der Mann, der einen ganzen Park für dich gemietet hat, der deinen Wagen repariert und deiner Tochter ein Hundert-Dollar-Spiel gekauft hat. Denkst du wirklich, er sagt Dinge, die er nicht so meint? Oder … kann er vielleicht erst wieder davon anfangen, wenn er in der Lage ist, dir einen richtigen Antrag zu machen? Es mag dir entgangen sein, aber dieser Typ macht keine halben Sachen.«

»Vielleicht.« Brianna schaute hinauf zur Decke. »Oder aber es tut ihm inzwischen leid«, sagte sie leise.

»Du hast nicht alle Tassen im Schrank. Was sagt denn deine

Mutter?«

Brianna biss sich auf die Unterlippe.

»Brianna! Du hast deiner Mutter noch nichts davon erzählt?« Kat verschränkte die Arme. »Du machst dir wirklich Sorgen.«

»Ich möchte nur, dass er sich sicher ist. Ich will mich nicht in etwas hineinsteigern ...« Sie wedelte über ihrem Kopf mit den Händen und sagte mit hoher, aufgeregter Stimme: »*Wir werden heiraten!*« Sie brach ab. Der verdammte Klumpen, gegen den sie den ganzen Morgen lang angekämpft hatte, saß jetzt in ihrer Kehle fest und trieb ihr Tränen in die Augen. »Nur um dann herauszufinden, dass er es bloß in der Hitze der Leidenschaft gesagt und nicht wirklich so gemeint hat.«

Kat legte ihr einen Arm um die Schultern. »Bree? Hat er irgendetwas getan, was dich vermuten lässt, dass du nicht die Frau seiner Träume bist?«

Brianna schüttelte den Kopf. »Nein. Er ist einfach wunderbar. Besser als wunderbar, und das kann einem richtig Angst machen. Was, wenn ich wirklich einem Traum nachlaufe und damit Layla schade? Obwohl sie nur einen einzigen Abend mit ihm verbracht hat, redet sie andauernd von ihm. Was, wenn er nach einiger Zeit feststellt, wie kompliziert mein Leben tatsächlich ist, und ihm das zu viel wird? Was, wenn er ...«

Kat zog sie an sich. »Süße, er ist weder dein Vater noch der Vater von Layla. Jetzt hol erst mal tief Luft. Du hast dich in einem Tunnel aus Zweifeln festgefahren.«

Brianna nickte und machte sich von Kat los. »Großer Gott, Kat. Ich weine nie. Und jetzt bin ich ein Nervenbündel voller Mädchengefühle. Was ist mit mir passiert?«

»Du hast dich verliebt, Bree. Das sind die Nebenwirkungen. Liebe wühlt dich auf. Sie bremst dein Gehirn aus und bringt deinen Körper auf Touren.« Sie seufzte verträumt. »Ich kann es kaum erwarten, bis mir das endlich passiert.«

Brianna lachte. »Ich glaube, du hast eine masochistische Ader.«

Kat gab Brianna einen Klaps auf den Hintern. »Vielleicht. Aber nur manchmal.« Sie zwinkerte.

Der kleine Klaps rief Brianna die Sextipps-Artikel ins Gedächtnis, die sie gelesen hatte. Sofort stand ihr der leidenschaftliche Montagmorgen mit Hugh wieder vor Augen. Während sie sich die letzten Tränen abwischte, richteten ihre Brustwarzen sich auf. *Liebe bremst dein Gehirn aus und bringt deinen Körper auf Touren. Ich bin völlig durch den Wind. Nein. Ich bin nur bis über beide Ohren in Hugh Braden verliebt.*

# Einunddreißig

Als Brianna bei ihrer Mutter ankam, saßen Layla und ihre Großmutter auf dem Fußboden und spielten mit Barbies.

»Mommy! Ist es Zeit für unser Date?« Layla sprang auf und hüpfte aufgeregt umher.

Brianna küsste sie auf die Wange und strich ihr über das seidige Haar. »Fast, Prinzessin. Räumst du deine Spielsachen weg und ziehst dir die Schuhe an?« Während Layla die Puppen einsammelte, nahm Brianna ihr Telefon aus der Tasche und las eine Nachricht.

*Hey, Schöne. Bin um halb acht da. Kann es kaum erwarten, euch beide zu sehen. Xox, H.*

Sie schrieb zurück. *Wir freuen uns. Xox.*

Ihre Mutter stand auf. »Können wir kurz in die Küche und reden?«

»Klar.« Brianna steckte ihr Telefon ein und atmete tief durch, um ihren Puls unter Kontrolle zu bekommen. Der ernste Ton ihrer Mutter ließ sie vermuten, dass Layla irgendetwas gesagt oder getan hatte, was ihr Sorgen machte. Briannas Nerven beruhigte das nicht gerade. »Was gibt's denn, Mom?«

»Heute hat Maureen Hooper angerufen.« Maureen Hooper arbeitete seit mindestens fünfundzwanzig Jahren bei der Stadt

Richmond und war die schlimmste Klatschbase im weiten Umkreis.

»Ja? Und?« Brianna war erleichtert, dass Layla in der Schule keine üblen Worte aufgeschnappt hatte und wohl auch sonst nichts Schlimmes passiert war. Umso mehr wunderte sie sich über den ernsten Blick und die zusammengekniffenen Lippen ihrer Mutter.

»Bree, warum hast du mir nicht erzählt, was Hugh für dich getan hat?«

Einen Moment lang blieb Brianna die Luft weg. Der Blick ihrer Mutter war nicht ernst, sondern verletzt. *Wie zum Teufel konnte ich diesen Ausdruck so missverstehen? Ich bin viel zu sehr mit mir selbst beschäftigt.*

»Tut mir leid, Mom. Ich dachte, es würde dir vielleicht wehtun. Wegen Dad. Das wollte ich nicht.«

Ihre Mutter legte eine Hand über ihren Mund und schüttelte den Kopf. Die Trauer in ihren Augen war nicht mehr zu verkennen. Zu Briannas Überraschung nahm Jean sie kurz in den Arm.

»Mom, was ist denn?«

»Ach, Liebes. Es tut mir so leid.« Sie verschränkte die Arme. »Als Maureen mir von dem Karussell im Park erzählt hat, habe ich eins und eins zusammengezählt, und mir ist klar geworden, wie tief deine Wunden von damals noch sind. Deine letzte Karussellfahrt hast du am Tag, bevor dein Vater gegangen ist, gemacht. Deshalb war es nicht schwer, darauf zu kommen, weshalb Hugh sich das für dich ausgedacht hat. Seien wir ehrlich. Der Nachmittag damals hat einen tiefen Eindruck bei dir hinterlassen.«

»Genau wie der nächste Morgen, Mom, als Dad uns verlassen hat. Erinnerst du dich?«

Ihre Mutter schlug die Augen nieder. »Ja, natürlich. Und es tut mir leid, wenn ich dazu beigetragen habe, es für dich noch schlimmer zu machen.«

»Mom, du hast es nicht schlimmer gemacht.« *Zumindest nicht mit Absicht.* Brianna blinzelte gegen die Tränen an, die sich in ihre Augen drängten. Hatten sich jetzt die Schleusen geöffnet und sie würde den ganzen Abend lang weinen?

Ihre Mutter nickte. »Doch, das habe ich. Ich war so wütend auf ihn, und ich wusste, dass ich dir keinen Gefallen tue. Aber ich konnte mir all die Dinge, die ich über ihn gesagt habe, einfach nicht verkneifen. Ich hätte nicht schlecht über ihn reden sollen. Ich hätte sagen sollen, unsere Ehe sei vorbei und wir hätten beide Schuld daran.«

»Du hast nie viel gesagt, Mom. Nur dass er die Hitze nicht aushalten könnte oder etwas in der Art.« Sie erinnerte sich an jedes Wort ihrer Mutter und dass die Worte wie Schläge ins Gesicht gewesen waren. Aber sie damit zu konfrontieren, fand Brianna unnötig. Ihre Mom war damals völlig aus dem Gleichgewicht gewesen und der Schmerz in ihren Augen reichte als Entschuldigung völlig aus.

»Ja, aber manchmal ist es nicht, was man sagt, sondern wie man es sagt.« Erneut nahm ihre Mutter sie in den Arm.

*Es ist nicht was man sagt, sondern wie man es sagt. Verdammt.* Sie hatte sich den ganzen Nachmittag wegen nichts und wieder nichts den Kopf zerbrochen. Jedes Wort, das Hugh am Telefon sagte, jede Nachricht, die er schrieb, war voller Liebe. Sie war nur zu besorgt gewesen, um das zu erkennen. Dass er sie heiraten wollte, musste er wirklich nicht ständig mit denselben Worten wiederholen. Er hatte es ihr längst auf hundert verschiedene Arten gesagt. Im Augenblick ging alles furchtbar schnell. Und selbst wenn er es ein kleines bisschen ruhiger angehen wollte, änderte das doch nichts an seinen Gefühlen für sie.

»Das ist wahr, Mom.«

»Oh ja. Aber hör mal, du hast mir gar nicht erzählt, wie romantisch er ist.« Jean strich Brianna das Haar aus dem Gesicht.

»Das ist er. Unglaublich romantisch sogar.«

»Ich freue mich so für dich. Layla hat vorhin etwas gegessen. Ich hoffe, ihr habt einen schönen Abend.«

Brianna rätselte, wohin sie wohl gehen würden. Vor einer Weile hatte Hugh ihr geschrieben, sie sollten sich hübsch anziehen und Layla sollte eine Kleinigkeit essen, bevor er sie abholen kam.

»Es klingt, als wäre es ihm ernst. Aber was empfindest du denn für ihn?« Fragend schaute ihre Mutter ihr in die Augen. Als sie die Hand vor den Mund schlug, wusste Brianna, dass ihr die Antwort ins Gesicht geschrieben stand. »Brianna, du liebst ihn«, sagte Jean hinter ihrer Hand hervor.

Hitze flog über Briannas Hals und ihre Wangen. Sie hielt dem Blick ihrer Mutter stand und nickte.

»Oh Bree!« Jean legte die Arme um Brianna und flüsterte: »Lädst du ihn bald mal zu uns ein?«

»Vielleicht könnte er am Donnerstag zu Laylas Party kommen, wenn alles gut läuft.«

Layla hüpfte in die Küche. »Was ist denn mit meiner Party?«

Brianna und ihre Mutter tauschten ein Lächeln aus. Brianna ging in die Hocke, um mit Layla zu sprechen. »Würde es dir etwas ausmachen, wenn Prinz Hugh zu deinem Fest kommen würde?«

»Nein. Das wäre schön.« Sie breitete die Arme aus und

drehte sich im Kreis. »Küsst du ihn dann?«

Jean legte wieder eine Hand über ihren Mund und sagte leise: »Ich habe vergessen, dir zu sagen, wie sehr es sie beschäftigt, ob du deinen besonderen Freund küssen wirst.«

»Ich werde versuchen, es nicht zu tun, Layla.« *Aber versprechen kann ich nichts.*

# Zweiunddreißig

Frisch geduscht und in einem Smoking stand Hugh im geräumigen untersten Geschoss seines in den Hang gebauten Hauses. Die Arme hatte er verschränkt, seine Muskeln waren gespannt. An der Wand des erlesen möblierten Zimmers hing ein gigantischer Flachbildfernseher. Ein Soundsystem und zwei weitere kleine Monitore zu beiden Seiten des großen Bildschirms komplettierten die Ausstattung. Hier konnte man sich mehrere Sendungen gleichzeitig ansehen. Von einem solchen Multimediaraum hätten die meisten Männer geträumt. Aber Hugh schaute nie fern. Sportnachrichten las er auf seinem Telefon, und einfach dasitzen und auf einen Bildschirm starren konnte er nicht. Bevor ihm Brianna begegnet war, hatte er gerne Bücher gelesen. Jetzt blieb ihm kaum noch Zeit dafür, aber das fand er nicht weiter schlimm.

Der Teppich sah immer noch musterhausneu aus, die makellose Wandfarbe lag irgendwo zwischen Latte macchiato und Sahne. Eine gut bestückte Bar aus Mahagoni zierte eine Ecke des Zimmers mit der drei Meter hohen Decke. Die Tür zum Fitnessraum stand weit offen. Bodentiefe Fenster gingen hinaus auf den perfekt gepflegten Rasen und den Garten. Die Fenster machten das Zimmer luftig und hell. Trotzdem wirkte es nicht sehr einladend, sondern eher leblos. Öde.

Er stellte sich einen großen Couchtisch vor, mindestens eins fünfzig breit und nicht zu hoch, damit Layla davor knien, ein Spiel darauf ausbreiten oder malen konnte. Was immer ihr ein süßes Lächeln auf den Lippen zauberte. Eine ganze Stunde lang streifte er bereits durchs Haus und schob im Kopf die Möbel hin und her. Er wollte Platz für Brianna und Layla schaffen. In seinem Haus und in seinem Leben. Als Nächstes ging er hinauf in das Arbeitszimmer, das er nie benutzte. Im Grunde war es sowieso zu groß. Sicher ließ es sich gut in eine Bibliothek und eine Dunkelkammer für Brianna unterteilen. Er hoffte, dass sie bald wieder Zeit fürs Fotografieren finden würde. Sie war zu gut, um ihr Talent einfach ungenutzt verkümmern zu lassen.

Hugh zog sein Telefon aus der Tasche, ging ins Wohnzimmer und rief seinen Vater an.

»Hey, Dad.«

»Hugh. Wie geht's meinem Jungen?« Hal Bradens tiefe Stimme entlockte Hugh stets ein Lächeln und füllte seinen Kopf mit warmen Erinnerungen.

»Gut, Dad. Du fehlst mir. Wie geht es dir?« In den letzten Tagen hatte Hugh viel an seinen Vater gedacht. Wie oft hatte Hal Braden ihn gerügt, weil er die Pferde zu rasant und draufgängerisch geritten hatte. *Als Pferd würde ich deinen Hintern in den Dreck setzen.*

»Mir geht's gut. Auf der Ranch läuft es prima. Treats und Max' Haus ist fertig und es sieht großartig aus. Kein Wunder. Treat weiß, wie man spektakuläre Räumlichkeiten baut. Und Max hat dem Haus eine sehr persönliche Note verpasst. Rex' und Jades Haus ist auf ganz andere Art genauso schön geworden. Nächstes Wochenende bei Savannahs Verlobungsfeier wirst du es ja sehen. Du kommst doch, oder?«

Zwei seiner Brüder hatten jetzt eine eigene Bleibe in Weston. Plötzlich fragte sich Hugh, weshalb er sieben Immobilien, aber keine einzige bei seiner Familie in Weston besaß. Einen Moment lang dachte er über die Logistik nach, überlegte, wie weit der nächste Flugplatz entfernt war und welche Rennbahnen es in der Umgebung gab. Und natürlich dachte er an Brianna und Layla. Würden sie überhaupt wegziehen wollen? Ihre Freunde lebten in Richmond und auch Briannas Mutter wohnte hier. Für den Augenblick schob er diese Gedanken beiseite und konzentrierte sich wieder auf seinen Vater.

»Ja, ich komme. Ist es okay, wenn ich jemanden mitbringe? Genauer gesagt wären es sogar zwei Leute.« Er setzte sich auf die Couch.

»Du kannst mitbringen, wen du willst. Das weißt du doch. Du hättest schon immer jemanden einladen können. Weshalb sollte das diesmal ein Problem sein?«

Hugh war völlig klar, dass sein Vater bereits eins und eins zusammengezählt hatte. Aber genau wie er ihm niemals Vorschriften machen würde, was er mit seinem Leben anstellen sollte, so würde er Hugh auch in Herzensangelegenheiten nie zu nahe treten wollen. »Ich weiß nicht. Vielleicht, weil es Savannahs Verlobungsfeier ist. Vielleicht sollte ich sie anrufen und fragen, ob es ihr etwas ausmacht.« Er fuhr sich mit der Hand durchs Haar.

»Gute Idee. Aber ich denke mal, im Augenblick hat sie andere Dinge im Kopf.«

Er hörte das Lächeln in der Stimme seines Vaters.

»Am Wochenende endet für dich die Saison. Für gewöhnlich wirst du dann unruhig und suchst das nächste Abenteuer. Wie läuft es denn gerade?«

Sein Vater kannte ihn einfach zu gut. In den vergangenen Jahren hatte Hugh immer einen kompletten Monat gebraucht, um ein paar Gänge herunterzuschalten und nicht ständig das Gefühl zu haben, mit Höchstgeschwindigkeit über einen Kurs jagen oder die ganze Nacht feiern zu müssen. Verdammt, dieser Teil von ihm war bis vor Kurzem noch ziemlich dominierend gewesen. Das war auch der Grund, weshalb er unbedingt mit seinem Vater sprechen wollte.

»Sportlich läuft es prima, Dad. Aber im Moment beschäftigt mich noch etwas anderes.« Er warf einen Blick auf die Uhr. Wenn er pünktlich bei Brianna und Layla sein wollte, musste er in fünf Minuten los. »Ich habe jemanden kennengelernt, Dad. Eine Frau, die ich wirklich mag.« *Die ich liebe. Ich liebe sie, verdammt.*

»Kann sein, dass ich davon etwas läuten gehört habe.«

Hugh schloss die Augen. *Sicher hast du das.* Er dachte an das Telefongespräch mit Treat.

»Und wenn ich recht gehört habe, gibt es auch ein Kind.« Hals Stimme klang neutral. Er hatte sich stets davor gehütet, seinen Kindern zu sagen, was sie zu tun hatten, seine Meinung aber doch immer auf subtile Art kundgetan. Damit war es ihm oft gelungen, seinen Söhnen und seiner Tochter Gefühle und Gedanken bewusst zu machen, von denen sie manchmal selbst noch nichts geahnt hatten.

Jetzt war also Hugh an der Reihe.

»Brianna. Sie hat eine Tochter namens Layla.«

Sein Vater holte tief Luft und stieß sie langsam wieder aus. »Nun, Kinder sind ein Segen. Was empfindest du denn für Brianna?«

Hugh erinnerte sich noch gut daran, wie er seinen Vater früher mit Ringkämpfen mit seinen Brüdern im Wohnzimmer verrückt gemacht hatte, oder damit, dass er auf den Wiesen und Feldern Schlitten gefahren war, auf denen sein Vater es verboten hatte. Aber die Hügel, auf denen die anderen Kinder herumgerutscht waren, waren dem abenteuerlustigen Hugh nicht steil genug gewesen. Er konnte kaum glauben, dass sein Vater Kinder als Segen bezeichnete, selbst wenn seine Liebe grenzenlos war. Als kleine Racker, vielleicht. Oder als liebenswerte Nervensägen. Aber einfach nur als Segen, ohne auch nur eine Spur von Verschmitztheit? Fünf Söhne und eine eigenwillige Tochter aufzuziehen, war für einen verwitweten Vater sicher keine Kleinigkeit gewesen. Doch ganz gleich, wie sehr Hugh sich den Kopf zermarterte, er konnte sich nicht daran erinnern, dass sein Vater ihm je das Gefühl gegeben hätte, eine Last zu sein.

»Ich liebe sie, Dad.« *Na bitte. Jetzt war es heraus.* Er hatte es noch nicht einmal Brianna gesagt, zumindest nicht in diesen Worten. Hugh hatte noch nie einer Frau seine Liebe gestanden. Er war immer viel zu freiheitsliebend und ichbezogen gewesen, um die Bedürfnisse einer Frau über seine zu stellen. Bis ihm Brianna begegnet war.

Sein Vater brummte leise. »Und Layla?«

»Deshalb rufe ich dich an. Ich verstehe nicht, was mit mir los ist. Mit Layla habe ich noch nicht viel Zeit verbracht. Aber ich könnte schwören, Dad, dass ich sie schon genauso lange liebe wie ihre Mutter. Es ist, als wäre sie automatisch in der Liebeszone, nur weil sie Briannas Tochter ist. Ist das nicht völlig verrückt?« Er fing wieder an, auf und ab zu gehen, und wartete darauf, dass sein Vater ihm sagte, er solle die Finger von einer Frau mit Kind lassen, weil er keine Ahnung hätte, was Liebe sei. Oder er sei schlicht zu egoistisch für eine solche Beziehung. Und vielleicht hätte sein Vater damit ja recht. Hugh fragte sich, ob seine Gefühle noch normal waren. Die Antwort seines Vaters wartete er nicht ab. »Jedes Mal, wenn ich daran denke, ohne die beiden sein zu müssen, ist es, als würde jemand in meine Brust greifen und mir ein Stück meines Herzens herausreißen. Das ist ziemlich gaga, oder?«

»Na ja, mein Sohn. Dein Herz wusste schon immer, was es will. Ich erinnere mich noch daran, wie du einmal in den Semesterferien nach Hause gekommen bist und ich dich gefragt habe, was du nach dem Studium machen möchtest. Du hattest keinen Plan. Du hast mich angeschaut, wie ich Max anschaue, wenn sie von dem verdammten Interweb spricht.«

»Internet.«

»Ja, oder so ähnlich«, sagte sein Vater. »Deshalb habe ich dich damals gefragt, was dich wirklich glücklich macht.«

»Und ich habe geantwortet, dass Autorennen das Größte für mich sind, obwohl sie eigentlich nur ein Hobby und ein spannender Zeitvertreib sein sollten. Du hast mir geraten, meine Leidenschaft zum Beruf zu machen. Daran erinnere ich mich noch gut.«

»Ich habe versucht, dir und allen meinen Kindern beizubringen, was immer ihr tut, von Herzen zu tun. Und auch von Herzen zu lieben. Weiß Gott, weshalb ihr euch alle so viel Zeit damit gelassen habt. Vielleicht wolltet ihr euch eine solche Liebe nur nicht zugestehen. Vermutlich habe ich den einen oder anderen Fehler gemacht. Aber du, Hugh, du liebst wirklich von ganzem Herzen. Jetzt musst du dich nur noch fragen, ob Brianna die Frau ist, die dich wirklich glücklich macht. Und dann musst du gut über das kleine Mädchen nachdenken, denn irgendwann ist sie ein Teenager, schleicht sich aus dem Haus oder schleppt einen unsäglichen Typen an, der ihr nur an die Wäsche will. Du musst dir sicher sein, dass du sie lieben kannst, egal was passiert. Selbst wenn sie dich mal belügt oder heimlich austrickst.«

Hugh stellte sich vor, wie sein Vater den Blick zu den Pferden draußen auf den Weiden schweifen ließ, dabei an Savannahs turbulente Teenagertage zurückdachte – und lächelte.

Sein Vater fuhr fort. »Du hast gefragt, ob es gaga sei, dass Layla sich jetzt schon in der Liebeszone bewegt, obwohl du sie erst ganz kurz kennst. Lass dir sagen, mein Sohn, Liebe kennt keine Zonen. Die Liebe macht, was sie will. Sie lässt sich nicht fein säuberlich in Schubladen stecken, sondern tut alles, um einen Mann um den Verstand zu bringen. Liebe ist unberechenbar und unbeschreiblich. Was du fühlst, finde ich kein bisschen verrückt. Du bist nun mal ein Alles-oder-nichts-Typ. So warst du schon immer. Wenn Brianna dir so viel bedeutet und Layla zu ihrem Leben gehört und ein Teil ihres Herzens ist, dann gehört die Kleine für dich ganz einfach dazu. So ist das nun mal mit der Liebe, mein Sohn.«

Ein überraschendes Gefühl von Ruhe und Frieden durchflutete Hugh. Gefolgt von einem Adrenalinstoß.

»Danke, Dad. Für mich ist das alles so ungewohnt, dass ich mich schon gefragt habe, ob ich den Verstand verliere.« Hugh warf einen Blick auf die Uhr. »Hey, Dad, ich muss los. Ich habe ein Date mit Brianna und Layla und will nicht zu spät kommen. Aber dein Rat bedeutet mir unglaublich viel. Vielen Dank.«

»Ich freue mich schon darauf, deine Ladys kennenzulernen. Aber tust du mir noch einen Gefallen?«

»Klar, Dad. Was immer du willst.«

»Erzähl Treat von deinen Gefühlen. Der Mann sorgt sich um dich wie ein Vater, obwohl das doch bei Gott immer noch meine Aufgabe ist.«

Hugh lachte. »Das tue ich. Ich rufe ihn später an. Ich hab dich lieb, Dad.«

»Ich dich auch, mein Sohn. Und ich bin verdammt stolz auf dich. Eine Zeit lang habe ich mir Sorgen um dich gemacht. Ich habe mich gefragt, ob ich dir die Lust auf die Liebe irgendwie vergällt hätte. Das hätte mir das Herz gebrochen.«

»Nein, Dad. Du bist derjenige, der mir vor Augen geführt hat, wie wichtig die Liebe ist und wie wertvoll.«

# Dreiunddreißig

»Ich gehe schon!« Aufgeregt hüpfte Layla in ihrem pinkfarbenen Kleid zur Tür. Das braune Haar fiel ihr über die Schultern. »Es ist Prinz Hugh!«

Brianna strich ihr schwarzes, knielanges Kleid an den Hüften glatt. Als sie aufblickte, stockte ihr der Atem. Vor ihr stand Hugh in einem schwarzen Smoking und sah aus, als wäre er geradewegs aus einem Hochglanzmagazin spaziert. Schon vor seiner Ankunft war sie nervös gewesen, aber jetzt konnte sie kaum noch atmen, ihre Knie wurden weich und ihr Herz schlug schneller. Sie war definitiv noch aufgeregter als bei ihrem ersten Date und vielleicht sogar als an dem Morgen, an dem sie ihn vor der Arbeit verführt hatte. Würden sich die Schmetterlinge in ihrem Bauch je an ihn gewöhnen? Brianna wusste nicht, ob sie das überhaupt hoffen wollte.

»Ich habe dich vermisst.« Hugh küsste sie auf die Wange. »Du siehst umwerfend aus.« Bevor sie etwas antworten konnte, beugte er sich zu Layla. »Und eine hübschere Fast-Sechsjährige als dich habe ich noch nie gesehen.«

Laylas Augen weiteten sich und das Lächeln auf ihren rosigen Wangen wurde noch breiter. Sie verschränkte die Hände hinter dem Rücken und drehte sich hin und her. Dabei schwang sie den Rock des pinkfarbenen Kleides, das Hugh ihr geschenkt hatte. Brianna legte eine Hand auf Laylas Schulter, mehr um sich abzustützen als Laylas wegen.

»Ich habe dir etwas mitgebracht.« Hugh zog eine Hand hinter seinem Rücken hervor und überreichte Layla ein Blütenarmband.

»Oh, wie schön«, sagte Brianna.

»Zieh es mir an, Mommy, bitte!« Layla trippelte aufgeregt von einem Fuß auf den anderen.

»Darf ich das bitte machen?«, fragte Hugh.

»Ja!«

Er befestigte das Band mit den Blüten an Laylas schmalem Arm. Dann griff er in die Innentasche seines Jacketts und zog eine kleine, flache Schachtel hervor. »Und das ist für dich.« Er gab Brianna die Schachtel. Als seine Grübchen noch tiefer wurden und sein Lächeln seine Augen erreichte, wurden Briannas Knie noch weicher.

»Hugh, das war doch nicht nötig.« Ihre Stimme war kaum noch zu hören, und als er mit Layla an der Hand einen Schritt in ihre Wohnung machte, merkte sie, wie sehr ihre Hände zitterten. Sie hob den Deckel von der Schachtel und schnappte nach Luft.

»Ich will es auch sehen, Mommy! Bitte!« Layla stellte sich auf die Zehenspitzen.

Hugh hob sie hoch, damit sie in die Schachtel schauen konnte. Ihre Augen tanzten vor Begeisterung. »Oh, Mommy. Die ist aber schön!«

Brianna nahm die Halskette von ihrem Bett aus Samt und strich mit den Fingern über die Diamanten, die den runden Anhänger umrahmten. Er war über einen halben Zentimeter dick und zwischen dem Glasdeckel und dem goldenen Rücken waren kleine Glücksbringer zu sehen.

»Es ist ein Medaillon«, sagte Hugh.

»Lass mich mal gucken!«, bettelte Layla.

Brianna las, was auf dem kleinen Anhänger, der neben dem Medaillon an der goldenen Kette hing, stand. »Geliebt.«

»Genau das bist du«, sagte Hugh leise.

Brianna holte tief Luft und las die Inschrift auf der goldenen Innenseite des Medaillons. *Stärke. Wahrheit. Mut.* Sie schaute Hugh in die Augen.

»Du bist die stärkste, mutigste Frau, die ich kenne. Du bist meine Wahrheit, Bree, und Laylas Wahrheit bist du auch.« Er zog seine dunklen Augenbrauen zusammen, und sie berührte seine frisch rasierte Wange.

*Danke*, formten ihre Lippen. Ihre Stimme war in ihrem überlaufenden Herzen untergegangen.

Layla zappelte in Hughs Armen. »Was sind das für Sachen da hinter dem Glas?«

Brianna betrachtete die kleinen Glücksbringer in dem Medaillon.

»Das Herz mit der Aufschrift *Familie* steht für dich, deine Mommy und deine Großmutter«, sagte Hugh zu Layla. Er beugte sich vor und küsste Brianna auf die Wange.

Brianna atmete seinen Duft ein, verlor sich im Gefühl seiner frisch rasierten Haut und war unendlich gerührt von diesem tiefgründigen Geschenk.

Dicht an ihrem Ohr flüsterte er: »Und ich hoffe, eines Tages steht es auch für uns.«

*Nicht weinen. Nicht weinen.* Brianna zwang ihre bebenden Lippen zu lächeln, wusste aber, dass sie kläglich versagte. Ihr Kinn zitterte zu sehr.

Hugh schaute zu Layla und fuhr fort. »Die klitzekleine

Kamera – siehst du sie, Layla?« Er hielt sie näher an das Medaillon.

»Hm-hm.«

»Die steht für die Begeisterung deiner Mom für die Fotografie. Und da, das kleine Herz mit den rosa Babyfüßen?«

»Steht das für mich?«, fragte Layla.

»Ja. Auf der Rückseite kann man dein Geburtsdatum lesen«, antwortete Hugh. Dabei schaute er Brianna in die Augen. »Weil es ein Medaillon ist, können wir jederzeit etwas hinzufügen.«

»Und was ist das andere da?« Layla zeigte auf ein kleines goldenes Auto, das die Nummer 32 trug.

»Das steht für Hugh«, antwortete Brianna. Tränen liefen ihr über die Wangen, aber sie schaffte es nicht, sie wegzuwischen.

»Warum bist du so traurig, Mommy?«, fragte Layla.

Brianna konnte sich nicht rühren. Fassungslos schaute sie den Mann an, der völlig unerwartet in ihr Leben spaziert war und ihre Schutzmauern eingerissen hatte. Während sie noch gegrübelt und sich Sorgen gemacht hatte, hatte er ihr fast unbemerkt das Herz gestohlen. Jetzt hielt er Layla fest auf seinem muskulösen Arm und sie schmiegte sich an ihn wie an eine Kuscheldecke. Brianna spürte, wie ihr Herz, von dem sie geglaubt hatte, es sei gerade groß genug für ihre Tochter, sich weitete und öffnete und Hugh ganz in sich aufnahm. *Es ist nicht, was du sagst, sondern wie du es sagst.* Seine Liebe für sie hätte er nicht deutlicher ausdrücken können.

»Ich bin nicht traurig, meine Süße. Ich weine vor Glück.«

Hugh legte Brianna die Halskette um und zog sie an sich. Er küsste erst ihre Stirn, dann Laylas. »Sind meine beiden Ladys bereit für einen großen Abend?«

Brianna fragte sich, wie sie die nächsten Stunden auf Gummibeinen und ohne Stimme überstehen sollte.

»Ja!«, jubelte Layla. Sie warf die Arme um Hughs Hals und küsste seine Wange.

Dank Layla würde sie ihre Stimme vielleicht gar nicht brauchen. Und als Hugh sie aus der Tür ihrer Wohnung führte, wusste sie, dass er ihr die nötige Kraft geben würde.

# Vierunddreißig

Mit den weißen Buchstaben auf schwarzem Hintergrund und den unzähligen kleinen gelben Glühbirnen erinnerte die Anzeigetafel am Centerstage Theater an das alte Hollywood. Elegant bog sich das Schild um die abgerundete Vorderseite des Gebäudes an der Straßenecke.

»Gütiger Himmel, Layla. Schau dir das an.« Brianna las laut vor, was auf der Tafel stand. »*Sondervorstellung. ›Sassy und der Vogel‹ von Layla Heart.*« Brianna schaute Hugh an, dessen Miene rein gar nichts verriet. Sein Blick hing an Layla.

Layla machte einen aufgeregten Hüpfer. »Die Geschichte habe ich mir ausgedacht!« Sie griff nach der Hand ihrer Mutter, schob sich zwischen Brianna und Hugh und nahm dann auch Hughs Hand. »Wie kommt denn die da rauf auf das Schild?« Sie schaute von ihrer Mutter zu Hugh.

Hugh zuckte die Achseln. »Wir müssen wohl reingehen und es rausfinden.«

»Laylas Geschichte?«, fragte Brianna.

Er zwinkerte, und ihr Herz drohte, ihr aus der Brust zu springen.

Unter der Anzeigetafel hindurch gingen sie über den roten Teppich, mit dem der Boden des eleganten Theaters ausgekleidet war. Die Stühle waren leer. Alle Stühle.

»Hugh?«

Layla rannte durch den Mittelgang voraus. Hugh legte seinen Arm um Brianna und flüsterte: »Ich wollte ihr einen unvergesslichen Abend schenken, allerdings ohne einen schmerzhaften Morgen danach.« Er küsste Briannas Mundwinkel, und sie musste sich beherrschen, damit sie sich nicht zu ihm drehte und den Kuss tief und heftig erwiderte. »Ist das okay? Ich weiß, es ist etwas extravagant. Aber sieh nur, wie glücklich sie ist.«

Layla stand fasziniert am Geländer des Orchestergrabens.

»Es ist okay, aber sie wird so etwas bald für normal halten, und das macht mir Sorgen«, antwortete Brianna ehrlich.

»Wir können darauf achten, dass das nicht passiert.« Hugh strich mit seinen Fingerknöcheln über Briannas Wange. »Ich weiß, wie viel dir der Nachmittag mit deinem Vater bedeutet hat. Und ich wollte, dass sie etwas ähnlich Besonderes erlebt.«

»Okay. Aber bitte, belass es dabei. In Ordnung?«

Hugh schaute hinauf zur Decke.

»Eine Unschuldsmiene hilft dir bei mir nicht weiter.« Sie wandte sich Layla zu, die durch den Mittelgang zu ihnen zurückrannte.

»Ich habe vielleicht noch etwas geplant. Nur ein paar Kleinigkeiten.«

Brianna knuffte ihn in die Seite. »Ich arbeite sehr hart, damit sie alles hat, was sie braucht. Und jetzt wird sie glauben, sie bräuchte sehr viel mehr.« *Herrje! Ich klinge so undankbar.* Layla blieb stehen, dann sauste sie in eine Sitzreihe.

»Du hast recht. Ich hätte es mit dir absprechen sollen. Tut mir leid, Bree. Für mich ist die ganze Situation völlig neu. Vielleicht bin ich deshalb ein bisschen übereifrig.«

*Oh mein Gott. Ich bin eine nörgelnde Freundin. Was denke*

*ich mir bloß?* Er machte Layla ein Geschenk, das sie ihr nie hätte machen können. Romantisch und einfallsreich zu sein gehörte offenbar einfach zu Hugh, selbst wenn er dabei gelegentlich über das Ziel hinausschoss. Sie berührte ihre Halskette und hielt sich an seiner Hand fest.

»Schon gut. Entschuldige bitte«, sagte sie zerknirscht.

Layla stand wieder im Mittelgang und winkte sie und Hugh zu sich. Gleichzeitig schnupperte sie an ihrem Blütenarmband.

»Von jetzt an sprechen wir immer alles vorher ab. Versprochen.« Sie machten zwei Schritte, dann blieb Hugh noch einmal stehen. »Das formuliere ich besser gleich wieder um.« Seine Stimme wurde tief und ernst. »Ich verspreche, dass ich versuchen werde, alles mit dir abzusprechen. Aber ganz ehrlich, ich kenne mich. Hin und wieder werde ich es vor lauter Aufregung vergessen, und manchmal möchte ich euch auch überraschen.« Er legte die Stirn in Falten und kräuselte die Lippen zu einem süßen, unsicheren Lächeln.

Wie konnte sie diesen Grübchen und einem so großen Herzen etwas verwehren? »Deine Ehrlichkeit ist entwaffnend«, scherzte sie. »Okay. Abgemacht.«

Layla saß zwischen Hugh und Brianna und wippte mit den Füßen. Plötzlich betrat Macks Frau Tami in weißen Jeans und einem weißen Langarmshirt die Bühne. Das Haar hatte sie sich hoch auf dem Kopf zu einem Pferdeschwanz zusammengebunden, in den Armen trug sie einen großen künstlichen Baum. Diesen Baum stellte sie neben einen Stuhl, dann trat sie an den vorderen Bühnenrand. *Tami?*

Layla schnappte nach Luft. »Das ist Tami! Tami ist hier!«

Layla sprang auf und hielt sich an der Sitzlehne vor ihr fest.

Brianna flüsterte Hugh zu: »Du hast Macks Frau hierherbestellt? Was ist das für eine Geschichte?«

»Die hat Layla sich in der Bar ausgedacht. Erinnerst du dich?« Hugh zwinkerte.

Brianna zog die Brauen zusammen. »Neulich abends?«

Hugh nahm ihre Hand in seine, dann legte er einen Finger an seine Lippen und nickte in Richtung der Bühne. »Schau einfach zu, es wird dir gefallen.«

»Dies ist die Geschichte von Sassy und dem Vogel, geschrieben von Layla Heart«, begann Tami. »Es war einmal eine sandfarbene Katze namens Sassy. Sie hatte ein Glöckchen am Halsband, das sie sehr liebte. Ihr Frauchen hatte es ihr geschenkt.«

Kat erschien auf allen vieren auf der Bühne. Sie trug ein langärmeliges gelbes Shirt, eine gelbe Jogginghose und auf dem Kopf ein Paar Katzenohren. Tami ließ ein Glöckchen läuten und der helle Klang folgte Kat über die Bühne.

*Oh mein Gott.*

»Kat! Mom, das ist Kat!« Layla lachte.

Briannas Kehle zog sich zusammen. Sie drückte Hughs Hand und er schob sich auf Laylas Platz und legte seinen Arm um sie.

Tami sprach weiter. »Jeden Morgen ging Sassy mit ihrem Frauchen spazieren.«

In einem hübschen blauen Kleid schlenderte Jean auf die Bühne. Sie nahm eine Handtasche von einem Tischchen und tat, als würde sie eine Tür öffnen. Kat krabbelte zu ihr und flitzte vor Jean her durch die pantomimisch dargestellte Tür.

»Das ist Granny!« Layla kletterte auf Hughs Schoß, und Brianna spürte, wie die einzelnen Teile ihrer Welt sich zu einem

Ganzen fügten.

»Sassy kletterte auf einen hohen Baum. Dort konnte sie zwei kleinen Vögelchen in ihrem Nest beim Spielen zuschauen.«

Kat stieg auf den Stuhl neben dem Baum und ließ sich wie eine Katze auf allen vieren darauf nieder.

Mit bemalten Pappflügeln an den Armen betraten Mack und seine Tochter Karen die Bühne. Sie setzten sich in einen großen Weidenkorb, der einem gigantischen Nest recht ähnlich war.

Layla lachte. »Schau mal, Mommy. Mack und Karen sind Vögel!«

Brianna konnte kaum glauben, dass Hugh ohne ihr Wissen ein ganzes Theaterstück inszeniert hatte. Und das alles für Layla.

Tami fuhr fort. »Eines Tages saß Sassy im Baum und eines der Vogelbabys fiel aus dem Nest.«

*Oh mein Gott.* Hugh zog Brianna fester an sich und küsste sie auf die Schläfe.

Karen ließ sich über die Seite des Korbs purzeln und rief »Autsch!« Sie hielt einen Flügel in die Luft.

»Sassy kletterte, so schnell sie konnte, vom Baum.« Tami ließ das Glöckchen klingen, während Kat vom Stuhl kletterte.

»Das habe ich mir ausgedacht!«, rief Layla.

Hugh legte seinen freien Arm um sie und flüsterte: »Ja, das hast du.«

Ohne dass das Glöckchen erklang, krabbelte Kat über die Bühne und hielt bei Karen an. Dann fasste sie sich an den Hals und verzog das Gesicht.

Tami erzählte weiter. »Sassy hatte ihr geliebtes Glöckchen im Baum verloren, aber sie rettete den kleinen Vogel.«

Karen stieg auf Kats Rücken, und Brianna, Hugh und Layla lachten, als Kat sie neben Jean her zur Tür des unsichtbaren

Hauses trug.

Jean setzte Karen in einen großen Käfig, der wie aus dem Nichts erschienen war. Aber Brianna fiel auf, dass Mack verschwunden war. Während sie sich auf Karen und Kat konzentriert hatte, musste er unbeobachtet von der Bühne geschlüpft sein.

»Viele Tage lang«, fuhr Tami fort, »saß das Vögelchen im Käfig. Dann ging es ihm besser. Sassy war traurig, dass sie nicht mit dem kleinen Vogel im Käfig sein konnte. Also schaute sie von außen hinein.«

Kat rieb sich die Augen, verzog das Gesicht und schaute sehnsuchtsvoll durch das Käfiggitter auf Karen.

»Eines Tages ging das Schloss an der Käfigtür kaputt, und Sassys Frauchen musste den Käfig offen lassen, als sie zur Arbeit ging.«

Jean öffnete den Käfig und ging wieder aus der eingebildeten Tür.

»Schaut mal! Granny!« Layla lachte.

Brianna schaute Hugh an. Er drückte ihre Hand und nickte zur Bühne hin.

Tami sagte: »Sassy stieg in den Käfig und kuschelte mit dem Vogelbaby, bis der Flügel wieder heil war.«

Kat kletterte auf Katzenart in den Käfig und schmiegte sich an Karens Seite.

Jean kam auf die Bühne zurück.

»Als der Flügel verheilt war, ließ Sassys Frauchen den Vogel draußen frei«, erzählte Tami mit ernster Stimme.

Jean führte Karen an der Hand durch die Tür. Dann tat Karen, als würde sie über die Bühne flattern. Schließlich stieg sie auf den Stuhl neben dem Baum. Mit der Nase stupste sie den Baum an.

»Der kleine Vogel hatte eine Überraschung für Sassy«, erklärte Tami.

Layla sprang von Hughs Schoß. »Kann ich nach vorn gehen?«, fragte sie.

Brianna nickte und schaute zu, wie Layla durch den Mittelgang bis zum Geländer des Orchestergrabens rannte und von dort aus ihren Freunden auf der Bühne zuwinkte.

Sie zwang ihr Gehirn, sich aus seiner Erstarrung zu lösen und hoffte, ihre Stimme würde folgen. »Ich kann es nicht fassen …« Sie blinzelte mit feuchten Augen und schluckte, um ihre zitternde Stimme unter Kontrolle zu bringen. »Das hast du alles auf die Beine gestellt.«

Hugh berührte sie am Kinn. »Für dich und Layla würde ich alles tun. Sie war so stolz auf ihre Geschichte und ich wollte ihr Interesse an der Kunst fördern.«

Brianna berührte das Medaillon, das er ihr geschenkt hatte, und fragte sich, wie sie zu dem unverschämten Glück gekommen war, ausgerechnet bei der Arbeit in der Bar einen solchen Mann zu treffen.

Tami glättete ihr Shirt, dann fuhr sie fort. »Als Sassys Frauchen an diesem Nachmittag nach Hause kam, flog das Vögelchen ins Haus.«

Karen wedelte mit den Armen und trippelte neben Jean durch die Tür.

Layla lachte vergnügt.

Karen ließ etwas neben Kat fallen und Tami klingelte mit dem Glöckchen. Dann sagte sie: »Der kleine Vogel hatte Sassy das Glöckchen zurückgebracht. Von nun an ließ Sassys Frauchen jeden Tag das Fenster offen, sodass Sassy und das Vögelchen für immer beste Freunde sein konnten.«

»Und wenn sie nicht gestorben sind, dann leben sie noch

heute«, sagten Tami und Layla im Duett.

Tami machte einen Knicks und klatschte, während Kat, Karen, Jean und Mack sich verbeugten. Layla klatschte begeistert und Brianna blieb der Mund offen stehen. Sie war tief beeindruckt von der Geschichte, die ihre Tochter sich ausgedacht hatte, und erst recht von dem Mann, der sie zum Leben erweckt hatte.

Hugh stand auf und applaudierte. »Bravo!«

Brianna schaute ihn mit feuchten Augen an. Sogar durch die Tränenschleier hindurch war er der attraktivste Mann, der ihr je begegnet war. Aber sie sah viel mehr als sein schönes Gesicht und die breiten Schultern. Sie sah direkt in sein großes, liebevolles Herz.

Hugh nahm sie an der Hand und führte sie nach vorn zur Bühne. Dort nahm sie Layla auf den Arm.

»Das war eine wunderschöne Geschichte«, sagte Brianna.

Während sie die Stufen zur Bühne hinaufstiegen, erklärte Layla: »Die habe ich geschrieben. Zusammen mit Hugh.«

Auf der Bühne wand Layla sich aus Briannas Arm und schlang die Arme um Hughs Beine.

»Das war das schönste Theaterstück auf der ganzen Welt!«, schwärmte sie.

Bevor Brianna sich wieder gefangen hatte – *Oh Gott, so viele Leute haben das für mich getan? Für Layla?* – und ihren Freunden danken konnte, beugte Hugh sich zu ihr und flüsterte: »Bist du nicht stolz auf deine kleine Stückeschreiberin?«

*Layla hat ein so gutes Herz.* Brianna schaute ihre Tochter an, die übers ganze Gesicht strahlte und über die Bühne schwebte, als wäre sie der Star der Show. Und im Grunde war sie das ja auch.

Brianna schmiegte sich an Hugh. »Langsam fange ich tatsächlich an, an Märchen zu glauben.«

# Fünfunddreißig

Im Forum des Theaters hatte ein Caterer ein kleines Buffet aufgebaut. Ein paar Schritte vom Tisch entfernt steckten Tami, Layla und Karen kichernd die Köpfe zusammen. Hugh beobachtete, wie Brianna, ihre Mutter und Kat sich ein Stück abseits unterhielten. Briannas Mutter zuckte die Achseln, dann drehte sie sich zu Hugh und zwinkerte. Vermutlich warf Brianna ihr gerade halbherzig vor, dass sie verschwiegen hatte, wie Hugh sie an ihrem Arbeitsplatz aufgesucht und sich vorgestellt hatte. Eigentlich verabscheute er Geheimniskrämerei. Aber für den seligen Ausdruck in Briannas Augen hatte es sich gelohnt. Schon seit sie aus dem Wagen gestiegen waren, lächelte sie beglückt vor sich hin.

»Die Überraschung ist gelungen, Hugh.« Mack gesellte sich mit einem Drink in der Hand zu ihm. Ohne das übliche Tavern-T-Shirt sah er älter aus. Weiße Hemden und dunkle Anzüge hatten oft diesen Effekt. Er bot Hugh einen Drink an.

»Nein danke. Ich fahre am Wochenende ein Rennen.« Hugh hob sein Wasserglas.

»Für normalsterbliche Kerle wie mich hast du die Messlatte ziemlich hoch gelegt, das dürfte dir klar sein.«

»Findest du?«

Macks Augen verrieten, dass er das halb im Scherz gesagt hatte. Aber er hatte recht. Hugh dachte an Briannas Mahnung, Layla nicht zu sehr zu verwöhnen, und nahm sich vor, in Zukunft bescheidenere Geschenke zu machen. Brianna gab sich alle Mühe, ihrer Tochter zu bieten, was sie brauchte, und Hugh wollte keine Scheinwelt für sie schaffen. Sie würden sicher einen Mittelweg finden. Als Brianna sich zu ihm drehte, das Medaillon berührte und ihn anlächelte, spürte er tief im Herzen, dass sie gemeinsam jedes Problem lösen würden.

»Aber das ist schon okay.« Mack deutete mit dem Kopf auf Brianna. »So glücklich habe ich sie noch nie gesehen. Sie ist eine tolle Frau, Hugh. Sie arbeitet hart, ist eine wunderbare Mutter und unglaublich warmherzig.«

»Das hört sich an, als würde jetzt gleich eine Drohung folgen.«

»Keine Drohung.« Mack straffte die Schultern. »Nur ein guter Rat.«

Hugh hob die Augenbrauen.

»Sie verschenkt ihr Herz nicht so leicht. Ich habe oft mitbekommen, wie Männer versucht haben, mit ihr zu flirten oder sie zu einem Date zu überreden. Verdammt, einer hat ihr sogar eine Woche lang jeden Tag Blumen gebracht und sich trotzdem einen Korb geholt. Aber für dich hat sie die Zugbrücke heruntergelassen, Hugh. Und ich möchte nur ungern ein Foto von ihr in einer Klatschzeitschrift sehen. Mit der Bildunterschrift *Die sitzengelassene Ehefrau.*«

Hughs Brust wurde eng. Mit zusammengekniffenen Augen schaute er Mack ins Gesicht. »So einer bin ich nicht, Mack.«

»Ja, ich denke, du bist ein wirklich netter Kerl. Aber die Regenbogenpresse erzählt eine andere Geschichte.«

*Die Klatschblätter. Die verdammten Klatschblätter.* »Wie viele

Frauen hast du denn gedatet, bevor du Tami kennengelernt hast?«

Mack lachte leise auf. »Herrje, keine Ahnung. Zwanzig? Dreißig?«

Hugh übersetzte das in zehn bis fünfzehn. »Und? Hast du eine von ihnen geliebt?«

»Großer Gott, nein. Ich glaube, was Liebe ist, wusste ich vor Tami gar nicht.«

»Siehst du? Mit der richtigen Frau ist alles anders. Plötzlich gibt es keine Zweifel und keine Fragen mehr. Und jetzt lass uns annehmen, dir wären ständig Fotografen gefolgt und hätten von jedem deiner Dates vor Tami ein Foto an eine Illustrierte verkauft. Was hätte Tami dann von dir gedacht?«

Mack schaute zu seiner Frau hinüber. »Ich hätte es nie erfahren. Sie hätte mich abblitzen lassen. Von Konkurrenz hält Tami nichts.«

»Okay, aber sollte der Rest der Welt deinen Charakter anhand dieser Fotos beurteilen?«

Zwischen Macks Augenbrauen bildete sich ein tiefes V. »Worauf willst du hinaus?«

»Darauf, dass die Regenbogenpresse nicht unbedingt die Realität widerspiegelt, Mack. Meine Dating-Jahre wurden lückenlos fotografisch festgehalten. Deine nicht.« Hugh zuckte die Achseln und nahm einen Schluck Wasser. Als er einen Schritt weg machen wollte, legte Mack ihm eine Hand auf den Arm. Hugh starrte die Hand an, bis Mack ihn losließ.

»Ich möchte nur nicht, dass du ihr wehtust.«

Hugh klopfte ihm auf den Rücken. »Ich liebe sie, Mack. Wehtun möchte ich ihr auf gar keinen Fall. Und Layla selbstverständlich auch nicht.« Er sah, dass Brianna auf ihn zukam. »Wir spielen im selben Team, Mack. Und sollte sie als sitzengelassene Ehefrau in den Medien auftauchen, kannst du mir gern in den Hintern treten.« Hugh senkte die Stimme. »Aber wie kommst du darauf, dass ich ihr einen Antrag machen werde?«

Macks Wangen hoben sich zu einem Lächeln, das sofort auf seine Augen übersprang. »So was sieht man einen Mann einfach an. Sicher war das schon in der Steinzeit so, wenn die Kerle eine Frau in ihre Höhle schleppen wollten. Genau so siehst du jetzt nämlich aus, Hugh.«

Briannas Hand auf seiner Schulter glättete die letzten Wogen der Drohung, die keine Drohung war. Die warme Welle, die seinen Körper durchflutete, als Brianna ihn kurz an der Wange berührte, verriet ihm, wie recht Mack hatte.

»Hey, du Geheimniskrämer. Du hast alle meine Freunde mit ins Boot geholt, ohne dass ich etwas gemerkt habe. Wie hast du das geschafft?«

»Ich lasse euch beide mal allein.« Mack ging zu Tami und Karen.

»Ein Gentleman kann schweigen.« Hugh zog Brianna an sich und schmiegte das Becken an ihres. »Glaubst du, Layla hat die Überraschung gefallen?«

Brianna schlug die Augen nieder und errötete. »Ja, aber ich hätte jetzt auch gerne eine.« Unauffällig drückte sie das Becken ein wenig gegen seines.

Er stöhnte leise auf. »Das ist nicht fair. Heute Abend werden wir nicht allein sein.«

Sie klimperte verführerisch mit den Wimpern.

»Entschuldigt die Störung, ihr Turteltäubchen.« Briannas Mutter stellte sich zu ihnen.

Brianna wich einen Schritt zurück. Inzwischen waren ihre Wangen heiß und rot.

»Danke für deine Mithilfe, Jean. Das war lieb von dir.«

»Du machst Witze, oder? Etwas Romantischeres kann ich mir gar nicht vorstellen. Okay, auch das Karussell war herzerwärmend. Aber jetzt schau dir Layla an.« Sie nickte in Richtung der Mädchen. »Diesen Abend wird sie nie vergessen.«

»Genau das war mein Plan«, sagte Hugh. Er griff nach Briannas Hand. »Aber ich werde darauf achten, dass ich sie nicht zu sehr verwöhne. Ich weiß, wie wichtig es ist, dass sie am Boden bleibt.«

»Ach was.« Jean wedelte mit der Hand. »Eine kleine Überraschung hin und wieder schadet nichts.«

»Das Wort *klein* kommt in seinem Wortschatz nicht vor, Mom.« Briannas Kommentar weckte allerhand prickelnde Gedanken in seinem Kopf, die etwas mit großen Dingen zu tun hatten. Herrje, es war, als hätte sie heute Abend einen Lustknopf in ihm gedrückt. Was zum Teufel war mit ihm los?

Den Rest seines Wassers trank er mit einem einzigen großen Schluck. »Doch, ich kenne das Wort und bemühe mich bereits. Die Tiara, die ich hinter der Bühne hatte, habe ich ihr nicht gegeben.«

Brianna blinzelte ein paar Mal. »Du hast ihr eine Tiara gekauft?«

»Gib sie ihr ruhig. Was soll das jetzt noch schaden?« Jean zuckte mit den Schultern. »Sie hatte einen überwältigenden Abend. Wenn er noch ein bisschen großartiger wird, ist das nicht weiter schlimm.«

Brianna verschränkte die Arme und musterte ihre Mutter mit einem durchdringenden Blick. »Ich erkenne dich gar nicht wieder.«

»Bree, ich habe für dich getan, was ich konnte. Aber Layla darf sich jetzt über Dinge freuen, die ich dir nicht einmal im

Traum hätte ermöglichen können. Warum soll sie darauf verzichten?« Jean zwinkerte Hugh zu.

Brianna verdrehte die Augen. »Na prima. Ihr beide habt euch bereits gegen mich verschworen. Ganz großartig.«

Hugh griff nach ihrer Hand. »Hier ist keine Verschwörung im Gang. Außerdem gebe ich ihr die Tiara ja nicht. Für heute ist es genug.«

Brianna kniff die Augen zusammen. »Wirklich?«

»Ja, wirklich. Ich muss lernen, mich zurückzuhalten. Aber Jean hat auch recht. Layla sollte die schönen Dinge im Leben genießen können, nur nicht zu viele auf einmal. Mit der Tiara wird sie an ihrem Geburtstag richtig süß aussehen.«

Briannas Mundwinkel kräuselten sich nach oben. »Danke für dein Verständnis.«

»Ich tue, was ich kann«, antwortete Hugh. Dann wandte er sich wieder an Jean. »Sicher werden wir einen guten Mittelweg finden. Und Jean, ich kann dir gar nicht sagen, wie sehr es mich freut, dass du heute Abend hier warst und mich bei der Überraschung für Layla unterstützt hast.«

Jean schaute Brianna an und ihr Blick wurde weich. »Ich wollte euch alle unterstützen.«

»Danke, Mom.«

Jean drückte Brianna kurz an sich. »Ich liebe dich, mein kleines Mädchen.« Dann drehte sie sich zu Hugh. »Du musst am Freitag weg, nicht wahr, Hugh? Wann kommst du denn wieder?«

»Nach der Pressekonferenz am Samstagabend.« Bei dem Gedanken, ohne Brianna zu dem Rennen zu müssen, stahl sich ein Gefühl von Einsamkeit in sein Herz. Ohne groß nachzudenken, schlug er vor: »Wollt ihr drei nicht einfach mitkommen?«

»Ich muss am Freitag arbeiten«, antwortete Brianna. »Und Mom auch.«

»Wir könnten euch einen Flug nach Feierabend buchen«, bot Hugh an. »Es wäre ein sehr kurzer Trip, aber ihr habt mich noch nie bei einem Rennen gesehen, und euch dabeizuhaben, wäre sehr schön.«

Brianna senkte den Blick. »Ich weiß nicht. Nach einem langen Arbeitstag noch zum Flughafen hetzen? Wegen der Sicherheitschecks müssten wir mindestens eine Stunde vor dem Abflug da sein und Layla wäre sicher todmüde.«

»Und wenn ihr euch nicht durch den ganzen Flughafen quälen und eine Stunde früher kommen müsstet?«

Jean hob die Augenbrauen und schaute Brianna an. Brianna zuckte die Achseln.

»Ich kann euch mit einem Privatflugzeug einfliegen lassen«, erklärte Hugh.

»Siehst du? Das Wort *klein* hat er wirklich noch nie gehört«, sagte Brianna zu ihrer Mutter.

»Das wäre sicher ein tolles Abenteuer«, antwortete Jean begeistert. »Und Layla könnte im Flugzeug schlafen.«

Hugh sah einen Schatten in Briannas Augen, den er nicht deuten konnte. »Entschuldige uns bitte einen Augenblick, Jean. Ich möchte gerne kurz mit Brianna reden.«

»Kein Problem. Macht ruhig.«

Er führte Brianna ein paar Schritte weg. »Was ist? Ist das zu extravagant? Darüber musst du dir keine Gedanken machen. Das Geld dafür ...«

Sie schüttelte den Kopf. »Nein, das ist es nicht.«

Er strich ihr das Haar aus dem Gesicht. »Was ist es dann?«

Sie atmete tief aus und schloss ihre Augen ein paar Sekunden zu lang. Hugh wurde flau ums Herz.

»Bree?«

Sie legte ihre Hände auf seine Unterarme. »Das klingt jetzt vielleicht albern. Aber ich war im Netz und habe viele Bilder von dir gesehen. Mit jeder Menge Frauen. Eine schöner als die andere, reich, sexy und unwiderstehlich heiß. Und ich habe gelesen, was für Unfälle bei einem Rennen passieren können. Das alles macht mir Angst.« Ihr Griff wurde fester.

»Was willst du damit sagen?« Er bekam kaum Luft.

»Wenn ich nicht mit zu dem Rennen komme, kann ich so tun, als wäre dieser Sport eher ungefährlich, und muss nicht sehen, wie Frauen dich umschwärmen. Es wäre, als gäbe es das alles nicht.« Ihre Augen blickten kummervoll.

»Brianna.« Er legte die Hände an ihre Wangen. »Baby, ich brauche dich bei mir. Ich will dich in meiner Nähe haben. Die Gefahr können wir nicht wegdiskutieren. Das wissen wir beide. Aber die Frauen? Wenn ich in der Bar bin und sehe, wie die Männer dich anschauen, bringt mich das fast um. Aber ich weiß, du würdest mir niemals wehtun. Kannst du es bei mir nicht genauso machen? Vertraust du mir nicht?«

Sie hielt weiter seine Arme fest. »Ich vertraue dir.«

»Dann sollte nichts anderes auf der Welt für uns wichtig sein.« Als er die Lippen an ihre legte, spürte er die Anspannung in ihrem Körper. Er küsste sie, bis ihre Lippen sich öffneten und sie sich an ihn schmiegte. Nach dem Kuss nahm er ihre Hand und drückte sie an seine Lippen. »Ich liebe dich, Bree. Und ich liebe Layla. Ich werde nichts tun, was euch verletzen könnte. Das verspreche ich.«

Sie senkte den Blick und nickte.

Er hob ihr Kinn und schaute ihr in die Augen. »Brianna, wenn du mir nicht vertraust, dann haben wir keine Zukunft.« *Vertrau mir. Bitte sag mir, dass du es tust.* Daran, wie es wirken musste, wenn er jede Woche mit einer anderen heißen Frau am Arm in den Medien auftauchte, hatte Hugh nie nachgedacht. Warum auch? Er war frei und ungebunden gewesen und hatte alles als großes Spiel betrachtet. Inzwischen sah er das völlig anders. »Meine Vergangenheit kann ich nicht ändern, Bree. Aber jetzt bin ich der Mann, den du vor dir siehst. Ein Mann, der eine Familie haben möchte, ein geordnetes Leben führen und dich und Layla lieben will.« *Warum sagte sie ihm nicht, wie sehr sie ihn liebte? Mist, Mist, Mist.*

Lange schaute sie zu Layla hinüber. Doch sie blieb stumm. Mit jeder Sekunde, die verging, wurde das Ziehen in seinen Eingeweiden schmerzhafter.

»Meine Mom hat meinem Dad vertraut«, flüsterte sie. »Er ist gegangen, und jetzt sieh nur, wie verkorkst ich deswegen bin.«

Er schob sich vor sie. »Du bist nicht verkorkst, Bree. Habe ich dir nicht gezeigt, wie viel du mir bedeutest?«

Sie nickte.

»Ich verstehe das ehrlich gesagt nicht.« Hugh wich einen Schritt zurück. »Dass du dir wegen der Gefahren in meinem Sport Sorgen machst, kann ich nachvollziehen. Und ich weiß, du möchtest Layla schützen. Aber habe ich dir irgendeinen Grund zu der Annahme gegeben, ich würde dich jemals mit Absicht verletzen? Ich denke nicht.«

Sie schaute ihm in die Augen. »Nein, das hast du nicht.«

»Was zum Teufel ist dann los?« Seine Muskeln krampften sich zusammen. Er merkte, dass die Gespräche um sie verstummten und alle Augen sich auf ihn richteten.

»Ich sage ja nicht, dass aus uns nichts werden kann«, erklärte Brianna leise. »Aber was ist, wenn wir mit dir zu dem Rennen kommen und du plötzlich merkst, dass die Zeit in Richmond schön war, du das hier aber nicht wirklich willst? Was, wenn du in ein paar Wochen feststellst, dass dir das Leben auf der Überholspur fehlt?«

Sein erster Impuls, geboren aus Zorn und Verletztheit und weit entfernt von seinen wahren Gefühlen, war zu sagen: *Ja, und was dann? Das wäre Pech. Aber vor allem Pech für mich.* Er biss die Zähne so lange zusammen, bis er sicher sein konnte, dass seine Zunge nicht schneller war als sein Gehirn.

»Was, wenn du morgen zur Arbeit gehst und in der Bar einen normalen Typen triffst, der Layla nicht verwöhnen würde und noch nie mit einer anderen Frau fotografiert worden ist? Was, wenn du mit mir kommst und feststellst, dass du es nicht erträgst? Was, wenn kreischende Fans dich einschüchtern oder das Reisen dir nicht gefällt?« All das war nicht undenkbar. Das wurde ihm jetzt klar und ließ den kalten Klumpen in seinem Magen noch größer werden.

Ihre Blicke hielten sich aneinander fest. Brianna legte eine Hand an das Medaillon. Sie schob sich eine Haarsträhne hinters Ohr, und Hugh spürte, wie sein Herz einen Sprung bekam. Hinter sich hörte er Stimmen – die Worte konnte er nicht verstehen. Sein Verstand befand sich in einem Vakuum, er war völlig auf Briannas Antwort fixiert.

»Vielleicht … vielleicht ist es besser … für uns … für dich und mich … wenn Layla und ich nicht mitkommen.« Briannas Stimme war kaum zu hören.

Hugh fuhr sich durchs Haar und bemerkte aus dem Augenwinkel, dass die anderen Gäste ihre Jacken anzogen. Mit solchen Situationen fehlte ihm die Erfahrung – genau wie mit Beziehungen überhaupt. Er wusste nur, wie wenig Lust er hatte, ohne Brianna zu einem Rennen zu fliegen. Und dass sie wegen ihrer Unsicherheiten vielleicht nicht bei ihm bleiben wollte, machte ihn fassungslos.

Seine Kiefermuskeln zuckten. Er schob den Ärger beiseite. Stattdessen füllte Enttäuschung sein Herz. »Lass uns Layla nach Hause bringen, damit wir alles in Ruhe durchdenken können.«

Als sie sah, wie Hugh hinter der Bühne verschwand, zog sich Briannas Magen zusammen. *Er holt Laylas Tiara.* Obwohl sie gerade alles in Frage stellte, dachte er noch immer an ihre Tochter.

Sobald Hugh außer Sichtweite war, kam Kat zu ihr. »Hey, alles klar bei euch?«

Brianna schüttelte den Kopf. Sie blinzelte die Tränen weg, die in ihren Augen brannten. »Was habe ich getan?«, flüsterte sie.

Kat zog sie zur Damentoilette. Dort fuhr Brianna zu ihr herum. Ihr Gesicht war heiß, ihr Herz raste.

»Was zum Teufel stimmt mit mir nicht?«, rief sie. »Mein Gott, Kat. Ich bin ein hoffnungsloser Fall.« Sie sah ihr gerötetes Gesicht im Spiegel und wandte sich ab.

»Was ist passiert? Der Abend war perfekt, und plötzlich starren euch alle an, und ihr seht aus, als hätte euch jemand das Herz aus der Brust gerissen.« Kat nahm sie an den Schultern und drehte sie zu sich. »Schau mich an, Bree. Spuck es aus. Und falls er dich irgendwie verletzt hat, dann murkse ich ihn ab.«

Tränen liefen über Briannas Wangen. »Glaubst du wirklich, er würde mich verletzen? Sieh dich um, Kat. Wo sind wir?«

Die Tür wurde aufgerissen und ihre Mutter kam herein. »Was ist los?«

Brianna drehte Jean den Rücken zu und verschränkte die

Arme vor der Brust.

»Brianna?« Ihre Mutter berührte sie an der Schulter, aber Brianna schüttelte sie ab. »Kat?«

Brianna nahm an, dass Kat ratlos die Hände hob.

»Brianna Marie Heart, dreh dich um«, sagte Jean in einem warmen und doch mütterlich strengen Ton.

Brianna gehorchte zögernd. Ihr Blick hing am Boden.

»Und jetzt rede, Bree. Bitte. Was zum Teufel ist passiert?« Jean breitete die Arme aus und Brianna warf sich schluchzend an ihre Schulter.

»Es liegt an mir. Ich kann das nicht. Deshalb hatte ich einen Zwölfjahresplan. Vielleicht sind Beziehungen einfach zu kompliziert für mich.«

»Quatsch mit Soße«, murmelte Kat fast unhörbar.

Brianna machte sich von ihrer Mutter los, nahm ein Papiertaschentuch vom Waschtisch und wischte sich die Augen ab. »Was soll das heißen?«

»Du bist die bestorganisierteste Frau, die ich kenne. Jahrelang hast du zwei Jobs und deine Tochter unter einen Hut gebracht.« Kat machte einen Schritt auf Brianna zu und schaute sie herausfordernd an. »Für dich ist nichts zu kompliziert.«

»Eine tolle Freundin bist du«, blaffte Brianna.

»Ja, das bin ich, und du weißt es auch. Was immer du getan hast, vielleicht ist es aus Angst passiert. Oder so.« Kat lehnte sich ans Waschbecken und betrachtete ihre Nägel.

»Dir ist doch egal, wie es mir geht.« *Warum führe ich mich auf wie eine Monsterzicke?*

Kat verdrehte die Augen.

»Sehr nett, danke«, fauchte Brianna.

Ihre Mutter schüttelte den Kopf. »Okay, Mädels. Augenblick.« Sie stellte sich zwischen ihre Tochter und Kat. »Bree, was ist da draußen passiert? Er hat dich eingeladen, dir das Rennen anzuschauen. Wie kommt es, dass wir jetzt hier stehen?«

*Weil ich Angst habe. Weil ich vielleicht nicht in sein Leben passe. Weil ein Kind vielleicht zu viel für ihn ist und er es nur noch nicht weiß.* »Wie zum Teufel soll ich das wissen?«

»Weil du gerade gesagt hast, du wärest ein hoffnungsloser Fall und es würde an dir liegen. Was immer dieses *es* sein mag.« Kat musterte Brianna durchdringend. »Ich hab dich lieb. Das weißt du. Aber ich werde nicht hier herumstehen und dich bemitleiden, solange du *Pretty Woman* bist und Richard Gere draußen wartet, um dir die Sterne vom Himmel zu holen.«

Neue Tränen stiegen in Briannas Augen.

»Sorry, Bree. Kein Mitleid.« Kat hielt ihrem Blick stand. »Rück endlich damit raus, wie es kommt, dass du so von der Rolle bist. Und falls er etwas Blödes gemacht hat, sag es mir. Sonst spaziere ich jetzt hier raus und sehe dich morgen bei der Arbeit. Hat er dich verletzt? Hat er etwas verlangt, was du nicht tun kannst? Ist er ein Kontrollfreak? Hast du Angst, er könnte sich an Layla vergreifen?«

»Kat!«, blaffte Jean.

Brianna lehnte sich an die kühlen Wandfliesen. Hughs trauriger Blick hatte sich in ihre Netzhaut gebrannt. Sie glitt an der Wand nach unten und wünschte sich, sie könnte einfach verschwinden. Dann schloss sie die Augen zum Schutz gegen die blendenden Lichter, die sich in den gelben Wänden spiegelten, vor allem aber, weil sie die ungläubigen Mienen der beiden Frauen nicht sehen wollte.

»Es gibt zu viele Was-wenns«, murmelte sie schließlich.

Ihre Mutter kauerte sich neben sie. »Was-wenns?«

Kat stapfte hin und her. »Schon klar. *Was, wenn er mich verlässt?*«, sagte sie in einem spöttischen Ton. »*Was, wenn er mich in einem Jahr nicht mehr mag? Was, wenn meine Tochter ihm zu viel ist?«*

»Das sind berechtigte Bedenken, Kat«, fauchte Brianna.

Kat setzte sich auf der anderen Seite neben sie auf den Fußboden und nahm ihre Hand. »Ja, das ist wahr«, sagte sie mit ruhiger Stimme. »Das sind verdammte, hundert Prozent berechtigte Bedenken.« Kat kniff die Lippen zusammen und strich Brianna das Haar von der Wange, wo ihre Tränen es festgeklebt hatten. »Es gibt keine Garantie, Bree. Niemals. Du könntest morgen feststellen, dass du nicht mehr Mutter sein willst.«

Brianna schnappte nach Luft. »Nie im Leben!«

»Merkst du, was ich damit in dir ausgelöst habe?« Kat tippte an eine Stelle über Briannas Herz. »Spürst du den Stich wegen dem, was ich gesagt habe?« Sie hielt inne. »Genau das hast du mit Hugh gemacht.«

»Es ist meine Schuld.« Briannas Mutter seufzte tief. »Du machst dir Sorgen, weil dein Vater und Laylas Vater gegangen sind. Du traust den Männern nicht und von mir hast du es nicht anders gelernt.« Ihre Mutter nahm ihre andere Hand.

»Das ist nicht wahr.« Auf die allermeisten Männer traf das zu, aber diese Schwäche wollte Brianna sich nicht eingestehen. »Hugh vertraue ich.« *Ganz und gar. Ich würde ihm mein Leben in die Hände legen – und Laylas Leben auch.*

»Worum geht es denn dann?«, fragte ihre Mutter.

»Das Problem bin ich, Mom.«

Jean schüttelte den Kopf. »Ich verstehe kein Wort. Hast du Angst, dass er dir bald nicht mehr gefallen könnte?«

»Sie ist merkwürdig, nicht verrückt«, erklärte Kat trocken.

»Nein. Ich liebe ihn. Das weiß ich. Aber wie schaffe ich es, nicht andauernd zu grübeln? Ich habe so unendlich viel Mist im

Kopf.« Brianna nestelte am Saum ihres Kleides. »Ständig denke ich daran, was alles schieflaufen könnte …«

Kat stemmte sich hoch. »Okay. Dann zurück zu deinem Zwölfjahresplan. Wobei ich nicht glaube, dass zwölf Jahre etwas ändern werden. Irgendein Kerl wird sich danach in dich verlieben, und du wirst dich sorgen, er könnte dich in einem Jahr oder in sechs wieder verlassen. Du wirst einfach nur älter sein, mit Hängebrüsten und breiteren Hüften. Layla wird weit weg irgendwo studieren und … Ach, weißt du was? Wir könnten dir gleich zwei, drei Katzen besorgen und nicht noch ein paar Jahre warten.«

Brianna stand auf. »Du bist so gemein.«

»Nein. Nur realistisch. Und das warst du bis vor Kurzem auch. Aber aus irgendeinem Grund hast du dich in eine wankelmütige Heulsuse verwandelt, die ich nicht mehr verstehe.« Kat verschränkte die Arme und Brianna tat dasselbe.

»Großer Gott. Man könnte euch für zwei Zwölfjährige halten.« Jean schaute zwischen ihnen hin und her. »Brianna, du musst mit Hugh reden. Wenn du wirklich denkst, deine Was-wenns sind zu übermächtig, musst du auf dein Bauchgefühl hören und mit ihm Schluss machen. Aber wenn du glaubst, du kannst deine Zweifel überwinden, dann hör auf, dich im Kreis zu drehen und gib dieser Beziehung eine Chance. Oder lass es. Jedenfalls braucht er eine klare Antwort. Er ist nicht irgendein Junge vom College, Bree. Er ist ein Mann, und zwar einer, der bis über beide Ohren verliebt zu sein scheint. In dich und in Layla.«

»Sagt mir, wie.« Die Heftigkeit ihres Tons überraschte Brianna. »Ich will wissen, wie ich meine Sorgen abstellen kann. Du hast ihn gesehen, Mom. Er sieht umwerfend aus. Wenn wir zum Rennen gehen und die Frauen ihn umschwärmen, werde ich ihnen den Kopf abreißen oder einfach weglaufen wollen. Was denkt ihr, was werde ich tun?«

»Weglaufen«, sagten ihre Mutter und Kat im Duett.

»Genau.«

»Ich könnte mitkommen und sie eigenhändig von ihm wegzerren. Dass ich dazu fähig wäre, weißt du.« Kat ballte grinsend die Hände zu Fäusten.

»Dann ist wohl die eigentliche Frage, wie du deine Unsicherheit loswirst«, sagte ihre Mutter sanft. »Denn wenn du nicht gerade einen Kartoffelsack datest, werden sich früher oder später immer dieselben Ängste und Bedenken einstellen.«

»Warum klingst du immer so furchtbar vernünftig, Mom? Kannst du nicht einfach sagen: *Ich verstehe dich von ganzem Herzen, Bree. Es ist alles so unglaublich vertrackt, und mir ist klar, dass dir das Angst macht.* Dann würde es mir vielleicht besser gehen.«

»Genau das habe ich gesagt, Süße. Du hast mich nur nicht gehört.«

Jemand klopfte an die Tür.

Sie zuckten alle gleichzeitig zusammen.

»Bree?«

*Hugh.* »Ja?«

»Layla ist ziemlich müde. Können wir bald los?«

Seine Stimme schnitt ihr so tief ins Herz, dass sie fürchtete, gleich wieder in Tränen auszubrechen. »Ja. Eine Sekunde, bitte.« Brianna atmete tief aus. »Ich werde nach Hause gehen und über alles nachdenken. Und morgen entscheide ich mich.«

»Morgen?« Kat zog die Augenbrauen hoch.

»Ja. Im Augenblick kann ich nicht klar denken.«

Jean strich über Briannas Arme. »Süße, er bittet dich nicht, ihn zu heiraten. Er bittet dich, mit ihm zu einem Rennen zu kommen.«

*Eines Tages werde ich dich zur Braut machen.* Brianna nickte. »Ich weiß. Aber alles, was ich tue, jeder Schritt, den ich mache, hat Auswirkungen auf Layla. Es ist wie eine Art Jackpot. Ich habe die Möglichkeit, anstelle eines Lebens gleich zwei zu vermurksen. Was, wenn ich zu dem Rennen gehe und feststelle, dass ich es nicht aushalte, wenn andere Frauen ihn betatschen?«

»Du bist wirklich nicht ganz bei Trost«, erklärte Kat. »Er ist ein Rennfahrer, kein Gogo-Tänzer.«

»Tut mir leid, Süße, aber ich verstehe das auch nicht. Wann soll ihn denn jemand betatschen? Ich habe mich von deiner Hysterie so sehr anstecken lassen, dass ich das im Kopf nicht richtig durchgespielt habe.« Ihre Mutter sah sie fragend an.

»Ach, ich weiß nicht. Ich war im Netz und habe die vielen Bilder von ihm mit schönen Frauen gesehen. Auf einigen steht er neben seinem Rennwagen oder auf einer Rennbahn, auf anderen gibt er gerade Autogramme.« Sie sah, wie die beiden die Augen verdrehten. »Was ist?«

»Er gibt Autogramme?« Kat schüttelte den Kopf. »Worüber genau machst du dir Sorgen? Du hast keine Angst, dass er dich betrügt? Du hast Angst, dass ihn jemand betatscht?«

»Ja, ich glaube, das ist es. Warum starrt ihr mich so an?«

»Bree, wenn du ihm vertraust, weshalb macht es dir dann so viel aus, wenn ein paar Frauen sich an ihn hängen, während er Autogramme verteilt? Und was sagen schon die Bilder im Internet? Er ist ein erfolgreicher Rennfahrer. Natürlich wird man ihn mit Frauen fotografieren. Hat er eine Ehefrau oder seine Freundin betrogen? Hast du irgendwo gelesen, dass er sich Gemeinheiten zuschulden hat kommen lassen?«, fragte Kat.

»Na ja, eigentlich nicht.« Brianna seufzte.

»Bree, in der Bar versucht ständig irgendwer, dich zu

betatschen. Sollte Hugh dir deshalb misstrauen?«, fragte Kat.

»Da siehst du es, es liegt an mir. Sage ich doch.« *Verdammt. Ich bin völlig plemplem.* »Ich denke einfach zu viel nach.«

»Du willst nur dich und Layla schützen«, widersprach ihre Mutter. »Das verstehe ich. Geh nach Hause und schlaf eine Nacht darüber. Sicher weißt du bald, was richtig für dich ist.«

Draußen stand Hugh mit Layla auf dem Arm. Ihr fielen fast die Augen zu.

»Hi, Mom«, nuschelte Layla und gähnte.

Brianna legte eine Hand auf Laylas Rücken und küsste sie auf die Wange. »Tut mir leid, dass ich so lange gebraucht habe, Prinzessin. Tut mir leid, Hugh.«

»Schon gut.« In seiner Stimme lag nicht mehr die selbstbewusste Unbefangenheit wie vor dem Moment, in dem Brianna in seine Brust gegriffen und ihm das Herz herausgerissen hatte. Innerlich schüttelte sie sich bei dem Gedanken, wie weh sie ihm getan hatte.

Die Anspannung in seiner Stimme zerrte an ihr.

»Lass uns warten, bis deine Mom und Kat ihre Jacken geholt haben. Ich möchte nicht, dass sie alleine rausgehen.«

Seine Aufmerksamkeit berührte ihr Herz.

Jean und Kat machten ernste Gesichter.

»Was du dir für diesen Abend ausgedacht hast, war unfassbar schön«, sagte Jean zu Hugh.

»Ich glaube, Layla hat es gefallen. Vielen Dank für eure Hilfe. Und Kat, du warst toll. Danke.«

Hugh hielt den Frauen die Tür des Theaters auf. In der Sekunde, in der er den ersten Fuß vor die Tür setzte, begann das Blitzlichtgewitter. Frauen riefen seinen Namen. Er hielt eine Hand in die Höhe, um seine Augen zu schützen. »Was zum …«

»Ach du lieber Gott«, sagte Jean. Sie nahm Brianna und Kat

an den Armen.

Hugh drängte sich durch die Menge. Mit einer Hand schirmte er Layla ab, mit der anderen schützte er Brianna, Kat und Jean. »Bleibt bei mir«, sagte er.

»Hugh! Gibst du mir ein Autogramm?«, schrie eine füllige Frau.

»Wie lange sind Sie hier in der Stadt?«, rief ein Mann mit einer Fernsehkamera.

Hugh antwortete nicht. Er marschierte schnurstracks weiter zum Wagen, zog Brianna näher zu sich und schob sich vor ihre Mutter und Kat.

Eine hübsche blonde Frau mit gigantischen Brüsten und einem kurzen, knallengen Minikleid drängte sich vor Hugh und Brianna. Sie hielt Hugh einen Stift unter die Nase.

»Unterschreibst du bitte auf meinem Dekolleté?« Sie schaffte es, mitten im Chaos auch noch verführerisch zu klingen.

»Vergiss es, Schätzchen«, schrie Kat und riss die Frau von ihnen weg. »Ich habe es dir doch gesagt«, sagte sie grinsend zu Brianna.

Hugh schloss den Wagen auf und setzte Layla auf die Sitzerhöhung. Dann öffnete er die Beifahrertür und schaute Kat und Jean hinterher, die zu ihren Autos eilten. Der Kameramann und die Fans folgten ihnen nicht. Sie bildeten einen Halbkreis um ihn, streckten ihm Zettel entgegen und machten Fotos.

Brianna wollte einsteigen.

»Augenblick.« Er legte seinen Arm um sie und flüsterte: »Bleibst du bitte bei mir?«

Ihr Gehirn war wie abgeschaltet. Sie wollte flüchten. Weglaufen erschien ihr wie eine gute Idee. Aber sie ließ es bleiben, denn der Gedanke, von Hugh wegzulaufen, gefiel ihr gar nicht. Ihr Kopf nickte auch ohne einen Befehl von ihrem Gehirn. Hugh drückte Brianna an seine Seite und drehte sich zu den Kameras. Sie hielt sich an ihm fest. Eine Hand legte sie an ihren Lieblingsplatz, seine Bauchmuskeln. Das fühlte sich verdammt gut an. Die andere klammerte sie hinten an sein Jackett. Die Blitzlichter blendeten sie.

Hugh hielt eine Hand in die Höhe und schirmte ihre Augen ab, bis sie sich an die Helligkeit gewöhnten. Jetzt sah sie die Gruppe deutlicher. Eine Handvoll Frauen und Männer mit erwartungsvollen Augen belagerten sie. Sie streckten die Hände nach Hugh aus. Zwei Männer mit Kameras filmten oder machten Fotos, genau konnte Brianna es nicht erkennen. Jedenfalls strahlten Lichter sie an. Am Straßenrand stand ein schwarzer Van mit dem Logo und dem Namen eines Fernsehsenders an der Seite.

Brianna schnappte nach Luft. *Das Fernsehen?* Obwohl sie das Gefühl hatte, neben sich zu stehen, hob sie das Kinn und richtete sich kerzengerade auf. Sie warf einen Blick über Hughs Schulter und stellte erleichtert fest, dass er sich vor Laylas Fenster gestellt hatte.

»Ich beantworte drei Fragen und gebe Autogramme, wenn Sie Abstand halten.«

»Wie lange bleiben Sie hier in der Stadt?«, rief ein kurz gewachsener Mann.

»Noch zwei Tage«, antwortete Hugh.

»Warum hast du das Theater gemietet?«, wollte die vollbusige Blondine wissen.

Hugh hielt Brianna noch etwas fester. Sie sah, wie seine Grübchen tiefer wurden, während er ihr liebevoll in die Augen schaute. »Weil ich für meine Freundin und ihre Tochter etwas ganz Besonderes tun wollte.«

Die Frauen in der Menge seufzten laut auf.

*Meine Freundin.* Er hatte sich zu ihr bekannt. Vor den Fernsehkameras und diesen Fremden. Er hatte es getan und sie dabei auf eine Weise angeschaut, die niemand missverstehen konnte. Nicht einmal sie selbst.

»Heiratest du mich?«, rief eine Frau aus der zweiten Reihe.

»Das ist die dritte Frage und ich bin schon vergeben«, antwortete Hugh.

Die Menge rückte näher, aber Hugh hob abwehrend eine Hand. Er öffnete Brianna die Wagentür. »Danke«, flüsterte er und küsste sie auf die Lippen. Sie stieg ein und schaute ihm bei der Arbeit zu. Er kontrollierte und dirigierte die Menge, als hätte er nie etwas anderes getan.

Stolz schwoll in ihrer Brust. Der Schmerz, der ihr Inneres zerrissen hatte, ließ langsam nach. Er hatte Layla beschützt und sich vor sie, Jean und Kat gestellt, ohne auch nur eine Sekunde zu zögern.

*Er hat sich zu mir bekannt.*

*Vor der ganzen Welt hat er sich zu mir bekannt.*

Brianna wusste nicht, ob ein Mitschnitt im Fernsehen gesendet werden würde oder nur ein Standbild. Aber das war nicht wichtig. Wichtig war nur, dass Hugh sie ganz instinktiv beschützt und ihr mitten im Chaos eines ganz deutlich gezeigt hatte.

*Er liebt mich.*

*Andere Frauen sind nicht wichtig.*

*Wichtig ist er.*

*Wichtig sind wir.*

# Sechsunddreißig

Schweigend fuhren sie zu Briannas Wohnung. Seit dem Gespräch im Forum des Theaters lag Hugh ein Klumpen im Magen, der durch die drängelnde Menschenmenge vor dem Ausgang noch größer geworden war. Brianna an seiner Seite zu haben, hatte ihn mit Stolz erfüllt, und dass sie eingewilligt hatte, bei ihm zu bleiben, anstatt sich im Wagen zu verstecken, hatte ihn überrascht und gefreut. Zudem nährte es seine Hoffnung, dass er vorhin im Theater in ihren Augen nicht das gesehen hatte, was ihm eine Riesenangst einjagte – dass sie aus einem ihm nicht verständlichen Grund ihre Beziehung beenden wollte. Während sie mit ihrer Mutter und Kat in der Toilette gewesen war, hatte er sich das Hirn zermartert, was sie dazu bewegen könnte, sich von ihm abzuwenden. Eine Antwort auf diese Frage hatte er nicht gefunden.

Er parkte den Wagen und schaute sich zu Layla um, die auf dem Rücksitz tief und fest schlief. Schimmerndes Mondlicht fiel durchs Wagenfenster und machte Brianna noch schöner. Er streckte die Hand aus und legte sie an ihre Wange. Ihre Haut war warm und seidig. Diese Frau war frustrierend, unberechenbar und noch sinnlicher und betörender als in seinen wildesten Träumen. Und bis vor wenigen Stunden hatte sie ganz ihm gehört. Bei diesem Gedanken glitt seine Hand von ihrer Wange.

»Lass uns Layla ins Bett bringen«, flüsterte er.

Oben legte er Layla in ihr Bett und wartete im Wohnzimmer, während Brianna ihr einen Schlafanzug anzog und sie zudeckte. Die Motorsportzeitschrift, um die sie ihn gebeten hatte, lag auf der Arbeitsplatte. Er dachte an den Abend, an dem sie sich kennengelernt hatten, und wie zurückhaltend Brianna zu Anfang gewesen war. Barfuß kam sie schließlich zu ihm ins Wohnzimmer. Das schwarze Kleid umspielte ihre Beine. Die dicken Schutzmauern, die sie um sich errichtet hatte, waren seit jenem ersten Abend zerbröckelt. Zum Vorschein gekommen war die empfindsame, mutige Frau, in die er sich verliebt hatte. Sie griff nach seiner Hand. Wortlos erlaubte er ihr, ihn mit aufs Sofa zu ziehen. Sie lehnte den Kopf an seine Schulter, ihr süßer Duft umhüllte ihn. Einen Moment lang schloss er die Augen und sog sie einfach tief in sich ein. Er dachte an das Gefühl ihres nackten Körpers unter seinem, daran, wie sie die Augen schloss, wenn er sie küsste, und an diese kleinen sexy Laute, die sie ausstieß, wenn sie kam. Er dachte daran, wie sie ihn gebeten hatte, vor dem Küssen nicht mehr ihre Erlaubnis einzuholen, und dass sie sich nach der Übernachtung in seinem Haus als Flittchen bezeichnet hatte, weil sie nicht zuvor ihre Telefonnummern ausgetauscht hatten. Bei diesen Erinnerungen kräuselten sich seine Mundwinkel nach oben.

Ein Leben ohne sie konnte er sich nicht mehr vorstellen.

Er wollte es nicht einmal versuchen.

Als er ihre Lippen auf seiner Wange spürte, öffnete er die Augen.

»Ja«, sagte sie.

»Ja?«

»Ich möchte mit zu dem Rennen kommen. Zusammen mit Layla, und ich glaube, Mom wäre auch gerne dabei.«

Ihre braunen Augen sahen ihn fragend an. Er wusste, dass sie eine Antwort erwartete, doch seine Worte waren in seinem Herzen gefangen. Aus Angst, sie könnte ihre Meinung noch einmal ändern, wagte er nicht, sie auszusprechen.

Sie runzelte die Stirn. »Ist das noch okay?«

»Ja«, raunte er. »Aber ich möchte gerne verstehen, was vorhin im Theater passiert ist.«

Sie schaute zu Boden. »Es tut mir leid. Mir sind einen Moment lang die Nerven durchgegangen.«

»Vertraust du mir denn nicht, Bree?« Sein Herz lag in ihren Händen. Buchstäblich. Eine falsche Bewegung und es würde zerbrechen.

»Ich vertraue dir. Ich vertraue dir wirklich. Ich wusste nur nicht mehr, ob ich mir selbst trauen kann.«

»Entschuldige bitte, aber ... *hä?*«

Sie hielt den Blick noch immer gesenkt.

»Ich muss deine Augen sehen, Bree. Erklär mir bitte, was in dir vorgegangen ist. Vorhin im Theater hast du mir den Boden unter den Füßen weggezogen. Dabei bin ich eigentlich kein Mann, der leicht aus dem Gleichgewicht gerät.« Er fühlte sich verwundet. Schutzlos. Verletzlich. *Was zum Teufel ist mit mir los?* Ein Blick auf die schöne Brianna und die Antwort war klar. *Ich habe mich verliebt.*

»Ich hatte Angst vor meinen eigenen Reaktionen. Äußerlich wirke ich vielleicht mutig, Hugh. Aber eigentlich bin ich ziemlich unsicher. Ich bin keine spektakuläre, kurvige Blondine. Ich bin nicht der Mittelpunkt jeder Party und schon gar nicht das heißeste Mädchen der Stadt.«

»Das ist richtig. Du bist schöner, als jede Blondine es je sein könnte, und die heißeste *Frau* weit und breit. Ich suche kein Partygirl, Bree. Habe ich dir das nicht gleich zu Anfang gesagt?«

Sie nickte.

»Und ich mache keine halben Sachen.«

»Ich weiß. Und ich auch nicht.«

Sie rückte näher an ihn heran und Hugh zog sie auf seinen Schoß. Er musste ihre Nähe spüren, um sich zu vergewissern, dass er nicht gerade dabei war, sie zu verlieren.

»Ich glaube, dass mein Vater damals gegangen ist, hat mich stärker geprägt, als mir bewusst war. Ich habe Angst, dass mir das passieren könnte, was auch meiner Mutter passiert ist. Ganz gleich, wie sehr jemand mich liebt, wie sehr *du* mich liebst, ich muss ständig daran denken, dass du eine Bessere finden könntest und wie schmerzhaft das für Layla und mich wäre. Mit dir hat das vermutlich gar nichts zu tun. Ich fürchte, das wäre bei jedem Mann so. Vielleicht hat es mir deshalb auch nicht allzu viel ausgemacht, als Laylas Vater nichts mit uns zu tun haben wollte. Es war leichter, allein zu sein, als in der Angst zu leben, sitzengelassen zu werden.«

Er spürte, wie die Risse in seinem Herzen sich schlossen. Denn eines hatte Hugh in den letzten Tagen über sich gelernt: Er war fähig zu lieben. Er war verlässlich und ehrlich und er liebte Brianna rückhaltlos. Er würde sie niemals sitzenlassen. Bevor er ihr das sagen konnte, fuhr sie fort.

»Ich hatte Angst, ich würde einfach weglaufen, wenn ich sehe, wie andere Frauen dich umschwärmen. Denn Weglaufen ist immer noch besser, als verlassen zu werden. Aber dann habe ich dich heute Abend mit deinen weiblichen Fans gesehen. Du hast sie kaum eines Blickes gewürdigt. Du warst viel zu sehr damit beschäftigt, uns zu beschützen. Du warst um unsere Sicherheit besorgt und um unsere Gefühle.«

»Selbstverständlich«, flüsterte er.

»Eine andere Frau hätte das vielleicht mit einem Achselzucken zur Kenntnis genommen. Sie hätte nichts anderes erwartet. Für mich war es ein Aha-Erlebnis.«

Sie berührte seine Wange. »Du liebst mich«, sagte sie. Das war keine Frage, es war eine Feststellung.

Einen Moment lang schloss er die Augen und genoss nur, sie zu spüren. »Das tue ich. Sehr sogar.« Die Erleichterung löste die Verspannung in seinen Schultern.

»Und Layla liebst du auch.«

»Ja, von ganzem Herzen.«

Sie nickte und drückte die Hände an seine Brust. »Passiert so was oft?«

Ihre Hände entfachten eine andere Art von Wärme ihn ihm. »Was denn?«

»Autogramme. Kameras.«

»Ja. Manchmal. Jemand aus dem Theater hat wohl durchsickern lassen, dass ich dort war. Es tut mir leid, dass du das erleben musstest.« Er legte seine Hand auf ihr nacktes Knie.

»Mir nicht. Es hat mir gezeigt, wie albern ich mich benommen habe. Ich habe mich so in die Angst hineingesteigert, Layla und ich könnten verletzt werden, dass ich mich achtzehn Jahre lang verstecken wollte. Aber vor dem, was zwischen uns beiden ist, kann ich mich nicht verstecken, Hugh. Seit heute weiß ich, dass ich das nicht will. Und wenn ich das nächste Mal in den Was-wenn-Modus verfalle – und glaub mir, das wird passieren –, sagst du mir dann bitte, dass ich ein Volltrottel bin?«

Er spürte, wie ein Lächeln seine Wangen hob. »Nein.« Er lachte leise auf. »Das würde nichts nützen. So wie du heute Abend warst, hätte ich dich auch hinter den Theatervorhang schleppen und dort leidenschaftlich lieben können. Es hätte nichts geändert.« Verdammt, jetzt lief sein Kopfkino auf Hochtouren. »Du hattest dich völlig verrannt. Du warst unerreichbar.« Macks Worte fielen ihm wieder ein. *Sie verschenkt ihr Herz nicht so leicht.* »Zeig mir, was ich tun kann, um zu dir durchzudringen.«

Sie beugte sich vor und drückte die Lippen auf seine.

»Das hätte auch nicht funktioniert. Du warst zu durcheinander. Vermutlich hätte ich nur eine Ohrfeige kassiert. Hilf mir, dir zu helfen, Bree. Ich meine das ernst. Was kann ich beim nächsten Mal unternehmen, ohne dass alles noch schlimmer wird?«

Sie knöpfte sein Hemd auf und ließ ihre Hand über seine Brust gleiten. *Gütiger Himmel.* Er spürte, wie er hart wurde. Sie brachte ihn komplett aus dem Gleichgewicht.

»Für das nächste Mal …«, sie rückte noch näher und saugte zärtlich an seinem Hals, »… brauchen wir ein Codewort.«

Ihre Zunge an seinem Hals lenkte ihn ab. »Ein Code…«

»Hm-hm«, schnurrte sie. »Wenn ich die Was-wenn-Krise kriege, sagst du einfach …«

»Sidecar.«

Sie zog die Nase kraus. »Sidecar?«

»Ja. Das erinnert dich an den Abend, an dem wir uns kennengelernt haben.« Er zog ihren Mund zurück an seinen Hals.

»Sidecar«, flüsterte sie, dann küsste sie ihn.

Sein gebeuteltes Herz war geheilt und schlug wie wild. Ihre Zunge streichelte seinen Hals. Dann hob sie mit geöffneten Lippen den Kopf und lächelte zugleich schüchtern und kokett. Er legte den Mund auf ihren und füllte sie mit der ganzen Liebe, die er hatte. Ihre Lippen passten perfekt zusammen, ihre

Zungen bewegten sich im Einklang und ihre Körper verschmolzen. Er schob eine Hand unter ihr Kleid und streichelte sie durch ihr feuchtes Höschen hindurch. Ihr hungriger Blick verriet ihm, dass sie sich wieder auf derselben Wellenlänge befanden. Er schob die Finger unter den dünnen Stoff und drang mit einem Aufstöhnen in sie. Brianna hob ihm ihr Becken entgegen. Er öffnete ihr Kleid, streifte es ihr über eine Schulter und liebkoste mit den Lippen ihre nackte Brust. Ihre sexy kleinen Seufzer brachten ihn auf Touren. Großer Gott, sie war heiß. Er spürte, wie ihre Oberschenkelmuskeln sich spannten und bewegte die Finger schneller. Seine Zunge umspielt ihren harten Nippel. Brianna klammerte sich an seine Schulter und grub ihre Nägel in sein Fleisch. Er liebte diesen wonnevollen Schmerz. Als sie seinen Namen schrie, drückte er die Lippen auf ihre und fing ihre Lustschreie auf, während ihr Orgasmus sie erbeben ließ und sie ihn küsste, als hinge ihr Leben davon ab. Sanft ließ er sie danach wieder zur Erde schweben, indem er den harten, schnellen Bewegungen langsame, zärtliche folgen ließ. Sie seufzte wohlig auf und er lehnte die Stirn an ihre Brust.

Er hörte zu, wie ihr Herzschlag sich beruhigte, und spürte, wie ihr Körper in die glückliche, weiche Ruhe danach fand.

»Bree?«

»Hm?«

»Bitte mach mir nicht noch mal solche Angst.« Er schaute ihr ins Gesicht, und alle Gefühle, die er für sie hatte, ballten sich in seinem Blick. Liebe, Respekt, Verlangen, aber auch Besorgnis und Unsicherheit. Er brauchte Brianna ganz und gar. Er brauchte sie jetzt und hier. *Blöde Idee.* Hugh warf einen Blick den Flur entlang.

»Versprochen. Sidecar. Denk einfach an Sidecar.« Sie schob

sich von seinem Schoß und griff nach seinem Reißverschluss.

»Nein, lieber nicht hier.« Mit dem Kinn deutete er zu Laylas Zimmer.

Brianna stand auf und nahm seine Hand. Er folgte ihr an Laylas Tür vorbei ins Schlafzimmer und kam sich dabei unsagbar ungezogen vor.

»Bist du sicher? Was, wenn sie aufwacht?«

»Ich schließe die Tür ab. Wir müssen nur sehr, sehr leise sein.« Sie nestelte an seinem Hosenknopf, aber er legte seine Hand auf ihre.

»Bree. Ich kann warten.«

»Ich nicht.«

Sie hatten kaum Zeit zum Atmen, geschweige denn für klare Gedanken. Brianna hatte an diesem Abend einen riesigen Fehler gemacht. So töricht würde sie niemals wieder sein. Die Angst, Hugh zu verlieren, steigerte ihren Wunsch auszulöschen, was sie ihm angetan hatte. Während ihre Münder einander verschlangen und sie einander die Kleider beinahe vom Leib rissen, ließ sie ihre Gedanken an einen Ort driften, von dem sie sie bislang mit aller Macht ferngehalten hatte. Zu dem Ort, der ihr am meisten Angst machte. *In die Zukunft.* Hugh legte sie aufs Bett. Mit geschlossenen Augen wartete sie darauf, dass die Angst zurückkam. Sie spürte seine Hände auf den Innenseiten ihrer Schenkel, fühlte, wie er ihre Beine auseinanderdrückte, und hörte noch einmal sein Flüstern von vor ein paar Stunden. *Bleibst du bitte bei mir?* Sie suchte nach der Angst, stellte sich vor, sie wäre bei einem Rennen, sah Frauen die Hände nach Hugh ausstrecken.

Zielstrebig und fest wanderten seine Finger an ihren Seiten nach oben.

Noch einmal versuchte sie, die Angst heraufzubeschwören. Sie malte sich aus, wie er neben der drallen Blonden von vorhin stand, stellte sich vor, wie Hugh mit lüsternem Blick auf diese Frau zuging. Brianna wollte herausfinden, ob die Angst sich in irgendeinem Winkel ihrer Seele eingenistet hatte.

Hugh küsste ihre Hüfte und streichelte ihre Haut mit seiner Zunge. Sie drängte sich an seine Zähne und wünschte sich, er würde tiefer gehen.

In ihren Gedanken schob die Blondine sich vor ihn. Brianna gab sich alle Mühe, Hugh in ihrer Fantasie lüsterne Blicke auf die Frau werfen zu lassen. Doch seine Augen ruhten nur auf ihr ganz allein. Die Angst ließ sich einfach nicht herauskitzeln.

»Ja!«, platzte sie glücklich heraus. Ihre Hand flog an ihren Mund und Hugh blickte auf.

»Habe ich irgendetwas verpasst?«, scherzte er.

»Sorry«, flüsterte sie. Sie biss sich auf die Lippen, konnte ein Lächeln aber nicht unterdrücken.

Dann lag er auf ihr und küsste sie tief und fordernd. Deutlich spürte sie seine Härte. Gott, sie wollte ihn so sehr. Als sie ihn an den Hüften in sich ziehen wollte, rollte er sich auf die Seite und angelte ein Kondom aus seiner Brieftasche.

»Beeil dich«, flüsterte sie.

Er zog das Öffnen der Verpackung genüsslich in die Länge und streifte sich die dünne Schutzhülle im selben quälend langsamen Tempo über. Brianna stöhnte. Er schob sich wieder über sie und legte seine Spitze an ihre pulsierende Mitte.

»Was hatte der kleine Jubelschrei zu bedeuten?«

»Mach weiter«, drängte sie in der Hoffnung, dann würde er

seine Frage vergessen.

Er zog sich ein wenig zurück, doch sie hielt ihn fest und drängte sich an ihn. »Okay, okay.« Sie seufzte. »Ich habe versucht, mir dich mit einem deiner weiblichen Fans vorzustellen.«

Er stemmte sich auf einer Hand ein wenig hoch. »Während ich dich …«

»Hm-hm.«

»Warum?«

»Weil ich sicher sein wollte, dass die Angst wirklich weg ist.«

»Du hast versucht, einen Fan zu uns ins Schlafzimmer zu holen, weil du testen wolltest, wie sich das anfühlt?«, scherzte er.

»Nein!«

»Pssst.« Er drückte ihr einen Kuss auf die Lippen. »Auf so etwas stehe ich nicht, meine Süße. Ich bin ein Mann für nur eine Frau. Wenn du mehr willst, solltest du es lieber gleich sagen.«

Sie gab ihm einen spielerischen Schubs. »Sei still.«

»Nein, im Ernst.« Grinsend drängte er sein Becken zwischen ihre Beine.

»Okay, im Ernst. Ich kann die Angst nicht mehr wecken. Vermutlich lauert sie noch irgendwo und wird mich im unpassendsten Moment überfallen. Aber wenn wir uns *Sidecar* auf die Handgelenke tätowieren lassen, sind wir für alle Zeiten sicher.«

Er nahm ihre Hände in seine und zog sie über ihren Kopf. Dann hielt er sie mit einer Hand dort fest.

»Für alle Zeiten. Das gefällt mir.« Er legte die Lippen auf ihre.

Binnen Sekunden verlor sie sich in diesem Kuss. Im besten Kuss ihres Lebens. Weil Hugh ihre Hände festhielt, war sie wehrlos und nicht in der Lage, sein Becken an ihres zu ziehen. Sie wölbte sich ihm entgegen, und er spielte mit ihr, indem er nur seine mächtige Spitze in sie drückte und sich dann wieder zurückzog. Jedes Mal, wenn er das tat, schnappte sie nach Luft und versuchte, die Handgelenke aus seinem Griff zu winden. Nach dem Kuss hatte sie gerade noch genügend Atem, um ihn um mehr zu bitten.

»Liebe mich«, hauchte sie.

Wieder tauchte er seine Spitze in sie ein und dann – *oh ja!* – endlich noch ein bisschen mehr.

»Ja. Weiter.«

Als er sich erneut zurückzog, flog ein Schrei von ihren Lippen. Er versuchte, ihn mit dem Mund aufzufangen, war aber nicht schnell genug. »Pssst«, erinnerte er sie.

Wie zum Teufel sollte sie still sein, wenn er sämtliche Nerven in ihrem Körper in Schwingung versetzte und sie vor Verlangen fast verging?

»Bitte.«

Er grub die Zähne in ihren Hals, saugte dreimal kräftig an ihrer Haut, während er weiter unten noch immer mit ihr spielte, und brachte sie so bis kurz vor den Höhepunkt. Sie schloss stöhnend die Augen und versuchte erneut, ihre Arme aus seiner liebevollen Umklammerung zu befreien.

»Mach die Augen auf«, raunte er. »Schau mich an. Fühl mich.«

Das Versprechen, ihn bald fühlen zu können, ließ sie die Augen öffnen. Sie war schon so kurz vor dem Orgasmus, dass sie, als er »Ich liebe dich, Bree« sagte, beinahe kam. Um sich den Moment für immer ins Gedächtnis zu brennen, schloss sie die Augen erneut.

»Lass die Augen auf. Schau mich an, Bree. Sei bei mir.«

Seine Stimme war warm und zärtlich und unglaublich sexy. Als sie ihn ansah, drang er tief in sie ein. Sie spürte, wie jeder wundervolle Zentimeter sie ganz und gar ausfüllte und an allen richtigen Stellen berührte. Wieder und wieder stieß er in sie hinein, zog sich dann jedes Mal fast völlig zurück, nur um dann zu einem neuen, kraftvollen Stoß anzusetzen, mit dem er sie höher und höher dem Gipfel der Lust entgegentrieb. Seine Augen verdunkelten und verengten sich, doch sein Blick ließ sie nicht los. Noch immer hielt er ihre Hände gefangen. Die Bewegungen seines Beckens und die Liebe in seinen Augen ließen Lichtblitze vor ihr tanzen, als sie kam. Diesmal fing sein Mund ihre Lustschreie auf. Kurz darauf füllte der Sauerstoff aus seiner Lunge die ihre, während er ebenfalls zum Höhenflug ansetzte. Jetzt waren es ihre Lippen, die sein leidenschaftliches Stöhnen festhielten und dafür sorgten, dass kein Laut aus dem Zimmer drang.

# Siebenunddreißig

Erst gegen drei Uhr morgens kam Hugh zu Hause an. Er duschte, checkte seine E-Mails und wanderte dann rastlos durch das Haus, das sich nicht wirklich wie ein Zuhause anfühlte. Briannas Wohnung war ein Zuhause. Nein, eigentlich stimmte das auch nicht. Zu Hause war, wo Brianna war. Ja, ganz eindeutig.

Er nahm sein Handy und drückte die Schnellwahlkombination für Treat.

»Ich hoffe für dich, es geht um Leben und Tod«, ächzte Treat.

»Nette Begrüßung für deinen kleinen Bruder«, frotzelte Hugh.

»Augenblick«, nuschelte Treat. Hugh hörte Schritte. Eine Tür öffnete sich und wurde wieder geschlossen. Treat seufzte, und Hugh stellte sich vor, wie sein hochgewachsener, muskulöser Bruder in Boxershorts durch das dunkle Haus tappte, das Hugh noch nicht gesehen hatte.

»Ist alles in Ordnung?« Treat hörte sich jetzt wacher an. Seine Stimme klang ein wenig ruppig.

»Tut mir leid, dass ich um diese Zeit anrufe. Ich brauche einen Gefallen.«

Treat seufzte erneut.

Hugh fuhr sich mit der Hand durchs Haar. »Ich weiß nicht, an wen ich mich sonst wenden soll, großer Bruder.«

»Schon gut. Was brauchst du?«

Hughs ältester Bruder war immer für ihn dagewesen, hatte ihm Ratschläge gegeben, ihn auch getriezt wie niemand sonst, ihn aber vor allen geliebt. Hugh mit Rat und Tat beiseitezustehen, war für ihn eine Selbstverständlichkeit. Treat war Hughs großes Vorbild.

»Erinnerst du dich noch daran, wie du Max den Antrag gemacht hast? Danach ist sie zu Dads Ranch gefahren, du bist auch aufgetaucht und sie hat beim Zurücksetzen deinen Wagen gerammt.« Er sprach schnell und hoffte, dass Treat verstehen würde, warum der Anruf so wichtig war.

»Als wäre es gestern gewesen.« Treat gähnte.

»Hattet ihr beide Probleme? Warum musste alles so rasend schnell gehen?« Hugh stand vor der Glasschiebetür in seinem Wohnzimmer. Einen Arm hatte er über sein Sixpack gelegt, den Ellbogen des anderen Arms auf sein Handgelenk gestützt.

»Hugh, ist das wirklich so dringend?«

»Treat, bitte.«

»Ja, schon gut. Wir hatten Probleme. Aber nicht, weil wir nicht zusammen sein wollten. Eher im Gegenteil. Wir wollten unbedingt, dass es mit uns klappt, aber es war ziemlich viel Angst mit im Spiel.«

Hugh hörte Treat atmen, als ginge er hin und her.

»Was ist eigentlich los, Kleiner?«

»Ich will nur sichergehen, dass ich nicht verrückt bin. Hast du immer noch vor, zum Rennen zu kommen?«

»Eigentlich schon. Aber ich habe auf deinen Anruf gewartet. Ich wollte hören, wie deine Pläne aussehen.«

»Mist. Das hatte ich vergessen. Tut mir leid, Mann. Hör mal, du musst mir einen Gefallen tun. Einen großen.«

»Warum bin ich nicht überrascht?«

Nicht zum ersten Mal dankte Hugh dem Himmel für seine Familie.

# Achtunddreißig

Als Brianna am Donnerstagmorgen auf dem Schulparkplatz hielt und sich zu Layla umdrehte, um sich zu verabschieden, klopfte jemand gegen die Scheibe des Wagens. Brianna zuckte zusammen. Draußen stand Marissas Mutter, Cheryl. Sie hatte ziemlich viel Eyeliner aufgelegt und ihre knallengen roten Jeans betonten zusammen mit einem breiten schwarzen Gürtel ihren gewaltigen Hintern und ihre ausladenden Hüften. Sie sah aus wie Peg Bundy aus *Eine schrecklich nette Familie*, samt Achtzigerjahre-Frisur und Killer-Heels. Seufzend setzte Brianna ein Lächeln auf und ließ das Fenster herunter.

Der Duft eines billigen Parfüms schlug ihr entgegen.

»Hallo, Bree, meine Süße.« Cheryl schaute auf den Rücksitz. »Hi, Layla. Wie geht's unserem Geburtstagskind?«

»Gut.« Layla öffnete ihren Sicherheitsgurt.

»Ihr wisst, dass Marissa heute zur Party kommt, nicht wahr? Wir haben euch eine Nachricht geschickt.«

»Ja, wir freuen uns schon.« Brianna drehte sich zu Layla. »Alles klar, Schätzchen? Du musst los.«

Layla beugte sich über die Lehne des Vordersitzes und küsste Brianna auf die Wange. »Hab dich lieb.«

»Ich dich auch, Prinzessin.« Brianna schaute zu, wie Layla

zu ihren Freundinnen rannte. Mit ihren bunten Schulruck-
säcken auf den Rücken sahen die Kinder aus wie farbenfrohe
Schildkröten.

»Kommt er auch?«, flüsterte Cheryl.

»Kommt wer auch?«

Cheryl hob die Augenbrauen, schaute sich um, steckte dann
den Kopf durchs Fenster und flüsterte: »Hugh Braden.«

»Woher weißt du von Hugh?«

»Ich bitte dich. Glaubst du wirklich, du kannst einen Mann
wie ihn verstecken?« Cheryl zog die Morgenzeitung hinter dem
Rücken hervor. Auf der ersten Seite des Lokalteils prangte ein
Foto, auf dem Hugh in die Kamera lächelte, während Brianna
ihn anhimmelte wie ein verzückter Groupie.

*Heilige Scheiße.*

Sie sah zwei weitere Mütter aus Laylas Klasse auf den
Wagen zusteuern.

»Ähm, keine Ahnung, Cheryl. Ich muss jetzt dringend zur
Arbeit. Sorry, ich bin schrecklich in Eile.« Sie schloss das
Fenster und fuhr schnurstracks vom Schulparkplatz.

Auf dem Parkplatz hinter der Bar kramte sie ihr Telefon aus
der Handtasche. *Verdammt.* Sie hatte es stumm geschaltet und
Hugh hatte ihr bereits drei Nachrichten hinterlassen. Mit wild
klopfendem Herzen hörte sie sie ab.

*Hey, meine Schöne. Tut mir leid, aber wir sind in der Zeitung.
Samt meiner Erklärung, dass ich nicht mehr zu haben bin. Ich
liebe dich. Rufe dich später an.*

Sie stöhnte auf.

*Hey, Babe. Wollte dich vor meinem Termin noch kurz
sprechen. Wir sehen uns heute Abend bei Laylas Party. Ich rufe
später noch mal an. Ich liebe dich.*

Warum war noch nicht Freitagabend? Brianna konnte es

kaum erwarten, aus der Stadt wegzukommen.

*Hey, ich versuche immer noch, dich zu erreichen. Mir ist gerade eingefallen, dass du vielleicht im Krisenmodus bist, und ich wollte nur sagen ... Sidecar. Liebe dich. Keine Angst. Uns beide kann nichts auseinanderbringen.*

In dieser Sekunde ging ein Anruf von Hugh ein. Hastig nahm sie ihn an.

»Hallo.« Sie war froh, dass er sie diesmal erwischte.

»Sidecar.«

Sie atmete tief aus und spürte, wie ihre Mundwinkel sich nach oben kräuselten. »So richtig in Krisenstimmung bin ich gar nicht.«

»Ich bin auf dem Weg zu einer Besprechung und habe nicht viel Zeit. Aber ich wollte ... nein, ich *muss* einfach hören, dass es dir gut geht.«

»Ja, alles klar. Dass meine Unsicherheit und meine Ängste sich zwischen uns drängen, lasse ich nicht zu. Wie gehst du denn normalerweise mit solchen Situationen um?« Sie entdeckte Laylas Pausenbox auf dem Rücksitz. *Mist.*

»Inzwischen ist das fast Routine. Anfangs fand ich es aufregend, erkannt zu werden, aber irgendwann war es nur noch lästig. Über das Foto von uns beiden bin ich allerdings ganz froh. Jetzt weiß die ganze Welt, dass wir zusammen sind. Das ist gut so, denn ich will es sowieso von allen Dächern rufen.«

Sie stellte sich vor, wie seine Augen aufstrahlten und die sexy Grübchen in seinen stets stoppeligen Wangen noch tiefer wurden. Doch plötzlich traf es sie wie ein Schlag in die Magengrube. »Layla. Oh Gott, Hugh. Die anderen Kinder werden sie bestürmen. Ich muss zu ihr.«

»Verdammt. Ich wünschte, ich könnte mitkommen. Es tut mir so leid, Bree.«

Sie hörte die Anspannung und Frustration in seiner Stimme. »Mach dir keine Gedanken. Ich komme schon klar. Ich bin keine hilflose Heulsuse.« Sie berührte das Medaillon. »Ich bin deine mutige, starke Freundin.«

»Ja, das bist du. Ich liebe dich, Babe.«

»Ich liebe dich auch. Und jetzt muss ich meine Tochter retten. Vermutlich schwärmt unsere kleine Drama Queen gerade vor der ganzen Klasse von Prinz Hugh.«

Er lachte. »Ich kann es kaum erwarten, dich wiederzusehen.«

»Ach ja, da fällt mir ein, die Mütter vor der Schule wollten wissen, ob du auch zu Laylas Party kommst. Das war fast ein bisschen unheimlich.«

»Sidecar, Sidecar, Sidecar. Ob ich kommen soll, entscheidest am besten du. Eigentlich möchte ich mich nicht verstecken, und sobald deine Bekannten merken, dass ich ein ganz normaler Mensch bin, werden sie sich an mich gewöhnen und die Aufregung lässt nach. Aber wenn du glaubst, dass sich die Gäste mehr für mich als für Layla interessieren könnten, bleibe ich zu Hause.«

Sie seufzte. »Du bist so unglaublich lieb. Aber wegen ein paar schmachtenden Fans werde ich auf keinen Fall auf dich verzichten. Das habe ich mir versprochen.«

»Wunderbar. Ich muss los, Babe.«

Sie beendete den Anruf und murmelte: »Sidecar, Sidecar, Sidecar.« Dann ließ sie den Wagen wieder an.

# Neununddreißig

Brianna marschierte schnurstracks zum Büro der Schulleiterin. Für ihre Wärme und Freundlichkeit war Direktorin Shue nicht gerade bekannt. In ihrer eigenen Schulzeit hatte Brianna deshalb immer einen großen Bogen um ihr Büro gemacht. Aber nach Cheryls Reaktion auf Hugh sorgte sie sich um Layla. Mrs. Shue regierte die Schule seit vielen Jahren mit eiserner Hand. Sicher würde sie klare Regeln aufstellen und deren Einhaltung überwachen, um die Sicherheit und das Wohlergehen einer Schülerin zu gewährleisten.

An der Glastür zum Bürotrakt fiel Brianna ein, dass Direktorin Shue vor zehn Uhr morgens nur nach vorheriger Vereinbarung zu sprechen war. *Ich bin keine hilflose Heulsuse.*

Ann Olephant, die Schulsekretärin, empfing Brianna mit einem Lächeln. »Wie geht es Ihnen, Brianna, Liebes?« Die mütterlich wirkende, grauhaarige Frau hatte einen leichten Buckel. Ihre Brille mit dem silbernen Metallrahmen hing wie immer an einer Kette um ihren Hals. Auf ihre Nase schien sie es so gut wie nie zu schaffen.

»Danke, gut. Und Ihnen?« Durch die offene Bürotür hindurch sah Brianna die Schulleiterin telefonieren. Ihr Magen zog sich zusammen.

»Bestens, Liebes.« Ann beugte sich über den Schreibtisch und flüsterte: »Ich habe das Foto in der Zeitung gesehen.«

»Deshalb bin ich hier. Ich habe keinen Termin, würde aber trotzdem gern kurz mit Mrs. Shue sprechen.«

»Ja, natürlich. Ich glaube, angesichts der Situation wird sie sich Zeit nehmen. Setzen Sie sich doch. Ich sage ihr, dass Sie hier sind.« Ann stemmte ihren kräftigen Körper vom Schreibtischstuhl und eilte in Mrs. Shues Büro.

*Angesichts der Situation? Sind Hugh und ich jetzt eine Situation?*

Brianna setzte sich auf einen der Plastikstühle an der Tür. Zwei Kantinenangestellte gingen vorbei. Eine der Frauen hatte eine Zeitung mit dem Foto von Hugh und Brianna aufgeschlagen. Zum Glück waren die beiden so in die verdammte Aufnahme vertieft, dass sie Brianna gar nicht bemerkten. Sie rutschte auf dem Stuhl ein wenig tiefer.

»Ist das denn zu glauben? Ich habe gehört …«

»Brianna. Lange nicht gesehen.« Vor ihr stand Direktorin Shue mit ihren vollen eins achtzig.

Brianna sprang auf. »Ja, das stimmt. Danke, dass Sie sich Zeit nehmen.« Sie folgte dem *klopp, klopp, klopp* von Mrs. Shues schwarzen orthopädischen Schuhen in ihr Büro und setzte sich ihr gegenüber an den großen hölzernen Schreibtisch. Die Frau trug ihr zu dunkel gefärbtes Haar noch immer in einem kurzen Stufenschnitt und schien noch wie damals zu Briannas Schulzeit eine Vorliebe für Hosenanzüge aus Polyester zu haben. Und sie wirkte so maskulin wie eh und je.

Brianna nestelte an ihrer Handtasche herum und kämpfte gegen das Gefühl an, wieder ein Schulmädchen zu sein.

»Wie ich höre, ist Layla inzwischen eine kleine Berühmtheit.« Mrs. Shue lehnte sich zurück und schlug ihre kräftigen Beine übereinander.

»Wie bitte?«

»Nun ja, ihre Klasse hat zu Unterrichtsbeginn ein paar Minuten darüber diskutiert, wie es ist, eine prominente Persönlichkeit zu kennen. Es ging um Etikette und solche Dinge. Ihre Klassenlehrerin hat das sehr gut gemacht.«

»Etikette?« Brianna grub die Finger in ihre Handtasche. »Aber das geht doch nicht. Sie können unser Privatleben doch nicht zum Unterrichtsgegenstand machen.«

»Ach, Brianna. Sie waren schon immer eine kleine Rebellin.«

»Eine kleine Rebellin?« *Eine kleine Rebellin? Ich glaube, es wird Zeit für eine ausgewachsene Revolution.*

»Ja, gegen den Nimm-dein-Kind-mit-zur-Arbeit-Tag sind Sie als Schülerin alljährlich Sturm gelaufen.« Die Schulleiterin musterte Brianna mit zusammengekniffenen Augen, und Brianna merkte, wie sie die Krallen ausfuhr.

Diese Veranstaltungen hatte Brianna gehasst. Von den einundzwanzig Kindern ihrer Klasse waren sie und die Baker-Zwillinge immer die einzigen gewesen, die an dem Tag in der Schule gesessen hatten. Auch die Eltern der Baker-Zwillinge hatten jeweils zwei Jobs gehabt, um über die Runden zu kommen. Jedes Jahr, wenn ihre Mutter sie wieder einmal nicht mit zur Arbeit hatte nehmen können, hatte Brianna den Sinn dieser Eltern-Kind-Tage hinterfragt und stets dieselbe Antwort gehört. Mrs. Shue fand, es sei wichtig, dass Kinder sahen, womit ihre Eltern ihren Lebensunterhalt verdienten. Aber diese Erklärung hatte Brianna nie zufriedengestellt. Dass der Chef ihrer Mutter ein Kotzbrocken war und wie schwer eine alleinerziehende Mutter arbeiten musste, um sich und ihr Kind zu ernähren – das hatte die Direktorin ihr nie erklärt. Brianna hatte sich von ganzem Herzen die Abschaffung des Nimm-dein-Kind-mit-zur-Arbeit-Tages gewünscht. Leider umsonst.

»Ich finde diesen Tag immer noch komplett überflüssig«, erklärte Brianna. »Aber heute geht es um etwas anderes. Ich möchte Sie bitten, ein Auge auf Layla und ihre Klasse zu haben, weil ...« *Ich mit meinem Freund fotografiert worden bin? Mit meinem Liebhaber? Gütiger Himmel, was soll ich jetzt sagen?*

»Weil die Katze jetzt aus dem Sack ist?«

Brianna seufzte. »Layla soll nicht darunter leiden müssen, dass Hugh ein bekannter Rennfahrer ist. Als Sechsjährige soll sie lernen, sich in eine Gemeinschaft einzufügen, und nicht plötzlich selbst im Rampenlicht stehen.«

»Vielleicht hätten Sie sich das vor Ihrem ersten Date mit Mr. Braden überlegen sollen.«

*Autsch.* Brianna erhob sich. »Schon möglich. Aber jetzt ist es nun mal so. Darf ich also damit rechnen, dass Sie meine Tochter schützen, oder eher nicht? Nur das ist jetzt wichtig.«

»Beruhigen Sie sich, Brianna. Bitte setzen Sie sich wieder.«

Brianna gehorchte aus einem alten Reflex heraus.

»Allem Anschein nach hat es Layla nichts ausgemacht, von dem Abend im Theater zu erzählen. Zudem wurde ihre Kreativität gelobt, weil sie sich ein Theaterstück ausgedacht hat. Wir haben absolut nicht vor, ein Spektakel zu veranstalten. Aber heute Morgen herrschte eine ziemliche Aufregung. Ein paar Kinder hatten die Zeitung mit zur Schule gebracht und wir mussten einfach darüber reden.« Mrs. Shue beugte sich vor.

Briannas Bauch sagte ihr, sie solle ihre Tochter nehmen und mit ihr die Schule verlassen. Ihr Kopf befahl, sie solle sich zusammenreißen und zuhören.

»Ich kann dafür sorgen, dass Mr. Bradens Existenz im Tagesgeschehen im Klassenzimmer keine Rolle spielt. Auf das, was draußen auf dem Schulhof passiert, haben wir allerdings keinen allzu großen Einfluss. Aber Sie wissen ja, wie das ist. Kinder vergessen schnell und bald kehrt wieder der Alltag ein.«

Brianna erinnerte sich noch gut an die zwei langen Jahre, nachdem ihr Vater gegangen war. Die Kinder hatten es nicht vergessen und von einer Rückkehr zum Alltag hatte nicht die Rede sein können. Nicht ein einziges Mal hatte ein Erwachsener sie gefragt, wie sie mit den dummen Sprüchen klarkam oder wie ihr zumute war, wenn zu besonderen Schulprojekten andere Eltern in die Klasse kamen, ihre Mutter aber arbeiten musste. Sie war zu dem Mädchen geworden, dessen Vater verschwunden war. *Und dieses Mädchen bin ich immer noch.* Um keinen Preis würde sie zulassen, dass Layla das Mädchen wurde, *dessen Mutter Hugh Braden datet.* Briannas Telefon vibrierte.

»Oh, Entschuldigung.« Sie zog den Apparat aus der Handtasche, um ihn abzuschalten, und war überrascht, dass drei Textnachrichten von Müttern aus Laylas Klasse eingegangen waren. *Seit sie von Hugh wissen, krabbeln sie aus allen Ritzen.*

»Probleme?«, fragte die Schulleiterin.

»Nein.« Sie steckte das Telefon weg. »Aber anscheinend bin ich gerade sehr populär, weil ich einen … einen Mann wie Hugh date.« Dass ihre Stimme so frustriert klang, gefiel ihr nicht. Würde ihr Leben von nun an immer so aussehen? Wie konnte sie Layla davor bewahren, ein monströses Ego zu entwickeln oder benutzt zu werden?

»Jetzt atmen Sie erst mal tief durch, Brianna.«

Brianna gehorchte. *Herrje!* Sie kam sich vor wie eine Drittklässlerin und hasste das Gefühl. Sie fragte sich, wie es Layla jetzt ging. Was sie oder die Schulleiterin für richtig oder falsch hielten, war im Augenblick zweitrangig. *Wie kommt Layla mit der Aufmerksamkeit klar?* Plötzlich wusste sie, was sie zu tun hatte.

»Ich würde gern mit Layla sprechen, Mrs. Shue.« Sie stand auf und ging zur Tür.

»Ich kann sie gern ins Büro kommen lassen und wir unterhalten uns gemeinsam mit ihr.«

»Nein danke. Ein Gespräch unter vier Augen ist mir lieber.« Brianna ging zur Tür. »Ich hole sie kurz aus dem Unterricht. Vorher schaue ich ein paar Minuten durch das Fenster an der Klassenzimmertür. Ich möchte sehen, wie sie zurechtkommt.« Ein paar entschlossene Schritte später bog sie um die Ecke zu Laylas Klassenzimmer.

Sie schaute durch das kleine Guckfenster in der Tür. Layla hob die Hand, weil sie etwas sagen wollte, und wedelte aufgeregt mit den Fingern. Brianna lächelte über den Eifer ihrer Tochter. *Vielleicht habe ich überreagiert.* Sie hörte Mrs. Shues *klopp, klopp, klopp* durch den Flur hallen. Vielleicht hatte Hugh ja recht und die Wogen würden sich bald glätten. Vielleicht war er nach einer Weile tatsächlich nur noch der Freund von Laylas Mutter. Layla gab eine Antwort und wirkte dabei recht zufrieden. Brianna wollte gerade gehen, als die Schulleiterin hinter ihr erschien.

»Wollten Sie nicht mit ihr reden?« Sie musterte Brianna so streng wie eh und je.

»Nein. Ich glaube, es ist alles in Ordnung.«

»Reden Sie mit ihr, Brianna. Layla wird sich freuen, dass Sie sich Gedanken machen, und Sie wird es beruhigen.«

Brianna wunderte sich über den überraschend weichen Blick der Schulleiterin.

»Als Sie noch hier zur Schule gegangen sind, hat Ihre Mutter das auch getan. Nachdem Ihr Vater weg war, ist sie im Schnitt einmal die Woche hergekommen und hat Ihnen durch das Fensterchen zugeschaut. Wenn sie sich vergewissert hatte, dass Sie im Unterricht mitgemacht oder gelacht haben, war ihr wohler. Dann ist sie wieder gegangen. Gehen Sie ruhig noch einen Schritt weiter, Brianna. Sie waren damals immer ein bisschen bedrückt. Vielleicht hätte es Ihnen gutgetan, wenn Ihre Mutter sie einmal aus dem Zimmer gerufen und Ihnen gesagt hätte, wie wichtig es ihr ist, dass sie sich in der Schule wohlfühlen.«

»Warum haben Sie ihr nicht geraten, es zu tun?« Brianna spürte, wie ihre Knie weich wurden.

»Das habe ich. Aber ihr fehlte einfach die Zeit. Sie musste so viel arbeiten. Sie hatte zwei Jobs, und wenn ich mich recht erinnere, ist sie manchmal in der Pause hergehetzt und musste danach sofort wieder zurück an die Arbeit.« Die Stimme der Schulleiterin klang bedauernd.

»Von ihren Besuchen in der Schule hat meine Mom mir nie erzählt.« *Ich wünschte, sie hätte es getan.*

»Das tun viele Eltern nicht. Sie möchten ihren Kindern nicht das Gefühl geben, dass sie ihnen hinterherspionieren. Und sie wollen sie nicht in Verlegenheit bringen. Sie waren damals eine Granate. Gegen die anderen Kinder, die Sie mit Sprüchen gepiesackt haben, haben Sie sich gewehrt.« Mrs. Shue verschränkte die Arme und sah sofort aus wie ein unüberwindlicher Verteidiger beim Football.

»Sie haben das damals mitbekommen?«

»Selbstverständlich. Und ich habe versucht, die Hänseleien zu unterbinden. Aber allzu viel kann man in einem solchen Fall nicht tun. Man spricht mit den Kindern, lässt sie nachsitzen oder schließt sie mal einen Tag lang vom Unterricht aus. Sehr wirkungsvoll ist das alles nicht. Aber Sie haben sich tapfer geschlagen und sich nichts gefallen lassen.«

Daran, dass sie sie sich nichts hatte gefallen lassen, erinnerte Brianna sich nicht. Sie wusste nur noch, wie alleingelassen sie sich gefühlt hatte. Und wie anders. Ganz anders.

In einem geradezu gütigen Ton sprach die Schulleiterin weiter. Brianna glaubte sogar, so etwas wie Stolz auf sie in den Augen der Frau zu erkennen. Ihre normalerweise so strenge Fassade wich einer viel entspannteren Haltung. Dann schaute sie beiseite, als würde eine alte Erinnerung wie ein Film vor ihr ablaufen. »Nach ein paar Monaten haben Sie angefangen, die Kommentare zu ignorieren. Sie haben ihr kleines Kinn in die Luft gereckt und sich taub gestellt.«

*Taub gestellt? Ich konnte schon damals eine Mauer um mich ziehen? Das ist ja furchtbar. Das muss ich verhindern.* Entschlossen, Layla eine einsame, schmerzhafte Kindheit zu ersparen, traf sie eine Entscheidung. »Ich glaube, ich rede doch mit ihr. Danke.«

Zwanzig Minuten später, nachdem sie noch schnell Laylas Pausenbrote aus dem Auto geholt hatte, verließ sie beruhigt die Schule. Ihr war jetzt viel leichter ums Herz. Womit Hugh sein Geld verdiente, hatte sie Layla noch nicht erzählt gehabt. Für ihre Mitschüler war das offenbar eine Riesensache, aber Layla hatte nur die Hände gehoben und erklärt: »Alle Erwachsenen fahren Auto. Hugh ist nett. Also habe ich ihnen gesagt, wie er ist und dass sie nicht dauernd von seinen Autos reden sollen. Pffft!« Im Gegensatz zu Brianna schien Layla mit der Situation ganz gut zurechtzukommen. Zumindest im Augenblick.

Abends gegen halb sechs stand Hugh vor Jeans Haus. Brianna öffnete die Tür. »Wow, das ist aber eine große Schachtel.« Bei

Hughs Anblick weitete sich ihr Herz. Sie fragte sich, ob sie sich je an sein gutes Aussehen gewöhnen würde und an den Glanz in seinen Augen, wenn er sie an einem Tag zum ersten Mal sah.

Hugh überreichte ihr das große, in silbernes Papier eingewickelte Geschenk. »Für dich.«

»Heute ist aber nicht *mein* Geburtstag.«

»Trotzdem sollte man dich feiern. Heute vor sechs Jahren hast du Layla zur Welt gebracht. Außerdem kannst du dich über dieses Geschenk nicht beschweren. Es ist etwas Nützliches, ein Gebrauchsgegenstand.«

Sie gingen ins Wohnzimmer und Brianna löste die Schleife des Geschenkbandes. »Vielleicht brauchen wir auch eine Regel, dass du mich nicht verwöhnen darfst.«

»Dass man Kinder nicht verwöhnen soll, sehe ich ein. Aber eine Freundin wird nicht gefragt, ob sie das will oder nicht.«

Brianna nahm die Kamera aus der Schachtel und schnappte nach Luft. »Hugh.« Sie betastete den Apparat, als wäre er aus Glas.

»CD … Claude hat mich beraten.«

»Oh mein Gott. Das kann ich nicht annehmen. Die ist sündhaft teuer.« Sie legte die Kamera zurück in die Schachtel. Über Geld hatten sie noch nie gesprochen, und Brianna nahm an, dass Hugh ziemlich gut verdiente. Die Autos in seiner Garage und sein Job sprachen eine deutliche Sprache. Aber dieses Geschenk war trotzdem zu kostspielig.

»Wenn ich Layla nicht verwöhnen darf, Bree, dann will ich wenigstens dich beschenken.«

»Aber …«

Er nahm sie in die Arme. »Es ist schön, dass du dir Gedanken machst. Aber ich verspreche dir, dass ich dir nie etwas kaufen werde, was ich mir nicht leisten kann.« Hugh stellte die Schachtel auf den Couchtisch und zog Brianna neben sich aufs Sofa. »Ich verdiene mehr, als wir zusammen ausgeben können.«

*Wir?* Sie runzelte die Stirn.

Layla kam ins Zimmer gerannt. »Hugh!« Sie sprang auf seinen Schoß und betrachtete die offene Schachtel. »Ist das ein Geschenk für Mommy?«

»Jap. Damit kann sie Fotos von deiner Party machen«, antwortete Hugh.

»Oh prima!« Layla sprang von seinem Schoß und rannte in die Küche. »Granny! Rate mal, was Mommy bekommen hat!«

Es klopfte an der Tür und Brianna hob den Kopf. Dass die Gäste nach dem Zeitungsfoto superpünktlich erscheinen würden, hätte sie eigentlich ahnen müssen.

»Hallo, Cheryl.« Brianna öffnete die Tür. Cheryls hängender Unterkiefer deutete darauf hin, dass Hugh hinter ihr stand.

Cheryl trug noch dasselbe Outfit wie am Morgen und genügend Parfüm, um damit eine kleine Armee zu ersticken. »Sie müssen Hugh sein. Wie schön, Sie kennenzulernen.« Sie streckte ihm ihre schlaffe Hand entgegen.

Hugh nickte und zeigte seine Grübchen. »Hallo, Cheryl. Ganz meinerseits.«

Marissa kam ins Haus gerannt. »Seht ihr! Da ist er!«, rief sie drei weiteren Mädchen und ihren Müttern über die Schulter hinweg zu. Alle Frauen waren angezogen, als wären sie zu einer schicken, wenn auch ein wenig anrüchigen Veranstaltung eingeladen. Bislang hatte Brianna sie immer nur in Jeans und T-Shirts gesehen. Jetzt gab es offenherzige Dekolletés, kurze Röcke und noch deutlich mehr Make-up als bei Kat.

Die Kinder rannten mit Layla in den Garten, die Frauen

umringten Hugh. Sie klimperten mit ihren kräftig getuschten Wimpern und löcherten ihn mit Fragen.

»Ich wusste nicht mal, dass Sie hier wohnen«, sagte Cheryl.

»Wie haben Sie beide sich denn kennengelernt?« Die Frage kam von Lisa, einer zierlichen Blondine.

»Wir sollten uns mal zusammen mit den Kindern zum Abendessen treffen«, schlug Kelly, eine untersetzte Brünette, vor.

Hugh legte einen Arm um Brianna und zog sie an seine Seite. »Ich habe ein Haus hier und hatte das unverschämte Glück, Brianna bei ihrer Arbeit kennenzulernen.« Er küsste sie auf die Schläfe. »Babe, ich habe Jean versprochen, ihr ein bisschen zu helfen. Ist das okay?«

Brianna hätte ihn gern für immer an ihrer Seite gehabt, doch die Hyänen sahen aus, als wollten sie ihn mit Haut und Haaren verspeisen. Dass er einen Fluchtgrund suchte, konnte sie verstehen. Gebannt verfolgten die Frauen ihn mit ihren Blicken. Auch Brianna fand seinen Hintern äußerst knackig. Zum Glück blieben die Mütter von Laylas Klasse nie bei den Geburtstagspartys ihrer Sprösslinge. Sie hatten immer etwas zu erledigen oder mussten sich um ihre anderen Kinder kümmern. Deshalb hielt sie den Frauen die Tür auf.

»Ich denke, ihr könnt eure Süßen gegen halb acht wieder abholen.« Die Frauen folgten Hugh ungerührt zur Küche. Brianna stöhnte. Voller Bewunderung für ihr Gewicht und das durchdachte Design schnappte sie sich ihre neue Kamera. Der Apparat lag perfekt in ihren Händen. Sie folgte der Truppe, um *Das Verschlingen des Hugh Braden* festzuhalten.

Sie fand ihn im Garten bei den Kindern. Am Ast einer großen Eiche hatte er die Piñata befestigt. Layla stand mit einem Plastikschläger in der Hand darunter. Sie hatte die Augen fest zugedrückt und Hugh drehte sie langsam im Kreis. Brianna hob die Kamera und nahm die beiden in den Fokus. Eine Ruhe, von der sie gar nicht gewusst hatte, wie sehr sie ihr fehlte, kam über sie. Sie schoss ein paar Fotos, dann richtete sie das Objektiv auf Hughs Profil und spürte, wie ihr Herz sich weitete, während sie, sicher hinter ihrer Linse verborgen, seine Züge betrachten und in ihrem Herzen festhalten konnte. Und auf den Fotos.

»Okay, Prinzessin Layla, leg los«, rief er.

Layla schwang erfolglos den Schläger.

»Und gleich noch mal«, spornte Hugh sie an.

Beim nächsten Versuch streifte sie die Piñata. Vor dem dritten Anlauf brachte Hugh sie in die richtige Position und diesmal landete sie einen Volltreffer. Sie riss die Augen auf und Brianna fing ihren überwältigten Gesichtsausdruck ein. Als Nächstes fotografierte sie die Umarmung der beiden Menschen, denen ihr Herz zu gleichen Teilen gehörte.

Dann war Sara, ein stilles blondes Mädchen, an der Reihe. Hugh ging neben der Kleinen in die Hocke. Durch ihre Linse sah Brianna, wie sein Blick den Blick des kleinen Mädchens suchte, der durch den Garten schweifte, und wie Hugh ihrer Schüchternheit begegnete – nicht zu forsch, aber auch nicht zu weich. Ein süßes Lächeln kräuselte seine Lippen, seine Augen schimmerten. Interessiert schaute Sara schließlich zu, wie Hugh die schaukelnde Piñata für sie festhielt.

Als es Zeit für den Kuchen wurde, umringten die Hyänen Hugh aufs Neue. Cheryl stand neben ihm, legte ihm eine Hand auf die Schulter und tat, als könnte sie nur so einen Blick auf den Kuchen erhaschen. Dabei hätte sie nur ein, zwei Schritte beiseitetreten müssen. Mit der Kamera fing Brianna ein, wie Hughs Schultern sich in Richtung seiner Ohren hoben. Auch seinen hilfesuchenden Blick hielt sie fest. Dann ließ sie den Apparat sinken und schaute zu, wie er sich aus Cheryls Griff wand.

»Alles klar?« Hugh berührte Briannas Wange.

*Abgesehen davon, dass ich Cheryl die Augen auskratzen will, eigentlich schon.* »Ja.«

»Ich versuche, höflich zu deinen Freundinnen zu sein, aber ...«

»Das sind nicht meine Freundinnen, Hugh. Das sind die Mütter von Laylas Freundinnen. Keine Sorge. Dass sie an dir hängen wie die Kletten, kann ich ihnen nicht verdenken.« Die Frauen schauten verstohlen zu ihnen herüber, während Jean Teller und Gabeln verteilte.

»Diese Cheryl könnte ich mit einem einzigen Satz in die Flucht schlagen. Aber dafür brauche ich dein Einverständnis.«

Brianna neigte den Kopf. Sie fragte sich, was das hintersinnige Blitzen in seinen Augen zu bedeuten hatte.

»Nur ein Satz, mehr ist nicht nötig. Oft reicht etwas so Einfaches, wie: *Sie sind wirklich nett, aber anfassen lasse ich mich nur von Brianna.*«

Brianna lachte. »Spaßvogel.«

»Oder wie wär's mit: *Träum weiter, Baby.* Und danach küsse ich dich leidenschaftlich und drücke deinen schönen Körper an meinen, bis du nicht mehr denken kannst und ich außer Atem bin?«

Sofort konnte sie nicht mehr denken und allem Anschein nach konnte er auch kaum noch atmen. Sie ließ die Zungenspitze über ihre Lippen huschen.

Er rückte näher. »Wenn du das noch mal machst, muss ich dich küssen. Und wenn ich erst damit anfange, kann ich vermutlich nicht mehr aufhören.«

Seine Augen schauten sie hungrig an. Als sie ihre Hand auf seinen Bauch legte, spürte sie, wie er erschauerte, was wiederum einen Hitzestrahl durch ihren Körper jagte.

»Bree, Hugh, es gibt Kuchen«, rief Jean.

Einen Augenblick lang schauten sie sich noch tief in die Augen. Sie konnten das Magnetfeld, das sie umgab, nicht durchbrechen. Dann griff Hugh nach Briannas Hand, und sie bat ihre Beine, stark zu bleiben.

»Moment bitte.« Hugh hielt einen Finger in die Höhe. »Vorher habe ich noch etwas für das Geburtstagskind.« Er rannte ins Haus und kam mit den Händen hinter dem Rücken zurück.

Dann stellte er sich hinter Layla, und Brianna griff wieder zur Kamera, während Hugh Layla die Tiara auf den Kopf setzte.

»Alles Gute zum Geburtstag, Prinzessin Layla.«

Brianna hielt in einer ganzen Serie von Fotos jedes Lächeln, jeden glücklichen Moment fest, als Layla auf ihren Stuhl stieg und sich in Hughs Arme warf. Auch Hughs liebevollen Gesichtsausdruck, als Layla ihre Wange an seine schmiegte, fing sie mit der Kamera ein. Sie ließ den Apparat sinken und schaute den beiden einfach zu. Nie hätte sie sich träumen lassen, dass jemand Layla genau so sehr lieben könnte wie sie. Doch dann war Hugh gekommen, mit einem Herzen so groß wie die Sonne und so viel Liebe, dass sie für sie beide reichte.

Die anderen Mütter seufzten, und Brianna wusste, dass es völlig unwichtig war, ob andere Frauen Hugh betatschen oder sich um ihn rangelten. Sein Herz gehörte Layla und ihr, ohne dass sie je darum hatten kämpfen müssen. *Vielleicht ist manches tatsächlich vom Schicksal bestimmt.*

*Vierzig*

Der Freitagnachmittag verging wie im Flug. Brianna kam in der brechend vollen Bar kaum zum Durchatmen. Als es Zeit wurde, zu ihrer Mutter und Layla in ihre Wohnung zu fahren, war sie zu aufgeregt, um müde zu sein. Hughs Bruder Treat und seine Frau Max würden sie abholen, und Brianna wusste nicht, was sie erwartete. Hugh hatte gesagt, sie würde die beiden mögen. Trotzdem vermehrten sich die Schmetterlinge in ihrem Bauch rasant.

»Hast du Herrn Schweinchen eingepackt?«, fragte sie Layla.

»Klar.« Layla und Jean spielten gerade eine Runde Drama Queen.

Brianna schaute noch einmal ihre Taschen durch. *Kleider, Schuhe, Make-up, Verhütungspille.* Um Punkt sechs klopfte es an der Tür.

»Okay, Prinzessin. Es geht los. Mom, bist du fertig?«, fragte Brianna.

»Aber ja. Das Abenteuer kann beginnen.« Jean griff nach Laylas Hand.

Brianna öffnete die Tür und stand vor einem der größten Männer, dem sie je begegnet war. Er trug einen sündhaft teuer aussehenden, dunklen Anzug und ein weißes Hemd. Die

Ähnlichkeit zwischen Treat und Hugh stach ihr sofort ins Auge. Die Brüder hatten dasselbe dunkle Haar, wobei Treat seines etwas kürzer trug. Beide hatten einen leichten Bronzeschimmer in ihrem Teint und warme, freundliche Augen.

»Hallo. Brianna?« Treats Stimme war so tief wie Hughs.

»Ja, hallo.« Brianna streckte ihm die Hand hin. Sie versank in seiner gigantischen Pranke. »Das ist Jean, meine Mutter. Und das ist meine Tochter Layla.«

»Treat Braden. Es ist schön, euch kennenzulernen. Der Wagen, der uns zum Flugplatz bringt, wartet unten.« Er zog ein Mal- und Rätselbuch aus seinem Jackett und gab es Layla. »Ich dachte, vielleicht ist das was für die Reise«, sagte er.

»Das war doch nicht nötig«, sagte Brianna. »Vielen Dank.«

Treat nahm die Taschen und Brianna trug Laylas Rucksack. Vor der Haustür wartete eine schwarze Limousine.

»Schau mal, Mommy!«, rief Layla aufgeregt.

Jean formte ein *Wow* mit den Lippen.

Brianna warf einen Blick auf ihre Jeans, ihre Stiefel und ihren Pulli. Dann betrachtete sie Treats Anzug. *Auweia.* Würde sie sich eine ganz neue Garderobe zulegen müssen?

Treat öffnete ihnen die hintere Wagentür und Layla stieg auf die Sitzerhöhung, die für sie bereitlag.

»Hi!«, sagte Layla.

Brianna lächelte die hübsche Brünette an, die im Wagen saß. Sie erkannte Max von den Fotos in Hughs Haus. Erleichtert stellte sie fest, dass auch Max Jeans trug, und stieg aufatmend in die Limousine.

»Hallo, ich bin Bree. Und das ist Layla.« Ihre Mutter stieg hinter ihr ein. »Und das ist Jean, meine Mutter.«

Max lächelte freundlich. »Hallo. Ich freue mich, euch kennenzulernen. Ich bin Max.«

Treat setzte sich neben Max und legte seinen Arm um ihre Schultern. »Meine wunderschöne Frau.« Er küsste sie auf die Schläfe.

»Ach, hör auf.« Max lachte. »Das wird ein toller Trip.«

Auf der Fahrt zum Flughafen hielt Max eine lockere Unterhaltung in Gang. Brianna war angetan von ihrer entspannten Offenheit, und Max zusammen mit Treat zu sehen, erinnerte sie an sich selbst und Hugh. Treat war genauso aufmerksam wie Hugh, und wenn Max ihn aufzog, revanchierte er sich sofort. Brianna fragte sich, ob alle Mitglieder der Braden-Familie so liebevoll miteinander umgingen.

»Erzähl doch mal, wie du Hugh kennengelernt hast, Brianna«, forderte Treat sie auf.

»Es ist ein bisschen peinlich. Wir sind uns in der Bar begegnet, in der ich arbeite. Er hatte ein Blind Date, das nicht wirklich gut gelaufen ist.« Brianna zuckte die Achseln. Als sie merkte, wie ihre Wangen heiß wurden, senkte sie den Blick.

»Das ist doch nicht peinlich. Dem Himmel sei Dank für schiefgelaufene Dates«, sagte Max.

»Warst du schon mal bei einem Autorennen, Layla?«, fragte Treat.

Layla schüttelte den Kopf.

»Es wird dir gefallen, aber es ist sehr laut. Wenn du magst, bekommst du coole Ohrstöpsel.« Max zog eine kleine Schachtel aus ihrer Ledertasche. »Siehst du?« Sie gab sie Layla.

Layla betrachtete die Schachtel und zog die Nase kraus. »Muss ich die in meine Ohren stecken?«

Max lachte. »Nur wenn du willst. Wir haben sie für alle Fälle mitgenommen.«

»Vielen Dank«, sagte Brianna.

»Ich habe gehört, ihr hattet kürzlich einen spannenden

Abend«, sagte Treat.

Layla erzählte von dem Theaterstück, Jean und Brianna von den Fans, die hinterher vor der Tür gewartet hatten.

Treats Miene wurde ernst. »Und wie ging es dir damit?«

»Erst war ich ziemlich überfordert. Es war die totale Reizüberflutung und ein bisschen beängstigend. Aber Hugh wusste genau, was zu tun war. Er hat Layla in den Wagen gesetzt und sich um uns gekümmert. Dann hat er mit den Leuten gesprochen.« Beim Gedanken daran, wie er ihre Beziehung öffentlich gemacht hatte, wurde ihr warm ums Herz.

»Schön zu hören, dass er so besonnen reagiert hat. Hugh ist ein prima Kerl«, sagte Treat.

»Alle Bradens sind prima.« Max legte eine Hand auf Treats Bein und lächelte ihn liebevoll an.

Brianna fand den Gegensatz zwischen Treats förmlicher Kleidung und Max' lässigem Outfit interessant. Wenn Treat Max anschaute, wurden seine Augen noch dunkler und er tauchte ein in ihre Liebe. Jetzt, wo sie Treat und Max kennenlernte, verstand Brianna noch besser, was Hugh gemeint hatte, als er gesagt hatte, Autos seien nur Dinge und sein Beruf sei nur die Art, wie er seinen Lebensunterhalt verdiente. Sie wusste, dass Treat Luxusferienanlagen auf der ganzen Welt besaß, aber weder er noch Max wirkten irgendwie aufgeblasen. Wenn sie die Augen schloss, hätte sie in jeder x-beliebigen Familienkutsche sitzen können.

Ihre Mutter nahm ihre Hand und drückte sie. *Nette Leute,* formte sie mit den Lippen.

*Nette Leute.* Das war am allerwichtigsten.

# Einundvierzig

Hugh tigerte in der mit Marmor gefliesten Hotellobby auf und ab. Schon den ganzen Nachmittag wartete er sehnsüchtig auf Brianna, und als sie endlich durch die Tür trat, beschleunigte sich sein Puls. Er eilte ihr entgegen, nahm sie in die Arme und küsste sie liebevoll auf die Lippen.

»Gott, wie ich dich vermisst habe«, raunte er. Einen Moment lang hielt er sie noch fest. Jetzt, wo sie und Layla bei ihm waren, fühlte er sich gleich besser. »So lange will ich nie wieder von euch getrennt sein.«

Ihre Augen weiteten sich und zogen sich gleich darauf wieder zusammen – wie immer, wenn sie liebevolle oder prickelnde Gedanken hatte. Er drückte ihre Hand und küsste sie noch einmal. Dann schnappte er sich Layla, wirbelte sie herum und kitzelte sie. »Und du! Du hast mir auch gefehlt. Hast du dir auf dem Flug ein paar Geschichten ausgedacht?«

»Treat hat mir ein Buch geschenkt. Zum Malen und mit Rätseln«, erklärte Layla.

Hugh setze sie ab und Brianna nahm sie an der Hand. »Wirklich? Nun ja, Treat ist ein ziemlich netter Kerl.« Hugh küsste Jean auf die Wange. »Hattet ihr einen guten Flug?«

»Ja, wunderbar, danke.« In ihrem lässig eleganten langen

Rock und ihrer Bluse sah Jean sehr hübsch aus. »Treat und Max haben sich wunderbar um uns gekümmert.«

Hugh umarmte Max und küsste sie wie zuvor Jean auf die Wange. »Du siehst großartig aus, Max.« Ihm fiel auf, wie sehr Max' und Briannas Stil einander ähnelten, und überlegte, was das über Treat und ihn aussagte. Vielleicht waren sie gar nicht so unterschiedlich. Obwohl, wenn er genau darüber nachdachte, waren weder seine Schwester noch seine Brüder mit jemandem zusammen, der aufgeplustert oder gewollt glamourös wirkte. *Dad hat immer dafür gesorgt, dass wir am Boden geblieben sind.* Hugh dämmerte, weshalb es Brianna so wichtig war, Layla nicht zu verwöhnen. Ab übermorgen würde er sich mäßigen. *Ab übermorgen.*

»Großer Bruder.« Die Männer umarmten einander zur Begrüßung. Treat klopfte Hugh dabei auf den Rücken. »Danke, Mann. Super, dass du dich um alle gekümmert hast.«

»Wofür hat man eine Familie?« Treat legte den Arm um Max und küsste sie aufs Haar.

Hugh schaute Treat, Max, Brianna, Layla und Jean an und spürte, wie das Wort sich in sein Herz einprägte. *Familie.*

# Zweiundvierzig

Die Sonne Floridas stand über der Tribüne und ließ Laylas Augen blitzen, während sie verfolgte, wie die Wagen um die Bahn rasten. Am Abend zuvor hatten sie alle zusammen gegessen, aber Hugh und Layla waren früh zu Bett gegangen. Hugh, weil er für das Rennen ausgeruht sein musste, und Layla aus purer Müdigkeit. Bevor er morgens zur Rennbahn aufgebrochen war, hatte Hugh Brianna und Layla in ihrem Hotelzimmer besucht. *Heute siege ich für Layla und dich. Verlass dich drauf.* Als Brianna seinen Wagen vorbeijagen sah, wusste sie, dass er gewinnen würde. Sie glaubte an Hugh. Sie vertraute auf seine Worte und sie vertraute seiner Liebe zu ihr und Layla. Sie schaute sich auf den voll besetzten Rängen um. Die Anfeuerungsrufe für Hugh zu hören, war aufregend. Treat und Max küssten einander zärtlich, dann konzentrierte Max sich wieder auf das Rennen, während Treats Blick weiterhin an seiner Frau hing.

»Wie sieht es aus? Bist du noch immer am Grübeln?«, fragte ihre Mutter.

»Nein. Mir wird immer bewusster, wie albern meine Sorgen waren. Hugh liebt mich. Die Angst, ich könnte davonlaufen wollen, hat sich zum Glück schnell wieder verzogen.« Sie legte einen Arm um Layla. »Ich glaube, meine Vergangenheit hatte mich noch mal eingeholt. Die Erinnerung an Dads Verschwinden vor all den Jahren hat mich an dem Abend im Theater wohl in Panikstimmung versetzt. Aber weißt du was? Dass er gegangen ist, ist sein Problem, nicht meines. Und es hat nichts mit mir, Hugh oder Layla zu tun.«

»Das ist die Brianna, die ich kenne und liebe.« Ihre Mutter stieß sie mit der Schulter an. »Dein Kavalier fährt ein tolles Rennen. Sieht aus, als könnte man ihm den Sieg nicht mehr nehmen.«

*Mein Herz hat er bereits gewonnen.* »Dass er siegen wird, hat er angekündigt, und wenn Hugh etwas sagt, dann meint er es auch so.« Hugh hatte auch gesagt, er würde ihre schlechte Meinung von Männern verändern. Selbst wenn das nicht für ausnahmslos jeden Vertreter der männlichen Spezies galt, hatte er ihr doch gezeigt, was für ein Mann *er* war, und das war alles, was zählte.

»Da hast du wohl recht.« Jean nickte zu Layla hin. »Ich glaube, deine kleine Prinzessin liebt Autorennen.«

»Ich glaube, sie liebt Prinz Hugh.« *Und ich liebe ihn auch.*

Treat und Max standen auf. »Das Rennen ist gleich zu Ende. Hugh wollte, dass wir runter zur Bahn kommen.«

»Dann mal los.« Brianna nahm Layla an der Hand und sie folgten Treat durch die lärmende Menge. »Ist das nicht riskant?«, fragte Brianna, als sie sich der Bahn näherten.

»Hugh würde dich und Layla niemals in Gefahr bringen.« Treats stattliche Erscheinung unterstrich seinen festen Ton. Er nahm Layla auf den Arm und trug sie das letzte Stück, während Hugh unter dem Jubel der Menge über die Ziellinie jagte. Layla hielt sich die Ohren zu, Brianna und Jean johlten.

»Er wird überglücklich sein!« Treat drückte Layla. »Hugh

hat gewonnen, Layla.«

»Jippie!«, jauchzte sie.

»Gratuliere!«, sagte Max zu Brianna.

»Der Glückwunsch gehört Hugh«, antwortete Brianna. Das Herz schlug ihr bis zum Hals. *Er hat gewonnen. Genau wie er gesagt hat.*

Max schaute zu Treat. »Es ist toll, ihn mit Layla zu sehen«, sagte sie.

»Mit Kindern kommt er prima klar. Anscheinend ist er ein Naturtalent. Wollt ihr denn mal welche haben?«, fragte Brianna.

»Oh ja, unbedingt.« Max' Wangen röteten sich und sie lächelte.

»Es gibt nichts Schöneres«, fügte Jean hinzu. Sie legte einen Arm um Brianna.

»Danke, Mom. Wenn ich mir Layla so anschaue, denke ich das auch.« Sie sahen die Wagen in die Boxen fahren.

»Kommt, Ladys. Es wird Zeit für den Siegerkreis.« Treat ging ein wenig schneller.

*Den Siegerkreis?* Briannas Nerven begannen zu flattern. Sie hatte gedacht, sie würden vom Rand aus zuschauen.

Der Siegerkreis befand sich unten auf der Bahn und war bereits voller Reporter und Fotografen. Hugh beendete seine Ehrenrunde und ließ den Wagen auf dem Rasen ausrollen.

Als er ausstieg, blieb Brianna fast die Luft weg. Er sah großartig aus in seinem Rennanzug, und als er sich den Helm vom Kopf zog, fand sein Blick sofort ihren. Ein Hitzestrahl durchjagte sie. Hugh pflügte sich durch die Menge zu Brianna. Vor ihm teilte sich die Reporterschar wie das Rote Meer. Treat folgte ihm mit einem Schild unter dem Arm.

»Darf ich?« Hugh nahm das Mikrofon des Rennbahnsprechers und trat ganz dicht zu Brianna. Er zog die Handschuhe aus und reichte sie Max. Dann nahm er Layla an der Hand und führte sie vor Brianna.

Brianna legte ihre Hände auf die Schultern ihrer Tochter. Hughs Lächeln erreichte seine Augen. Seine umwerfenden Grübchen wirkten tiefer denn je, seine Brust hob und senkte sich mit jedem schweren Atemzug, sein Blick hielt sie fest und seine warme, angenehme Stimme ließ ihren Magen aufgeregt tanzen. Brianna spürte, wie sich alle Blicke auf sie richteten, und ihr Herz fing an zu rasen.

»Bevor ich mich bei meinem Team und meinen Sponsoren bedanke, möchte ich noch etwas anderes sagen.« Hughs Stimme dröhnte aus den Lautsprechern.

Er legte seine Hand auf Briannas Hand, die Layla an der Schulter festhielt. »Dieses Rennen habe ich für Brianna und Layla Heart gewonnen.«

*Oh mein Gott! Oh mein Gott!* Brianna konnte nicht atmen. Sie konnte sich nicht rühren. Sie drückte Laylas Schulter, während Hugh ihre andere Hand liebevoll in seine nahm und vor ihr niederkniete. *Er kniet!* Briannas Beine fühlten sich an wie aus Gummi. Sie schaute zu ihrer Mutter, die sich hastig ein paar Tränen aus dem Gesicht wischte.

»Brianna.«

Sie lenkte ihren Blick zurück zu dem knienden Hugh. *Er kniet wirklich! Oh Gott! Oh Gott!*

Seine Augen wurden feucht, Brianna spürte einen dicken Klumpen in der Kehle. »Du bist die mutigste, liebevollste Frau, die ich kenne. Und wenn ich an meine Zukunft denke, sehe ich dich und Layla. Wenn ich in deine Augen schaue, spüre ich deine Liebe für mich.«

Tränen strömten über ihre Wangen. Wie es ihr gelang, sich aufrecht zu halten, war ihr ein Rätsel. Verdammt, sie wusste noch nicht einmal, wie sie es schaffte weiterzuatmen, während der Mann, den sie liebte, Dinge sagte, von denen sie nicht einmal zu träumen gewagt hatte.

»Mein Leben ist voller Herausforderungen und Wettkämpfe. Aber mit dir an meiner Seite kann ich mich jeder Aufgabe stellen. Du verdienst einen Mann, der dich und Layla liebt und achtet. Du verdienst einen Mann, der deine Liebe nährt, aber auch deinen Geist. Brianna, darf ich dieser Mann für dich sein? Willst du mich heiraten?«

Sie öffnete den Mund, brachte aber keinen Ton heraus. Ihr Unterkiefer zitterte. Die Welt um sie verstummte. Sie hörte nur ihr donnerndes Herz.

»Mommy! Sag Ja!«, flüsterte Layla laut.

Die Reporter lachten.

»Ja.« Es war ein Flüstern. »Ja.« *Verdammt, wo ist meine Stimme?*

Die Augen voller Hoffnung stand Hugh auf. »Ja?«

Sie nickte. Ihre Beine trugen sie zu ihm. »Ja!«

Er ließ das Mikrofon fallen, riss sie von den Füßen und wirbelte sie herum. »Gott, ich liebe dich!«

Dann küsste er sie vor der ganzen Welt. Sein langer, leidenschaftlicher Kuss raubte ihr auch noch den letzten klaren Gedanken. So wie alle seine Küsse.

»Dein Ring ist bestellt, wird aber erst nächste Woche fertig. Es tut mir leid, aber ich wollte einfach nicht warten.«

»Ring?« Ihr Gehirn schwebte irgendwo oben zwischen den Wolken.

»Ja, dein Verlobungsring.« Er umarmte sie noch einmal. »Du hast mich zum glücklichsten Mann der Welt gemacht.«

Treat hielt das Schild in die Höhe und zeigte es der Menge. SIE HAT JA GESAGT!

»Herzlichen Glückwunsch!« Die Stimme ihrer Mutter drang zu Brianna durch.

Brianna umarmte Jean. »Und das Schild?«

»Ich war ziemlich zuversichtlich«, sagte Hugh grinsend.

Die Reporter stürzten sich auf die Neuigkeiten. Brianna hörte mit halbem Ohr, wie sie ihre Ansagen machten.

»... überraschende Nachricht, liebe Motorsportfreunde ... Hugh Braden ist vergeben!«

»Braden verlobt ...«

»Mommy!«

Die Nebel in Briannas Kopf lichteten sich schlagartig. Hugh hob Layla hoch und sie legte ihre kleinen Hände an seine Wangen.

»Ich hab gewusst, dass du ihr Prinz bist! Wir heiraten dich, Prinz Hugh. Ja!« Layla drückte ihre rosa Lippen an seine Wange, dann schlang sie die Arme um seinen Hals.

Treat umarmte Brianna. »Willkommen in unserer Familie«, sagte er. »Hugh ist ein guter Mann und dank dir jetzt auch ein sehr glücklicher.«

»Danke, Treat.« Sie wischte sich die Tränen ab, die einfach nicht versiegen wollten.

»Noch eine Schwägerin!« Max umarmte Brianna. »Ich freue mich schon darauf, dich besser kennenzulernen. Und du wirst die anderen Frauen mögen. Die Männer natürlich auch. Du weißt sicher, was ich meine.« Max seufzte. »Dass ich mal so viele Schwestern haben würde, hätte ich mir nie träumen lassen.«

Bevor Brianna antworten konnte, nahm Jean sie noch einmal fest in die Arme. »Davon habe ich nun wirklich nichts gewusst.«

»Er hatte dich nicht eingeweiht?«, fragte Brianna.

»Nein. Und ich freue mich unheimlich für dich, Bree.« Jean

nickte zu Layla hinüber. Sie saß noch immer auf Hughs Arm. Hugh hielt gerade die Dankesrede an seine Sponsoren. »Er hat recht, Bree. Du verdienst einen Mann, der dich achtet und ehrt und gut behandelt. Und dass Hugh dieser Mann ist, ist sonnenklar.«

Als Hugh auf sie zukam, schaute Brianna ihm entgegen. Die breiten Schultern hatte er zurückgenommen, seine Brust wölbte sich. Das Lächeln, das auf seinen Lippen lag, seit er den Helm abgenommen hatte, wärmte ihr Herz. Liebe pulsierte durch ihre Adern, und als er endlich vor ihr stand, fand ihre Hand ganz von allein zu seinem Bauch. Selbst durch den dicken Rennanzug hindurch spürte sie seine Kraft.

Er zog eine Braue hoch. »Du weißt, was du damit bei mir auslöst.«

»Ich glaube schon.« Sie ließ ihre Zungenspitze über ihre Lippen huschen, denn was *das* bei ihm auslöste, wusste sie genau.

Hugh trat einen Schritt näher. »Ich habe dir gesagt, dass ich keine halben Sachen mache.«

»Anders würde ich dich gar nicht haben wollen.«

»Und was ist mit deinem Zwölfjahresplan?« Er legte die Hände an ihre Taille und setzte sie damit unter Strom.

»Den habe ich gegen einen Plan fürs ganze Leben eingetauscht.« Sie schmiegte die Wange an seine und flüsterte: »Und ich habe dabei nicht mal einen Sidecar gebraucht.«

# Dreiundvierzig

Die Woche flog als Wirbel aus Gratulationen und der üblichen vielen Arbeit an Brianna vorbei. Hugh ackerte sich derweil durch unzählige Video-Pressekonferenzen und Interviews. Als sie am Samstagmorgen auf der Ranch von Hughs Vater in der Kleinstadt Weston in Colorado ankamen, waren sie ebenso erschöpft wie aufgeregt. Seit einer Woche waren sie verlobt, und in der vergangenen Nacht hatte Hugh sich nichts mehr gewünscht, als bei Brianna liegen zu können und mit ihr in den Armen einzuschlafen. Aber Layla zuliebe wollten sie erst nach der Hochzeit zusammenziehen. Deshalb hatten sie beschlossen, heute Abend nach Savannahs und Jacks Verlobungsfeier zu heiraten.

»Es ist traumhaft hier.« Brianna ließ den Blick über die Wiesen und Weiden der Ranch schweifen. »Ich kann mir gar nicht vorstellen, wie es gewesen sein muss, hier aufzuwachsen. Es ist alles so … frisch und frei.«

»Wir können leben, wo du willst, und unsere Kinder in jedem beliebigen Staat großziehen. Wenn du in Richmond bleiben möchtest, ist das in Ordnung. Und wenn du lieber an einem Ort wie Weston wohnen willst, herzlich gerne. Mein Zuhause ist da, wo du bist. Und wo Layla ist, natürlich.«

Brianna legte eine Hand auf seinen Bauch und er zog sie an sich.

»Außer damals zum Studieren und jetzt zu deinem Rennen bin ich noch nicht viel herumgekommen. Aber der Gedanke, eine Familie um sich zu haben, gefällt mir.«

»Dann können wir in Richmond bleiben. Wir haben dort ein schönes Haus und Layla hat ihre Freunde.« Er öffnete ihr die Haustür.

»Ich meine deine Familie, Hugh. Lass uns sehen, wie wir miteinander auskommen, und dann darüber nachdenken.«

Hugh blieb wie angewurzelt stehen. »Du würdest umziehen?«

»Eine Familie bedeutet Liebe und Unterstützung. Für Layla wäre es sicher schön, noch mehr liebende Menschen um sich zu haben. Wir sollten uns das überlegen.«

»Hugh!« Savannah preschte aus der Haustür und schlang die Arme um ihn.

»Hey, Vanny. Wo ist Jack?« Hugh küsste sie auf die Wange. »Mit Dad im Stall.«

Savannahs kastanienbraunes Haar floss ihr über den Rücken. Mit einem strahlenden Lächeln nahm sie Brianna in die Arme. »Bree! Ich freue mich so, dich kennenzulernen.« Sie warf Hugh aus dem Augenwinkel einen Blick zu. »Ich habe dir doch gesagt, du wirst die Richtige finden, wenn du am wenigsten damit rechnest.«

»Hi.« Brianna legte eine Hand auf Laylas Rücken. »Das ist Layla. Layla, sag Hallo zu Savannah. Savannah ist Hughs Schwester.«

»Hi, Savannah.« Layla streckte die Hand nach Savannahs Haar aus. »Deine Haare sind schön.«

»Danke. Deine aber auch.« Savannah beugte sich zu Bree.

»Deine Kleine ist unglaublich süß«, flüsterte sie.

Layla sprang von einem Fuß auf den anderen. »Weißt du was?« Bevor Savannah antworten konnte, platzte Layla aufgeregt heraus: »Wir heiraten heute Hugh!«

Savannah lachte. »Ich weiß! Ist das nicht wie im Traum?«

»Ist es wirklich in Ordnung für dich, Savannah, wenn wir heute Abend heiraten?« Brianna legte eine Hand auf Laylas Schulter.

»Was ist denn das für eine Frage? Bree, du wirst meine Schwägerin. Weißt du, wie viele Jahre ich allein mit meinen Brüdern verbracht habe? Und jetzt habe ich fünf Schwestern. Ich freue mich so. Wir alle freuen uns.«

»Aber jetzt kommt erst mal rein.« Savannah nahm Layla an der Hand und ging mit ihr durchs offene Foyer ins Wohnzimmer, wo Hughs Geschwister und ihre besseren Hälften warteten.

Brianna umarmte Treat und Max, und Max stellte sie den anderen vor. Hugh war glücklich zu sehen, wie seine Familie Brianna und Layla willkommen hieß. Über die Schulter hinweg warf Brianna ihm ein Lächeln zu.

»Du hast einen sehr verträumten Blick.« Treat erschien an seiner Seite.

»Da könntest du recht haben«, gab Hugh zu.

»Brianna ist unglaublich sympathisch. Sie und Max haben sich auf Anhieb verstanden.«

»Ja, und das freut mich.« Hugh schaute zu, wie Lacy Brianna umarmte. Lacys wilde blonde Korkenzieherlocken ließen ihre goldene Sonnenbräune noch tiefer wirken. Layla streckte die Hand aus und ließ eine der federnden Lockensträhnen springen.

Treat legte Hugh seinen Arm um die Schultern. »Bist du

bereit fürs Eheleben?«

»Mehr, als du dir vorstellen kannst.« Die Gewichtigkeit seiner Worte trieb Hugh Tränen in die Augen. Er schluckte gegen den Klumpen an, den die Liebe ihm in die Kehle legte.

»Und Layla wirst du adoptieren? Ich bin stolz auf dich, Hugh. Ich hatte mich schon gefragt, ob du überhaupt irgendwann ein geregeltes Leben führen würdest«, sagte Treat ernst.

»Sagt der Mann, der fast vierzig war, als er geheiratet hat«, gab Hugh grinsend zurück.

»Ich habe auf die richtige Frau gewartet.« Treat nickte zu Max hinüber. »Ach übrigens, gibt es wirklich keinen Ring, du Geizkragen?«

Hugh drehte den anderen den Rücken zu, zog einen Samtbeutel aus der Tasche und gab ihn Treat. »Geizkragen? Von wegen.«

Treat nahm die beiden Ringe aus dem Beutel und bewunderte sie. »Drei Steine im Smaragdschliff? Wie viel ist das? Ein Karat?« Er grinste.

»Zwei, du Dödel. Und für mich gibt es den dazu passenden Ehering.«

»Und der hier?« Treat steckte den zierlichen Ring auf die Spitze seines kleinen Fingers.

»Der ist für Layla.«

»Das dachte ich mir fast. Wegen der Diamanttiara darauf. Wirklich süß, Prinz Hugh.« Er knuffte Hugh in die Seite und gab ihm die Ringe zurück.

»Bruderherz.« Dane umarmte Hugh. Danes dichtes dunkles Haar war länger als bei ihrem letzten Treffen. Als Meeresforscher verbrachte er mindestens so viel Zeit auf dem Wasser wie an Land, und der Kupferton seiner Haut bewies, dass sich das in letzter Zeit nicht geändert hatte. »Unser Jüngster fährt in den Ehehafen ein. Dass ich das noch erleben darf.«

»Na, du weißt ja, das Beste kommt zum Schluss«, gab Hugh zurück. Dane war sechs Jahre älter als Hugh und zwei Jahre jünger als Treat. Er hatte sich ein paar Wochen nach Treats und Max' Hochzeit mit Lacy verlobt.

»Tut mir leid, dass wir nicht zu deinem Rennen kommen konnten. Aber ihr solltet uns bald mal besuchen.« Dane fuhr sich durchs Haar.

»Nein, er sollte sich öfter mal bei uns blicken lassen«, unterbrach Rex' tiefe Stimme sie. Er drückte Hugh an seine Brust. »Du hast mir gefehlt, Hugh.«

Hugh schaffte es kaum, die Arme um seinen muskelbepackten Bruder zu legen. Obwohl Rex etwa gleich groß war wie er, brachte er dank seiner gewaltigen Muskelberge von der Arbeit auf der Ranch gut und gerne zehn Kilo mehr auf die Waage. Zusammen mit seiner über den Kragen fallenden Cowboyhaarpracht und dem Stetson, der nie fehlen durfte, war Rex das Urbild eines Colorado-Ranchers.

»Du mir auch, Mann.« Hugh spürte den Sog seiner Familie wie nie zuvor. Er wollte sich von ihrer Wärme einhüllen lassen. Er wollte sich hinsetzen, die Zeit mit seinen Angehörigen genießen und Brianna und Layla mit in diese Geborgenheit holen.

Jade Johnson, Rex' Verlobte, kam zu ihnen. Sie küsste Hugh auf die Wange. »Brianna und Layla sind unglaublich nett. Du bist ein Glückspilz.« Jades rabenschwarzes Haar lag glatt und schwer auf ihrem Rücken. Es reichte ihr fast bis zur Taille. Rex legte seinen Arm über ihre Schulter. Rex' und Jades Liebe hatte eine vierzigjährige Fehde zwischen ihren Familien beendet.

Hugh schaute zu, wie Rex Jade auf den Nacken küsste und dachte: *Die Liebe ist wirklich stärker als alles.* »Danke, Jade. Genau so komme ich mir vor«, antwortete Hugh. »Lasst uns ins Wohnzimmer gehen, bevor Josh und Riley Brianna und Layla ein New-York-City-Makeover verpassen.«

Josh und Riley waren beide Modedesigner und wohnten ganz in der Nähe von Savannah und Jack in Manhattan. Josh war der introvertierteste der Braden-Männer, mit seinem ultrakurzen schwarzen Haar und dem trainierten Körper, aber so gut aussehend wie alle in der Familie. Josh umarmte Hugh und klopfte ihm auf den Rücken.

»Wann kommst du mal wieder nach New York?«, fragte er.

»Keine Ahnung. Aber ich denke mal, erst nach meiner Hochzeit.« Geduld war noch nie Hughs Stärke gewesen, und seine Liebe zu Brianna nährte seinen Wunsch, ihr stets nahe zu sein. Er schaute zu Brianna und Layla hinüber. *Heute Abend.* Hugh konnte es kaum erwarten, Briannas Ehemann und Laylas Vater zu werden.

Riley strich sich das braune Haar von der Schulter. In ihren Skinny-Jeans und ihrem Sweatshirt sah sie unglaublich hübsch aus. Riley war in Weston aufgewachsen, und Hugh hatte sich gefreut, als sie und Josh ein Paar geworden waren. Sie ergänzten einander hervorragend. Hugh breitete die Arme aus und Riley drückte ihn.

»Du siehst toll aus. Wie immer«, sagte Hugh.

Er ließ den Blick durch den Raum schweifen und stellte fest, dass alle seine Geschwister ein perfektes Gegenstück gefunden hatten. Genau wie er.

Die Tür zur Terrasse ging auf, und Jack Remington, Savannahs Verlobter, kam zusammen mit Hal Braden, Hughs Vater, ins Zimmer. Zwei kernige Männer in Levi's und Stiefeln.

Beide hatten Schultern wie Güterzüge und Hal war trotz seines grauer werdenden Haars mit seinen dunklen, tiefgründigen Augen und seinem angenehmen Lächeln noch immer unglaublich gut aussehend.

»Da ist ja mein Jüngster«, sagte Hal. Mit ausgebreiteten Armen ging er über den Holzdielenboden. Hugh ließ sich an seine Brust fallen und hielt ihn fest.

»Du hast mir gefehlt, Dad.«

Hal legte die Hände an Hughs Schultern und schaute ihm in die Augen. »Jap. Jetzt sehe ich es. Siehst du es auch, Jack?«

Hugh warf Jack einen fragenden Blick zu. »Was denn?«

»Liebe, mein Sohn. Dich hat's böse erwischt.« Hal ging in die Hocke und tippte auf Laylas Nasenspitze.

Sie verschränkte die Hände hinter dem Rücken und drehte sich hin und her. »Hi.«

»Auch Hi.« Im Kontrast zu Laylas Kinderstimme klang Hals sonores Organ geradezu unnatürlich tief. Er richtete sich auf und breitete die Arme aus. Dann wartete er, dass Brianna zu ihm kam. Als sie sich nicht rührte, schaute er Hugh an.

»Du gehst besser hin und umarmst ihn, Brianna. Sonst steht er den ganzen Abend so da«, sagte Hugh.

»Tut mir leid«, sagte sie mit einem Lächeln. »Hi, Mr. Braden. Ich bin Brianna.«

»Das muss dir nicht leid tun. Du bist bald selbst eine Braden und Bradens umarmen einander zur Begrüßung.« Hal drückte sie kurz an sich, dann legte er ihr einen Arm um die Schultern.

»Ich habe mich schon sehr darauf gefreut, dich kennenzulernen.« Er griff nach Laylas Hand. Gemeinsam gingen sie zur Couch und setzten sich. »Erzähl mir etwas über Layla und dich.«

Zu sehen, wie sein Vater Brianna und Layla mit derselben Liebe beschenkte wie ihn und alle seine Geschwister, erfüllte Hughs Herz mit Zuversicht. Die nächsten Stunden konnten gar nicht schnell genug vorübergehen.

# Vierundvierzig

Nervös wippte Hugh unter dem Tisch mit einem Bein. Briannas Mutter, Kat und Mack mit seiner Familie waren bereits angekommen, und er war bereit, zum Traualtar zu preschen und Brianna zu heiraten. Aus Rücksicht auf Savannah und Jack übte er sich in Geduld und machte Smalltalk mit Jacks Familie, den Remingtons.

»Danke, dass du heute mit Layla gespielt hast«, sagte Hugh zu Sage Remington, einen von Jacks jüngeren Brüdern.

»Sie ist ein tolles Kind.« Sages Augen waren genauso nachdenklich wie die von Brianna und so mitternachtsblau wie die von Jack. Unter dem Ärmel seines Hemdes lugte eine Tätowierung hervor. Mit seinen achtundzwanzig Jahren war er bereits ein weltbekannter Künstler, dessen Werke in Galerien auf allen Kontinenten hingen.

»Savannah hat mir erzählt, dass du genauso gerne draußen unterwegs bist wie Jack. Bist du viel in den Bergen?«, fragte Hugh.

»Nicht so viel, wie ich es gerne wäre. Aber ich bin gerade dabei, ein paar Dinge zu ändern, damit ich ein bisschen mehr Freizeit habe.«

»Freizeit wird völlig überbewertet.« Jacks jüngster Bruder

Dex saß neben seiner Zwillingsschwester Siena auf der anderen Seite neben Sage. Alle Remingtons waren dunkelhaarig, aber während Dex genau wie Jack und Sage mitternachtsblaue Augen hatte, hatte Siena, die als Model arbeitete, die elektrisierenden eisblauen Augen ihrer Mutter geerbt.

»Ich weiß nicht. Inzwischen finde ich mehr Freizeit nicht verkehrt.« Hugh drückte Briannas Hand.

»Dex weiß gar nicht, was das ist. Er beschäftigt sich sowieso nur mit Spielen«, frotzelte Sage.

»Computerspiele sind sein Beruf«, erklärte Siena Hugh.

»Er hat in seiner Freizeit Millionen gemacht«, fügte Kurt Remington hinzu. »Zu lieben, was man tut, ist kein Fehler.«

»Sagt mein Bruder, der Schreiberling, der sein Geld damit verdient, sich Geschichten auszudenken«, gab Dex zurück.

»Jetzt hört mir mal gut zu«, begann Hal. »Wer liebt, was er macht, hat ein gutes Leben.«

Nach dem Abendessen erhob sich Treat zu einem Toast. »Jack, willkommen in der Familie. Wir sind stolz, dich jetzt zum Bruder zu haben.« Er hob sein Glas. »Auf Savannah und Jack und ein ganzes Leben voller Liebe und Glück.« Alle hoben die Gläser und prosteten einander zu. Treat blieb weiterhin stehen. Er griff nach Max' Hand und Max stellte sich neben ihn. »Wir haben auch etwas zu verkünden.« Er legte den Arm um seine Frau und küsste sie auf die Schläfe. »Wir bekommen ein Baby.«

Erst hörte man nur ein allgemeines Luftschnappen.

»Ein Baby!«, rief Savannah schließlich. Sie rauschte um den Tisch und umarmte erst Max, dann Treat. »Ihr kriegt ein Baby! Bald bin ich Tante Savannah. Oh Max!« Noch einmal warf sie die Arme um Treats Frau. »Was für ein Abend. Ein neues Baby und eine neue Schwägerin.« Sie zwinkerte Brianna zu.

Alle gratulierten Treat und Max, und Hugh ging durch den Kopf, wie rasend schnell in letzter Zeit alles zu gehen schien. Er konnte kaum glauben, dass er noch an diesem Abend heiraten und Laylas Vater werden würde. Layla hatte Brianna gefragt, ob sie ihn Dad nennen könnte, und als Brianna das bejaht hatte, hatte Hugh die Tränen nicht zurückhalten können.

Max ließ ihre Serviette auf den Tisch fallen. »Okay, genug Babyjubel. Kommt, Mädels. Wir müssen Bree und Layla helfen, sich für ihren großen Abend zurechtzumachen.« Lacy, Savannah, Riley und Jade nahmen Brianna an den Armen und gingen dicht gefolgt von Jean, Kat und Layla mit ihr zum Haus.

Auf halbem Weg blieb Savannah plötzlich stehen und rief: »Siena, los doch! Wir warten auf dich. Joanie! Wir brauchen noch mehr mütterliche Beratung.«

Siena und Joanie eilten ebenfalls zum Haus.

»Das wird spannend«, sagte Josh zu Hugh. »Wenn du sie zurückbekommst, wirst du sie nicht mehr wiedererkennen.«

»Eine Junggesellinnenabschiedsparty«, sagte Kurt lachend.

Josh beugte sich über den Tisch. »Brauchst du auch Hilfe beim Anziehen, Hugh?«

Hugh stand auf. »Großer Gott, doch nicht von euch Schnarchnasen.«

Als eine Stunde später die Sonne hinter den Bergen versank und im Hintergrund sanft der Hochzeitsmarsch erklang, stand Hugh unter dem weißen Dach eines festlich beleuchteten Stoffpavillons. Danes dunkler Anzug passte ihm erstaunlich gut. Doch vor lauter Aufregung hatte er Magengrimmen.

Layla ging zusammen mit Kat den improvisierten Mittelgang entlang. Das Prinzessinnenkleid hatte Hugh ihr in einem Geschäft im Ort besorgt. Sie und Kat streuten Blumen aus einem kleinen Körbchen. Hugh spürte, wie ihm Tränen in die Augen traten, als er die Liebe in den Gesichtern seiner Angehörigen sah. Seine Welt hatte sich innerhalb kürzester Zeit komplett verändert. Ein grauenhaftes Blind Date, ein Blick in Briannas schöne, kluge braune Augen und ein erstes Date, das er nie vergessen würde – und schon war nichts mehr gewesen wie zuvor.

Die Haustür ging auf und Brianna schritt an Macks Arm über den Rasen. Hugh räusperte sich, um den Klumpen loszuwerden, der sich in seiner Kehle eingenistet hatte. Brianna bewegte sich anmutig auf ihn zu. Das schlichte weiße Hochzeitskleid umspielte ihre Kurven und sah aus, als hätte man es ihr auf den Leib geschneidert. Mit dem herzförmigen Ausschnitt und der kurzen Schleppe war es genau so, wie Hugh sich ihr Brautkleid vorgestellt hatte. Ihr offenes Haar umschmeichelte ihr Gesicht. Dank des örtlichen Blumengeschäfts hielt Brianna einen kleinen Strauß weißer Rosen in der Hand, und als sie zu Hugh unter den Pavillon trat, schimmerten Tränen in seinen Augen. Er wünschte sich, seine Mutter wäre da, hatte aber genau wie sonst immer sein Vater das Gefühl, dass sie im Geiste bei ihm war. Er schaute zu Layla, die zwischen ihrer Großmutter und Kat saß und spürte, wie stolz seine Mutter auf ihn gewesen wäre.

Hugh formte *Ich liebe dich* mit den Lippen und machte keinen Versuch, die Träne wegzuwischen, die ihm über die Wange lief.

Briannas zitternde Unterlippe hinderte sie am Sprechen.

Er wischte ihre Träne mit dem Daumen weg und raunte leise: »Sidecar.«

Brianna lächelte.

Sie nahmen sich an den Händen und drehten sich zu Treat. Hugh konnte sich niemanden vorstellen, von dem er lieber getraut werden wollte, als seinen Bruder, der ihn sein ganzes Leben lang begleitet, ihn unterstützt, beraten und sich um ihn gekümmert hatte.

Treat begann die Zeremonie. »Brianna und Hugh haben ineinander den Partner für die süßesten Momente des Lebens gefunden. Ihre Ehe wird das Zuhause für ihre Aufrichtigkeit und Zuneigung werden, für ihren Mut und ihre Treue. Auch die Härte des Lebens und die Traurigkeit werden manchmal dort wohnen. Doch die Fähigkeit zu verzeihen, wiederaufzubauen und neu zu beginnen, ist euch beiden geschenkt. Wenn ihr jetzt diese ganz besondere Verbindung eingeht, indem ihr euer Eheversprechen ablegt, denkt daran, dass der Mensch, mit dem ihr leben und den ihr lieben wollt, auf euren Beistand, eure Achtung und eure Liebe vertraut. Brianna und Hugh haben ihre Versprechen in eigene Worte gefasst. Brianna.«

»Hugh.« Briannas Stimme klang weich, ihre Augen blickten zärtlich. »Du bist in mein Leben gekommen, als ich dich am wenigsten erwartet habe, und hast mir und Layla deine bedingungslose Liebe geschenkt. Seither verliebe ich mich jeden Tag noch ein bisschen mehr in dich. Ich verspreche, dir die beste Frau zu sein, die ich nur sein kann, dich zu unterstützen und dich zu lieben und niemals im Streit schlafen zu gehen.«

Treat trat vor. »Hugh.«

»Brianna.« Hugh hörte, wie zittrig seine Stimme klang, und räusperte sich. »Ich hatte nicht geahnt, wie die Liebe jeden Teil eines Lebens berühren kann, bis ihr beide, du und Layla, mir begegnet seid. Seit dem Abend, an dem ich dich zum ersten Mal gesehen habe, Brianna, habe ich nicht nur mein Herz geöffnet, nein, du hast es auch gefüllt. Ganz und gar. Du hast mir gezeigt, was Liebe ist. Du liebst mich mit Zärtlichkeit, Stärke und Leidenschaft. Ich verspreche, dass ihr beide, du und Layla, in meinem Leben stets an erster Stelle stehen werdet. Ich werde deine Bedürfnisse und Wünsche achten und deine Interessen unterstützen. Ich verspreche, dir der beste Ehemann und Geliebte zu sein, der ich sein kann. Ich werde immer an deiner Seite stehen und dir, wenn es sein muss, *Sidecar* ins Ohr flüstern.«

Brianna lächelte durch die Tränen hindurch, die ihr über die Wangen liefen.

»Ich liebe dich, Brianna. Ich bin ein Glückspilz und zugleich der glücklichste Mann der Welt, weil du meine Frau sein willst.«

»Dad?« Treat nickte zu seinem Vater hin.

Hal hatte sich für die Zeremonie umgezogen. In einem dunklen Anzug und seinen Cowboystiefeln stellte er sich neben Hugh, legte ihm seinen Arm um die Schultern und küsste ihn auf die Wange. »Ich liebe dich, mein Sohn.« Er beugte sich noch etwas näher zu Hugh und flüsterte: »In dem Kleid sieht sie genauso aus wie damals deine Mutter. Wunderschön.« Er gab Hugh die Ringe und ging zurück an seinen Platz.

*Mom.* Neue Tränen verschleierten Hughs Blick. Er betrachtete Briannas Kleid und hatte plötzlich das Hochzeitsfoto vor Augen, das auf der Kommode seines Vaters stand. Ein Kribbeln durchrieselte ihn. Er drehte sich zu Treat, der ihn an der Schulter berührte und nickte, als hätte er von Anfang an gewusst, was es mit dem Kleid auf sich hatte. Und vermutlich war es auch so.

Treat trat vor. »Möge die Unendlichkeit dieser Ringe die Unendlichkeit der Liebe zwischen Brianna und Hugh symbolisieren und sie stets an die Verbindung erinnern, die sie heute eingehen, an ihr Versprechen, einander für immer treu zu sein, einander zu lieben und zu achten.«

Hugh nahm Briannas Hand in seine linke. Ihre zitternden Finger hielten sich aneinander fest. In der rechten Hand hielt er ihren Verlobungsring und ihren Ehering.

»Bitte sprich mir nach«, begann Treat. »Nimm diesen Ring als Zeichen für unser Versprechen und dafür, dass ich dich mit allem, was ich habe und was ich bin, stets ehren werde.«

Hugh wiederholte die Worte mit bebender Stimme und steckte Brianna die Ringe an den Finger.

»Brianna, bitte sprich mir nach«, fuhr Treat fort. Noch einmal sagte er dieselben Worte, und Brianna wiederholte sie mit einem liebevollen Blick in Hughs Augen. Als sie den Ehering an seinen Finger gesteckt hatte, führte Hugh ihre zitternde Hand an seine Lippen und küsste sie.

»Layla, würdest du bitte zu uns kommen?« Treat streckte eine Hand nach Layla aus und sie stellte sich neben ihn. »Hugh.«

Hugh kniete sich vor Layla. Das Herz hämmerte in seiner Brust. Er hielt ihre zarte, kleine Hand in seiner und schaute in ihre schönen Augen. »Layla, ich verspreche, dir der beste Vater zu sein, der ich sein kann. Ich werde dir Raum lassen, zu wachsen und glücklich zu sein, und ich werde dich und deine Mutter immer, immer lieben.« Er steckte ihr den Diamanttiara-Ring an den Finger. Laylas Mund formte ein O, dann sprang sie in Hughs Arme.

»Oh Hugh! Du bist wirklich unser Prinz! Und Mommy, rate mal!« Sie wartete nicht auf die Antwort. »Was Granny gesagt hat, hat gar nicht gestimmt. Du hast nicht erst viele Frösche küssen müssen, bevor du ihn gefunden hast!«

Alle lachten. Mitten in die allgemeine Heiterkeit hinein sagte Treat: »Hiermit erkläre ich euch zu Mann und Frau. Du darfst die Braut jetzt küssen, Hugh.«

Hugh legte eine Hand an Briannas Wange und küsste seine schöne Frau. Dann küsste er Layla auf die Wange.

Layla drückte ihre kleinen Hände links und rechts an sein Gesicht und fragte ihn mit ernstem Blick: »Bedeutet das, wir sind jetzt die drei Musketiere?«

»Ja, Prinzessin, so ist es«, antwortete Brianna.

*Die drei Musketiere.* Hugh hatte nicht geglaubt, dass in seinem Herzen noch Platz für noch mehr Glückseligkeit war. Doch es öffnete sich und saugte auch dieses neue Stück Glück in sich auf.

Treat breitete die Arme aus. »Ladys und Gentlemen, Mr. und Mrs. Hugh Braden.«

Mit Layla in den Armen zog Hugh Brianna an sich und flüsterte ihr ins Ohr: »Erinnerst du dich noch, wie Kat gefragt hat, was ich mir von einer Frau wünsche?«

»Ja. Du hast gesagt, sie soll klug und ehrlich sein und Familiensinn haben.«

»Das konntest nur du sein, Brianna. Und du wirst es immer bleiben.«

# Danksagung

Meine Fans fragen oft, ob meine Hauptfiguren sich an Menschen orientieren, die ich kenne. Die Antwort lautet, dass sie häufig in Teilen an Personen in meinem Umfeld angelehnt sind, an Freunde, Familienmitglieder, Menschen, die mir unterwegs begegnen und selbst an Menschen, die ich nur online kenne. Falls Sie sich in einem meiner Helden oder einer Heldin wiedererkennen, könnte dies der Grund dafür sein.

Es gibt unendlich viele Leserinnen und Leser, Bloggerinnen und Blogger, Autorinnen und Autoren, Freundinnen und Freunde, denen ich danken möchte, aber leider habe ich nie genügend Platz dafür. Ich bin aufrichtig dankbar für den Einsatz und die Unterstützung des Teams *Pay-it-Forward*, der Blogger-Gemeinde und der wunderbaren Ehrenamtlichen des World Literary Cafés. An vielen Tagen wart ihr meine Rettung. Vielen Dank.

Mein Lektoratsteam übertrifft meine höchsten Erwartungen. Es macht Überstunden und arbeitet in einer irrwitzigen Geschwindigkeit, um die strikten Terminvorgaben für die Veröffentlichung meiner Reihe *Love in Bloom – Herzen im Aufbruch* einhalten zu können. Es hat einen großen Applaus verdient. Unglaublich dankbar bin ich Kristen Weber, Penina Lopez, Jenna Bagnini, Juliette Hill und Marlene Engel. Ich stehe für immer in eurer Schuld und bin unendlich beeindruckt, wie viel Zeit, Energie und Hingabe ihr in eure Arbeit steckt. Vielen Dank.

Meine Freundin, die Autorin Chrissi Parker, von weit her auf der anderen Seite des großen Teichs, hat mir viel über

Autorennen erzählt. Chrissi, etliche Fakten mögen nicht in dieses Buch eingeflossen sein, und ich habe mir viel künstlerische Freiheit erlaubt, als ich Hughs und Briannas Welt geschaffen habe. Aber dank dir habe ich tiefere Einblicke in die Motorsportszene erhalten, als ich mir je erhofft hatte. Du hast mich unterstützt und mich angespornt. Ich danke dir.

Oft bitte ich Freunde aus Online-Netzwerken um Mithilfe bei meiner Arbeit. Ich möchte euch allen danken, dass ihr an Wettbewerben teilnehmt, mich ermutigt weiterzumachen und mich zum Lachen bringt (und mir Schokolade schickt!). Jen Fernando hat den Namen *Capital Series Grand Prix* für Hughs Rennsportverband beigesteuert. Danke dafür, Jen. Er passt perfekt zum Buch!

Kathie Shoop, du bist immer da, um mich in den Hintern zu treten oder mich aus dem Sumpf zu ziehen, wenn ich mich festgefahren habe. Danke für deine Freundschaft und deine Fähigkeit, mir einen Weg zu zeigen, wenn ich vor lauter Bäumen den Wald nicht mehr sehe.

Russell Blake, zu Anfang der Serie hast du mich gedrängt, die Bradens viel weiterzuentwickeln, als ich geplant hatte. Seit damals hast du dich als treuer, verlässlicher Freund erwiesen. Mich mit dir messen zu können, ist mir ein ständiger Ansporn. Vielen Dank, Skaterboy. Schreib weiter.

Viele dankbare Umarmungen und Küsse gehen an meine verständnisvolle Familie. Ihr unterstützt mich und macht meine Welt jeden Tag wunderschön. Ihr seid mein Ein und Alles.

Abonnieren Sie Melissas Newsletter, um über
Neuerscheinungen informiert zu werden:
www.melissafoster.com/Newsletter_German

# *Lust auf weitere Bradens?*

Die Geschichten von Hughs Geschwistern werden jeweils in einem eigenen Buch erzählt. Wenn dies Ihr erster Braden-Roman ist, können Sie mit *Im Herzen eins*, dem ersten Band der Serie, beginnen und Hughs Bruder Treat kennenlernen. Oder Sie blättern einfach um und lesen das erste Kapitel von *Bei Heimkehr Liebe*, dem ersten Band der Serie über die Bradens aus der kleinen Stadt Trusty, Colorado – den Cousins und der Cousine der Weston-Bradens.

Falls Sie bereits Fan der Reihe *Love in Bloom – Herzen im Aufbruch* sind und schon alle Bücher über die Bradens aus Weston und Trusty gelesen haben, greifen Sie zu *Geheilte Herzen*, dem ersten Band aus der Serie über die Bradens aus Peaceful Harbor. Das erste Kapitel von *Geheilte Herzen* finden Sie ebenfalls am Ende dieses Buches.

# *Bei Heimkehr Liebe*

## DIE BRADENS (TRUSTY, COLORADO)

### LOVE IN BLOOM – HERZEN IM AUFBRUCH

#### *Eins*

Daisy Honey balancierte einen Kaffeebecher, den Kuchen für ihre Eltern, eine Tüte mit zwei Schokodonuts – ein Mädchen brauchte nun mal was Süßes zum Leben und für andere süße Sachen fehlte ihr die Zeit – und ihre Schlüssel in den Händen.

»Kommst du klar, Schätzchen?« Margie Holmes arbeitete schon, seit Daisy sich erinnern konnte, im Town Diner. Mit ihrer Retro-Föhnfrisur und der altmodischen pinkfarbenen Kellnerinnenkluft gehörte Margie zu den Wahrzeichen des Städtchens Trusty in Colorado wie die Berge und die verstreut liegenden Farmen und Ranches. Nach der langen Assistenzzeit als Allgemeinärztin in Philadelphia hatte Daisy in Trusty das Gefühl, in ein anderes Universum versetzt worden zu sein. Die Stadt ihrer Träume war Trusty nicht.

Daisy warf einen Blick auf die Uhr. In zehn Minuten musste sie bei der Arbeit sein. *Arbeit.* Wenn man die Aushilfsstelle in der Notfallambulanz von Trusty überhaupt so nennen konnte. Sie hatte sich mächtig ins Zeug gelegt, um Ärztin werden und dieses Kuhkaff hinter sich lassen zu können. Aber dann hatte sich ihr Vater bei einem Sturz vom Traktor am Rücken verletzt. Beruflich wäre sie lieber woanders durchgestartet, aber ihre Familie im Stich zu lassen kam für sie nicht infrage. Vielleicht war es gutes Timing, dass der Unfall ihres Vaters grade jetzt passiert war – wenn man glaubte, dass es so etwas gab. Daisy hatte noch genau vier Wochen Zeit, um sich für eines der beiden Stellenangebote aus New York und Chicago zu entscheiden. Sie hoffte, dass ihr Vater bis dahin einen Verwalter eingestellt hatte, der sich an seiner Stelle um die Farm kümmerte. Oder dass er sich dazu durchrang, die Farm zu verkaufen. Schon bei dem Gedanken wurde Daisy ganz flau, denn die Farm befand sich seit Generationen im Familienbesitz. Das nächste Krankenhaus und der nächste Allgemeinarzt waren eine Dreiviertelstunde entfernt. Hier in Trusty gab es nur die Notfallambulanz und Daisy war froh, die Aushilfsstelle gefunden zu haben, auch wenn sie sich etwas anderes gewünscht hätte.

»Ja, kein Problem. Danke für den Kuchen, Margie. Mom und Dad werden sich freuen.« Mit dem Hintern – *danke, liebe Donuts* – drückte sie die Tür auf. Im selben Moment wurde die Tür von außen aufgerissen. Daisy stolperte und der Kuchen kam wie in Zeitlupe ins Rutschen. Sie schloss die Augen, um nicht sehen zu müssen, wie der dreilagige Schoko-Mandel-Traum auf dem Boden aufschlug.

Aber das befürchtete *Platsch!* blieb aus. Zögernd riskierte sie einen Blick. Er fiel auf die wohldefinierten Brustmuskeln und breiten Schultern eines etwas über eins achtzig großen, vor purem männlichem Sex-Appeal triefenden Prachtkerls. Und der Prachtkerl hielt die Schachtel mit dem ganz und gar unversehrten Kuchen für ihre Eltern in seiner starken Hand.

Daisy schluckte und kämpfte gegen die Hitzewelle an, die von Luke Braden ausging – einem der beiden einzigen Männer, die ihr in Trusty je zur Seite gestanden hatten, dem Mann, dessen Gesicht sie in einsamen Nächten vor sich sah. Als sie den Entschluss gefasst hatte, nach Trusty zurückzukehren, hatte sie sofort an Luke denken müssen. Sie hatte sich gefragt, ob er ihr wohl über den Weg laufen würde – es vielleicht sogar ein wenig gehofft. Als Assistenzärztin hatte sie buchstäblich rund um die Uhr gearbeitet, oft in Sechsunddreißig-Stunden-Schichten. Sie hatte kaum Zeit gehabt, an ein Date zu denken, von der Zeit für ein tatsächliches Date ganz zu schweigen. Ihr Körper prickelte an Stellen, die schon lange kein Mann mehr berührt hatte.

»Ich glaube, es ist nichts passiert.« Mit brandheißen dunklen Augen und einem ziemlich kecken Grinsen beäugte Luke den Kuchen.

Seine tiefe Stimme brachte in ihr eine Saite zum Schwingen. *Okay, Daisy. Cool bleiben. In der Highschool mag er dich ja gerettet haben. Aber das ist elf Jahre her.* Er war nicht mehr der süße Junge mit dem langen Pony, der ihm ständig in die dauerhungrigen Augen fiel. Nein, einen Jungen konnte man Luke Braden tatsächlich nicht mehr nennen. Aber allem Anschein nach erkannte er sie nicht wieder. Sie hatte ihre heimliche Flamme wohl umsonst angeschmachtet.

»Danke.« Sie wollte nach der Kuchenschachtel greifen, aber er zog sie weg. Sein Blick glitt provozierend langsam über ihren Körper. Ihre Knie wurden weich und ein paar andere Stellen hellwach. Sie hatte Trusty nach der Highschool verlassen und sich in den Semesterferien immer Jobs in der Nähe des Colleges gesucht. Ihre Erinnerung an die Schulkameraden von vor elf Jahren war deshalb etwas verblasst. Aber dieses Gesicht würde sie nie vergessen.

»Sie haben beide Hände voll. Soll ich Ihnen den Kuchen zum Wagen tragen?« Sein dichtes, dunkles Haar war an den Seiten kurz geschnitten, oben war es etwas länger und so sexy zerzaust, wie man es sonst nur von Zeitschriftenfotos kannte. Auf seinem markanten Kinn sprießten Stoppeln. Daisy juckte es in den Fingern. *Ich würde natürlich nur die Stoppeln anfassen.*

Luke sah aus wie einer, der sich nahm, was er wollte, und dabei eine Spur von Frauen hinter sich herzog, die davon nicht genug bekommen konnten. Diesen Ruf hatte er zumindest in der Highschool gehabt. *Den Kuchen zu meinem Wagen tragen? Und mich in dein Bett?* Der Gedanke jagte ihr einen Schauer durch den Körper. Genau darauf hatte sie gehofft. Und gewartet.

In der Schule war er zwei Klassen über ihr gewesen. Und weil sie in der Highschoolzeit gegen einen völlig ungerechtfertigten schlechten Ruf ankämpfen musste, hatte sie sich immer bemüht, nicht aufzufallen. Während des Medizinstudiums hatte sie sich das Haar dunkler gefärbt, um den nervigen Kommentaren und Nachstellungen zu entgehen, denen sie als blauäugige Blondine, die auf ihren Körper achtete, ausgesetzt war. Dank einer Sechs-Dollar-Packung Coloration alle paar Wochen war ihr Haar inzwischen mittelbraun.

Nie würde sie vergessen, wie Luke ihr in der zehnten Klasse beigestanden hatte. In ihren Träumen erinnerte auch er sich noch an sie. *War ich tatsächlich komplett unsichtbar für dich?* Offenbar schon. Denn offenbar war sie für ihn eine Unbekannte. Das brannte wie Salz in einer Wunde.

Ihr Blick fiel auf einen silbernen Streifen an seinem Arm. *Klebeband?* Sie kniff die Augen zusammen und sah genauer hin. Tatsächlich. Um seinen mächtigen Bizeps war ein breiter Streifen Gewebeband gewickelt. Darunter sickerte Blut hervor.

Luke folgte ihrem Blick mit einem Achselzucken. »Ich habe mich auf der Ranch an einem Draht aufgerissen.«

Eigentlich hätte sie jetzt ihren Kuchen nehmen und verschwinden sollen. Aber die Ärztin in ihr hielt sie davon ab und die gekränkte Frau in ihr wollte nicht glauben, dass er sie einfach vergessen hatte. Sie machte einen Schritt zurück in das Diner. »Margie, kann ich kurz deinen Verbandskasten borgen?«

Luke folgte ihr mit zusammengezogenen Brauen. »Falls das wegen mir sein soll – das ist nicht nötig. Wirklich nicht.«

Margie zog den Verbandskasten unter der Theke hervor und reichte ihn Daisy. »Hier, bitte, Schätzchen.« Beim Anblick des großen, dunkelhaarigen Mannes fingen ihre grünen Augen an zu strahlen. »Hast du schon wieder was angestellt, Luke?«

Er zog eine kräftige, dunkle Braue hoch. »Nein, keine Sorge. Ich treffe mich hier mit Emily und bin ein paar Minuten zu früh dran.«

»Gut. Noch mehr Ärger kannst du nämlich nicht gebrauchen.« Mit strengem Blick kam Margie hinter der Theke hervor. Luke lächelte sie mit einer Wärme an, die man nur Menschen schenkte, die man wirklich gerne hatte.

Daisy spürte einen Stich. War sie etwa eifersüchtig? Sie war erst seit zwei Wochen wieder in der Stadt und hatte sich von jeder Art Tratsch ferngehalten. Aber jetzt hätte sie gern gewusst, welche Sorte Ärger Luke sich eingehandelt hatte. Dabei war ihr Leben auch ohne einen Mann kompliziert genug. Und einen mit verführerischen Augen, einem sexy Lächeln und einem Ruf, den er im Gegensatz zu ihr verdient hatte, brauchte sie schon gar nicht. Sie konzentrierte sich auf seinen Arm und wechselte in den Ärztinnenmodus. Das beherrschte sie hervorragend. Als Ärztin war er für sie ein Patient und kein heißer Typ.

Lukes Blick sprang von Margie zu Daisy und wieder zurück. »Du darfst nicht alles glauben, was du hörst.«

*Ja klar.*

»Tu ich auch nicht.« Margie berührte ihn fast mütterlich am Arm. »Ich muss mich um die Gäste kümmern. Aber es ist schön, dich zu sehen, Luke.«

Er warf ihr ein weiteres Killerlächeln zu, dann schaute er wieder zu Daisy, die mit einem Desinfektionsmittel bewaffnet bereitstand. »Von Fremden lasse ich mir nicht an meine Wunden fassen.« Er streckte die Hand aus. »Luke.«

»Du erinnerst dich tatsächlich nicht an mich.« Das war offensichtlich, doch es auszusprechen, tat weh. »Daisy Honey?«

Sein sexy Lächeln verwandelte sich in ein amüsiertes. Seine Augen blitzten. »Haben Sie mich grade *Honey* genannt oder heißen Sie so?«

Dass ihm nicht einmal ihr Name bekannt vorkam, war

bitter. Aber sie ging mit einem Augenrollen darüber hinweg. Sie drehte seinen Arm und inspizierte die Klebebandage. »Ich heiße tatsächlich so. Daisy Honey.«

Er lachte ein tiefes, herzhaftes und freundliches Lachen.

Mit einem beherzten Ruck riss sie das Klebeband ab und legte einen tiefen Kratzer frei.

»Hey.« Er zuckte zurück. »Eine Daisy Honey müsste doch eigentlich viel sanfter sein.«

Sie blinzelte und sagte in ihrer süßesten Stimme: »Und ein Luke Braden keine Memme.« *Verdammt. Was sage ich denn da?*

»Autsch. Eins zu null für dich.« Er rieb seinen Arm. »Das war nur Spaß. Natürlich weiß ich, wer du bist. Ich kaufe mein Heu bei deinem Dad und habe dich bloß nicht sofort erkannt. Früher warst du nämlich blond.« Seine Augen glitten erneut über ihren Körper und trieben damit ihre Temperatur in die Höhe. »Und so hast du damals auch nicht ausgesehen.«

*Er erinnert sich an mich!* Sie ließ sich nicht anmerken, wie sehr sie sich über seine Bemerkung über ihr Aussehen freute. Stattdessen machte sie sich daran, seine Wunde zu reinigen. »Wie hast du das denn fertiggebracht?« Sie spürte, wie sein Blick auf ihr lag, während sie das angetrocknete Blut entfernte.

»Der Draht hat aus einem Zaun geragt. Ich habe ihn nicht bemerkt und mir daran das Shirt und den Arm aufgerissen.« Er rollte den Ärmel so weit herunter, dass sie den Riss darin sehen konnte.

»War es Stacheldraht? Wie bei deinem Tattoo?« *Deinem sexy Bad-Boy-Tattoo, das sich um deinen unglaublich harten Bizeps windet?*

Mit einem schiefen Lächeln betrachtete er seine Tätowierung. »Es war ganz normaler Zaundraht.«

»Rostig?« Sie versuchte, nicht auf die Hitze in seinem

durchdringenden Blick zu achten.

Wieder zuckte er die Achseln. Offenbar eine Art Universalantwort.

»Wann hattest du deine letzte Tetanusimpfung?« Der Kratzer war jetzt sauber. Sie legte ihm einen Verband an, dann wickelte sie die schmutzigen Tupfer in eine Serviette.

Achselzucken. »Ich fühle mich blendend.«

»Aber nicht mehr lange, wenn du Tetanus kriegst. Du solltest dir in der Notfallambulanz eine Spritze geben lassen. Die kann dir jede Schwester dort verpassen.« Sie steckte sich eine Haarsträhne hinters Ohr und warf einen Blick auf die Uhr. Sie war definitiv spät dran und er checkte sie definitiv ab. Ihr Magen schlug einen Purzelbaum.

»Bist du Krankenschwester?« Er rollte den zerrissenen Ärmel wieder runter.

»Ärztin«, sagte sie stolz. Sie fragte sich, ob ihr kleiner Hilfseinsatz ihn daran erinnerte, dass er ihr vor einigen Jahren ebenfalls geholfen hatte. Sein Blick ließ sie daran zweifeln. Er musterte sie, als wäre das ihre erste Begegnung. Seine Augen sagten: *Ob ich wohl eine Chance habe?* Und nicht: *Du bist doch das Mädchen, das damals als Schlampe verschrien war.*

Er nickte und seine Augen wurden ernst. »Dann vielen Dank, Dr. Daisy Honey. Vielen Dank für die professionelle Fürsorge für meinen Körper.«

Der sinnliche, eindeutig-zweideutige Unterton, mit dem er *meinen Körper* sagte, verschlug ihr die Sprache. Sie öffnete den Mund zu einer Erwiderung, brachte aber keinen Ton heraus.

Margie kam zur Theke zurück. »Kann ich dir etwas bringen, Luke?«

Dankbar für die Unterbrechung schob Daisy ihr den Verbandskasten hin und sammelte ihre Siebensachen ein.

»Danke, Margie.«

»Einen Kaffee und zwei Eier mit Toast«, sagte Luke.

Daisy spürte seine Blicke, als sie erneut mit Kuchen, Tüte und Kaffeebecher kämpfte.

»Kommt sofort, Schätzchen.« Margie verschwand in der Küche, Daisy machte sich auf den Weg zur Tür.

Er berührte sie am Arm und klimperte mit den langen, dunklen Wimpern. »Du klebst einfach meine Wunde zu und gehst? Ich fühle mich so benutzt.«

Sie musste fast gegen ihren Willen lachen. »Wie putzig.«

Sein bohrender Blick nahm ihr fast den Atem. »Putzig? So sollte es eigentlich nicht klingen.«

*Du hast trotzdem erreicht, was du wolltest. Denn putzig oder nicht – mir rast der Puls.*

Er hielt ihr die Tür auf. »Hoffentlich bis bald, Daisy, Honey.«

»Tetanus ist kein Spaß. Du solltest dir die Spritze geben lassen.« Damit befahl sie ihren Beinen, sie von seinem versengenden Blick wegzutragen.

Während er auf seine Schwester wartete, trank Luke Kaffee und dachte an Daisy. Er kaufte sein Heu von ihrem Vater und hatte gehört, dass sie für ein paar Wochen nach Trusty kommen würde. Aber nie hätte er die Daisy Honey von grade eben – die junge Ärztin mit den betörenden blauen Augen und dem brandheißen Körper – mit dem weißblonden Mädchen in Verbindung gebracht, das mit gesenktem Kopf durch die Schulflure geschlichen war und verzweifelt versucht hatte, sich unsichtbar zu machen. Daisys Blick war weiser und fester als damals. Die erwachsene Daisy zog ihn in ihren Bann. Als sie ihn berührt hatte, hatte die Luft zwischen ihnen gebrannt. Sie hatte sich redlich bemüht zu verbergen, dass sie es auch spürte. Und aus irgendeinem Grund gefiel ihm das.

Emily platzte in seinen Tagtraum von Daisy, indem sie einen Armvoll Zeichnungen und Mappen vor ihm auf den Tisch klatschte.

»Du bist unmöglich. Ich habe dich ein Dutzend Mal gefragt, ob du das Schlafzimmer und das Badezimmer tatsächlich durch einen Flur trennen willst, und habe dich angefleht – *angefleht* –, es nicht zu tun. Ich habe den Plan so gezeichnet, wie du ihn haben wolltest, und jetzt soll ich das wieder ändern. Ich fasse es nicht.« Sie warf ihr glattes dunkles Haar über die Schulter, zupfte ihre weiße Seidenbluse zurecht und strich den schwarzen Bleistiftrock glatt, bevor sie sich setzte. Emily war Architektin, führte aber mit ihrer eigenen Firma komplette Bauprojekte durch. Außerdem entwickelte sie sich gerade zur Expertin für erneuerbare Energien. »Es wäre viel einfacher gewesen, wenn du von Anfang an auf mich gehört hättest. Aber ...« Sie kniff die Augen zusammen und zeigte mit dem Finger auf ihn. »Ich hätte dir sogar ein Passivhaus bauen können und damit deine Energiekosten um siebzig Prozent reduziert ...«

»Okay, okay. Ich hab's verstanden. Setz dich hin und hol erst mal Luft.« Emily war vierzehn Monate älter als Luke und diesen düsteren Blick aus zusammengekniffenen Augen kannte er nur zu gut. »Vielleicht solltest du heute lieber keinen Kaffee trinken.«

»Haha.« Sie winkte Margie heran und bestellte sich eine Tasse. Schwarz. Emily war schon immer sehr kämpferisch und temperamentvoll gewesen. Kein Wunder, bei einem Mädchen, das mit fünf Brüdern aufgewachsen war. »Ändern wir nur die Pläne für das Schlafzimmer und das Badezimmer in der Wohnung über dem Stall? Oder willst du die Küche jetzt auch verlegen?«

Er wusste, dass es für Emily und ihr Team viel Arbeit sein würde, die Leitungen und Anschlüsse neu zu machen. Eine fremde Firma hätte er nie damit beauftragt. Er hätte einfach alles so gelassen, wie es von Anfang an gewesen war. Aber Emily hatte keine Hemmungen, ihn morgens um drei anzurufen, um ihm von dem Traum zu erzählen, der sie grade geweckt hatte, oder unangemeldet mit einer Flasche Wein bei ihm aufzukreuzen, wenn sie bei jemandem, dem sie vertraute, Dampf ablassen wollte. Und er vermutete, dass sie mit Änderungswünschen gerechnet hatte und schon froh war, dass er sie äußerte, bevor die Wände hochgezogen waren.

Ihr Blick fiel auf seinen Arm. »Hey, was ist passiert?«

Als Margie Emily ihren Kaffee brachte, spazierte Wes in das Diner. »Da waren es schon drei.«

»Hey Margie.« Wes schob sich neben Emily auf die Bank. Wie alle Bradens hatte er kräftiges, dunkles Haar. Emilys war glatt und glänzend, Lukes widerspenstig und wellig. Wes' Haar war eine Nuance heller und er trug es deutlich kürzer als sein Bruder. Seine Cargoshorts, sein Shirt und sogar seine Stirn waren schmutzig.

»Hey Wes. Bin gleich bei dir, Schätzchen. Das Übliche?« Margie stemmte die Hand in die Hüfte und schüttelte den Kopf. »Warst heute etwa schon draußen in der freien Wildbahn?«

Wes hob die Hand. »Bekenne mich schuldig. Ich habe eine neue Route erkundet. Ist ein hartes Leben, aber irgendwer muss es ja machen.« Wes brachte auf seiner Gästeranch der zahlungskräftigen Kundschaft bei, Kälber mit dem Lasso zu fangen und Kühe zu treiben. Reiten, Tontaubenschießen, Angeln und Übernachtungen unter den Sternen gehörten ebenfalls zum Programm. Sein Blick streifte Luke und Emily und dann die Zeichnungen auf dem Tisch. »Habe ich was verpasst?«

»Was machst du hier?« Luke hatte Wes vor Kurzem bei einem Mehrtagesritt mit einer Gästegruppe geholfen. Nach einer Auseinandersetzung mit einem Gast war Luke in einer Zelle gelandet. Zwar waren die Vorwürfe gegen ihn fallengelassen worden, aber er grübelte noch immer darüber nach, welcher Teufel ihn an diesem Tag geritten hatte.

»Em hat mir erzählt, dass ihr euch hier zum Frühstück trefft.« Wes zuckte die Achseln. »Und ich bin hungrig.«

»Ich habe Luke grade gefragt, was mit seinem Arm passiert ist.« Emily zog eine elegant gezupfte Braue hoch.

Luke zuckte die Achseln. »Das ist nur ein Kratzer. Ich bin an einem Zaun hängengeblieben. Und rein zufällig habe ich grade Daisy Honey getroffen. Sie hat die Wunde versorgt. Erinnert ihr euch noch an Daisy?« Er dachte daran, wie sie ihm das Klebeband vom Arm gerissen hatte. Und an ihren kessen Kommentar. Ihre Forschheit gefiel ihm.

»Hat es damals an der Highschool nicht die übelsten Gerüchte über sie gegeben? Ich glaube, es hieß, sie würde mit jedem ins Bett steigen.« Emily nahm einen Schluck Kaffee und schlug eine Mappe auf. »Sie hat mir wirklich leidgetan.« Wie in allen Kleinstädten verbreitete sich Tratsch in Trusty schneller als Unkraut.

»So eine heiße kleine Blondine?«, fragte Wes.

»Heiß ja, aber blond nicht mehr. Sie hat sich das Haar dunkler gefärbt. Ich nehme an, sie hatte keine Lust mehr auf das

Gequatsche über blonde Betthäschen. Und falls es jemanden interessiert: Ich glaube nicht, dass an den Gerüchten über sie was dran war.« Luke wusste, wie es sich anfühlte, wenn über einen geredet wurde. In ihm regte sich eine Erinnerung, aber er konnte sie nicht ganz greifen. Er vermutete, dass sie etwas mit Daisy zu tun hatte.

»Ich sehe ein ganz bestimmtes Glitzern in deinen Augen, Luke. Vorsicht. Einer Frau mit einer schwierigen Vergangenheit macht ein Kerl mit deinem Ruf das Leben nur noch schwerer.« Wes hielt Lukes Blick etwas zu lange fest. Vor ein paar Wochen hatte Ray Mulligan, einer seiner besten Männer, gekündigt. Jetzt mussten Wes und sein Geschäftspartner Chip alle Gästegruppen auf der Ranch selbst betreuen und hatten kaum noch eine Pause. Deshalb war Wes in letzter Zeit etwas übellaunig.

Luke war sich seines Rufs nur allzu bewusst. Sein Kurzaufenthalt in der Gefängniszelle hatte die Sache nicht besser gemacht und feste Beziehungen waren auch nicht unbedingt seine Spezialität. Sich auf andere Menschen einzulassen, fiel ihm schwer. Wenn man ihm ein Pferd hinstellte, konnte er buchstäblich dessen Gedanken lesen. Aber wenn er es mit Menschen zu tun hatte? Frauen? Das war etwas ganz anderes. Über die Gründe dafür hatte er sich bislang keine großen Gedanken gemacht.

»Was soll das heißen, Kumpel?« Luke hielt dem Blick seines Bruders stand. Ihr Vater, Buddy Walsh, hatte sich mit einer Ramschladenverkäuferin aus einer anderen Stadt verdrückt, als ihre Mutter mit Luke schwanger gewesen war. Ihre Mutter hatte die Geschwister allein großgezogen und sie hielten fest zusammen. Normalerweise war das eine gute Sache, aber im Augenblick legte Luke auf Wes' Urteil keinen Wert.

»Ihr eigener Ruf ist schon schlecht genug. Sie braucht nicht noch deinen dazu.«

»Red keinen Müll, Wes. Du weißt verdammt gut, dass ich mir nichts vorzuwerfen habe. Du hast schließlich gesehen, was bei dem Campingtrip passiert ist.« Lukes Kiefermuskeln zuckten.

»Von der Verhaftung spreche ich nicht.«

Emily legte Luke einen Ordner hin und breitete ein paar Zeichnungen aus. Ihr Blick flog zwischen ihren Brüdern hin und her. »Könntet ihr euch heute ausnahmsweise mal nicht aufführen wie zwei Neandertaler? Bitte? Ich habe noch ein paar Kundentermine.«

Margie brachte Luke und Wes ihr Frühstück und Emily schob die Zeichnungen beiseite. »Lasst es euch schmecken, Jungs. Emily? Darf's noch was sein?«

»Nein danke, Margie. Im Augenblick nicht.« Emily schaute zu, wie Luke einen Ordner durchblätterte. »Soll ich dir die Zeichnungen erklären?«

Luke schob die Unterlagen weg. »Nein. Tu einfach, was getan werden muss. Die Details interessieren mich nicht. Ich will bloß, dass das Schlafzimmer und das Badezimmer beieinanderliegen. Es war dumm, das nicht von Anfang an so zu machen. Aber mich hat gestört, dass es kein Gästeklo gibt.«

Wes schüttelte den Kopf.

»Was ist?« Luke wusste genau, was in Wes vorging. Sein Bruder plante gern alles haarklein. Er dachte über jedes noch so winzige Detail in seinem Leben ausführlich nach und hielt es für fahrlässig, dass Luke es nicht ebenso machte. Luke improvisierte lieber. Schnell und spontan. Allzu akribisches und langfristiges Planen lehnte er ab wie ein rebellischer Teenager. Meist konnte er sich bei seinen Entscheidungen auf sein

Bauchgefühl verlassen. Aber manchmal führte das zu eher kurzfristigen Lösungen und ihm fiel etwas Besseres ein, sobald er sich die Zeit zum Nachdenken nahm. Doch auch wenn man so sorgfältig plante wie Wes, war man nicht vor Überraschungen gefeit. Davon war Luke überzeugt. Ihre unterschiedlichen Strategien führten hin und wieder zu Reibereien.

»Willst du dir die Pläne nicht genauer ansehen?«, fragte Wes.

»Kein Bedarf. Ich gehe lieber heim und kümmere mich um mein Fohlen. Den Umbau überlasse ich Emily. Sie ist die Expertin und sie weiß, wie viel Geld ich ausgeben kann. Sie reißt nur ein paar Wände ein und verlegt ein paar Anschlüsse.«

»Hey. Schön, dass du meine Arbeit zu würdigen weißt, du Esel.« Emily nahm ein Stück Toast von seinem Teller und biss grinsend davon ab. »Wir sprechen von einer kleinen Wohnung für einen Rancharbeiter. Wozu in aller Welt braucht die ein Gästeklo? Wenn du nur gleich auf mich gehört ...«

»Tut mir leid, Em. Du weißt, wie beeindruckt ich von dem bin, was du tust. Und ja, ich hätte auf dich hören sollen.« Luke schaufelte sich eine Gabel Essen in den Mund und deutete mit dem Kinn auf Wes. »Bist du nicht zum Spielen verabredet?«

»Bin ich.« Wes grinste. »Mit einer zierlichen Brünetten und einem Stapel Unterlagen.«

»Clarissa?« Emily zeigte auf Wes. »Ich habe gewusst, dass aus euch beiden was wird.«

»Sie ist meine Buchhalterin, nicht meine Freundin. Und unser Treffen ist rein geschäftlich.« Er legte seufzend den Arm um Emily. »Wenn du dir um dein Liebesleben halb so viele Gedanken machen würdest wie um meins, wärst du vielleicht nicht allein.«

»Ich bin nicht allein. Ich date.« Sie zog die Nase kraus.

»Irgendwie. Glaube ich. Ugh. Habt ihr überhaupt eine Ahnung, wie schwer es ist, in dieser Stadt ein Date zu finden?«

Luke und Wes stießen beide ein tiefes, lautes, wissendes Lachen aus.

»Okay, ihr wisst Bescheid. Aber Jungs haben es da leichter. Die Hälfte der Mädels hier habt ihr schon durch und die andere Hälfte kann es kaum erwarten, endlich an die Reihe zu kommen. Bei einer Frau ist das was anderes.«

»Sollte es auch sein«, sagte Luke. Er war zwar Emilys jüngerer Bruder, aber wie man seine Schwester beschützte, hatte er von den vier besten älteren Brüdern der Welt gelernt. Dazu gehörte auch, dafür zu sorgen, dass sie sich nicht zur Zielscheibe des Kleinstadttratschs machte. Das war den Männern des Braden-Clans vorbehalten. Bislang zumindest. Luke hatte sich geändert. Bis vor Kurzem war er für eine feste Beziehung zu unstet gewesen. Aber seit er vor zwei Jahren die Ranch gekauft hatte, war er ruhiger geworden und hatte Ziele. Bei der Arbeit packte er gern richtig an, hatte am liebsten mit Tieren zu tun und war gern sein eigener Boss. Die Ranch war ideal für ihn und inzwischen war er bereit, auch sein Privatleben in geregelte Bahnen zu lenken. Er suchte nach der Einen, nach der Frau, die ihn verstand und ihn so liebte, wie er war. Samt seiner Unfähigkeit zu planen. Er brauchte eine Partnerin, der die Familie wichtig war, die Tiere liebte und die nicht mehr erwartete, als er ihr geben konnte. Er nahm an, dass er sich dafür auf eine ganz neue Weise öffnen musste, hatte aber keinen Schimmer, wie er das bewerkstelligen sollte.

Wes spülte den letzten Bissen hinunter und fixierte seinen Bruder. »Ich muss los, Bruderherz. Und nichts überstürzen mit Daisy. Du weißt, was sie durchgemacht hat.«

Zwanzig Minuten später stieg Luke auf seine Harley und

fuhr zu seiner Ranch. Dabei dachte er an Daisy und ihre harte Zeit an der Highschool. Vielleicht waren sie gar nicht so verschieden.

Ende des Auszugs
Wenn Ihnen die Vorschau gefallen hat, können Sie *Bei Heimkehr Liebe* bei Ihrem Online-Buchhändler erwerben und gleich weiterlesen!

# Geheilte Herzen

## DIE BRADENS (PEACEFUL HARBOR)

### LOVE IN BLOOM – HERZEN IM AUFBRUCH

## Eins

»Bist du sicher, dass ich nicht zurückkommen soll, wenn sie weg sind?« Jewel Fisher holte ihre Handtasche unter der Registrierkasse hervor und überflog noch einmal den Dienstplan, um sicherzugehen, dass sie wirklich erst am Montag wieder arbeiten musste.

»Ja. Ganz sicher. Geh und amüsier dich ein bisschen. Du hast seit Monaten kein freies Wochenende gehabt.« Chelsea Helms, Jewels Chefin und Besitzerin von *Chelseas Boutique*, schob sie sanft von der Kasse weg. Jewel arbeitete seit zwei Jahren bei ihr, kannte sie aber schon viel länger. Chelsea war mit Rick, Jewels älterem Bruder, zur Highschool gegangen. Vor zwei Jahren war Rick bei einem Militäreinsatz in Afghanistan ums Leben gekommen.

»Im Februar hatte ich ein Wochenende frei.« Auf dem Weg zur Ladentür rückte Jewel die Stapel auf den Tischen mit den Auslagen zurecht.

Chelsea verdrehte die Augen. »Das ist zwei Monate her. Und außerdem weißt du genau, dass ich nicht nur den Laden meine, sondern auch deine Familie. Ein bisschen Abstand von beidem würde dir guttun. Mach irgendwas Verrücktes. Vielleicht bist du dann endlich keine Jungfrau mehr, wenn du am Montag wiederkommst.«

Jewel hatte weder vor, sich von ihrer Familie freizunehmen, noch, ihre Unschuld zu verlieren. Nicht, dass sie ihre Jungfräulichkeit für etwas Besonderes gehalten hätte, das es wert wäre, bewahrt zu werden. Das Thema beschäftigte sie einfach nicht. Als sie noch zur Schule ging, hatte sie ihrer Mutter nebenher bei der Betreuung der jüngeren Geschwister geholfen und nun arbeitete sie den ganzen Tag in der Boutique. Da blieb ihr wenig Freizeit. Doch auch, wenn sie selten an Sex dachte, war sie sich der Tatsache bewusst, dass er allgegenwärtig war. Während des Studiums hatte sie zu Hause gewohnt, um ihre Mutter unterstützen zu können. Dadurch war sie der sexgeladenen Atmosphäre in den Wohnheimen entronnen, wo in jedem Blick und jedem verführerischen Lächeln ein Versprechen mitzuschwingen schien. Die wenigen Dates, die sie nach dem College gehabt hatte und die allesamt von Chelsea eingefädelt worden waren, hatten sich als glatter Reinfall erwiesen. Jungs in ihrem Alter waren ihr einfach zu unreif, und sie hatte weder die Zeit noch das Interesse, sich auf die Suche nach einem älteren Typ zu machen.

Und außerdem war da dieser Kuss gewesen …

Dieser Kuss, der sie nachts nicht einschlafen ließ und wegen dem sie eben doch davon träumte, wie ein ganz bestimmter Mann seine Hände auf über ihren Körper gleiten ließ …

»Erde an Jewel.« Chelsea holte Jewel abrupt in die Wirklichkeit zurück und betrachtete sie stirnrunzelnd.

»Tut mir leid. Ich, ähm …« … *kann nur an einen denken, und der ist fast eins neunzig groß und weit, weit weg in dem Krieg, in dem mein Bruder sein Leben gelassen hat.* »Ich glaube, ich werde eine lange Wanderung machen, um mal wieder einen klaren Kopf zu kriegen. Es kommt mir vor, als würde ich seit Ewigkeiten auf Hochtouren laufen.«

»Das tust du auch, Jewel. Und nun raus mit dir. Geh wandern. Lies ein Buch. Tu irgendwas Entspannendes.« Chelsea hob die Brauen. »Aber ich denke immer noch, dass es zum Stressabbau nichts Besseres gibt als Sex.«

Als das Telefon läutete, winkte Chelsea ihr zum Abschied zu. Jewel stieg in ihren Jeep, der vor der Tür parkte, und machte sich auf den Weg zum Haus ihrer Mutter. Sie gab sich alle Mühe, *nicht* an Nate Braden zu denken, denn der Gedanke an Nate brachte sie vollends durcheinander. Den Kuss, den sie nicht vergessen konnte, hatte er ihr bei einer Silvesterparty im *Mr. B.* gegeben, dem Pub, der zur Mikrobrauerei seiner Eltern gehörte. Als er sich Punkt Mitternacht umdrehte und sie in die Arme nahm, hätte er jede andere Frau im Raum haben können. Sie hatte einfach am nächsten gestanden. Und es war ein Segen gewesen, dass er seine starken Arme um sie gelegt und sie festgehalten hatte, denn der Kuss hatte sie geradezu dahinschmelzen lassen.

Sie schob den Gedanken an Nate endgültig beiseite. Als sie am Haus ihrer Mutter ankam, saß ihre jüngere Schwester Krissy schmollend auf der Treppe. Sie hatte das Kinn in die Handfläche gestützt und sah angestrengt zu Boden. Krissy und ihre anderen Geschwister sollten das Wochenende bei ihrer Tante in der Nachbarstadt verbringen.

Jewel setzte sich zu ihr auf die Treppe. »Was ist los, Krissy?« Mit ihren zwölf Jahren war Krissy fast genauso launisch wie der fünfzehnjährige Patrick.

»Ich habe die Rolle nicht bekommen, die ich unbedingt haben wollte.«

Ihr Vater war gestorben, als Krissy vier war. Zwei Jahre später ging ihr ältester Bruder Rick zum Militär und Krissy kam überhaupt nicht damit zurecht, dass er weg war. Schließlich meinte ihre Mutter, dass sie etwas brauchte, das ihr Spaß machte und sie von der klaffenden Lücke ablenkte, die Vater und Bruder hinterlassen hatten. Es war genau die richtige Idee. Krissy war die geborene Tänzerin, und als Rick getötet wurde, war das Tanzen für Krissy wie ein Rettungsanker.

Jewel strich ihrer Schwester über das glatte blonde Haar. Durch die zehn Jahre Altersunterschied zwischen ihnen kam sie sich eher vor wie eine gern gesehene Tante und nicht so sehr wie eine ältere Schwester. Es machte sie traurig, dass Krissy nicht die Rolle bekommen hatte, von der sie geträumt hatte, doch gleichzeitig war sie froh, dass sich ihre Geschwister mit den gleichen Problemen herumschlugen wie ihre Altersgenossen. Jewel hatte alles dafür getan, damit sie nicht dieselben Pflichten übernehmen mussten wie sie und Rick. Sie haderte nicht mit den komplizierten Verhältnissen in ihrer Familie, aber als Sechzehnjährige die Verantwortung für drei jüngere Geschwister übernehmen zu müssen – das wünschte sie niemandem. In den vergangenen sechs Jahren hatte sie auf vieles verzichtet.

»Das tut mir leid, aber bestimmt klappt es beim nächsten Mal«, versuchte Jewel, ihrer Schwester Mut zu machen.

»Hoffentlich. Diesmal hat Selina die Rolle bekommen. Sie ist wirklich gut und hat es verdient, aber ich hatte es mir so sehr gewünscht. Sie tritt zusammen mit Tray Martino auf und er ist der süßeste Junge in der ganzen Tanzklasse.«

Wie konnte es sein, dass eine Zwölfjährige mehr Interesse an Jungen hatte als Jewel mit zweiundzwanzig?

Als hinter ihr die Haustür aufging, drehte sie sich um. Mit einem Koffer in der einen und einer Einkaufstüte in der anderen Hand hetzte ihre Mutter Anita an ihnen vorbei die Treppe hinunter. Das Haar hatte sie zu einem unordentlichen Pferdeschwanz gebunden.

»Jewel, Schätzchen, du hättest nicht herkommen müssen. Ich habe dir doch gesagt, dass wir zurechtkommen.« In ausgebleichten Jeans und T-Shirt sah man ihrer Mutter ihre siebenundvierzig Jahre nicht an. Sie war knapp zwanzig gewesen, als Rick zur Welt kam, und obwohl sie innerhalb von sechs Jahren ihren Sohn und ihren Mann verloren hatte, hatte sie sich nicht nur ihre seelische Gesundheit bewahrt, sondern war ihren Kindern auch eine fantastische Mutter, selbst wenn sie ständig unter Zeitmangel litt. Bevor ihr Mann starb, hatte sie stundenweise von zu Hause aus als Buchhalterin gearbeitet, aber einen Monat nach seinem Tod hatte sie einen Vollzeitjob in einem Büro angenommen. Mittlerweile hatte sie sich zu einer leitenden Position hochgearbeitet und jetzt belegte sie nebenher Kurse, um ihren Collegeabschluss nachzuholen. Als Rick geboren wurde, hatte sie ihre Ausbildung abgebrochen.

Jewel klopfte Krissy auf die Schulter. »Gib nicht auf. Bestimmt bekommst du die Rolle im nächsten Jahr.« Sie erhob sich und holte zwei Tüten, die an der Tür standen. »Ich wollte Patrick nur an sein Biologieprojekt erinnern. Und Taylor muss den Text mitnehmen, den sie für die Theateraufführung lernen soll«, sagte sie zu ihrer Mutter.

Anita half ihr, die Tüten ins Auto zu legen. »Biologieprojekt?«, fragte sie stirnrunzelnd. »Er hat mir gesagt, dass er es im Laufe der Woche fertig gemacht hat.«

»Hast du es dir zeigen lassen?«, fragte Jewel.

Patrick kam aus dem Haus geschlurft. Er war groß und schlaksig, wie Rick als Teenager, hatte dichtes blondes Haar und die gleichen mandelförmigen blauen Augen wie ihr Vater. In letzter Zeit wirkte Patrick in sich gekehrt und grüblerisch, und das machte Jewel Sorgen.

»Ich bin seine Mutter. Natürlich habe ich mir die Arbeit zeigen lassen.«

»Ihr braucht mich nicht zu kontrollieren«, maulte Patrick, öffnete die Autotür und ließ sich auf den Beifahrersitz sinken.

»Hast du das Buch eingepackt, das du für Englisch lesen musst?«, fragte Jewel.

Er seufzte und schwieg.

Jewel warf ihrer Mutter einen Blick zu, die das Buch aus der Seitentasche seines Koffers zog.

»Jewel, es ist alles da«, beharrte ihre Mutter. Sie musste hart arbeiten, um über die Runden zu kommen, aber wie sollte sie gleichzeitig im Büro sein, sich um ihre Kinder kümmern und sie durch die Gegend kutschieren? Ganz zu schweigen von Einkäufen, Arztterminen und natürlich dem Versuch, den Verlust des Mannes zu verkraften, den sie seit der Highschool geliebt hatte. Rick hatte nach dem Tod des Vaters sein Studium abgebrochen und war nach Hause zurückgekehrt, um bei allem zu helfen, was ihre Mutter nicht bewältigen konnte, ohne ihren neuen Job zu riskieren. Als er zwei Jahre später zum Militär ging, hatte Jewel diese Pflichten übernommen und kümmerte sich seitdem um all die Kleinigkeiten, die tagtäglich anfielen.

»Ich weiß, Mom, aber es kann ja nicht schaden, noch einmal nachzusehen.«

Die Haustür wurde aufgerissen. Taylor stemmte die Hände in die Hüften und brüllte: »Jewel? Wo sind meine roten Turnschuhe?«

Taylors welliges blondes Haar reichte ihr fast bis zur Taille. Sie hatte niedliche rote Shorts und ein weißes T-Shirt mit rundem Ausschnitt an und sah eher wie dreizehn als wie zehn aus.

»Im Schuhschrank im Flur. Du hattest sie letztens an, als du bei Katie warst, erinnerst du dich?«

»Ach ja, stimmt.« Sie rannte zurück ins Haus.

»Und du, Schatz? Was hast du in den nächsten zwei Tagen vor?«, fragte ihre Mutter.

»Heute Nachmittag gehe ich wandern und morgen koche ich das Abendessen für die Woche vor und friere alles ein. Und wahrscheinlich fange ich mit dem Buch an, das du mir geliehen hast.«

Ihre Mutter presste die Lippen aufeinander. »Warum rufst du nicht eine Freundin an und ihr macht euch einen netten Abend? Trinkt etwas, geht zusammen essen. Unternehmt etwas. Du musst nicht immer für uns kochen, Jewel. Ich bin eure Mutter. Ich schaffe das.«

»Ich weiß, und du bist die beste Mutter überhaupt. Aber ich helfe gerne. Außerdem hast du zwischen dem Büro und dem

Abendkurs kaum Zeit, Luft zu holen.« Ihre Mutter war stolz, sie würde nie um Hilfe bitten. Tatsächlich hatte sie sich zuerst gegen Ricks und dann gegen Jewels Einsatz gesträubt, bis ihr klar wurde, dass die beiden helfen würden, egal was geschah. Anita arbeitete in ihrer Freizeit ebenso hart wie in den Stunden, für die sie bezahlt wurde, und umso mehr bemühte sich Jewel, sie zu unterstützen, so gut es ging.

»Und wo wir gerade beim Thema Luftholen sind«, sagte ihre Mutter und umarmte sie. »Ich liebe dich und weiß zu schätzen, was du alles für mich tust, aber du solltest wirklich ein bisschen Spaß haben. Tu es um meinetwillen. Als ich in deinem Alter war, war ich verheiratet und hatte Kinder, und du hast noch nicht einmal eine ernsthafte Beziehung. Geh tanzen oder so. Mach all die Dinge, die für Dad und mich selbstverständlich waren.«

»Ja, Mom, versprochen.« Eine Wanderung war zwar nicht das, was ihre Mutter oder Chelsea unter Spaß verstanden, doch Jewel freute sich darauf. Sie half, das Gepäck ins Auto zu laden, und winkte Mutter und Geschwistern nach, als sie losfuhren. Dann stieß sie einen tiefen Seufzer aus, doch zugleich zog sich ihr Herz zusammen. Die geheimen Ängste, die sie immer wieder in die Nähe ihrer Familie trieben, ließen sich nicht so leicht verdrängen.

Wenn die Familie getrennt war, kam nichts Gutes dabei heraus. Das hatte sie am eigenen Leib erfahren müssen.

»Ich denke, ich werde mich einfach von Jewel fernhalten.« Nate Braden füllte einen Bierkrug, schob ihn über den Tresen seinem älteren Bruder Sam hin und sah seine Schwester Tempest fragend an. »Tempe? Für dich auch eins?«

»Klar«, sagte Tempe, ohne von ihrem Notizheft aufzusehen. Das blonde Haar fiel ihr ins Gesicht. Sie war Musiktherapeutin und arbeitete gerade an einem neuen Lied, aber Nate war überzeugt, dass sie jedes Wort mitbekam, das sie sprachen. Sie war eine ausgezeichnete Zuhörerin. Wer sie nicht kannte, hielt sie für lieb und sanftmütig, weil sie zierlich war und ein freundliches Naturell hatte, doch Nate wusste es besser. Sie war ziemlich geradeheraus und ließ sich nichts vormachen, was er für gewöhnlich schätzte. »Nein, wirst du nicht.«

»Was werde ich nicht?«, fragte Nate, während er ihr Bier zapfte. Es war Samstagabend und Nate hatte gerade das *Mr. B.* zugemacht, die Kneipe, die der Kleinbrauerei seiner Familie angeschlossen war. Vor einer Woche war er nach sechs Jahren beim Militär als Zivilist nach Hause zurückgekehrt. Nun half er seinen Eltern aus, während er überlegte, wie seine Zukunft aussehen sollte.

»Du wirst dich nicht von Jewel Fisher fernhalten«, sagte Tempe.

»Und ob.« Nate zapfte sich selbst ein Bier und trank einen großen Schluck. Bisher hatte er weder mit seiner Familie noch mit sonst jemandem über seine Gefühle für Jewel gesprochen. Leider konnte er nichts vor seiner Familie geheimhalten und aus irgendeinem Grund hatten Sam und Tempe heute beschlossen, das Thema auszuwalzen.

Sam schnaubte verächtlich und nippte an seinem Bier. Er fuhr sich mit der Hand durch das kurze, dunkle Haar und stützte sich mit einem Ellenbogen auf den Tresen. Sam war der Besitzer von *Rough Riders*, einer Firma, die Abenteuerurlaube mit Raftingtouren anbot. Dass er den größten Teil seiner Zeit auf dem Wasser verbrachte, weil er seine Kunden bei ihren

Ausflügen begleitete, sah man ihm an: Er war muskulös und rund ums Jahr braun gebrannt.

»Du kannst es nicht.« Tempe schüttelte den Kopf. »Du schaffst es einfach nicht, dich fernzuhalten.«

»Aber ich kann es verdammt noch mal versuchen.« Nate spannte den Kiefer an. Er wusste, dass Tempe recht hatte. Vor sechs Jahren, nachdem er mit dem College fertig war und seine Ausbildung zum Reserveoffizier beendet hatte, war er zusammen mit seinem Freund Rick zur Armee gegangen. Vor zwei Jahren hatte Nate hin und her überlegt, wie er Rick sagen sollte, dass er Jewel sehr mochte und sich gerne mit ihr verabreden wollte. Ihn plötzlich mit *Ich liebe deine Schwester* zu überfallen, war wohl nicht das Richtige. Eigentlich war es verrückt, denn Nate und Jewel hatten noch nicht einmal ein Date gehabt. Aus Rücksicht auf Rick und angesichts der Tatsache, dass Nate ganze fünf Jahre älter war als Jewel, hatte Nate seine Gefühle für sie immer für sich behalten. Aber sechs Jahre waren eine lange Zeit, um gegen seine Gefühle für ein Mädchen anzugehen, das man die meiste Zeit seines Lebens beinahe jeden Tag gesehen hatte. Die Entfernung half. Wenn er in Peaceful Harbor in Maryland geblieben wäre, hätte er nicht verbergen können, was er für sie empfand. Bei jedem Heimaturlaub war es eine Qual für ihn gewesen zu sehen, wie Jewel zu einer hinreißenden jungen Frau heranwuchs, und sich gleichzeitig von ihr fernhalten zu müssen.

Nate vertraute seinem Bauchgefühl und er vertraute seinem Herzen. Vor zwei Jahren war er zu dem Schluss gekommen, dass er seinem besten Freund endlich reinen Wein einschenken sollte. Ohne Ricks Segen würde er Jewel nie sagen, was er für sie empfand. Aber kurz vor dem Ende ihres Einsatzes wurde Rick bei einer ganz gewöhnlichen Versorgungsfahrt von einem

Scharfschützen getötet. Nate hatte seine Ausbildung abgeschlossen und bekleidete daher den Rang eines Offiziers, während Rick ein einfacher Soldat war. Sie hatten sich riesig gefreut, als sie in derselben Einheit eingeteilt wurden, doch Nate hätte nie gedacht, dass er derjenige sein würde, der Rick seinen letzten Befehl erteilte.

Rick war in einer Kiste aus Kiefernholz nach Hause zurückgekehrt und Nate hatte es nicht fertiggebracht, sich der Stadt zu stellen, in der er und Rick zusammen aufgewachsen waren – und seinen Gefühlen für Jewel schon gar nicht. Er hatte sich für weitere zwei Jahre verpflichtet, doch diese Zeit hatten den Schuldgefühlen, die ihn verzehrten, nichts von ihrer Schärfe genommen.

Es war schlimm genug, wieder in Peaceful Harbor zu sein und all die Orte zu sehen, an denen er und Rick ihre Jugend verbracht hatten. Außerdem hatte ihm Rick mit seinem letzten Atemzug aufgetragen, sich um seine Familie zu kümmern und sie zu beschützen – und seine Pläne für ein Leben mit Jewel waren sowieso null und nichtig. Er galt als Kriegsheld, war hochdekoriert von seinem Einsatz zurückgekehrt, doch seine Schuldgefühle waren so übermächtig, dass er kaum an Rick denken konnte, ohne den Verstand zu verlieren. Dass seine Liebe zu Jewel keine Zukunft hatte, machte alles noch schlimmer.

»Tempe hat recht, Nate.« Sam hielt den Blick seines Bruders fest. Er war der zweitälteste von Nates fünf Geschwistern. Er redete nie um den heißen Brei herum, doch heute Abend ging Nate seine unverblümte Art auf die Nerven.

Es war schlimm genug, dass Nate in jener Silvesternacht, als er auf Urlaub in Peaceful Harbor gewesen war, seinen Gefühlen für Jewel nachgegeben hatte. Sie hatten sich geküsst und es hatte sich umwerfend angefühlt, aber gleichzeitig wusste er, dass er die Finger von ihr lassen musste. Schließlich war er derjenige gewesen, der Rick in die Schusslinie des verdammten Scharfschützen geschickt hatte.

»Du hast immer schon auf Jewel gestanden, ob du es willst oder nicht«, fuhr Sam fort. »Das wird sich nicht plötzlich ändern.«

Nate verkniff sich eine Antwort, weil seine Mutter in diesem Moment aus der Küche kam. Sie summte eine Melodie und lächelte ihren drei Kindern zu. Sie trug ihr dichtes blondes Haar immer offen, sodass sich ihre Locken wild auf den Schultern kräuselten. Im Vergleich zu ihr sah Nates Vater, der ihr auf dem Fuße folgte, geradezu geschniegelt aus. Er war so dunkelhaarig, wie sie blond war, und so makellos ordentlich wie sie hippiehaft. Er war groß und breitschultrig und hatte seine Statur an seine vier Söhne weitergegeben. Den wenigsten Leuten fiel auf, dass sein Gang immer ein wenig steif wirkte. Thomas »Ace« Braden war erst ein paar Jahre beim Militär gewesen, als er bei einem Unfall seinen linken Unterschenkel verloren hatte.

Maisy legte Nate die Hand auf den Arm. »Ich habe dich so sehr vermisst, Natey. Ich bin froh, dass du wieder da bist.«

Er war erleichtert über den Themenwechsel. »Ich habe dich auch vermisst, Mom, aber gewöhn dich nicht zu sehr daran, mich in der Nähe zu haben. Du weißt, dass ich noch nicht beschlossen habe, wie es bei mir weitergeht.«

Ihr Lächeln reichte bis hinauf zu ihren meerblauen Augen. Er hatte sie wirklich vermisst. Und er hatte es vermisst, mit der Familie zusammenzusein und über etwas anderes zu reden als Kriegseinsätze und Opferzahlen, auch wenn Tempe und Sam ihm jetzt wegen Jewel zusetzten. Nach zwei Jahren hatte er endlich aufgehört, sich hinter dem Krieg zu verstecken, und war nach Hause gekommen, um sich seiner Vergangenheit zu stellen. Seine Familie hatte ihm gefehlt und er musste sich eingestehen, dass auch Jewel ihm gefehlt hatte.

»Ich weiß, Schätzchen«, sagte seine Mutter. »Aber du bist jetzt hier und das reicht mir fürs Erste.«

»Außerdem ist es toll, wieder einen meiner Jungs hinter dem Tresen zu sehen.« Sein Vater hatte sich das dunkle Haar nach hinten gekämmt und gescheitelt. Mit seiner geraden Nase, dem Grübchen am Kinn und den gemeißelten Zügen hätte man ihn glatt mit Cary Grant verwechseln können. Selbst wenn seine Miene ernst war, lag eine Weichheit in seinem Blick, wenn er mit seinen Kindern sprach. Nate kannte ihn von seiner zornigen und von seiner fürsorglichen Seite, doch bei allem, was mit seiner Familie zu tun hatte, schwang ein Unterton bedingungsloser Liebe mit.

»Bist du schon zum alten Bahnhof rübergefahren? Ich glaube, Rick würde wollen, dass du dir diesen Traum erfüllst, Nate«, sagte sein Vater und sah ihn so herausfordernd an, dass Nate seinem Blick nicht ausweichen konnte. Sein Vater wusste, wie sehr ihn Ricks Tod getroffen hatte, aber das hinderte ihn nicht daran, ihn immer wieder damit zu konfrontieren.

Schweigend trank Nate einen Schluck aus seinem Glas, um sich davon abzulenken, wie sehr sein Herz ihm sagte, dass Peaceful Harbor der Ort war, wo er hingehörte. Er und Rick hatten beide leidenschaftlich gern gekocht und geplant, nach ihrer Zeit bei der Armee ein Restaurant zu eröffnen. *Tap It* sollte es heißen. Noch ein Traum, den der Krieg zum Teufel gejagt hatte.

»Noch nicht«, antwortete Nate. Er hatte nicht nur einen Bogen um den alten Bahnhof gemacht, den er und Rick als den perfekten Standort für ihr Restaurant auserkoren hatten. Auch einen Besuch bei Ricks Familie hatte er bisher aufgeschoben und auch Jewel hatte er seit seiner Rückkehr noch nicht gesehen.

Manchmal war der Ort, an den man gehörte, leider nicht der Ort, an dem einem das Leben leicht fiel.

»Wir lassen euch Kinder in Ruhe. Vergesst nicht, dass wir nächsten Donnerstag den Weihnachtsbaum verbrennen. Schade, dass Shannon nicht hier sein kann, aber Ty hat versprochen, ihr Fotos zu schicken. Wenn du es schaffst, wäre das großartig, und wenn nicht«, Maisy zuckte mit den Schultern, ging auf die andere Seite des Tresens und tätschelte Sam die Schulter, »dann ist das auch okay. Und, Sammy, nimm deinen Bruder nicht zu hart ran. Er muss viel verkraften und ist schließlich gerade erst zurückgekommen.« Jedes Jahr nach Weihnachten stellten die Eltern ihren Weihnachtsbaum zum Trocknen in den Schuppen. Im April kamen dann alle zusammen, um ihn anzuzünden, gemeinsam die Flammen und Feuerfunken zu betrachten und dem Knistern zuzuhören, wenn das Holz verbrannte.

Sam verdrehte die Augen. »Bis Donnerstag, Ma.«

»Ich liebe dich auch, Sammy.« Maisy hatte vier wilde Jungen und zwei Mädchen großgezogen, die es faustdick hinter den Ohren hatten. Im Laufe der Jahre hatte sie gelernt, Augenrollen und Launen zu ignorieren.

»Nate, lass dir die Sache mit dem Restaurant noch einmal durch den Kopf gehen. Es gibt viele Möglichkeiten, unsere gefallenen Helden zu ehren.« Das Lächeln, mit dem sein Vater ihn ansah, milderte den Druck ein wenig, den Nate verspürte. »Schön, dass du wieder hier bist, mein Junge.« Er nahm Maisy bei der Hand und sie winkte ihnen über die Schultern zu, als sie nach draußen traten.

»Mal ehrlich, Alter«, sagte Sam. »Du musst mit diesem Mist klarkommen. Rick ist nicht mehr da. Du kannst nichts dagegen tun. Aber Jewel ist immer noch hier.«

Tempe legte seufzend ihr Notizbuch beiseite. »Hast du nicht gehört, was Mom gesagt hat, Sam?«

»Hey, es ist nur die Wahrheit«, meinte Sam. »Was willst du?«

»Wie wär's mit ein bisschen Mitgefühl?«, sagte Tempe. »Nate, hast du mal darüber nachgedacht, mit einem Therapeuten über all diese Dinge zu reden?«

»Meinst du, das hätte ich nicht längst getan? Mit drei der besten Psychologen, die die Armee zu bieten hat. Ich könnte ein Buch über die Schuldgefühle eines Überlebenden schreiben. Und außerdem sparst du nicht mit Ratschlägen – selbst wenn ich dich nicht darum bitte. Tempe, es ist nicht so, als *wollte* ich mit dieser dunklen Wolke leben, die die ganze Zeit über mir schwebt.« Wenn er nur nicht so verdammt ehrgeizig gewesen wäre. Dann hätte er die Ausbildung zum Reserveoffizier sein gelassen und wäre als einfacher Soldat in den Krieg gezogen, wie Rick. Und dann müsste er jetzt nicht damit leben, seinem Freund den todbringenden Befehl gegeben zu haben. Seine eigene Familie wusste Bescheid, doch bisher hatte Nate noch nicht den Mut gehabt, Ricks Mutter und seinen Geschwistern zu sagen, was damals passiert war. Es war schon schlimm genug für sie, erst den Vater und dann den Bruder zu verlieren. Sie mussten nicht auch noch wissen, dass der Mann, den sie in ihrer Familie immer mit offenen Armen empfangen hatten, derjenige gewesen war, der Rick zu dem Einsatz geschickt hatte, von dem er nicht zurückgekehrt war.

Nate würde alles darum geben, wenn er derjenige gewesen wäre, der getötet worden war. Ricks Familie brauchte ihn. Bei

Nate und seiner Familie war das anders. Rick war ein guter Mann gewesen. Als sein Vater starb, hatte er gerade zwei Jahre auf dem College absolviert, doch er hatte nicht eine Sekunde gezögert, seine eigenen Pläne hintanzustellen, nach Hause zurückzukehren und seiner Mutter und seinen jüngeren Geschwistern zu helfen. Für Nate war eine Karriere beim Militär ein lebenslanger Traum gewesen. Er hatte in die Fußstapfen seines Vaters treten und das tun wollen, was seinem Vater nicht vergönnt gewesen war. Rick dagegen hatte sich für die Armee entschieden, weil er hoffte, seiner Familie damit das Leben leichter zu machen. Er konnte jeden Monat Geld nach Hause schicken und musste sich nicht von seiner Mutter durchfüttern lassen. Er war zu gut zum Sterben, als Mann und als Freund. Nate vermisste ihn jeden Tag.

Tempe legte ihre Hand auf Nates. »Ich meine nur, dass es vielleicht helfen würde, wenn du weiterhin mit jemandem darüber sprichst. Du kannst diese Schuld nicht ständig mit dir herumtragen, Nate, und du darfst nicht zulassen, dass sie dein ganzes Leben bestimmt.«

Nate reichte es für diesen Abend. Er wusste, dass seine Familie es gut meinte, aber irgendwann war eine Grenze erreicht.

»Wisst ihr, was das Großartige an der Armee war?« Nate ging um den Tresen herum und kramte seine Schlüssel aus der Tasche. »Niemand hat sich einen Dreck um mein Privatleben geschert. Schließt ab, wenn ihr geht, okay? Ich fahre nach Hause.«

Zehn Minuten später saß Nate in seinem Truck am Stoppschild an der Ecke Main Street und Whippoorwill Avenue und dachte an Jewel. Konnte er seine Gefühle für sich behalten? Er hatte keine Ahnung, ob er es schaffen würde oder nicht, aber er musste es zumindest versuchen. Eins jedoch konnte er auf keinen Fall tun: sich ganz von den Fishers fernhalten. Er war es Rick schuldig, sein Versprechen einzulösen und sich um sie zu kümmern. Er bog in die Whippoorwill Avenue ein und fuhr langsam durch das Gewirr von Nebenstraßen zu dem bescheidenen Haus der Fishers. Die Zufahrt war leer und im Haus brannte kein Licht. Erleichterung durchflutete ihn, gefolgt von einem ganzen Berg an Schuldgefühlen. Dass Jewel fünf Jahre jünger war als er, spielte jetzt, wo sie beide erwachsen waren, keine große Rolle mehr. Seine Mitverantwortung an Ricks Tod stellte jedoch inzwischen ein viel größeres Hindernis dar, als es der Altersunterschied zwischen ihnen es jemals gewesen war.

Nates Handy klingelte, während er Richtung Fluss fuhr. Er lächelte, als das Bild seiner jüngsten Schwester Shannon auf dem Bildschirm erschien.

»Hey, Schwesterherz. Wie geht's?«

»Hallo, Nate. Mir geht's prima hier draußen. Ich hatte vergessen, wie anders Colorado im Vergleich zu Peaceful Harbor ist, aber Onkel Hal und alle anderen sind wunderbar. Oh mein Gott, du solltest die Kinder von Treat und Max sehen. Sie sind so süß.« Shannon wohnte bei ihrem Onkel Hal in Weston, Colorado, während sie an einem Projekt in den Bergen arbeitete, bei dem es um die Beobachtung von Rotfüchsen ging. Treat war das älteste von Hal Bradens sechs Kindern, ihren Cousins zweiten Grades. Er und seine Frau Max hatten eine Tochter, Adriana, die nach Treats verstorbener Mutter benannt war, und einen kleinen Sohn namens Dylan.

»Ich muss zunächst einmal mein Leben auf die Reihe kriegen.« Insgeheim spielte Nate mit dem Gedanken, nach Weston zu ziehen, falls er es in Peaceful Harbor nicht aushielt.

»Wann kommst du zurück?«

»Ich bin mir noch nicht sicher. Es hängt davon ab, wie schnell ich die Daten sammeln kann, die ich für meine Forschungen benötige. Tut mir leid. Ich würde dich gerne sehen.«

Nate stellte sich vor, wie sich Shannon ihr langes, dunkles Haar hinter das Ohr strich, und wünschte, sie wäre hier bei ihm in Peaceful Harbor. Sie hatten eine immer eine besonders enge Beziehung gehabt und Nate vermisste sie. Shannon war zwar ziemlich neugierig und steckte ihre Nase gerne in die Privatangelegenheiten ihrer Geschwister, aber er und seine Brüder hatten einen ebenso ausgeprägten Beschützerinstinkt, wenn es um sie und Tempe ging.

»Und? Wen hast du schon alles getroffen, seit du zurück bist?«, fragte sie vorsichtig.

Nate wusste, was sie meinte. Die Frage, wie seine Begegnung mit den Fishers verlaufen würde, bewegte seine ganze Familie. Sie alle wussten, wie unendlich schwierig die Rückkehr in seine Heimatstadt für ihn war. Shannon hielt sich auf dem Laufenden, was ihre Eltern und Geschwister anging, und wahrscheinlich hatte sie bereits mit Tempe oder Sam gesprochen und wusste, dass Nate die Brauerei gerade verlassen hatte – und dass er bisher einen Bogen um die Fishers gemacht hatte.

Ob die Schuldgefühle jemals nachlassen würden? Er bog in die Mountain Road ein, die zu seinem Blockhaus führte, und brachte mühsam hervor: »Niemanden. Die Fishers waren nicht zu Hause.«

»Oh.«

In dem Schweigen, das sich zwischen ihnen ausbreitete, war die Sorge spürbar, die Shannon empfand. Nate schaltete das

Fernlicht ein, nicht nur, um die Straße besser sehen zu können, sondern auch, um sich für den Bruchteil einer Sekunde von den Fishers abzulenken.

»Nate?«

»Ja?«

»Es wird alles gut. Du wirst wissen, wann die Zeit reif ist. Ich glaube an dich.«

*Wenn ich mir doch auch so sicher sein könnte.*

»Danke, Shan.« Dort, wo die Wanderwege abzweigten, wurde die Straße enger. Plötzlich bremste Nate scharf. Am Straßenrand stand Ricks roter Jeep. Der Aufkleber der US Army am Heck des Wagens war wie ein Stich mitten ins Herz.

»Hör mal, fährt Jewel immer noch Ricks alten Jeep?«

»Ich glaube schon. Warum?«

Nate stellte sich neben den Jeep und stellte den Motor aus. »Er ist an einem der Wanderwege geparkt, aber es ist schon nach zehn. Es ist stockfinster hier draußen und Jewel hasst die Dunkelheit.«

»Vielleicht ist sie mit Freunden unterwegs.«

»Meinst du?« Seit Ricks Tod hatte sich Jewel in eine sichere kleine Blase zurückgezogen und sich fast nur um ihre Arbeit und die Familie gekümmert. Alle, die Jewel kannten, wussten das. Er bezweifelte, dass sie freiwillig nach Einbruch der Dunkelheit auf einem Wanderweg unterwegs sein würde.

»Nein, eigentlich nicht. Versuch, sie anzurufen.«

»Hier draußen gibt es kein zuverlässiges Netz, aber ich probiere es. Ich werde sie suchen. Ich sage dir Bescheid, wenn ich Näheres weiß.« Nate holte sein Jagdmesser und seine Stirnlampe aus dem Handschuhfach. Hinter dem Sitz zog er einen Erste-Hilfe-Rucksack hervor, hängte sich das Messer an den Gürtel und schulterte den Rucksack. Dann warf er einen

Blick in ihren Jeep. Auf den Sitzen lagen keine persönlichen Gegenstände und die Türen waren verschlossen. Er war froh, dass Jewel seine Sicherheitswarnungen beherzigte. Nach Ricks Tod hatte er versucht, der Familie zu helfen, wenn er auf Urlaub war, obwohl es schwierig war, seine Gefühle für Jewel zu verbergen. Er hatte Geschenke für die Kinder mitgebracht und ihnen zum Geburtstag gratuliert, aber die Ratschläge, die er Jewel gegeben hatte, hatten nichts mit seinen Schuldgefühlen oder dem Wunsch zu tun, an die Stelle des älteren Bruders zu treten. Sie war ihm wichtig, so wichtig, dass er zu hadern begann, während er den Wanderweg entlangging.

Was waren das für Freunde, die nachts mit ihr in die Wildnis zogen, wo sie doch Angst vor der Dunkelheit hatte? Zum Glück waren Nate und Rick früher tagelang durch diese Wälder gestreift, sodass Nate sie kannte wie seine Westentasche. In dem Sommer, bevor Rick getötet wurde, hatte Nate überlegt, mit Jewel hierher zu kommen, wenn er das nächste Mal Urlaub hatte. Er wollte ihr all die geheimen Orte zeigen, die er so sehr liebte. Er hatte sogar mit dem Gedanken gespielt, ihr endlich zu gestehen, was er für sie empfand. Aber sein Auslandseinsatz sollte damals noch ein ganzes Jahr dauern. Es war nicht fair, sie zu bitten, auf ihn zu warten. Und dann starb Rick und alle Hoffnungen, jemals mit Jewel zusammen zu sein, starben mit ihm.

Schuldgefühle konnten alle Hoffnungen und Träume ersticken.

Der Lichtstrahl seiner Stirnlampe erleuchtete einen schmalen Streifen auf dem ausgetretenen Weg. Je tiefer Nate in den Wald vordrang, desto dichter wurde das Blätterdach. Er zog sein Handy hervor und wählte Jewels Nummer. Die Mailbox schaltete sich ein.

*Verdammt, Jewel, wo bist du?*

Er formte einen Trichter mit den Händen und rief in die Dunkelheit: »Jewel?«

Tiefe Stille war die Antwort. Bis auf sein eigenes heftiges Atmen war kein Laut zu hören. Verbissen ging er weiter den Weg entlang, rief immer wieder ihren Namen und suchte im Licht der Lampe nach Spuren. Er wusste, dass ein Stück weiter zwei Pfade vom Hauptweg abzweigten, die sich meilenweit durch den Wald schlängelten. Falls Jewel überhaupt irgendwo hier war, gab es keinen Anhaltspunkt, welchen der beiden sie genommen hatte. An der ersten Abzweigung blieb Nate stehen und betrachtete den Boden. Er konnte keine frischen Fußspuren entdecken, doch das war nicht überraschend. So früh im Jahr waren noch nicht viele Wanderer unterwegs. Er hoffte inständig, dass er auf der richtigen Fährte war, aber noch viel lieber wäre es ihm, wenn Jewel überhaupt nicht im Wald, sondern bei ihrer Mutter zu Hause oder irgendwo mit Freunden zusammen war.

Er ging weiter bis zur nächsten Abzweigung, die eine Meile entfernt lag. Er zog sein Hemd aus und wischte sich den Schweiß von der Stirn. Dann stopfte er es in seinen Rucksack und untersuchte den Boden.

*Bingo.* Er folgte den Fußspuren tiefer in den Wald.

Der Gedanke, dass Jewel möglicherweise allein hier draußen in der Dunkelheit war und sich fürchtete, ließ ihn weiterhasten. Immer wieder rief er ihren Namen. Er redete sich ein, dass es vielleicht eine ganz harmlose Erklärung dafür gab, warum der Jeep am Straßenrand geparkt war. Falls der Motor gestreikt hatte, hatte sie sicher einen Freund gebeten, sie abzuholen und nach Hause zu fahren. Andererseits wusste er, dass sie den Wagen brauchte, um zur Arbeit zu kommen und ihrer Mutter zu helfen, also hätte sie ihn wahrscheinlich eher abschleppen oder jemanden kommen lassen, der ihr an Ort und Stelle half.

»Jewel!«, rief er in die Dunkelheit. »Jewel!«

»Hier! Hier drüben!« Jewels zitternde Stimme ließ sein Herz bis zum Hals schlagen.

Er rannte über die Kuppe des Hügels und wäre fast über sie gestolpert. Sie lag an einem Baum. Nate kauerte sich hin und ließ rasch einen prüfenden Blick über ihre zusammengekrümmte Gestalt schweifen. Sie starrte ihn mit weit aufgerissenen Augen an. Es sah aus, als hätte sie geweint. Die zerzausten Haare hingen ihr ins Gesicht, auf einer Wange war ein schmutziger Streifen zu sehen. Sie hatte eine abgeschnittene Jeans an und an ihren bloßen Knien klebte Erde. All die Gefühle, die er so mühsam zurückgehalten hatte, bahnten sich ungehindert einen Weg an die Oberfläche.

»Nate? Wie hast du mich bloß gefunden?« Ihre Augen füllten sich mit Tränen. »Warum bist du überhaupt hier? Ich habe mir den Fuß verknackst. Ich dachte, ich müsste bis in alle Ewigkeit hierbleiben.«

Er schloss sie vorsichtig in die Arme und achtete darauf, nicht an ihren verletzten Knöchel zu stoßen. Er drückte sie an sich und hätte sie am liebsten nie wieder losgelassen. Ihre Tränen benetzten seine Haut, während er besänftigend auf sie einredete.

»Ganz ruhig, alles wird gut. Ich bin ja bei dir. Ich habe deinen Jeep gesehen und habe mir Sorgen gemacht.«

»Ich bin so froh, dass du hier bist. Ich hatte solche Angst, Nate.«

In ihrer Stimme lagen Dankbarkeit und etwas, das tiefer ging und ihn an den Kuss in der Silvesternacht erinnerte. An die Hitze, die sie umfing, als sich ihre Lippen trafen. Er wusste, dass es nicht richtig war, aber er wollte sie wieder und wieder küssen, bis die Furcht aus ihren Augen wich. Dass er ausgerechnet jetzt daran dachte, wo sie sich bebend vor Angst an ihn schmiegte, sagte wohl eine Menge über ihn aus.

»Danke, dass du nach mir gesucht hast«, sagte sie und holte zitternd Luft.

Ihre Stimme riss ihn aus seinen Gedanken und er schob seine Gefühle dorthin zurück, wo sie hingehörten. Wenn er etwas beim Militär gelernt hatte, dann war es die Fähigkeit, sich von seinen Emotionen zu distanzieren. Widerwillig kehrte er in die Wirklichkeit zurück und konzentrierte sich darauf, Jewels Verletzungen zu begutachten und sie in Sicherheit zu bringen.

»Wie lange ist es her, dass du dir den Knöchel verstaucht hast?«

»Ich weiß es nicht. Es war noch hell.«

Also war sie seit Stunden verletzt und allein hier draußen gewesen. Er hätte sie längst finden können, wenn er nicht mit seiner Familie abgehangen und den Umweg zum Haus der Fishers gemacht hätte.

»Tut mir leid, Jewel. Ich wünschte, ich wäre früher hier gewesen. Warum bist du alleine hier? Wie ist es passiert?«

»Ich musste einfach mal raus. Mom hat die Kinder übers Wochenende zu Tante Giselle gebracht, also dachte ich, ich fahre hier raus und …« Sie zuckte mit den Schultern. »Ich habe mein Handy hervorgeholt und dann ist es mir aus der Hand gerutscht und den Hügel hinuntergefallen. Als ich es holen wollte, hat sich mein Fuß an dieser dummen Wurzel verfangen.« Sie deutete auf eine Wurzel, die aus dem Boden ragte.

»Es ist okay, dass du wandern gehst. Ich weiß, du bist stark und umsichtig, aber allein loszuziehen ist keine so gute Idee.«

»Ja, das weiß ich jetzt auch.« Sie lächelte und sein Blick fiel auf ihre vollen Lippen.

Widerwillig sah er weg. »Ich sollte mir deinen Knöchel mal ansehen.«

Nate richtete seine ganze Aufmerksamkeit auf ihre Verletzung und nicht darauf, wie warm und weich ihre Haut war. Behutsam drehte er ihren Fuß erst zur einen, dann zur anderen Seite.

Sie zuckte zusammen und schob seine Hände weg. »Bitte nicht.«

»Tut mir leid. Scheint nicht gebrochen zu sein, nur ein bisschen geschwollen. Ich versorge dich jetzt und dann sehe ich mich nach deinem Handy um.« Er griff nach seinem Rucksack.

»Nein. Kannst du zuerst mein Handy holen?« Mit dem flehenden Blick aus ihren blauen Augen stimmte sie ihn um.

Er suchte den steilen Abhang mit den Augen ab, aber selbst mit der Stirnlampe konnte er kaum etwas erkennen. Er war froh, dass sie mit ihrem verletzten Knöcheln nicht versucht hatte, den Hügel hinunterzukommen.

Erst als er einen Schritt zu Seite machen wollte, bemerkte er, dass sie sich die ganze Zeit an seinem Stiefel festgeklammert hatte. Er kauerte sich wieder neben sie und reichte ihr die Stirnlampe. »Hier. Die nimmst du. Ich bin nur ganz kurz weg und du kannst mich die ganze Zeit sehen.«

Sie hielt die Lampe an die Brust gedrückt.

Er wollte sie nicht allein lassen, aber er hatte keine Wahl. »Du musst mir helfen. Richte den Lichtstrahl auf den Hügel, damit ich sehe, wohin ich trete.«

»Oh, okay.«

Sie leuchtete ihn mit der Stirnlampe an und er spürte, wie sie ihn mit dem Blick folgte, als er den Abhang hinunterkletterte.

»Es liegt wahrscheinlich ein bisschen weiter links. Pass auf, nicht stolpern. Sei vorsichtig.« Ihre Stimme klang voller Sorge. Sie machte sich immer Sorgen um ihre Familie, da sollte sie nicht auch noch um ihn Angst haben.

»Alles in Ordnung, Jewel. Ich könnte mit verbundenen Augen hier herumklettern.« Mittlerweile hatte er sich an die Dunkelheit gewöhnt und nach kurzer Zeit hatte er das Handy tatsächlich gefunden.

»Ich habe es.« Er hielt es hoch, damit sie sehen konnte, dass mit ihm und dem Handy alles in Ordnung war. Dann erklomm er den steilen Abhang und reichte ihr das Telefon.

»Danke«, sagte sie und umklammerte das Handy mit der einen Hand und das Licht mit der anderen. »Hier draußen hat man kein zuverlässiges Netz. Ich habe versucht, mich bei meiner Mutter zu melden, weil ich wissen wollte, ob sie heil bei meiner Tante angekommen ist, aber ich habe keine Verbindung gekriegt. Und jetzt hat das blöde Ding keinen Saft mehr.«

»Wir laden es auf. Und ich bin sicher, mit deiner Mutter ist alles in Ordnung. Deine Tante wohnt ja nur eine Stunde entfernt.« Er kramte in seinem Rucksack und zog eine elastische Binde hervor. »Ich will nur schnell deinen Knöchel bandagieren. Dann trage ich dich hier raus.«

»Bandagieren? Das tut bestimmt weh.« Ängstlich sah sie ihn an. »Und du kannst mich nicht tragen. Bis zu meinem Jeep sind es bestimmt drei Meilen.«

Sie hatte keine Ahnung, wie es war, eine militärische Ausrüstung durch die Wüste zu schleppen. Jewel war knapp eins sechzig groß, während er fast eins neunzig maß. Er hätte sie mit links zu ihrem Auto tragen können, obwohl er sie natürlich viel lieber mit beiden Händen fassen und ihre Lippen mit seinen bedecken und …

*Mist. Ehrlich, Braden! Reiß dich zusammen.*

Er zwang sich, sich zu konzentrieren. »Wenn ich den Knöchel nicht bandagiere, schlenkert der Fuß hin und her, während ich dich trage, und dann tut es erst recht weh.«

Sie sah ihn mit großen Augen an. »Du kannst mich nicht tragen.«

Er legte ihr den Finger auf die Lippen. »Jewel, ich trage dich«, wiederholte er sanft, aber beharrlich.

Sie blinzelte ihn durch ihre dichten blonde Wimpern an. So hilflos sah sie selten aus. Normalerweise hatte sie alles unter Kontrolle, und das spiegelte sich in ihrem ernsthaften, kompetenten Blick wider. Wie hatte er nur vergessen können, dass ein einziger Blick von Jewel ihm den Boden unter den Füßen wegzog?

»Warte«, sagte sie leise und legte ihm die Hand auf den Arm. Für einen Moment schloss sie die Augen und umklammerte seinen Arm. »Okay. Fang an«, sagte sie dann.

Er hatte Dutzende von Männern mit den grauenhaftesten Wunden versorgt und war dabei immer ganz ruhig gewesen, doch der Anblick von Jewels angstvoll zusammengekniffenen Augen machte ihm deutlich, wie verletzlich sie war – und ließ ihn seine eigene Verletzlichkeit spüren.

Ende des Auszugs

Wenn Ihnen die Vorschau gefallen hat, können Sie *Geheilte Herzen* bei Ihrem Online-Buchhändler erwerben und weiterlesen!

# Die Bradens (Peaceful Harbor)

Geheilte Herzen
Voller Einsatz für die Liebe
Liebe gegen den Strom
Vereinte Herzen
Melodie der Liebe
Wilde Herzen

# The Bradens & Montgomerys (Pleasant Hill and Oak Falls)

Embracing her Heart
Anything for Love
Trails of Love

# The Remingtons

Spiel der Herzen
Im Dschungel der Liebe
Herzen in Flammen
Herzen im Schnee
Liebe zwischen den Zeilen

Entdecken Sie Melissa Fosters Bücher auch auf:
www.melissafoster.com/herzen-im-aufbruch

www.ingramcontent.com/pod-product-compliance
Lightning Source LLC
Chambersburg PA
CBHW031739180726
48283CB00005B/1576